DEBBIE MACOMBER'IN
"BAHÇEMDE YEŞEREN UMUTLAR"
KİTABI İÇİN TÜRK OKUYUCULARIN YORUMLARI

Hani ailece izlenen filmler vardır ya... içeriği çocuklar için sakıncalı değildir, eğlencelidir, sıkılmaz gerilmezsiniz izlerken; genel bir mutluluk ve huzur hâkimdir; mutlu sonla biter... Bahçemde Yeşeren Umutlar işte böyle bir kitap. Kesinlikle tavsiye ederim.

Küçük Mucizeler Dükkânı ve Bir Yumak Mutluluk'tan biraz daha farklı bir konusu olan *Bahçemde Yeşeren Umutlar,* elinizden bırakmadan okuyacağınız bir kitap. Yazarın eline ve yüreğine sağlık...

Küçük Mucizeler Dükkânı ve *Bir Yumak Mutluluk'tan* sonra serinin yeni kitabı da aynı karakterlerle devam eder sanmıştım. Fakat *Bahçemde Yeşeren Umutlar'da* daha değişik bir konuyla karşılaştım. Açıkçası yeni müşteriler yerine araya böyle farklı bir konunun girmesi daha iyi olmuş, çok beğendim. Devamını merakla bekliyorum.

Bir solukta okuyabileceğiniz, yazara yakışır bir kitap. Şiddetle tavsiye ederim.

Akıcı ve zevkle okunan bir kitap. Sona yaklaştıkça tahminlerde bulunuyor, ama şaşırtıcı ve güzel bir finalle karşılaşıyorsunuz. Yazarın yüreğine sağlık...

Yazarın öyle içten ve güzel bir anlatımı var ki, kitap bittiğinde romanın içinde yer almışım gibi hissettim... Yeni kitabın yayımlanmasını heyecanla bekliyorum.

DEBBIE MACOMBER'IN

"MUCİZELER DÜKKÂNINA DÖNÜŞ"

KİTABI İÇİN TÜRK OKUYUCULARIN YORUMLARI

Elinizden bırakmadan sonunu getirecek, dostlukların ne kadar önemli olduğunu göreceksiniz; bir merhabanın insanın hayatında ne kadar önemli olduğunu da...

Serinin ilk üç kitabı gibi *Mucizeler Dükkânına Dönüş* de çok güzeldi. Akıcı bir anlatım ile kitap sizi içine çekiyor. Sıradan hayatların nasıl değişebildiğine bir kez daha tanık oluyorsunuz.

Debbie Macomber yine sımsıcak bir romanla karşımıza gelmiş. Okurken zamanın nasıl geçtiğini anlamayacaksınız ve kendinizi romanın bir kahramanı gibi hissedeceksiniz.

Mucizeler Dükkânına Dönüş de serinin önceki kitapları gibi harikaydı. Akıcı dili sayesinde romanı hemen bitirdim. Yeni kitabı sabırsızlıkla bekliyorum veee Debbie Macomber'la tanışmayan herkese kitaplarını tavsiye ediyorum. Bu seri mutlaka okunmalı!

Yazar her bir karakteri titizlikle işleyerek okuyucuları romanın içine çekmeyi başarmış. Keyifle, sıkılmadan okunan, yaşam öyküleri içeren hoş bir kitap.

Debbie Macomber gerçekten çok iyi bir yazar. Şimdiye kadar yazdığı bütün kitaplarını aldım ve okudum. *Mucizeler Dükkânına Dönüş* adlı kitabını çıktığı gün aldım ve üç günde bitirdim. Kesinlikle çok iyi bir kitap. Yazarın bütün kitaplarını okumanızı tavsiye ederim.

DEBBIE MACOMBER'IN

"BİR DİLEKLE BAŞLADI HER ŞEY"

KİTABI İÇİN TÜRK OKUYUCULARIN YORUMLARI

Kalbinize ufacık bir tılsımla dokunacak bir kitap. Okudukça kendinizi oradaki karakterlerin yerine koyuyor, dünyanın her yanında duyguların aynı olduğunu fark ediyorsunuz.

Dili çok akıcı. Okurken sıkılmayacağınız, sizi kendi içine çeken bir kitap. Elime alalı 1 saat oldu, dinlenmek için bıraktığımda 140. sayfada olduğumu fark ettim. Pişman olmayacağınız bir tercih.

Serinin diğer kitapları gibi huzur veren bir kitap. Üslubuyla, kurgusuyla sizi içine çekiyor. Okumanızı kesinlikle tavsiye ederim.

Kitabı okurken zaman nasıl geçiyor anlayamıyorsunuz. Aldığımız en ufak kararların bile hayatımızı nasıl etkilediğini çok akıcı bir dille anlatan bu kitabı çok kısa sürede bitirdim.

Mutluluk ve hüznü bir arada, tam dozunda yaşatan sımsıcak bir roman. Kesinlikle tavsiye ederim. Her kitabında olduğu gibi hiç bitmesin istedim. Tüm kitapların mutlu sonla bitmesi de çok huzur verici…

İnsanın içini ısıtan, sıkılmadan okunan bir kitap. Çok beğendim.

DEBBIE MACOMBER'IN
"YENİ BAŞLANGIÇLAR MEVSİMİ"
KİTABI İÇİN TÜRK OKUYUCULARIN YORUMLARI

Hayata pozitif bakmayı hatırlatan bir roman daha. Bol aksiyonlu, gizemli vb. durumlar yerine gündelik hayata dair olayları anlatıyor. Bu yazarın her kitabı çıktığında okumazsam bir eksiklik varmış gibi hissediyorum.

Okudukça okumak istiyorum.

Kitap okuma alışkanlığı edinmek istiyorsanız kesinlikle Debbie Macomber'ın kitaplarından başlayabilirsiniz. Hayata mola vermek için daha güzel ne olabilir ki…

Bu seriyi okudukça Blossom Sokağı'na yerleşmek istiyorum

Benim gibi cinayet romanları okuyan birini bu kadar derinden etkileyen bir yazar daha görmedim. Beş kitabı bir haftada bitirdim ve her satırı içime işledi. Her kitabın sonunda duygu yoğunluğundan ağladım. Debbie Macomber gerçekten harika bir yazar. Yeni kitabını okumayı dört gözle bekliyorum. Not: Benim gibi duygusuz biri varsa bence hiç düşünmeden seriyi alsın ve okusun, hayata başka bir açıdan bakmayı öğrenecektir.

Serinin 6. kitabı olan *Yeni Başlangıçlar Mevsimi*'ni en az diğerleri kadar çok sevdim ve kitabı iki günde okudum. Bundan sonraki kitabını sabırsızlıkla bekliyorum.

DEBBIE MACOMBER'IN
"SEVGİNİN SON DİLEĞİ"
KİTABI İÇİN TÜRK OKUYUCULARIN YORUMLARI

"Yaşama nedeninizi sorgulatan, mutluluğun her şeyden kıymetli olduğunu hatırlatan, yazarın diğer kitapları gibi yüreğinizi hafifleten, yüzünüzde tebessüm yaratan satırlar bekliyor sizi."

"Yazarımız her zamanki gibi yine sade bir dille oldukça iyi bir iş çıkarmış. Hayatın içinde olanlar bizlerin de başımıza gelebilir dediklerimiz. Kısaca yaşamın kendisi bu kitapta."

"Yine Debbie Macomber, yine kısa sürede okunabilen bir roman. Yazarın diğer kitapları gibi bu kitabı da hayat dolu. Okumanızı öneririm."

"Başından sonuna kadar keyif veren bir roman. Akıcı anlatımıyla tıpkı romantik bir film izler gibisiniz."

"Çoook özlemişim Debbie Macomber'ı. Kitabı birkaç gün önce bitirdim ama hâlâ etkisindeyim desem yeridir. Bir Debbie klasiği olmuş. Alix ve diğer karakterleri görmek beni çok mutlu etti."

"Debbie Macomber daima içimi ısıtan, 'Neden olmasın?' dedirten kitaplar yazıyor. Keyifle okuyorum."

Çiçeklerimi Rüzgâra Verdim

DEBBIE MACOMBER

Çeviri: Nilgün Birgül

MARTI

Çiçeklerimi Rüzgâra Verdim
Debbie Macomber

Baskı: Haziran 2016
ISBN: 978-605-348-184-3
Yayınevi Sertifika No: 12330

Baskı
Sonsuz Matbaa Kâğıt Mücellit Hizm. San. ve Tic. Ltd. Şti.
Davutpaşa Cad. Güven San. Sit. No: 291
Topkapı / İstanbul
Sertifika No : 28487
Tel: 0212 674 85 28

MARTI

MARTI YAYINCILIK
Martı Yayın Dağıtım San. Tic. Ltd. Şti.
Maltepe Mh. Davutpaşa Cd.
Yılanlı Ayazma Sk. No: 8
Zeytinburnu/İstanbul
Tel: 0 212 483 27 37 - 483 43 13
Faks: 0 212 483 27 38
www.martiyayinlari.com
info@martiyayinlari.com

Orijinal Adı : A Turn in the Road
Yayın Yönetmeni : Şahin Güç
Çeviren : Nilgün Birgül
Editör : Rose Mary Samanoğlu
Dizgi : Erkan Küçük
Redaksiyon : Kerem Yıldız
Son Okuma : Gamze Büyükkaya
Kapak : Yasin Öksüz

Çiçeklerimi Rüzgâra Verdim

DEBBIE MACOMBER

Çeviri: Nilgün Birgül

MARTI

Sevgili Dostlarım,

Eşim Wayne ve ben yolculuk yapmayı çok severiz. Biri Washington State ve diğeri Florida'da iki evimiz olduğu için, yılda iki kez oraya gidip geliyoruz. Merak edecek olursanız, kapıdan kapıya 5.347 kilometre. Güzergâhı Wayne belirler. Washington ile Florida arasındaki neredeyse tüm eyaletleri ziyaret etmişizdir. Belki de bu yüzden, ülkeyi boydan boya kat eden bir yol romanı yazmayı çok istedim.

Bethanne karakteri, ilk kez tanıştığımız *Bir Yumak Mutluluk*'u yazdığımdan beri aklımdaydı. Kocası, daha genç bir kadın uğruna eşini ve ailesini terk ettiğinde Bethanne yıkılmış ve kendini iyi hissetmek adına bir örgü kursuna katılmıştı. Lydia'nın dükkânında edindiği arkadaşlar, onun hayatındaki bu beklenmedik değişimle başa çıkmasını sağlamıştı.

Aslında Bethanne'nin parti organizatörlüğü fikri, sekiz yaşına basan en büyük torunum için inanılmaz güzellikte, yaratıcı bir doğum günü partisi düzenleyen kızım Jenny Adele'den çıktı. Tek kişinin geliriyle geçinen ailenin bütçesi sınırlıydı. Hayal gücünü ve Cameron'un askerliğe olan ilgisini kullanan Adele, parti davetiyesi olarak herkese askeri celp göndermiş, ardından damadım evlerinde engelli bir parkur tasarlamıştı. Eski bir komando olan en büyük oğlum Ted ise, eğlenceye katkıda bulunmak amacıyla kamuflaj ve kumanya desteği sağlamıştı. Çocuklar hayatlarındaki en güzel günlerden birini yaşamış, partinin tamamı bir pasta ve birkaç pul parasına mal olmuştu.

Bethanne'yle ve işindeki başarıyla öyle gurur duyuyordum ki, bu karakterle daha yakından ilgilenmek istiyordum. Başlangıçta, eski kocası Grant'ten hiç hoşlanmamıştım ama *Çiçeklerimi Rüzgâra Verdim*'de tekrar ortaya çıktığında biraz daha sevimliydi. Yaptığı hatanın farkına varmıştı ve ailesini geri istiyordu. Bu, Bethanne için verilmesi zor bir karardı. Tesadüfen, kızı ve eski kayınvalidesiyle ülke boyunca seyahat etme fırsatı bulmuştu. Her biri, yaşamlarında yeni bir dönemece giren, üç farklı nesilden, üç kadın... Bu arada, eğer bir sinefilseniz, *Tifany'de Kahvaltı* filminin vizyona giriş tarihini birkaç ay ertelediğimi fark edeceksiniz. Bu cüretimi mazur görün; samimi olmak gerekirse, öyküyle çok güzel örtüştü.

Her zaman olduğu gibi, okuyucularımın bana yazmasından çok hoşlanıyorum. Bana iki yoldan ulaşabilirsiniz: www.DebbieMacomber.com adresindeki siteme giriş yapıp ziyaretçi defterine kayıt olarak ya da P.O. Box 1458. Post Orchard, WA 98366 adresine yazarak.

Sevgilerimle,

Debbie Macomber

Yayıncılık hayatımdaki her virajı başarıyla almama yardımcı olan Nancy Berland'a yürekten sevgilerimle...

1

"Sanırım babam seninle tekrar bir araya gelmek istiyor," dedi Bethanne'nin kızı Annie, yapmacık bir ilgisizlikle. "Seni hâlâ seviyor, anne."

En sevdikleri kafede, pencere kenarında bir masaya oturmuşlardı. Bethanne kaşığıyla kâsesindeki çorbayı karıştırıyordu. Bu beklenmedik şey, onun için sürpriz değildi. Sürpriz *olmamıştı.* Bu sabah bile işaretlerini görmüştü. Son günlerde Grant onu aramak için sürekli bahaneler uyduruyordu.

Altı yıl önce, kocası başka bir kadına âşık olduğunu itiraf ettiğinde dünya başına yıkılmıştı. Grant arkasına bile bakmadan evini, evliliğini ve onları terk edip gitmişti. Şimdi tekrar geri dönmek istiyordu.

"Söyleyecek bir şeyin yok mu?" diye sordu Annie, çatalıyla oynayarak. Dikkatle annesine bakıyordu.

"Pek yok." Ağzındaki çorbayı yutup kaşığını tekrar kâseye daldırdı.

Annie unutmuş gibi görünüyordu, ama Bethanne unutmamıştı.

Grant'in boşanmak istediğini söylediği sabahı asla unutmayacaktı. Kocası ondan yeterince hızlı uzaklaşmayı başaramamıştı. Bir avukat tutmuş, Bethanne'ye de aynısını yapmasını salık vermiş, ardından soğuk bir ifadeyle bundan sonraki tüm görüşmelerinin avukatları aracılığıyla olacağını söylemişti. Onunla ve çocuklarla ne kadar az görüşürse, o kadar iyiydi. Temiz bir ayrılık en doğru şey olacaktı.

Grant'in kararı, Bethanne için bir kasırga kadar beklenmedik ve sarsıcıydı. Aylar boyunca düşe kalka ilerlemeye ve ailesini bir arada tutmaya, çevresindeki dünya paramparça olurken her şey normalmiş gibi davranmaya çalışmıştı.

"Gerçekten söyleyecek hiçbir şeyin yok mu?" diye ısrar etti Annie.

"Hayır," dedi Bethanne kısaca. Çorbasından bir yudum daha alıp baharatlı çöreğine uzandı. "Beni rahatsız eden, babanın bu konuşmayı yapmana izin vermesi."

Annie azarlanmaktan rahatsızlık duyacak terbiyeye sahipti, ama tabağını itip birden iştahı kaçmış gibi davrandı.

Bethanne o zamanlar Grant'in yaptıklarından pişman olacağını, geri dönmek için ayaklarına kapanacağını sanıyordu. Ona yaptıkları, çocuklarına sırt çevirdiği için sürünmesini istiyordu.

Ancak boşanmanın ardından gelen yıllarda Bethanne

ayaklarının üstünde durmaya başladı ve bu süreçte, var olduğunu bile bilmediği bir yönünü keşfetti: Umutsuzluk ateşinde dövülmüş, daha güçlü ve daha bağımsız bir Bethanne. Artık iki çocuğu sadece ona aitti; büyüğü Andrew nişanlıydı ve hukuk fakültesi biter bitmez, yani birkaç haftaya kadar evlenecekti. Annie ise bir yıl sonra lisansüstü eğitimini tamamlayacaktı. Bethanne'nin boşanmanın ardından kurduğu organizasyon işinin yaratıcı bölümünde yarızamanlı çalışıyordu.

Yirmi yıllık evliliği boyunca Bethanne'nin adı düzenlediği savurgan ama yaratıcı partilerle anılırdı. Mevcut ve potansiyel müşterileri için düzenlediği unutulmaz etkinliklerle, Grant' in başarılı görünmesini sağlamaktan gurur duyardı. Grant'in evine davet edilmek, belli çevrelerde çok rağbet gören bir ayrıcalık haline gelmişti. Andrew ve Annie'nin doğum günü partileri ise artık efsane haline gelmişti. Ancak parti düzenleme becerilerinin günün birinde böylesine başarılı bir işe dönüşeceğini hayal bile edemezdi.

Kısaca "Parties" adını verdiği işe, aile evinde yaşamayı sürdürecek parayı kazanabilmek amacıyla başlamıştı, ama buna rağmen Parties'i ayakta tutabilmek için oldukça yüklü bir banka kredisi çekmek zorunda kalmıştı. Grant üstüne düşen desteği vermişti. Ancak bu desteğe güvenmek farklı bir mahallede daha küçük bir eve taşınmak anlamına geliyordu. Çocukları için bir gelecek istiyorsa, buna en çok boşanmadan sonra dikkat etmesi gerektiğini biliyordu. O günden sonra iki banka kredisini de tek başına ödemişti.

Başlattığı iş çok kısa sürede başarılı olarak Bethanne'yi

şaşırtmıştı. Çocuklar için küçük çaplı ve temalı doğum günü partileriyle işe koyulmuştu. Yarattığı onlarca konseptin arasında en popüler olanı *Alis Harikalar Diyarı*'nda temalı çay partisiydi. Ebeveynler yoğun işleri arasında çocukları için kolay ve hesaplı doğum günü partileri düzenlemenin derdine düşüyorlardı. Bethanne'nin şirketi bu boşluğu dolduruyordu.

Seattle bölgesinde, ilk açılan dahil hâlâ beş Parties mağazası faaliyet gösteriyordu ve Bethanne *bayilik* anlaşmaları yapmayı ciddi olarak düşünmeye başlamıştı. Önemli olan yeni fikirler oluşturmaya devam ederken fiyatları makul tutmaktı. Bethanne bir önceki kış, yeni bir tarza yönelmiş ve içinde isim hakkına sahip olduğu temalı parti malzemelerinin bulunduğu "doğum günü çantası"nı, "kendi partini kendin düzenle" tarzını benimseyenler için satışa sunmuştu.

Bir yıl önce, kurumsal işletme müdürü olarak Julia Hayden'i işe almıştı. Julia yetenekli, sadık ve çalışkandı. İşini seviyordu ve şirketin günlük faaliyetlerinin denetimini üstüne alarak Bethanne'nin üstündeki büyük bir yükü kaldırmış, onunyaratıcı fikirlere odaklamasına fırsat sağlamıştı. Annie de onun la birlikte çalışıyordu ve son olarak, özellikle çocuksuz aileler arasında giderek yükselen bir trend olan, kedilerle köpekler için doğum günü partileri düzenlemeye yönelmişlerdi. Tamamen farklı parti organizasyonlarıyla da ilgileniyorlardı; yıldönümleri, emeklilik, yılbaşı ya da Cadılar Bayramı gibi.

Bethanne çeki imzaladı, kucaklaştılar ve el sallayarak ikisi de kendi yoluna koyuldu. Annie ofise geri dönüyordu, Bethanne ise Blossom Sokağı'ndaki Bir Yumak Mutluluk'a yöneldi. Örgü, en sevdiği uğraşlardan biri haline gelmişti. Düşünmeye ihtiyacı olduğunda hiçbir şey eline bir örgü almaktan daha fazla yardımcı olamıyordu. Sevgili arkadaşı Lydia Goetz'in sahibi olduğu tuhafiyenin önüne park ettiğinde içi mutlulukla doldu.

Çok yakında gelini olacak Courtney'nin düğününe sadece altı hafta kalmıştı ve ona bir şeyler örmek istiyordu.

Düğün. Grant'in iki hafta önce arama sebebi buydu – oğullarının evliliği iyi bir bahaneydi– ve o günden beri, bu sabah dahil olmak üzere iki kez daha aramıştı.

Çocuklarıyla ilgili almak zorunda oldukları ortak kararlar dışında, boşandıklarından beri kişisel bir bağlantıları olmamıştı. Derken Grant, Andrew ve Courtney için uygun bir hediye konusunda onu aramıştı. Samimi ve rahattı. Bu hafta ise, onu akşam yemeğine davet etmişti.

Akşam yemeği. Grant'le. Altı yıl aradan sonra?

Annie, babasının Tiffany'yle olan evliliğinin –kısa bir ayrılığın ardından– önceki yıl boşanmayla sonuçlandığını söylemişti, Bethanne onun adına gerçekten üzülmüştü. Bu, Tifanny'nin ikinci boşanmasıydı. Aslında, boşanmadan kısa süre sonra, Bethanne ile Tifanny'nin ilk kocası Paul kısa bir flört yaşamışlardı, tabii adına gerçekten *flört* denebilirse. Daha çok, sevdikleri insanların ihanetine uğramış ve bununla başa çıkmak için birbirine yardımcı olan dayanışma grubu gibiydiler.

Ne yazık ki Andrew'un babasıyla olan ilişkisi hep mesafeli kalmıştı. Oğlu, babalarının onları terk etmesine çok sert tepki göstermiş ve bu durum yıllar içinde daha da pekişmişti.

Andrew nezaketini asla bozmamıştı, ama duygusal anlamda mesafeyi daima korumuştu.

O dönem on altı yaşında olan Annie, boşanmayla birlikte yıkılmıştı. Her zaman "babasının biricik kızı" olan Annie, bu durumu yetişme çağındaki bütün genç kızlar gibi acı ve şokla karşılamıştı. Annie, babasını çaldığı için Tiffany'yi suçlamış ve evliliklerini bozmak için elinden ne gelirse yapmaktan kaçınmamıştı. İlk aylar boyunca Bethanne de onun öfkesinin hedefi olmaktan kaçamamıştı. Annie, babasını mutlu edemeyecek kadar "sıkıcı" ve "budala" olduğu için ona söylemediğini bırakmamıştı. Bethanne, başarısız ev kadını suçlamalarının onu ne kadar incittiğini belli etmemek için kızına asla cevap vermemişti. Sonunda Annie gerçeği kabullenmek zorunda kalmıştı, ama hâlâ Grant'in ikinci eşiyle alay ediyor, ondan "*Cici* Tiffany" diye söz ediyordu.

Bethanne, sabah Grant'le yaptıkları konuşmayı düşündü. O saatte aramasına bulduğu mazeret o kadar uydurukttu ki, Bethanne ne olduğunu bile hatırlamıyordu. Grant, telefonu kapatmaması için elinden geleni yaparak, sanki işyerinde olup bitenlerle hâlâ ilgileniyormuş gibi ofis dedikodularını bile anlatmış, birkaç dakika süren gevezeliğin ardından akşam yemeği davetiyle ilgili net bir cevap alamadığını hatırlatmıştı.

"Grant," demişti Bethanne dobra dobra. "Bunu neden yapıyorsun?"

Hatta bir süre sessizlik olmuştu. Grant tekrar konuştuğunda sesinde eski neşe yoktu. "Bir hata yaptım, Bethanne."

Sesi tereddütlüydü, doğru sözcükleri arıyor gibiydi. "Çok büyük bir hata." Başka bir şey söyleyemedi, ama Bethanne ne demeye çalıştığını biliyordu. Her şey eskisi gibi olsun istiyordu.

Pekâlâ, bu konuda ona şans dilemekten başka elinden bir şey gelmezdi. Bethanne artık onun boşadığı tecrübesiz kadın değildi ve geri adım atmaya niyeti yoktu.

Tek başına geçirdiği altı yılın ardından hayatını zorlaştıracak bir adam istemediğini, buna ihtiyacı olmadığını keşfetmişti. Yıllar önce bir yerde okuduğu, *yalnız yaşamaya alışmış bir kadının hayatına girmek her babayiğidin harcı değildir,* diyen aforizmayı hatırladı. Başlangıçta bu ifadeyi komik bulmuş, ne demek istediğini tam anlayamamıştı. Artık biliyordu.

Grant'in barışmak istemesi gururunu okşasa da, durum o kadar kolay değildi. Grant şansını kullanmıştı. *Onu* terk eden, yapayalnız ve sarsılmış bırakan *kendisiydi*. Yaptıklarının sonuçlarını düşünmeden ailesini dağıtmış, yüzüstü bırakmış, tüm güvencelerini ellerinden almıştı.

Şimdi üzgündü. Tuttuğu yolun doğru olmadığını ve çok büyük bir hata yaptığını görmüştü.

Elbette onu geri isteyecekti. Bethanne, basının ve kurumların ilgi odağı olan ve giderek büyüyen bir şirketin sahibiydi. Altı yıl gibi kısa bir sürede adından söz ettirmeyi başarmıştı. *Forbes* ve *Wall Street Journal* onunla röportaj yapmıştı. *USA Today*'de de onunla ilgili haber yayımlanmıştı. Eski kocası, gerçekten cüretkârdı.

Pişmanlık duyması güzeldi. Grant'in ne kadar büyük bir hata yaptığını itiraf etmesi, Bethannne'nin haklı olduğunu ve hafiften bir intikam duygusu hissetmesini sağlıyordu. Hıncına teslim olmamaya özen göstermiş ve elinden geldiğince onu bağışlamaya çalışmıştı. Artık ikisinin de yeni bir hayatı vardı. Ancak, bağışlayıcılığın aldatıcı olduğunu da öğrenmişti. Kin duygusunu aştığından emin olduğu anlarda bile, kendini bir öfke batağında debelenirken buluyordu. Üç yıl önce bir gece zemindeki boru patladığında, suyu kesemeyince hissettiği gibi. Grant orada olsaydı ne yapması gerektiğini bilirdi. Vananın yerini bulduğunda öfkeyle titriyor, ne kadar mantıksız olsa da Grant'i suçluyordu. Hepsi *onun* suçuydu! Orada olmalıydı. Bunu kendisine, daha kötüsü çocuklarına, ne cüretle yapabilmişti!

Daveti reddetmelisin, dedi kendine. *Yüzüne gülüp geçmelisin. Defolup gitmesini söylemelisin.*

Bunu neden yapamadığına şaşırdı.

Grant'in ona yaklaşması yürek isterdi; yürek ve evet, cüret. Ona bu cesareti kendi vermişti. Çılgınca olsa da ona karşı hâlâ bazı duygular beslediğini fark etti; son birkaç yıldır kenara ittiği duygular. Grant'e âşık değildi, en azından evlendikleri yıllarda olduğu gibi onu tüketen biçimde değildi. O dönemlerde, çok açık vermesine karşın kocasının hatalarına ve zafiyetlerine karşı gözleri kördü; özellikle de yeni ilişkisi başladığında. İhaneti, evlendiği adamın sığ ve bencil biri olduğunu gösteriyordu. Yine de Grant *her zaman* öyle değildi. Onun, birlikte geçen ilk yıllardaki dostluğunu –ve tutkusunu– unutamıyordu.

Onu seviyordu.

Ondan nefret ediyordu.

Bu iki duygu arasında mücadele ediyordu.

"Eski günlerin hatırına bir akşam yemeği," diye adeta yalvarmıştı. "Ayrıca, Andrew'un evliliği hakkında konuşmalıyız."

Altı yıl önce, Bethanne umutsuzca onun geri dönmesini bekliyordu. Gururunu ayaklar altına almıştı. Tam olarak, şu an Grant'in istediği şeyi istiyordu: Her şeyin eskisi gibi olmasını. O dönem, yanlışları düzeltebileceğine inanıyordu. Daha önce mutluydular ve yine olabilirlerdi.

Tiffany'yle ilişkisinin geçici olmadığı kesinleşip Grant boşanmaya karar verince, içinde onu yiyip bitiren bir öfke kök salmaya başlamıştı. Yemeden içmeden kesilmişti. Uyuyamıyordu. Gecelerini intikam planları yaparak geçiriyordu. Gün gelecek, Grant pişman olacaktı. Geri dönmek için yalvarsa da, Bethanne ona defolup gitmesini söyleyecek ve böylece yaptıklarının bedelini ödeyecekti.

Boşanma gerçekleştikten aylar sonra, bir sabah midesinde yine o bildik, sevimsiz duyguyla uyanmış ve bu aşındırıcı, ruh tüketici acının daha fazla devam edemeyeceğine karar vermişti. Dedikleri gibi, en iyi intikam iyi yaşamaktı. Başarılı ve bağımsız bir hayat sürmek... Böylece Bethanne kendini işine adamıştı.

Zamanla Grant'i daha az düşünmeye başladı. Yeni hayatına ve kimliğine dört elle sarıldı. Sürekli gelişen işini, vefakâr yeni arkadaş grubunu ve daha önce sahip olduğunu bilmediği gücü ve özgüveni dolaylı olarak Grant'e borçluydu. Bir zamanlar sadece Grant'in karısı olarak, kendini onun sosyal işlerine adayarak geri planda kalarak mutlu olduğuna inanamıyordu.

Eski günlerin hatırına bir akşam yemeği mi? İkisi baş başa mı?

Boşanmanın ardından geçen yıllarda, Bethanne birkaç kişiyle flört etmişti. Tiffany'nin eski eşinin yanı sıra, aklında kalan bir ya da iki kişi daha vardı. Ancak yeni işiyle o kadar meşguldü ki, hiçbir ilişkisi altı aydan fazla sürmemişti. Hiç kimseyle ciddi ve uzun süreli bir beraberliğe hazır değildi. Yaşadığı ilişkiler kısa süreli olsa da, tükenmiş egosu için itici güç oluyordu. Onlardan hoşlanmıştı, ama uzun süreli bir ilişkiye niyeti yoktu.

Bethanne telefonu Grant'e net bir cevap vermeden kapatmıştı. Eski kocasında yeni ortaya çıkan bu pişmanlık hakkında düşünmesi gerekiyordu ve bunu yapmanın en etkili yolu örgü örmekti. Örerken hem üretmek, hem de derin düşüncelere dalabilmek mümkündü. Sorunlarınızı enine boyuna irdelerken aynı zamanda yaratıcı olabiliyordunuz. İşte bu yüzden Lydia'nın yerine uğramıştı; Courtney'nin düğünü için yapacağı parmaksız, zarif eldivenler için yün seçecekti.

Bethanne içeri girince, Lydia vitrinden başını kaldırıp ona baktı. "Mesajımı almışsın! Kaşmir yünler geldi."

Bethanne gülümsedi. "Başlamak için sabırsızlanıyorum." Örgü örmek, en karanlık günlerin üstesinden gelmesini sağlamıştı. Bethanne'nin kurslara kaydını Annie yaptırmıştı, çünkü o günlerde tuhafiyenin telefonunu çevirmek bile ona ölüm gibi geliyordu; küçücük bir işle bile başa çıkamaz durumdaydı. Geriye dönüp baktığında, o zamanlar tehlikeli bir depresyonun pençesine düştüğünü görüyordu.

Annie, Bethanne'yi yeni başlayanların çorap örme kursuna kaydettirmişti. Diğer kadınlarla tanışmak, onun için dönüm noktası olmuştu. Yeni arkadaşları onun bu çetin sınavdan geçip güçlü bir kadın olmasını sağlayacak cesaret ve kararlılığı sağlamışlardı. Bununla kalmamış, örgü dersleri sayesinde Elise'i tanımış, Elise de onu Maverick'le tanıştırmıştı. Bu adam, daha sonra Parties'in ortaya çıkmasına yardım eden "melek" oluvermişti. Sınıf arkadaşları Bethanne'ye yalnız olmadığını hatırlatmış, her defasında bir ilmek atarak da olsa özgüvenini oluşturmasını sağlamışlardı.

O sınıf, Bethanne'nin yeni hayatının başlangıcıydı ve Bölüm İki, Bölüm Bir'in olmadığı kadar iyiydi. İki parçayı tekrar bir araya getirmek mümkün müydü? Bunu yapmak istiyor muydu?

"Motif zor değil," dedi Lydia, yünü kasanın yanına getirirken. "Birkaç sıra tekrarladıktan sonra eminim sorun yaşamayacaksın. Takılırsan uğra, sana yardımcı olayım."

Bethanne ödemesini yaptı. Çileyi yumak haline getirip onu sıkıntıdan kurtardığı için Lydia'ya minnettardı. Başlangıçta Courtney'nin duvağını örmek istemişti, ama buna vakit yoktu. Biraz hayal kırıklığı olsa da parmaksız eldivenler daha rahat başa çıkabileceği bir projeydi. Eldivenlerin aile mirası olup nesilden nesile geçecek kadar güzel olmasını umuyordu.

"Alix bu hafta buradaydı, Tommy'yi de yanında getirdi," dedi Lydia, Bethanne'ye yününü uzatırken. "Ne kadar büyüdüğünü tahmin edemezsin. Neredeyse bir yaşına geldiğine inanmak zor."

Arkadaşları Alix, yolun karşı tarafındaki Fransız Kafesi'nin fırınından sorumluydu. "İşe geri mi döndü?"

Lydia başıyla onayladı. "Sadece yarızamanlı. Winter bu ara hamile... biri el vermeli." Lydia gülümsedi. "Ya da kahve yapmalı."

Blossom Sokağı'nda pek çok şey değişmişti ve hepsi iyi yöndeydi.

"Casey nasıl?" diyerek Lydia'nın evlat edindiği kızını sordu. Bethanne birkaç ay önce, Casey on üçüncü yaşına basarken doğum günü partisini düzenlemişti.

"Casey gayet iyi," dedi Lydia. "Okulla ilgili birkaç sorunu var, yaz okuluna gidecek. Dünyanın sonu değil, ama Casey resmen çöktü. Bu konuyla uğraşıyoruz." Lydia tezgâhın üstüne doğru eğildi. "Zavallı çocuk sırtında bir sürü yükle bize geldi."

"Buna şüphe yok." Bethanne, evlerini ve yüreklerini bu sorunlu kıza açan Brad ve Lydia'ya hayrandı.

"Annemle arasının iyi olması işleri kolaylaştırıyor. En büyük korkum, anneme bir şey olursa ne yapacağız," dedi Lydia sönük bir sesle.

"Annen iyi mi?"

Lydia gözlerini ovaladı. "Pek sayılmaz." Umutsuzca ve belli belirsiz omuz silkti. "Giderek çaptan düşüyor ve izlemek çok güç. Bazen beni tanımıyor, anlarsın ya, ama Casey'yi daima hatırlıyor. Sanırım bu küçük mucizelerden biri. Casey de sevildiğini ve önemli olduğunu hissediyor, ki zaten öyle. Destekli yaşam merkezinde onu sevmeyen yok. Bir iş sahibi olacak yaşa geldiğinde onu isterlerse hiç şaşırmam. Anneme ve annemin arkadaşlarına karşı gösterdiği sabır inanılmaz. Onların anlattıklarını dinlemekten hoşlanıyor."

Bethanne anlayışla başını salladı.

"Günümüzde kimsenin yaşlılara ayıracak zamanı yok..."

Lydia başını iki yana salladı. "Ziyaretlerimi aceleye getirdiğim için ben de kendimi suçlu hissediyorum, ama Casey öyle değil. Annem aynı öyküyü defalarca tekrarladığı halde oturup saatlerce onu dinliyor ve hiç sıkılmış gibi görünmüyor."

"Ya Margaret?" Bethanne genellikle Lydia'yla beraber çalışan ablasının dükkânda olmadığını fark etmişti.

"Bugün izinli. Çarşamba günleri fazla yoğun olmuyor, saat on birde dişçiyle randevusu var ayrıca. Öğleden sonra da keyfine bakmasını söyledim."

Margaret dükkânın demirbaşlarından biriydi ve Lydia'dan öylesine farklıydı ki, yeni müşteriler onların kardeş olduklarını tahmin bile edemezdi. Margaret iyi yürekli biriydi ama huysuzluğunu ve inatçılığını alışkanlık haline getirmeye başlamıştı.

"İşler nasıl?" diye sordu, cesaretini toplayıp. O anda dükkândaki tek müşteri kendisiydi.

"Şaşırtacak kadar iyi," dedi Lydia neşelenerek. "Resesyon dönemlerinde insanlar ev içi uğraşlara yöneliyorlar ve şu sıralar pek çok kişi örgüye merak sardı."

"Taşındıklarından beri Anne Marie ya da Ellen'la görüştün mü?"

Lydia vitrini düzenlemeye geri döndü. "Neredeyse her gün. Ellen, Blossom Sokağı'ndan ayrılmak istemiyordu, ama onu eskisinden daha sık görüyorum. Yeni mahallesinde birçok arkadaş edindi ve kesinlikle uyum sağladı."

"Onun adına çok sevindim." "Genç bir dul olan Anne Marie, yerel bir ilköğretim okulunda gönüllü çalışmaya başladıktan sonra kızı evlat edinmişti. Lydia bunu hiç itiraf etmese de, Ellen'ın evlat edinilmesinin Lydia ile Brad'in Casey'yi ailelerine katmakta etkili olduğunu Bethanne gayet iyi biliyordu.

"Çay için birkaç dakikan var mı?" diye sordu Lydia.

Bethanne saatine baktı. "Ne yazık ki hayır, üzgünüm. Ofise gidiyordum, Julia'yla görüşmem gerek."

"O halde daha sonra." Bethanne kapıyı açarken Lydia ona el salladı.

"Yakında," diye söz verdi Bethanne.

"Örgüyle ilgili sorun çıkarsa mutlaka uğra," diye seslendi arkasından.

"Uğrarım."

Arabasının kilidini açarken Bethanne karşıdaki Fransız Kafesi'ne bir göz attı ve eski kayınvalidesi Ruth Hamlin'in dışarıda öğle yemeği yediğini görünce şaşırdı.

Boşanmış olsa da, Bethanne ile Ruth'un samimiyetleri devam etmişti. Çocuklarının hatırına Ruth'la ve görümcesi Robin'le olan ilişkisini kesmemişti. Ancak az önce Lydia'nın da hatırlattığı gibi, kimsenin artık yaşlı insanlara ayıracak zamanı yoktu. Bethanne suçunu kabul etti. Son günlerde Ruth'la fazla görüşemiyordu ve son konuşmalarından bu yana haftalar geçmişti.

Grant'in ailesini terk etme kararı Ruth'u dehşete düşürmüştü. Bu konudaki fikrini oğluna açıkça söylemekten de çekinmemişti. Bethanne'yi daima kollamış ve destek çıkmış, onun kızı gibi hissetmesini sağlamak için elinden geleni yapmıştı. Boşanma sürecinde de, Grant'in bir gün hatasını anlayacağından emindi ve daima Bethanne'nin tarafında olmuştu.

Bethanne içgüdüsel olarak yolun karşısına geçti. Aslında vakti yoktu ve her zaman dakik olan Julia'nın onu beklediğinden emindi. Lydia'nın yanında düşündüğünden fazla kalmıştı, üstelik öğleden sonra yöneticilerle toplantının da olduğu yoğun bir programı vardı. Ancak Bethanne, bir dönem kendisine büyük cesaret veren bu kadına zaman ayırmaya kararlıydı.

"Ruth?"

Kayınvalidesi önündeki çorba ve sandviç tabağından başını kaldırdı ve yüzüne kocaman bir tebessüm yayıldı. "Bethanne, vay canına. Seni burada göreceğim aklımın ucundan geçmezdi."

İki kadın birbirine sarıldı. "Sipariş verdiğim yünleri almaya gelmiştim. Senin buralarda ne işin var?" Bethanne, Ruth'un karşısındaki sandalyeye oturdu.

Kayınvalidesi ellerini kucağına koydu. "Robin öğle yemeği için burada buluşmamızı önerdi. Adliye buraya yakın, ama Robin'i bilirsin..."

"Erken mi gitti?" Bethanne önce çevresine, sonra Ruth' un neredeyse ellenmemiş tabağına baktı.

"Henüz ortada yok," dedi Ruth hafifçe kızararak. "Eminim mahkemeye takılmıştır..." Robin, Seattle'da dava avukatı olarak çalışıyor ve genelde şiddet suçlarıyla uğraşıyordu.

Bethanne kaşlarını çattı. "Onu aradın mı?"

Ruth başını iki yana salladı. "Ceptelefonu kullanmamaya yeminliyim. İnsanların mahremiyetine tecavüz ediyorlar; her neyse, takma kafana. Bazen bir ceptelefonunun ne kadar gerekli olduğunu itiraf etmek zorundayım."

"Benim aramamı ister misin?"

"Gerçekten mi hayatım?" Ruth minnetle onun elini sıktı. "Çok sevinirim."

Çantasını karıştıran Bethanne sonunda ceptelefonunu buldu. Robin'in numarası rehberinde vardı, çevirip telefonu kulağına götürdü ve beklemeye başladı. Robin'in telefonu doğrudan sesli mesaja geçti, demek hâlâ mahkemedeydi.

"Sanırım haklısın," dedi Ruth'a.

Yaşlı kadın iç çekti. "Ben de bundan korkuyordum. Yola çıkmadan önce ne zaman tekrar görüşürüz bilemiyorum." Ruth oturduğu yerde doğrulup sandviçini aldı. "Aslında çok önemli değil, çünkü kızım *asla* fikrimi değiştiremeyecek."

"Hangi konuda, Ruth?"

Ruth çenesini yukarı dikti. "Robin, ellinci mezuniyet yılı balosuna gitmemi engellemeye çalışıyor." Hindili-pastırmalı sandviçinden kararlı bir lokma ısırdı.

Acaba görümcesi neden böyle davranıyordu? "Umarım gidersin," dedi Bethanne.

"Gideceğim ve hiçbir şey beni kararımdan vazgeçiremeyecek." Bethannne, Ruth'u hiç böyle kararlı görmemişti.

"Aferin sana," dedi neşeyle, eski kayınvalidesi azimle lokmasını çiğnerken.

Ağzındakini yutan Ruth gevşedi ve Bethanne'ye minnetle gülümsedi. "Niyetim Florida'ya kadar arabayı tek başıma kullanmak. Bütün söyleyeceğim bu."

2

"Florida mı?" diye yavaşça tekrarladı Bethanne. Eski kayınvalidesi ülkeyi boydan boya geçmeyi mi düşünüyordu? *Tek başına*?

"Of, Bethanne, sen de mi?" diye homurdandı Ruth. "Bu yolculuğu yapabilecek durumdayım."

"Uçakla gidemez misin?" Bildiği kadarıyla Ruth'un uçmakla ilgili bir korkusu yoktu.

"Elbette gidebilirim, ama eğlence bunun neresinde?" Ruth peçetesini masaya bıraktı. "Richard yıllarca bana ülke çapında bir yolculuk vadetti. Güzergâhı belirlemek için günlerce uğraşır, sonra bütün arkadaşlarımı arayıp geleceğimizi haber verirdim. Ardından, her zaman olduğu gibi, Richard'ın işyerinde bir sorun çıkardı." Bu anının canlanmasıyla dudakları gerildi. "Ben pes edene kadar tam üç kez yolculuğu iptal etti."

Richard, nadiren izne çıkan gerçek bir işkolikti. Hafta sonlarını çoğunlukla mühendislik şirketindeki ofisinde geçirir, beyzbol maçlarını ve piyano resitallerini kaçırırdı. Aslında, ölümü de aynı ofiste olmuştu. Aradan ne kadar zaman geçmişti? Yedi yıl? Bethanne'nin hesaplarına göre belki sekiz.

Grant, babasının ölümünü çok zor kabullenmişti. Birbirlerine çok yakın değillerdi, ama Grant babasına hayrandı ve onun iş ahlâkına saygı duyuyordu. Robin'e gelince; Richard'la aynı hamurdan yoğrulmuşlardı. Hukuk fakültesinden mezun olur olmaz evlenmiş, üç yıl sonra boşanmıştı. Robin işiyle evliydi; hayatında başka bir şeye ya da kimseye yer yoktu. Bir aile kurma isteği, yüksek tempolu işinin talepleri ve ödülleri karşılığında sönüp gitmişti. Bethanne görümcesini sadece Noel zamanı doğru dürüst görebiliyordu, boşanmadan beri de böyle bir şey olmamıştı. Zaman zaman telefonda sohbet ediyorlardı ve Robin, Andrew ya da Annie'nin doğum günlerinde kartlarla çekler göndermeyi ihmal etmiyordu. Ancak onların hayatının bir parçası değildi ya da, görüldüğü kadarıyla, iş arkadaşları dışında hiç kimsenin.

"Giderek gençleşmiyorum, biliyorsun," diye devam etti Ruth, Bethanne'nin düşüncelerinin arasına girerek. "Eğer ülkeyi görmek istiyorsam, daha fazla erteleyemem. Robin'den bana eşlik etmesini isteyecektim, ama ikimiz de *bunun* boşa nefes tüketmek olacağını biliyoruz. Son on yıldır, on günden fazla izin yaptığını sanmıyorum."

Bethanne'nin ekleyeceği bir şey yoktu. Ruth haklıydı.

Robin annesiyle birlikte asla yolculuğa çıkmaz, iki ya da üç haftasını ailesine ayıramazdı.

"Bunca yıldır memleketime sadece üç kere gidebildim." Ruth'un sesinde hasret vardı. "Ebeveynlerimin cenaze törenlerinde ve bir kez de kısa bir tatil için. Oysa lise arkadaşlarımın çoğuyla irtibatımı kesmedim. Hem Diane, hem de Jane aileleriyle birlikte Seattle'a ziyaretime geldi. Bir araya geldiğimizde tekrar gençlik günlerimize dönüyoruz! Öyle keyifliydi ki, mezuniyet balosunun onları tekrar görmek için mükemmel bir fırsat olduğunu düşünüyorum. Gitmeye kararlıyım." Sandalyesine yaslanıp kollarını göğsünde kavuşturdu.

Bethane onu caydıramayacağının farkındaydı. "O halde bunu yapmalısın," dedi yumuşak bir sesle.

"Yapacağım," diye vurguladı Ruth. "Haziranın birinde yola çıkıyorum."

"O kadar çabuk mu?" Bethanne'nin kaşları kalkmıştı.

"Evet, mezuniyet balosu on yedisinde, böylece çevreyi rahatça görebilmek için zamanım olacak. Rushmore Dağları'nı ve Badlands'i görmeyi her zaman çok istemişimdir. Atalarım ilk olarak Dakota'ya yerleşmiş, biliyor muydun?"

Bethanne, Ruth'un hevesini kırmak istemiyor, ama bu kadar uzun bir yolculuğa tek başına çıkmasından içini sızlatan bir endişe duyuyordu. Kolayca aldanabilecek bir yapısı vardı; özellikle yalnızken.

Ruth inatla gözlerini ona dikti. "Bir şey söylemeden önce, bir araç kiraladığımı, uçakla döneceğim için, Florida'dan Seattle'a uçuş rezervasyonumu şimdiden yaptırdığımı bilmeni isterim. O yüzden sakın beni caydırmaya çalışma."

Bethanne onunla tartışmaktan vazgeçti ve uzanıp yaşlı kadının kolunu okşadı.

"Artık hiç kimse arabayla yolculuğa çıkmıyor," dedi Ruth kederle. "Hayat, oradan oraya koşuşturmaktan ibaret. Çocuklarım büyüdü, bunu söylemek beni üzüyor ama ikisi de benim için tam bir hayal kırıklığı. Robin'i ve Grant'i nadiren görebiliyorum. Artık altmış sekiz yaşındayım ve..." Sesi çatladı. "*İhtiyar* değilim ve bana, kendi kararlarını verelemeyecek çıtkırıldım biri gibi davranılmasını kabul etmiyorum."

Bethanne masanın üstünden uzanıp Ruth'un elini kavradı. Casey Goetz'i ve onun Lydia'nın annesine gösterdiği yakınlığı düşündü. Birkaç yıla kalmadan böyle bir yolculuk Ruth için imkânsız hale gelecekti. Bu yolculuğu ya şimdi yapacaktı ya da yıllardır kurduğu bu hayalden vazgeçecekti.

"Seninle geleceğim," dedi Bethanne yumuşacık bir sesle.

Ruth birden kafasını kaldırdı. "Sen mi?"

"Yıllardır tatil yapmadım." Çocuklarla gittiği birkaç aile ziyareti dışında, Bethanne son gerçek tatilini Grant'le birlikte yapmıştı. Onuncu yıldönümlerini kutlamak için İtalya'ya gitmişlerdi.

Ruth ona bakmaya devam ediyordu, söyleyecek bir şeyler bulamadığı belliydi.

"Birkaç hafta uzaklaşmak bana da iyi gelir," dedi Bethanne. "Vermem gereken bazı kararlar var ve uzun uzadıya düşünmem gerekiyor. Uzaklaşmak bana bu şansı verecektir."

"Sen ciddi misin? Yola benimle mi çıkacaksın?"

"Elbette." Ruth'un heyecanı Bethanne'yi gülümsetti. "Ben New Orleans'ı görmek istiyorum!"

"Harika olur," dedi Bethanne.

"Ve Branson, Missouri..."

"Sen, ben ve Oak Ridge Boys," dedi Bethanne. Artık gülüyor ve verdiği bu ani kararla enerji dolduğunu hissediyordu.

"Ve Andy Williams." Ruth elini kalbine götürerek inledi.

"Tamam. Andy Williams da olsun." Ruth'un tepkisi Bethanne'yi çok mutlu etmişti. "İşleri toparlamak birkaç günümü alır," diye uyardı. Neyse ki Julia onun yerini doldurmaktan çok daha fazla yeteneğe sahipti.

"Anma gününden önce gitmeye niyetim yok," dedi Ruth. Dökemediği yaşlar gözpınarlarında parlıyordu. "Ah Bethanne, bunun beni ne kadar mutlu ettiğini bilemezsin."

"Ben de mutluyum," dedi. Gerçekten öyleydi. Spontane alınmış bu karar kesinlikle çok doğruydu. Grant'in çektiği peşrevleri değerlendirmek için zamana ihtiyacı vardı. Bir araya gelmeleri mümkün müydü, hatta bunu istiyor muydu emin değildi; yaşadığı bunca şeyden sonra onun tekrar hayatının bir parçası olabileceğini düşünemiyordu. Yine de Grant'e olan duygularının, boşanmayla bile başa çıkabilen sevgisinin, ikinci bir evlilik girişimi için yeterli olup olmayacağını merak etmemek elde değildi. Dönüştüğü bu kadın, yarattığı bu çok farklı yeni hayatta ona bir yer bulabilecek miydi?

"Emin misin?" diye ısrar etti Ruth.

"Kesinlikle."

Ruth kaşlarını hafifçe çatarak onun yüzünü inceledi. "Bunu bana acıdığın için yapmıyorsun, değil mi?"

"Hayır." Bethanne gülmemek için kendini zorladı.

"Pekâlâ, öyle olsa da olmasa da umurumda değil. Yanımda olacağın için minnettarım."

Sonra, küçük bir kız gibi ellerini çırptı.

"Anne!" Bethanne, Parties'in Queen Ann Hill genel merkezine girer girmez Annie haykırdı. Perakende satış yapan bu dükkân onun ilk mekânıydı ve ofisleri ilk fırsatta ikinci kata taşımıştı. "*Nerede* kaldın? Julia yarım saattir seni bekliyor ve diğer yöneticiler on beş dakikaya kadar burada olur!"

"Üzgünüm, üzgünüm..." diye mırıldandı Bethanne.

"Ceptelefonunu açmadın." Annie, huysuz bir kedi gibi Bethanne'nin ofisinde volta atıyordu.

"Büyükanne Hamlin'le beraberdim."

Annie birden durdu. "Bir şeyi yok, değil mi?"

"Daha iyi olamazdı." Bethanne malzeme dolabına gidip sarı bir bloknot çıkardı. Julia çoktan toplantı salonunda olduğu halde masasının üstündeki mesajları alıp karıştırmaya başladı. Grant'in ismini görünce duraksadı.

"Babam aradı," dedi, arkasında duran Annie. "Onunla konuştum."

Bethanne dönüp kızının yüzüne baktı. Son birkaç yılda

Annie ile Grant'in arası düzelmiş, bir zamanlar bozulan ilişkileri yeniden toparlanmaya başlayarak Bethanne'yi rahatlatmıştı. Baba-kız birbirlerine çok benziyorlardı; ikisi de baştan çıkarıcı ve katır kadar inatçıydı. Tiffany'nin Grant'i terk etmesinin ardından araları düzelmeye başlamıştı. *O* evlilik bozulduğu için Annie tek bir gözyaşı bile dökmemişti. Aslında ne kadar mutlu olduğunu gizlemekte zorluk çekiyordu.

"Babam bugünlerde kendine gelmiş gibi görünüyor," dedi Annie ciddiyetle.

"Sevindim," dedi Bethanne, elindeki mesaj yığınına odaklanarak.

"Andrew ve bana karşı hatasını telafi etmek için elinden geleni yapıyor."

Bethanne doğrudan kızının gözlerinin içine baktı. "O senin baban ve ikiniz, onun için dünyadaki her şeyden daha değerlisiniz." Tiffany'ye öncelik tanıdığı dönemlerde, Grant'in çocuklarını kaybetmek üzere olduğunu fark ettiğinden pek emin değildi.

"Onu arayacak mısın?" diye sordu Annie.

Grant'in mesajı, yığının en altında kalmıştı. "Müsait olunca ararım," dedi Bethanne net bir ifadeyle. "Şu anda, Julia'yı daha fazla bekletemem."

Hızlı adımlarla koridora doğru ilerlerken Annie arkasından soluk soluğa konuştu. "Bugün Vance aradı."

Vance, kızının üniversiteden erkek arkadaşıydı. Üç yıldır aralıklarla flört ediyorlardı. Bethanne, kızının Vance konusunda ciddi olduğunu biliyor, ama ikisinin de evliliği akıllarına bile getiremeyecek kadar toy olduğunu düşünüyordu. Bethanne'nin gözünde Annie, yaşına ve başarılarına rağmen hâlâ çok gençti. Belki de bu durum boşanmanın bir sonucuydu, ama Annie'nin hem Grant'e hem de kendine olan bağlılığı –sürekli ikisine de akıl danışıyor ve mutlaka onay bekliyordu– biraz abartılıydı. Bethanne, onun yaşındayken *kendisinin de* ebeveynlerine bu kadar bağlı olup olmadığını düşündü. Muhtemelen değildi ama elbette Bethanne aile bölünmesinden kaynaklanan öfke ve kederle başa çıkmak zorunda kalmamıştı.

"Vance günde en az altı kere arıyor ya da mesaj gönderiyor," dedi Bethanne. Abartmış olabilirdi, ama sürekli iletişim halinde oldukları bir gerçekti.

"Bu akşam beni Space Needle'da yemeğe götürmeyi teklif etti!" Annie heyecandan titriyordu.

Bethanne bir kaşını kaldırdı. "İkiniz özel bir yıldönümü filan mı kutluyorsunuz?"

"Bildiğim kadarıyla hayır. İnan bana, hatırlayacak biri varsa, o da benim."

Bethanne aynı fikirdeydi. Tarihler, olaylar ve kişiler söz konusu olduğunda Annie'nin de babası gibi müthiş bir hafızası vardı; matematik ve tarih derslerinde hep sınıf birincisiydi. Baba-kızın, uzun araba yolculuklarında birbirlerinin damarına basarak oynadıkları bitmek tükenmek bilmeyen hafıza oyunlarını hatırladı.

"O halde gerekçe nedir?"

Kızının gözleri fal taşı gibi açıldı. "Bana evlenme teklif

edeceğinden adım gibi eminim," diye fısıldadı.

Bethanne canının sıkıldığını belli etmemek için büyük çaba harcadı. "Gerçekten mi?"

Annie başıyla onayladı. "Geçen hafta, Andrew ve Courtney'nin düğünüyle ilgili bir konudan söz ettiğimde, bana evlilik ve aileyi çok önemsediğini söyledi."

"Aile önemlidir," dedi Bethanne, belli belirsiz.

"Öyle, ayrıca neredeyse her konuda hemfikiriz: aile, kilise, siyaset gibi. Bunlar önemli konular, değil mi?" O, onayını almak için annesinin yüzüne baktı.

"Doğru, ama konuyla ilgili tek bir yorum Vance'in evlenme teklif etmeye hazır olduğunu göstermez, Annie." Bethanne'nin sesi gayet nazikti ama içinden kızının saflığına hayret ediyordu. Annie'nin hayal kırıklığı yaşamasını istemiyordu. Bir annenin koruyucu dürtülerinden asla vazgeçemediğini fark etti.

"Of, biliyorum, ama Nicole onu üniversitenin yakınlarındaki bir mücevhercide görmüş. Tek mantıklı açıklama nişan yüzüğü bakıyor olması. Yoksa bir erkeğin mücevhercide ne işi olabilir?"

Pek çok sebebi olabilirdi, ama Bethanne kızının umutlarını kırmak istemiyordu. "Ateşli buluşma ne zaman?"

"Cuma akşamı."

"Harika. Umarım her şey yolunda gider." Her koşulda –nişan olsa da, olmasa da– endişeleri vardı, ama şimdi bunları konuşmanın zamanı değildi.

"Teşekkürler anne." Annie, koridordan kendi ofisine

doğru döndü.

"Annie," diye seslendi Bethanne. "Benim de sana bir haberim var."

Kızı ona döndü, gözlerinde merak vardı.

"Büyükanneni gördüğümde gelecek hafta Florida'ya doğru yolculuğa çıkacağını söyledi. Onunla birlikte gitmeye karar verdim."

Annie'nin ağzı bir karış açıldı. "Babaannem ve sen *Florida'ya* mı gidiyorsunuz?"

Bethanne güldü. "Böyle söyleme. Başımızın çaresine bakabilecek iki yetişkin kadınız. Babaannen hayatı boyunca böyle bir yolculuğa çıkmanın hayalini kurmuş, ama her defasında iptal olmuş. Bu kez çok kararlı ve tek başına gitmesine izin veremem."

"Peki ya Robin Teyzem?" sözcükler ağzından çıkar çıkmaz Annie başını iki yana salladı. "Boşver. Robin Teyzemin buna zamanı yoktur."

Bethanne başıyla onayladı. "Bu çok... ani bir karardı."

"İş ne olacak?" Annie başıyla dükkân yöneticilerinin az sonra bir araya geleceği toplantı salonunu işaret ediyordu.

"Önümüzdeki birkaç haftanın işiyle Julia başa çıkabilir," dedi Bethanne sakince. "Eğer gerçekten ihtiyaç duyarsa, ceptelefonumdan sürekli bana ulaşabilir."

Annie bir süre Bethanne'nin yüzüne baktı. "Vay canına anne, hiç hazırlık yapmadan birdenbire yola çıkıyorsun; bu senin tarzın değil."

"Doğru, ancak şu sıralar düşünmem gereken pek çok

konu var ve bu yolculuk bana kararlarımı gözden geçirme fırsatı verecek."

"Babam biliyor mu?"

"Henüz değil," dedi Bethanne, toplantı odasına doğru adımlarını sıklaştırırken el salladı. "Eminim büyükannen zamanı gelince ona söyleyecektir."

Diğer yöneticiler gelince Julia'yla görüşmesi kısa sürdü. Daha sonra, Julia ve Bethanne ertesi gün kaldıkları yerden devam etmek üzere ayrıldılar. Mesajlarını cevaplamak üzere sonunda ofisine döndüğünde, Grant'i aramayı sona bıraktı. Gayrimenkul piyasası ülke çapında hâlâ durgundu, ama Seattle bölgesinde son dönemde kıpırdanmalar başlamıştı. Şirketinin en önemli bürolarından birinde komisyonculuk yapan Grant'in sorumluluğu büyüktü.

Sekreteri onu hemen telefona bağladı. "Bethanne," dedi minnet dolu bir sesle.

"Merhaba, Grant. Annie aradığını söyledi." Hemen konuya girmişti, sonuçta ikisi de meşgul insanlardı.

"Söylesene, küçük kızımız ne zaman böyle dinamik bir işkadını oldu?"

Bethanne gülümsedi. "Sanırım bu yeteneğini senden almış."

"Bu konuda emin değilim," diye karşılık verdi Grant. "Bu günlerde iş konusundaki en iyi oyuncu sensin."

Grant, insanlara kendilerini özel hissettirmeyi çok iyi bilirdi –salondaki en önemli insanmış gibi– ve kariyerinde bu yeteneğinin çok yararını görmüştü. Şimdi ise, yıllardır yapmadığı şeyi yapıyor ve bu cazibesini ona yönlendiriyordu.

"Cuma akşamki yemek için aradım. Uygun olup olmadığın hakkında hiçbir şey söylemedin."

Hatırlatmasına gerek yoktu, son üç gündür hep aklındaydı.

"Çok sevdiğimiz şu küçük Meksika lokantasına gidebiliriz diye düşündüm," diye devam etti. Belli ki –ve haklı olarak– Bethanne'nin sessizliğini tereddüt olarak yorumlamıştı. "Hâlâ aynı yerdeler, inanabiliyor musun?" Gergin bir biçimde güldü. "Ne dersin? Sen ve ben, eski günlerin hatırına?"

Bethanne gözlerini kapadı, ahizeyi tutan parmaklarındaki eklemler bembeyaz olmuştu. Bu ifadeden artık sıkılmıştı. "Eski günlerimizin hepsi keyifli değildi, Grant."

"Biliyorum," diye itiraf etti çabucak. "Ancak, Andrew' un evliliği hakkında konuşmamız gerek."

"Bunu telefonla da yapabiliriz."

"Doğru..." diye kabullendi Grant, "Ama margarita eşliğinde yapmayı tercih ederim." Bethanne onun iç çektiğini duydu. "Buzlu seviyordun. Tercihin değişti mi?"

Bethanne en son ne zaman margarita içtiğini bile hatırlamıyordu. Ofiste o kadar çok zaman geçiriyordu ki, eğlenceye zaman kalmıyordu. "Sanırım."

"O halde, cuma akşamı benimle yemeğe gelecek misin?" Yalvarmıyordu ama Bethanne onun sesinde büyük bir özlem hissetti.

Soluğunu bıraktı, kolunu sıkıca midesine bastırıp cevap verdi. "Tamam."

"Seni almaya..."

"Saat yedide lokantada görüşürüz," diye araya girdi, kendi gitmeyi tercih ederdi.

"Yedi," diye tekrarladı Grant, sevincini saklamaya gerek duymadan. "Görüşürüz."

3

Cuma günü öğleden sonra, Bethanne masasında oturmuş, Julia'nın diğer beş dükkânla ilgili verdiği rakamları kontrol ediyordu. Böylesi zorlu bir dönemde, Parties hâlâ büyümeye devam ettiği için şanslıydı. Julia, Bethanne'nin dikkate almasını istediği çeşitli önerilerde bulunmuştu ve son birkaç aydır, Bethanne ona giderek daha çok güvenmeye başlamıştı. İşletme müdürü o olmasaydı kayınvalidesiyle yolculuğa çıkamazdı.

Parties piyasaya girdiğinden beri Bethanne'nin işi giderek büyümüştü ve Julia'ya göre, büyüme planları ve finans kaynakları konusunda akıllı davrandıkları sürece gelecekte büyük bir potansiyel vardı.

Bu başarının yararlarından ve en büyük hayallerinden biri, istediği zaman istediği yere gitme şansı olduğunu bilmesiydi. Bu, Bethanne için çok çarpıcıydı. İş konusundaki içgüdüleri iyiydi, ayrıca kocasını ve iş arkadaşlarını izlerken bazı temel becerileri de kapmıştı. Fikirleri son derece yenilikçi olduğundan, basında hak ettiğinden daha fazla ilgi görmüştü. Partilere yaklaşımıyla ilgili alışılmadık düşünceleri hakkında yazılmış köşe yazılarının kopyalarını saklıyordu.

Klasöre uzandı, sayfaları karıştırarak her haber parçasını, her dergi makalesini gurur ve başarı duygusuyla taradı. İlk açılan Parties'e ev sahipliği yapan bu binanın önünde geçen sene çekilmiş, objektife gülümseyen fotoğrafının olduğu sayfada duraksadı. Resim göz alıcıydı. En zayıf haliydi, omuzlarına düşen kahverengi saçları hafifçe kıvrılmıştı. Kırk yedi yaş için hiç fena değildi.

Fotoğrafa bakınca mutlu göründüğünü düşündü. Grant'i kafasından sildiği an, o andı. Hayat devam ediyordu.

Özgeçmişiyle birlikte fotoğrafının *USA Today*'de yayımlanmasının ardından Annie, Tiffany'nin Grant'i terk ettiğini ve boşanmak istediğini söylemişti. Birkaç gün sonra haberi bizzat vermek için Grant aramıştı. Aylardır ilk kez konuşuyorlardı. Sesi karamsardı ve Bethanne ona acımıştı. Her şey bir yana, kendisi de o yoldan geçmişti.

Grant. Hafta başında aradığından beri sık sık aklına geliyordu. Yıllarca onu zihninden silmeye çalıştıktan sonra Grant'le ilgili hoş anılar Bethanne'yi rahatsız ediyordu.

Saatine baktı. Eski kocasıyla Zapata'daki randevusuna geç kalmak istemiyorsa artık ofisten çıkması gerekiyordu. Hafta sonu anma gününe denk geldiği için trafiğe takıldı ve lokantaya on dakika geç ulaştı.

Salona girdiğinde kızarmış tortilla ve baharatlı salsa kokusu anılarını canlandırdı. İlk evlendikleri dönemde, bu küçücük lokanta en sevdikleri yerdi. Bahşiş dahil 5,50 dolara barbunyalı Meksika dürümü, iki tako, pilav ve fasulye ısmarlayıp bölüşüyorlardı. Fazla paraları varsa bir margarita ve iki çubuk istiyorlardı.

Çocuklar okula başlayana kadar Bethanne'nin evde kalıp onlarla ilgilenmesi ikisi açısından da önemliydi. Annie okula başladığında, Bethanne üniversiteyi bitirip iş dünyasına atılmak istemiş, ancak Grant bunu yapmamasını rica etmişti. Bethanne onun hayat arkadaşı, desteğiydi ve kendi işine odaklanmak için günlük işlerle onun ilgilenmesini istiyordu. Bethanne bunu kabul etmişti. O dönem Grant iyi para kazanıyor ve desteği için Bethanne'ye ne kadar minnettar olduğunu belli etmekten geri kalmıyordu.

Salonun diğer ucunda onu gören Grant ayağa kalkıp el salladı. Küçük lokanta kalabalıktı, neredeyse bütün yerler doluydu. İçki, salsa ve cips dolu tepsileri taşıyan garsonlar masaların arasında zikzaklar çiziyor, hoparlörlerden melodiler yükseliyordu.

Bethanne ayakta duran Grant'e doğru ilerledi. Grant onun ceketini çıkarmasına yardımcı oldu; bu tür ayrıntılar konusunda her zaman çok dikkatliydi. Ona her zaman kapıyı açar, sandalyesini çekerdi ama kalbini parçalara bölmekten çekinmezdi.

Dur.

Eski acıların onu ele geçirmesine izin vermeyecekti. Hiçbir zaman kindar biri olmamıştı ve geçmişi arkasında bırakmak için çok mücadele etmişti.

"Sana bir margarita ısmarladım," dedi Grant sandalyesini iterken. Bethanne, onun elinin, omzunu sıyırıp geçtiğini hissetti.

Sıcak patates kızartması ve salsa gelmişti bile. Bethanne patatese uzanırken midesi guruldayor, salsanın hâlâ eskisi kadar iyi olup olmadığını merak ediyordu. Tek bir lokma öyle olduğunu anlamasına yetti.

"Bunca yıldır mönü neredeyse hiç değişmemiş," dedi Grant karşısına otururken. Mönüye bakmadan önce, bir an bakışları ona asılı kaldı.

Açıkçası, bu mekân onun da anılarını canlandırmıştı.

"Fiyatlar değişmiş," dedi Bethanne kendi mönüsünü incelerken. Mönünün kapağını bir Meksika generali süslüyordu.

Grant gülümsedi. "Şey, sanırım artık hesabı ödemeye gücümüz yeter."

Bethanne personelden kimseyi tanıyamadı. Garson kız iki buzlu margarita getirdi, her kadehin ağzı kalın bir tuz halkasıyla çerçevelenmişti.

"En azından iki kadeh sipariş edebiliyoruz," dedi Grant, Bethanne'nin kadehin ağzındaki tuzu yalayıp içkisinden bir yudum almasını izlerken.

Biz diye konuşması, kulağa sanki tekrar birliktelermiş gibi geliyordu, ama Bethanne tepki vermedi. "Umarım aynısı yemek için de geçerlidir," dedi yumuşak bir sesle.

"İstediğini ısmarlayabilirsin, paramın yeteceğini düşünüyorum," diye mırıldandı Grant, seçenekleri gözden geçirirken.

"Sanırım barbunyalı Meksika dürümü sevmediğimi sana hiç söylemedim," dedi pat diye.

"Sevmiyor musun?" Grant, mönünün üstünden şok olmuş bakışlarla onu süzüyordu. "Ama... ama, buraya her gelişimizde ondan sipariş ediyorduk."

Bethanne bir şey söylemedi. Zapata'da yedikleri sayısız yemekler boyunca Grant dürümünün yarısını neden bıraktığını hiç sormamıştı.

"Ben, hakkından feragat ettiğini düşünüyordum," dedi. "Anlarsın ya, bana daha çok kalsın diye, tıpkı çocuklara yaptığın gibi." Mönüyü elinden bıraktı, gerçekten çok üzgün görünüyordu. "Bu kadar umarsız olduğum için üzgünüm, Bethanne."

Garsonun o anda siparişleri almaya gelmesiyle Bethanne rahatladı. Grant tavuklu enchilada ve barbunyalı dürüm isterken, Bethanne Tex-Mex salata siparişi verdi.

Garson kız masadan uzaklaşınca, Bethanne margaritasından büyük bir yudum alıp ağzında bekleterek sıcaklığın tadını çıkardı ve sandalyesine yaslanıp bekledi. Bu randevuyu Grant istemişti. Ne söyleyeceğini duymak için sabırsızlanıyordu.

"Courtney'yle birkaç kez görüştüm," diye söze girdi Grant, oğlunun nişanlısını kastederek. "Onu çok beğeniyorum. Son derece aklı başında ve bence Andrew için uygun bir kız."

"Ben de öyle düşünüyorum," diye mırıldandı Bethanne.

"Anladığım kadarıyla, Andrew ile Courtney düğünü kendileri planlıyor ve sen de onlara yardım ediyorsun, gayet mantıklı." Grant'i gergin görmek çok nadir bir durumdu ve şu anda açıkça öyleydi. Göz temasından kaçınıyor, elindeki çatalla oynuyordu. Sonra genzini temizledi. "Ben de katkıda bulunmak isterim."

"Bunu Andrew ve Courtney'yle konuşmalısın," dedi Bethanne.

Grant dalgın bir şekilde başıyla onayladı. İkisi de, Andrew'un babasına kötü duygular beslediğini biliyordu. Bethanne'nin bir an içi sızladı. Bu düğünün, Andrew'a yakınlaşmak için bir vesile olmasını umduğunu biliyordu.

"Peki, yapabileceğim herhangi bir şey *var mı*?" diye sordu Grant.

"Emin değilim. Andrew ve Courtney'ye iletişim bilgilerini vererek güvendiğim kişilere yönlendirdim." Bethanne önerilerde bulunsa da bu onların düğünüydü ve genç çift kararları kendileri vermişlerdi. Bethanne mesafeyi korumuş, idareyi ele almaya çalışmadan tavsiyelerde bulunmaya çalışmıştı.

"Düğünler pahalıdır," dedi Grant.

"Çok doğru." Bethanne, düğün için otuz bin doları gözden çıkaran insanlar görmüştü.

"Maddi destekte bulunmak isterim." Grant ellerini masaya koydu.

Bethanne margaritasından bir yudum daha aldı. "Çok naziksin Grant, ama yine de bunu Andrew ve Courtney'ye söylemelisin, bana değil."

"Senin bilmeni istedim."

"Çocuklarına karşı daima bonkör davrandın," diye itiraf etti Bethanne. Biraz abartmış olabilirdi, ama doğruluk payı büyüktü.

"Onları kaybettim," diye mırıldandı Grant, ellerine bakarak. "Anlarsın ya, Andrew'a maddi katkıda bulunmak istediğimi söylemenin iyi bir fikir olup olmadığından emin değildim. Senden gelirse daha iyi olur diye düşündüm."

Bethanne bakışları karşılaşana kadar bekledi. "Hayır, ona kendin söyle," dedi. "Seni seviyor, Grant. Sen onun babasısın."

Grant kabul eder gibi ya da sadece savuşturmak için başını eğdi.

"Bu yüzden mi beni yemeğe çağırdın?" diye sordu. Patavatsızlık olabilirdi ama sadede gelip doğrudan konuya girerse Bethanne'yi sıkıntıdan kurtaracaktı.

Grant bir süre cevap vermedi. "Konuşmak istediğim bir şey daha var," dedi sessizce. Gürültülü müziğin arasında Bethanne onu zorlukla duydu.

"Nedir?"

"Düğünde... sence..." Tereddüt etti. "Kilisede beraber oturmamızın sakıncası var mı? Andrew'un ebeveynleri olarak?"

"Beraber oturmak mı?" Bethanne'nin yüzü ifadesizdi.

"Boşanmış çiftler genelde bunu yapmaz," dedi Grant.

"Doğru."

"Misafirlerimize karşı kenetlenmiş görünmeyi isterim, daha önemlisi, ailemize ve çocuklarımıza karşı."

Bethanne yüzünü buruşturmamaya çalıştı. Onları terk ederken "kenetlenmek" umurunda değildi. Of, bağışlamak neden bu kadar zordu? Geçmişin acılarının üstüne sünger çektiğini düşünürken, öfkesinin bu kadar kolay su yüzüne çıkması onu çok şaşırttı.

"Düşündüğün zaman o kadar da kötü değil," diye iknaya çalıştı Grant. "Sen tekrar evlenmedin, şu an ben de bekârım. Ayrı oturmamız tuhaf kaçmaz mı?"

"Şimdi bekârsın, ama hep öyle değildin," dedi Bethanne alaycı bir tonda.

Grant gerildi. "Bütün istediğim bunu bir kez düşünmen. Törende beraber oturur, ardından tebrikleri kabul ederken yan yana dururuz. Kabul edersen minnettar kalırım, ama etmezsen..." Rahatlamak istercesine derin bir soluk aldı. "Yani, eğer istemezsen bunu anlarım. Sanırım söylemeye çalıştığım ama doğru dürüst anlatamadığım şey, kararın her ne olursa olsun, kabul ederim."

Bethanne lafın altında kalmayı başaramadı. "Bir başka deyişle, bütün dünyaya bağışlandığını, hâla arkadaş olduğumuzu ilan etmek istiyorsun. Harika bir fikir ama mesajın doğru olduğundan emin değilim."

Grant içkisine baktı. "Beni tamamen bağışlamanın mümkün olamayacağını biliyorum."

Bethanne bir an utandı. Derin bir iç çekti. "Özür dilerim, Grant," dedi. "Senden nefret etmiyorum, gerçekten." Ona yirmi yılını vermişti. Çocuklarının babasıydı ve bir parçası hâlâ onu seviyordu.

Grant'in gözlerinde bir umut ışığı yanıp söndü. "Bunu yapabilir miyiz? Hayatının en önemli gününde, Andrew'un hatırı için bunu yapabilir miyiz?"

"Bunu düşüneceğim," diye söz verdi Bethanne.

"Bütün istediğim bu," dedi Grant ve bir daha konuyu açmadı.

Çok geçmeden siparişleri geldi. Grant kaşığıyla yemeğinin üstüne salsa sosu boca etti. Bethanne kâseyi ona uzatmasını beklerken sessizliğini korudu.

"Sanırım bu akşam Annie'nin ateşli bir randevusu var," dedi Grant.

Annie, babasıyla yaptığı konuşmalardan nadiren söz etse de, Bethanne son günlerde onların düzenli olarak görüştüklerini biliyordu.

"Vance'le ilgili düşüncen nedir?" diye sordu Grant, çatalını dumanı tüten yemeğine daldırırken.

Bethanne düşüncelerini toparlamaya çalışırken kendi tabağına biraz sos aldı. "İyi bir çocuk ama biraz toy olduğunu söyleyebilirim." Duraksadı. "Ama Annie de öyle zaten." İçkisinden bir yudum daha aldı. "Arkeoloji eğitimi aldı ve bu yıl mezun oldu. Bildiğim kadarıyla, yüksek lisans yapacak."

"Annie bu akşam ondan teklif bekliyor gibi."

"Öyle," diyen Bethanne çatalını kenara bıraktı. "Samimi olmak gerekirse, evlilik için henüz çok genç olduklarını düşünüyorum. Eğer nişanlanırlarsa, umarım uzun süreli bir nişanlılık dönemi olur."

Grant kaşlarını çattı. "Vance'in kızımız için uygun bir seçim olmadığını mı düşünüyorsun?"

"Bunu söylemedim."

"İma ettiğin bu."

Bethanne doğrudan gözlerinin içine baktı. "Hayır, söylediğim şey, bu tür bir taahhütte bulunmadan önce yeterince bekleyecek kadar akıllı olması."

Grant yemeğinden bir lokma aldı. "*Biz* çok mu gençtik?"

Bethanne omuz silkti, ne cevap vereceğini bilmiyordu. Annie ve Vance gibi, Grant ve Bethanne de aynı üniversiteye gidiyorlardı. Grant iş idaresi okuyor, Bethanne ise eğitim fakültesine devam ediyordu. Bethanne'nin ikinci sınıfa geçtiği yılın yazında tanışmışlardı. İlk buluşmalarından itibaren Grant Hamlin onun bütün dünyası oluvermişti. Noelde nişanlanmışlardı. Bethanne'nin ailesi Grant'i sevmesine rağmen, düğün için Bethanne'nin mezuniyetini beklemelerini istemişlerdi.

Ne yazık ki beklemek imkânsız görünüyordu. Grant mezun olmuştu ve iş arıyordu. Boeing'de çalışmaya başlamış, ilk maaşıyla ona bir nişan yüzüğü almıştı.

Ailesinin karşı çıkmasına rağmen, Bethanne mezuniyete altı ay kala okulu bırakarak hayatını iyi bir ev kadını ve anne olmaya adamıştı. Bütün iş hayatı, Andrew doğana kadar kısa süreliğine bir alışveriş merkezinde çalışmaktan ibaretti.

"Çok mu genç?" diye soruyu tekrarladı. "Belki..."

Başka sevimsiz konulara girmeden yemeklerini hızla bitirdiler. Lokantadan çıkınca, Grant onu arabasına kadar yolcu etti.

"Keyifli bir yemekti," dedi yanında durarak. "Senin de hoşuna gitti mi?" Bethanne kapıyı açmış, çantasını yan koltuğa atmıştı bile.

"Gitti."

"Ya kavalyen?"

Bethanne ona bir uyarı bakışıyla karşılık verdi: *Fazla zorlama.* "Bu gece, pek çok anıyı canlandırdı," demekle yetindi.

"Benim için de öyle." Grant arabaya dokundu, tozun üstünde desenler çizdi. "Biz mutluyduk, Bethanne," dedi duyulamayacak kadar alçak bir sesle.

Bethanne başıyla onayladı, birden hüzünlenmişti. "Öyleydik," diye kabul etti. "Bir zamanlar."

Grant, onun omuzuna dokunmak için çekinerek elini kaldırdı. "Son altı yılı geri almak için her şeyimi verirdim," dedi gözlerinin içine bakarak.

"Yedi yapalım," diye ekledi Bethanne. Tiffany'yle ilişkisi boşanmaya karar vermeden çok önce başlamıştı.

"Yedi," diye düzeltti ve yavaşça soluğunu bıraktı. Sanki birden bütün içi boşalmış gibiydi. Bethanne onun gözlerindeki pişmanlığı okuyabiliyordu. "Söyle... ikimiz için hiç umut var mı?"

Cevabı düşünürken, Bethanne onun bir şamar beklermiş gibi gerildiğini fark etti.

"Bilmiyorum," dedi başını iki yana sallayarak. Her şey çok karmaşıktı...

"Geçmişi arkamızda bırakmak mümkün olabilir mi, boşandığımızı unutmak ve yedi yılı hiç yaşanmamış saymak?"

"Ama yaşandı."

"Biliyorum," dedi kırgın bir sesle. "Sana ve çocuklara yaptıklarımı geri alabilecek olsam, yapardım. Bedeli her ne olursa olsun öderdim. Kan istiyorsan kanımı akıtırdım. Sensiz çok mutsuzum, Bethanne." Sesi insanın içini acıtacak kadar samimiydi. "Bana ikinci bir şans vermeyi düşüneceğini söyle. Tek ihtiyacım olan küçücük bir umut."

Bir cevap bekliyordu ama ne kadar çabalarsa çabalasın Bethanne ona beklediği cevabı veremiyordu.

Boğazına bir yumru oturmuştu. Bir zamanlar Grant'e âşıktı. Mücadele ve fedakârlıklara, paylaştıkları geçmişe, evliliklerinin anısına ve yaşanan mutluluklara bağlı olarak, ona hâlâ sevgisi vardı. Her şeye rağmen, çocukları sayesinde sonsuza kadar bağlılıkları sürecekti.

"Belki," dedi yavaşça.

Grant sonunda gülümsedi, omuzları gevşedi. "Şimdilik bu kadarı yeterli."

4

Annie, Meksika tarzı eteğiyle mükemmel uyum sağlayacak olan annesinin gümüş kemerini bulmak için gardırobu didik didik aradı. Vance akşam yemeği için onu almaya geldiğinde güzelliğiyle başını döndürmek istiyordu. Bir kız, öyle sık sık evlenme teklifi almazdı; tabii Vance'in niyeti *buysa*. Annie öyle olduğunu düşünüyordu. Bütün ipuçları buna işaret ediyordu. Pahalı bir restoranda yemek, sosyetik bir mücevhercide görülme... Başka ne olabilirdi?

Kemeri beline yerleştirip sıktı, annesinin banyo duvarına asılı boy aynasında kendini inceledi. Ayna, bir zamanlar ebeveynlerinin paylaştığı büyük boy yatağı da yansıtıyordu. Altı yıl yalnız yaşadıktan sonra, annesi hâlâ yatağın sağ tarafında uyuyor, ortasını kullanmıyordu.

Saçma gibi görünse de bu durum ailesinin bir gün tekrar

bir araya geleceği konusunda Annie'ye umut veriyordu. Babasının dünyada en çok istediği şey buydu. Annie de bunu istiyordu. Onlar birlikte olmak için yaratılmışlardı. Babası korkunç bir hata yapmıştı, ama pişmandı. Bütün istediği, bu hatayı telafi etmekti ve Annie'ye göre ona bu şansı vermeleri gerekiyordu.

Babasıyla tekrar yakın olmak güzel bir duyguydu. *Cici* Tiffany artık gittiğine göre, Annie anne-babası arasında uzlaşma sağlanması konusunda büyük umut besliyordu. Ayrı yaşamaları hiç doğru değildi. Bütün sorun, babasının samimiyeti konusunda annesini ikna etmek ve onun geri gelmesine izin vermesini sağlamaktı. Annie ikisini de çok seviyor ve mutlu olmalarını çok istiyordu. Hayatlarını nasıl yaşamak istediklerine Annie karar veremezdi, Andrew bunu can sıkacak kadar sık hatırlatıyordu zaten, ama bazen anne-babasını onların kendilerini tanıdığından daha iyi tanıdığına inanıyordu.

Güvenlik alarmı çaldı, eve biri gelmişti. "Anne, sen misin?" diye seslendi ikinci katın koridorundan.

"Annie? Orada ne işin var?"

Annie'nin, Washington Üniversitesi kampüsünün yanında kendi evi vardı. "Gümüş kemerini ödünç almaya geldim. Sakıncası yok, değil mi?"

"Tabii ki yok."

"Babamla akşam yemeğiniz sona mı erdi?" diye sordu, merdivenlerden aşağı inerken.

"Evet, fazla uzun sürmedi." Bethanne ceketini girişteki dolaba asıp Annie'ye gülümsedi. "Muhteşem görünüyorsun."

"Öyle mi düşünüyorsun?" Annesinin onayı dünyaya bedeldi.

"Vance yemek için seni kaçta alacak?" diye soran Bethanne saatine baktı.

"Sekiz buçukta."

"Yemek için biraz geç gibi, ne dersin?"

Annie başıyla onayladı. "Vance daha erken saatler için boş masa olmadığını söyledi. Seattle'ı ziyaret eden bütün turistler yemek için mutlaka Space Needle'a uğruyor. Rezervasyon için torpil yaptırmış olmalı."

Bu yorum Bethanne'nin dikkatini çekti. "Vance'in torpil yaptıracak birilerini tanıdığını bilmiyordum."

"Anne," diye itiraz etti Annie. "Matt'i hatırlıyor musun, hani Vance'le ortak dersleri vardı? Matt, Space Needle'da masalarla ilgileniyor. Vance için araya girmiş olmalı."

"Öyle olmalı." Annesi örgüsünü bıraktığı salona doğru yöneldi.

"Courtney'nin düğün eldivenleri nasıl gidiyor?"

"Şimdilik fena değil." Bethanne en sevdiği koltuğa oturdu. Sıraları rahat takip etmek için motifi mıknatısla panoya tutturmuştu. Gözlüğünü alıp burnunun üstüne yerleştirdi. Birkaç sıra sonra motif tamamlanmış olacaktı.

Bu, Annie için girişmeye bile yeltenmeyeceği kadar karmaşık bir projeydi. "Benim düğünüm için de bir şeyler örmeni istiyorum, biliyorsun."

"Zamanı geldiğinde bundan daha çok isteyeceğim bir şey olamaz. İstersen, babanla evlendiğim zaman giydiğim gelinlik ve duvağa bir göz atabilirsin. Giymek istersen senindir."

"Ah, anneciğim, gelinliğini gerçekten giyebilir miyim?"

"Bedenlerimiz neredeyse aynı, neden olmasın?"

Anne-babasının düğün fotoğrafı merdiven boşluğunun duvarında asılıydı. Boşanma gerçekleşinceye kadar Annie o resmi neredeyse her gün görüyordu. Şu anda nerede olduğu hakkında ise bir fikri yoktu. Son gördüğünde camının kırık olduğunu hatırlıyordu. Babasının *Cici* Tiffany'ye âşık olduğunu açıkladığı gün annesi kırmıştı muhtemelen.

Annie, gelinliğin neye benzediğini tam olarak hatırlayamıyordu. Hatırladığı tek şey annesinin yüzündeki mutluluktu. Gencecik bir kadın –Annie'den bile genç– ve çok güzel bir gelindi. Babası da genç ve yakışıklıydı. Annie o fotoğrafı seviyordu.

"Evlenirken gelinliğimi giymek istersen bu beni çok mutlu eder." Sonra, sanki konuyu değiştirmek istercesine devam etti. "Ve bu arada, teşekkürler."

"Ne için?"

"Babana, Büyükanne Hamlin'le beraber yolculuğa çıkacağımı söylemediğin için."

Bu plan Annie'yi tedirgin ediyordu. Annesi ve babaannesinin, Washington'dan Florida'ya kadar yanlarında kimse olmadan ülkeyi baştan başa kat edecek olması onu ürpertiyordu. "Hâlâ, bunun iyi bir fikir olmadığını düşünüyorum."

"Saçma." Annesi öne eğilerek sarı bir kalemle bitirdiği sırayı işaretledi.

"Babama söyledin, değil mi?" diye sordu Annie. Kendisi

bu konudan hiç söz etmemişti, çünkü annesinin söyleyeceğinden emindi.

"Aslında, hayır."

"Anne!" Annie, annesinin bunu sır gibi sakladığına inanamıyordu. "Babamın, ne yaptığını bilmeye hakkı var."

Bethanne bakışlarını örgüsünden kaldırdı. "Nedenmiş o?"

"Çünkü... çünkü itiraz edebilir."

"Annie, tatlım, babanın itirazlarına kulak vermeyi yıllar önce bıraktım."

"Ama büyükannemle birlikte gidiyorsun!"

"O halde büyükannen söyleyebilir."

Annesinin söylediği şey mantıklıydı, ama Annie büyükannesinin de Grant'e ya da teyzesi Robin'e bu konuda bir şey söylemeyeceğini hissediyordu.

"Eğer sen söylemeyeceksen, *birinin* onu bu konuda bilgilendirmesi gerek."

Annesi abartılı bir biçimde iç çekti. "İstediğini yap, ama bana kalırsa bu onu hiç ilgilendirmiyor."

"Yapma anne, bunu nasıl söyleyebiliyorsun?" Annie süveterini kaptı. "Gitmem gerek. Bana şans dile." Sol elini kaldırıp yüzükparmağını kıpırdattı ve hızla kapıdan çıktı.

Vance onu tam zamanında aldı. Kumaş pantolonu ve yakası düğmeli gömleği içinde harika görünüyordu. Kravat takmamıştı –kravattan nefret ederdi– ama böyle de iyiydi. Düğünde nasılsa smokin giyecekti.

Annie, nedime seçeneklerini beşe kadar düşürmüştü. Önce müstakbel yengesi Courtney'ye soracaktı, sonra Libby,

Belle, Jazmine ve Maddy'ye. Ona kalsa altı veya yedi nedimeli bir düğün isterdi, ama bu aynı sayıda sağdıç demekti ve inanılmaz büyük bir tören anlamına gelirdi. Her koşulda, sosyal etkinlik düzenleme konusundaki deneyimini düşününce, bu düğünün yılın olayı olacağından emindi.

Space Needle'a doğru yol alırken Vance alışılmadık biçimde sessizdi. Vale hizmetini kullanmamış, o nedenle en yakın park yerinden yürüyerek gitmişlerdi.

"Vance, bu harika bir fikir," dedi elini sıkarak. Bu durumu çok romantik bulmuştu.

Vance hafif bir tebessümle karşılık verdi.

Elleri terliydi, Annie onun gergin olduğunu hissetti. Bu özel geceyle ilgili bütün ayrıntıları hatırlamak, hepsini yüreğine kazımak istiyordu. Bir gün çocuklarına babalarının evlenme teklif ettiği akşamı anlatacaktı. Aile öykülerini böylesi anlar oluştururdu.

Asansör Space Needle'ın tepesine ulaştıktan sonra, bütün şehrin ayaklar altında olduğu bir masaya oturtuldular. Restoran yavaşça çevresinde dönüyordu, böylece yemek boyunca doğuda uzanan Cascades ve batıdaki Olympic Sıradağları'nı Seattle'ın şehir ışıkları eşliğinde görebileceklerdi.

Mönüyü inceleyen Annie, Vance teklifini yapana kadar tek bir lokma bile yiyemeyeceğinden emindi. Huzursuzca çevresine bakınıp bardağından sürekli su içtiğini gören Annie, onun biraz yardıma ihtiyacı olduğuna karar verdi.

"Çok özel bir gece, değil mi Vance?" diye sordu, mönüyü kenara bırakarak.

"Çok." Vance gülümsedi ama bakışlarını kaçırmaya devam ediyordu.

"Acaba seni geren bir konu mu var?" Çocuklarına anlatırken, bu an öyküye büyük katkıda bulunacaktı.

"Biraz."

"Vance, hiç gerek yok. Birbirimizi çok iyi tanıyoruz, söyleyemeyeceğimiz hiçbir şey yok."

Vance, sözlerinin doğruluğunu tartmak istercesine onun yüzüne baktı. "Emin misin?"

"Kesinlikle eminim." En içten, en yüreklendirici tebessümüyle ona baktı.

"Belki önce yemeğimizi yemeliyiz."

"Söylemeyi ertelersen yemeğin tadını çıkarabilecek misin?" diye sordu kibarca.

Vance başını iki yana salladı ve omuzları aşağı sarktı. "Muhtemelen hayır."

"Öyleyse neden konuşmuyoruz?" Niyetinin ne olduğunu bildiğini söylese belki yardımcı olurdu, ama Annie bu anın büyüsünü bozmak istemiyordu. "Sanırım bu gecenin özel olması için neden çabaladığını biliyorum," dedi, sesinin mahcup çıkmamasına özen göstererek. "Lütfen Vance, korkacak bir şey yok. Sadece sor."

"Pekâlâ, madem eminsin." Kollarını masanın kenarına yasladı. "Öncelikle, benim için bir tek sen varsın, bunu biliyorsun, değil mi?"

Annie'nin kalbi biraz daha hızlı çarpmaya başladı. "Sen de benim için öylesin." Kollarını masaya uzattı, Vance onun elini tutup başparmağıyla bileğini okşamaya başladı.

Neyse ki, garson içki siparişlerini almak için uygun zaman olmadığını fark etmiş gibiydi. Masalarına doğru yürümeye başlamışken aniden geri döndü.

"O yüzden bu kararı vermek çok zor oldu," diye devam etti Vance.

"Zor mu?" Bir nişan yüzüğü vermenin neden *zor* olacağını anlayabilmiş değildi.

"Bir yıllığına Avrupa'ya gitmeye karar verdim." Sözcükler ağzından bir çırpıda çıkmıştı.

"Avrupa mı? Bir yıl mı?" diye tekrarladı kafası karışan Annie.

"Matt'le birlikte," diye açıkladı Vance.

"Matt mi? Bu akşam rezervasyonumuzu yapan Matt mi? *Aynı* Matt mi?"

Vance başıyla onayladı. "Bu konuyu aylardır konuşuyoruz," dedi heyecanla. "İkimiz de, eğer bunu yapacaksak şimdi tam zamanı diye düşünüyoruz. Ben yüksek lisans paramı aldım, Matt ise bir süredir maaşından kalanları biriktiriyor. Ülkeler arasında trenle yolculuk yapıp hostellerde kalmayı planlıyoruz. Hatta, Efes'te kazıya katılma şansı bile bulabiliriz. Efes, Türkiye'de."

"Efes'in nerede olduğunu biliyorum," dedi Annie dişlerini gıcırdatarak.

"Elbette... affedersin. Üzülmedin, değil mi?"

Bu bir şaka olmalıydı. Kesinlikle öyleydi. Sadece, Annie gülmüyor ve Vance fırlayıp kaçacakmış gibi duruyordu.

"Seni sevdiğimden emin olmanı istedim," diye devam etti Vance. "Ve... ve Jessie Olivarez'in de bizimle beraber geldiğini başkasından duymanı istemedim. Matt'in kız arkadaşı ve o da arkeoloji uzmanı, ama bir yanlış anlama olsun istemem. Yani, Jessie'yle flört ettiğimi düşünmeni istemem, çünkü öyle bir şey yok. Ben seni seviyorum."

"Jessie mi?" Vance ve Matt yanlarında bir kız götürüyorlardı. "Jessie Olivarez de sizinle mi geliyor?" Annie onunla iki kez karşılaşmış, olgunluktan uzak ve yapışkan biri olduğunu düşünmüştü.

"Hayatından o kadar uzun bir süreyi ayıramayacağını biliyordum," dedi Vance. "Ağabeyinin düğünü ve okulun var. Ayrıca, annenle birlikte çalışıyorsun ve bu, uzun süre ayrılmanı iyice zorlaştırır."

"En azından sorabilirdin!"

"Soracaktım ama... şey, anlarsın ya, sorumlulukların var ve elinde telefon, sürekli anneni denetliyor olacaktın."

"Annemle benin göbekten bağlı olduğumuzu mu söylemeye çalışıyorsun? Üstüne tüy diker gibi!"

"Hayır, hayır. Annie, lütfen, sesini yükseltmene gerek yok." Vance endişeyle etrafına bakındı.

Öfkeden kuduran Annie, duygularını kontrol edebilmek umuduyla gözlerini kapadı. "Buna inanamıyorum," diye mırıldandı sonunda.

"Bunun şok edici olduğunu biliyorum," diye karşılık verdi Vance. Sesi daha sakindi, "Seni buraya getirdim, çünkü veda yemeğimizin çok özel olmasını istiyordum." Maksatlı bir duraksamanın ardından devam etti. "Aşkımızın bir yıl beklemeye değecek kadar güçlü olduğunu düşünüyorum, ya sen?"

Hemen cevap vermedi. Cebinde bir nişan yüzüğü olmadığı gerçeğini hazmetmeye çalışıyordu, yetmez gibi bir arkadaşı ve bir başka kadınla Avrupa'ya gidecekti.

"Kuyumcuya gitmişsin," diye mırıldandı. Bu yüzden, bir evlenme teklifi geleceğini varsaymıştı. Varsaymıştı…

"Öyle mi?" Kaşlarını çattı, sonra gevşedi. "Of, tabii. Annem saatini tamire bırakmamı istemişti. Garanti süresi hâlâ devam ediyor."

Annie kucağındaki peçeteyi tomar haline getirdi. "Ne zaman yola çıkıyorsun?" Bu konuda bir yetişkin gibi davranabilirdi. Tamam, evlenme teklif etmiyordu. Aksine, bir yıl boyunca Matt ve Jessie Olivarez'le Avrupa'yı keşfederken ondan boş boş oturup beklemesini istiyordu. Jessie Olivarez!

"Aslında, yarın akşam. Bizi havaalanına bırakabilir misin?"

Aklını kaçırmış olmalıydı.

"*Benden*, sizi ve diğer *kızı* havaalanına bırakmamı mı istiyorsun?" Duyarsız pislik!

"Eğer mümkünse. Böylece beni yolcu etmiş olursun."

Onu yolcu edecekti, harika. "Sanmıyorum," dedi ve çantasına uzandı.

"Bozuldun, değil mi?"

Belli ki Vance, Annie'nin keşfedemediği yeteneklere sahipti. Pisliğin teki olması bir yana, zihin okumayı da becerebiliyordu. "Nereden anladın?" diye sordu bütün sevimliliğiyle.

"Ama, konuşamayacağımız hiçbir şey olmadığını söylemiştin! Hadi ama Annie, sadece bir yıl."

"Bu, Avrupa'ya gidiyor olman gerçeğinden öte bir şey Vance. Uzun süredir planlıyormuşsunuz. Bana söz etmeye bile *gerek duymadın mı*?" Kendi ifadesiyle, bu yolculuk için aylarca düşünmüşlerdi.

Vance'in kendini suçlu hisseder gibi bir havası vardı. "Sana söylemek istedim ama Matt bunun sorun yaratacağını söyledi. Görüyorum ki haklıymış."

Annie ayağa kalkıp peçetesini masaya fırlattı. "Keyfine bak ve döndüğünde beni aramaya kalkma. İşimiz bitti."

"Annie," diye feryat etti Vance, "Ciddi olamazsın!"

"Bahse var mısın?" Restoranın yarısının dikkatini çekmişlerdi. Hiç kimsenin akşam yemeği sohbetine konu olmak istemeyen Annie asansöre doğru koştu. Asansörün önünde kuyruk vardı.

Vance arkasından yetişti. "Üzüleceğinden korkuyordum. Sana söylemek istedim, gerçekten istedim, ama Matt dedi ki..."

"Matt'in ne dediğini öğrendim zaten." Annie kollarını göğsünde kavuşturdu, bir an önce açılmasını dileyerek gözlerini asansör kapısına dikti. Dudaklarını sıkıp onu yok saymak için elinden geleni yaptı. Vance'in söyleyeceği hiçbir şeyi duymak istemiyordu.

"Hadi Annie, seni arkamda üzgün bırakmak istemiyorum."

Annie arkasını dönüp aksi yöne bakmaya devam etti.

"Annie, lütfen."

Asansör neden bu kadar gecikmişti? Tek düşüncesi, Vance'den olabildiğince çabuk uzaklaşmaktı.

"Peki, nasıl istersen, öfkeden kudurabilirsin."

Annie'nin teşvike ihtiyacı yoktu.

"Tamam, tepki verme. Bakalım umurumda mı?"

Annie duymamış gibi yaptı.

"Bilmek istediğim, bu bizi havaalanına bırakmayacağın anlamına mı geliyor?"

Annie arkasına döndü. Bunu sorduğuna inanamıyordu.

"Ee?" Büyük bir cüretle konuşmaya devam ediyordu.

Annie başını iki yana salladı. "Hayır, Vance, sizi havaalanına götürmüyorum ama size iyi yolculuklar. Aslında, dilerim harika vakit geçirirsin, çünkü ben öyle yapacağım."

Sonunda asansör geldi, boşaldıktan sona sıra ilerlemeye başladı. Annie içeri adımını attı, tam kapı kapanmak üzereyken, elinde hâlâ siyah peçetesiyle dikilen Vance'e son bir bakış attı. Elini kaldırıp alaycı bir tavırla salladı.

"Hoşça kal!" dedi ve kapılar kapandı.

5

Çalan telefonun sesi Bethanne'yi derin uykusundan uyandırdı. Acil bir durum olmadıkça, kimse gece yarısı telefon açmazdı. Ekranda kızının numarası görünüyordu. Titreyen parmaklarla açıp cevap verdi. "Alo?"

"Anne!" Annie ağlıyordu.

Oturma pozisyonuna geçen Bethanne gözlerini ovuşturdu. "Annie, sorun nedir?"

Annie konuşmaya çalışıyordu ama Bethanne hiçbir şey anlamamıştı. Arada yakalayabildiği sözcüklere ise bir anlam verememişti. "Vance gidiyor mu?" diye sordu.

"Jessie'yle Avrupa'ya."

Annie'nin sesi acı bir feryat gibi çıktığından, Jessie'nin bir kız olduğuna hükmetti. O halde bu gece Space Needle' daki akşam yemeğinin amacı evlenme teklifi değildi. Bethanne buna şükretmekle beraber, kızının acısı yüreğine işlemişti.

"Ah bebeğim, çok üzüldüm."

"Ben... aslında, benim onları havaalanına bırakmamı istiyormuş. Buna inanabiliyor musun?" Öfkesi çok açık ve netti.

"Bana, onunla birlikte Avrupa'ya gitmeyi teklif edemezmiş, çünkü bir yıl daha okula gidecekmişim ve sorumluluklarım varmış."

"Herkesin sorumlulukları var," dedi Bethanne, esnemesini engellemeye çalışarak.

"Ben... anne?"

"Evet tatlım?"

"Tıpkı babamın sana... *Cici* Tiffany'den söz ettiği an gibi, değil mi? Bilmiyordun, hatta şüphelenmiyordun bile. Gözünün önünde olup bitenden haberin yoktu. Şey, tıpkı benim gibi." Gürültüyle burnunu çekti. "Kendimi çok aptal hissediyorum."

"Yapma, Annie."

"Vance nasıl bu kadar duyarsız olabilir?"

Bethanne, Grant onu terk ettiğinde üstüne çöken sarsıntıyı, uyuşukluğu hatırladı. Kendisinin aksine, Annie yirmibir yıllık evli değildi; yine de Bethanne'nin yaşadıkları hakkında küçük bir tecrübe sahibi olmuştu.

"Anne?"

"Evet canım?"

"Sizinle beraber Florida'ya gelebilir miyim?"

"Ne..."

"Burada tek başıma kalamam."

Bethanne, babasının ve ağabeyinin kasabada olduğunu hatırlatmamak için kendini zor tuttu. Üstelik bir sürü arkadaşı vardı. Yalnız kalması söz konusu bile değildi. Öte yandan, Annie'nin onlarla beraber gelmesi hiç fena bir fikir değildi. "Eminim büyükannen itiraz etmeyecektir, ben de yanımda olmandan keyif duyarım."

"Teşekkürler, anne," dedi. Hâlâ burnunu çekiyordu.

"Eve gelip eski odanda uyumak ister misin?" diye sordu. Annie'nin sevgiye ve şefkate ihtiyacı olduğunu biliyordu.

"Hayır, şimdi daha iyiyim."

"Üstelik sana sımsıkı sarılırım."

"Biliyorum. Sen dünyadaki en iyi annesin."

Bethanne uyku mahmuru bir halde gülümsedi.

"Teşekkürler anne... sabah büyükannemi arayıp sorabilir misin?"

"Elbette."

"Ben de babama haber veririm."

"İstediğin buysa, hiç durma." Grant'in planlarını öğrenmesine itirazı yoktu, sadece bunu kendi yapmak zorunda değildi.

Birkaç dakika daha konuştular ve ardından Bethanne telefonu kapattı. Başını yastığa koyup gözlerini kapattı ve tekrar uyumaya çalıştı.

Hem eski kayınvalidesi, hem de kızı geleceğine göre, çıkacakları bu yolculuk harika olacaktı. Yani, en azından ilginç olacaktı. Bethanne kafasında yanına alacağı giysilerin ve arayacağı kişilerin listesini yaparken uyuyakaldı.

Cumartesi sabahı her zamankinden daha geç uyandı. Hafta sonu ve bayram olmasına karşın, eğer çarşamba erkenden yola çıkmayı düşünüyorlarsa işyerindeki yüzlerce işi halletmesi gerekiyordu.

Duş alıp giyindikten sonra ofise doğru yola çıktı. Annie hakkında Ruth'u aramak için saatin on olmasını bekleyecekti.

Seattle trafiğinde yol almaya çalışırken ceptelefonu çaldı. Torpidonun üstündeki ekran Ruth'un ismini ve telefonunu gösteriyordu.

Bethanne direksiyonundaki bir düğmeye basıp telefonu açtı ve Ruth'un sesi yükseldi.

"Bethanne, neredesin?"

"Arabamdayım. Senin için ne yapabilirim, Ruth?"

"Bu sabah uygun bir saatte eve uğrasan sorun olur mu? Seni rahatsız ettiğim için çok üzgünüm."

"Sorun değil, hemen geliyorum."

"Ne kadar sürer?"

"Şey, yaklaşık on dakika. En fazla on beş. Her şey yolunda mı?"

"Evet. Ben... sanırım." Hafifçe titreyen sesi her şeyin yolunda *olmadığını* gösteriyordu.

"Elimden geldiğince çabuk orada olacağım."

"Teşekkürler," diye fısıldadı Ruth minnetle.

Bethanne, Hamlin'lerin evinin önüne yanaştığında garaja giden yolun üstüne iki aracın park ettiğini gördü. İlki Grant'in arabasıydı, ikincisinin Robin'e ait olduğunu tahmin etti. Ağabey ve kız kardeş, birlikte annelerini sıkıştırıyorlardı. Zavallı kadının desteğe ihtiyacı vardı.

Bethanne kapıyı çalıp içeri girdi. "Selam, kimse yok mu?" diye seslendi. Ruth anında ortaya çıktı. Bethanne'yi görünce yüzüne yayılan rahatlama ifadesi neredeyse komikti. Yaşlı kadın hızla odayı kat edip Bethanne'nin dirseğini kavradı. "Tanrı'ya şükür buradasın," diye fısıldadı.

"Bethanne," dedi Robin, muhtemelen duruşma salonundaki şahitlere gözdağı vermek için kullandığı ses tonuyla. "Annemin ülkeyi boydan boya kat etmek konusundaki gülünç tasarısını onayladığını söyleme."

Bir zamanlar Robin ona da gözdağı verirdi, ama artık değil. Bethanne, soğukkanlı bir tebessümle ona baktı. "Kendi adıma, ellinci yıl balosuna katılmanın gülünç olduğunu düşünmüyorum."

Grant şöminenin yanında duruyor ve konuşmayı kız kardeşinin yapmasından memnun görünüyordu.

Robin pes etmedi. "Neye kalkıştığınızın farkında bile değilsiniz. Oralar güvenli değil. Ama ikiniz de güven konusunda oldukça safsınız. Anneme izin vermeyi kesinlikle..."

"Senden izin istemedim," dedi Ruth, kızına, sert bir ifadeyle. Çenesini yukarı dikerek, onu ne sindirebileceklerini ne de fikrini değiştirebileceklerini anlatmaya çalışıyordu.

Robin, sevdiği her şeyi kınamakta özgürdü.

"Anne, bir kerecik akıllı ol."

"Akıllı mı?" diye tekrarladı Ruth. "Akıllı olmaktan *başka* hiçbir şey yapmıyorum. Bu benim hayatım ve altmış sekiz yaşındayım, istediğim şeyi istediğim zaman yapabilmeliyim. Florida'ya gitmek istiyorsam, gideceğim."

"Üstelik ben de ona eşlik ediyorum." Annie'nin de onlara katılacağını söylemek için uygun zaman değildi; o yüzden bu bilgiyi kendine sakladı. "Endişelenecek bir şey yok. Her şey yolunda gidecek."

Robin, sabrı taşıyormuş gibi tavana baktı. "Bunu duyduğuma inanamıyorum." Sonra Grant'e dönüp ekledi. "Biraz yardımcı olsan hiç fena olmazdı."

"Bensiz de gayet iyi gidiyorsun," dedi, annesine ve Bethanne'ye sırıtarak.

Ruth ile Bethanne yan yana, kol kola duruyorlardı.

Ruth çocuklarına baktı. "Gerçekten, endişelenecek bir şey yok. Güzergâhı belirledim, Amerikan Otomobil Derneği'ne üye oldum ve otel rezervasyonlarını yaptırdım. Florida'da bırakacağım bir araba kiraladım, dönüşü uçakla yapacağız. Her şeyi düşündüğümden eminim."

"İlaçlarının listesini çıkardın mı?"

Ruth kaşlarını çattı. "Günde bir tane tansiyon hapından başka ilacım yok, bir de göz damlalarım. Seyahat için doktor raporu almaya ihtiyacım olduğunu sanmıyorum. Boşuna uğraşıyorsunuz. Dahası, bana çocuk muamelesi yapıyorsunuz. Başımın çaresine bakabilirim."

"Yollar güvenli değil," diye ısrar etti Robin, "Özellikle yalnız yolculuk yapan iki kadın için."

Ruth bir kez daha kaşlarını çattı. "Beni kaçırıp öldürürlerse, anladığım kadarıyla öyle olacağını umuyorsunuz, mutlu öldüğüme emin olabilirsiniz."

"Ya, sahiden mi anne?"

"Peki ya Bethanne?" diye sordu Grant. "Onu kaçırıp öldürürlerse, o zaman nasıl hissedeceksin?"

"Üç kere karate dersine gitmiştim," dedi Ruth alayla. "Onu koruyabilirim."

Grant kahkahayı patlattı. Robin ise, annesinin söylediklerinde komik bir şey göremiyordu.

"Güzel." Robin suçlarcasına parmağını Bethanne'ye uzattı. "Sırf bu gülünç tasarısına destek verecek kadar budala olduğun için annemin başına bir şey gelirse seni sorumlu tutacağım."

Bethanne, Ruth'un kolunu biraz daha sıkı tuttu. "Annenin bütün sorumluluğunu alıyorum."

"Hayır, almıyorsun," diye itiraz etti Ruth. "Ben kendimden sorumluyum. Ayrıca, eğer bir şey olursa kızım galiba seni dava edecek."

"Hayır, etmeyecek," dedi Grant öfkeli gözlerle odanın diğer ucundan kız kardeşine bakarak.

"O kadar güvenme," dedi Robin, aynı öfkeli bakışla karşılık vererek. Teslim olmalarını bekler gibi bir edayla kollarını kavuşturdu. Bethanne, Robin'in sabırlı bir kadın olduğunu düşünüyordu, geri çekilmeye niyeti var gibi görünmüyordu. Aynısının Ruth için de geçerli olduğunu biliyordu.

Gergin bir andan sonra Robin kollarını indirdi. "Peki, tamam. Hayatınızı tehlikeye sokun. Grant, bu konuda beni desteklemeyeceksen gelmene hiç gerek yoktu."

"Aslına bakarsan, onları benim götürmem gerek," dedi Grant.

"Asla." Ruth bunu kabul edecek olursa Bethanne o anda gitmekten cayacaktı. Uzaklaşmak, düşünüp taşınmak ve Grant'le bir gelecek ihtimalini düşünmek istiyordu. Grant etrafındayken bunu yapamazdı. Onunla birlikte yola çıkmak söz konusu bile olmazdı.

Ruth bir ona, bir oğluna baktı. "Bunu yapar mıydın, evlat?"

"Bürodaki işlerimi ayarlamam ve bazı tarihleri değiştirmem gerek, ama bu senin için önemliyse, elimden geleni yaparım."

"O halde bana ihtiyacınız olmayacak," dedi Bethanne, Ruth'u tutan kolunu gevşeterek.

Kayınvalidesi onu sımsıkı tutmaya devam ediyordu. "Sürekli yanında taşıdığın bilgisayarlı telefon mu nedir, bir kontrol et," dedi Ruth. "Ülkeyi baştan başa geçmek için bana ne zaman iki hafta ayırabileceğini söyle."

Grant iPhone'unu çıkarıp bir süre ekranı taradı. "Dediğim gibi, birkaç telefon görüşmesi yapmam gerek, randevuları düzenleyeceğim..." dedi mırıldanarak. "Ağustosun ikinci ve üçüncü haftaları uygun görünüyor."

"Çok geç," dedi Ruth. "Sınıf balosu haziranın on yedisinde ve orada olmam gerek." Gözünü Robin'e dikti. "İstediğiniz gözdağı taktiklerini kullanın, önemi yok. Kamyoncu haydut ve motorcu çete hikâyeleriyle beni korkutamazsınız. Bethanne'yle birlikte tasarladığımız gibi yola çıkacağız ve söyleyeceğiniz hiçbir şey bunu değiştiremez."

"Dinle anne, mezuniyet balosuna uçakla gitsen ve sonra ağustosta aynı yolculuğa çıksak?" diye öneride bulundu Grant. "Böylece..."

Ruth başını iki yana salladı. "Bu vaatleri babandan da çok duydum. Her yıl ülkeyi gezeceğimizi söylerdi, ama her zaman başka bir şey çıkardı. Richard'la böyleydi, seninle de aynısı olacak. Hayır Grant, ben kararımı verdim."

"Ben de öyle," diye ekledi Bethanne pekiştirmek için.

"O halde benim diyeceğim..." Grant omuz silkerek kız kardeşine döndü, "gitmelerine izin vereceğiz."

"Sanki engel olabilecekmişsiniz gibi," diye mırıldandı Ruth.

Bethanne sırıttı ve ona doğru eğilerek fısıldadı. "Annie de bize katılmak istiyor."

"Annie mi?" dedi Ruth yüksek sesle. "Vay, bu harika bir fikir!"

Kızının ismi derhal Grant'in ilgisini çekti. "Annie'ye ne olmuş?"

"Dün akşam telefon edip bizimle birlikte gelmek istediğini söyledi."

Bethanne, kısmen de olsa Grant'in itiraz edeceğini düşünüyordu, oysa yüzüne kocaman bir tebessüm yayıldı. "Anneme katılıyorum. Annie'yi yanınıza almak harika bir fikir."

Bu ilginç bir gelişmeydi. Bethanne, Grant'in Annie'nin onlara eşlik edeceğini öğrenince uçakla gitmeleri için ısrar edeceğini sanmıştı.

Robin aklını kaybettiğini düşünürmüş gibi Grant'e baktı. "Pes ediyorum," diyerek evrak çantasını ve cüzdanını kavradı. "Kaybetmeye mahkûm bir savaş verdiğimi görüyorum. Bir toplantım var, o yüzden daha fazla vakit kaybetmeye gerek yok." Kapıya doğru uzun adımlarla yürüdü.

"Robin," diye seslendi Bethanne, gitmesine engel olarak.

"Evet?" dedi arkasına dönen Robin, azarlar bir tonda.

"Annene ve bana iyi yolculuklar dileyebilirsin."

Oysa Robin gözlerini devirerek evden çıktı, tel kapıyı çarparak uzaklaştı.

Kız kardeşi gider gitmez Grant gülmeye başladı. "Formundaydı, değil mi?"

Bethanne titremeye başlayan Ruth'a sarıldı. "Her şey yolunda, Ruth. Hayatımızın gezisine çıkıyoruz."

Grant konuşmaya başlamadan önce onların kucaklaşmasının bitmesini bekledi. "Önceki akşam, yemekte bana bu konudan söz etmedin." Sesi suçlar gibi çıkmıştı.

"Söylememi gerektiren bir durum mu vardı?"

"*Benim* annemle birlikte ülkenin öbür ucuna yola çıkıyorsun," dedi. "Sence benim ve Robin'in bilmeye hakkı yok mu?"

Bu, Annie'yle yaptığı konuşmanın bir tekrarı gibiydi.

"Bunu söylemek Ruth'a düşer, bana değil," dedi. Eski kocasının onu eleştirmesine izin vermeye niyeti yoktu.

Grant'in cevabı bir kaşını kaldırmak oldu, ama bir şey söylemedi.

"Robin'in yaygara koparmasından endişeleniyordum," dedi Ruth. "Şimdi, keşke çenemi kapalı tutsaydım diyorum."

Bethanne de Ruth'un yola çıkana kadar beklemesini tercih ederdi, ama bu biraz gizli kapaklı iş çevirir gibi olurdu.

"Mümkünse, sizden tek bir isteğim var," dedi Grant. Uzlaşmacı bir yaklaşımın daha doğru olduğunu anlamış gibiydi. "Üçünüz yola çıktıktan sonra günde en az bir kere beni ararsanız, daha iyi hissedeceğim."

"Bunu yapabiliriz," dedi Ruth. Ailesiyle arasını düzeltmek istiyordu.

"Ya *sen*?" Grant soruyu Bethanne'ye yöneltmişti.

"Eminim Annie ve Ruth bunu keyifle yapacaktır," dedi Bethanne terslenerek. Listeye kendi adını eklemeye niyeti yoktu. Beklenmedik desteğine karşın, eski kocasını arama fikri ona uymuyordu.

Grant bakışlarını ondan ayırmadı. "Hayatımdaki en değerli üç kadının güvende olduğunu bilmeden rahat edemem."

"Bilgilendiririz," diye söz verdi Bethanne sonunda.

"Teşekkürler."

Birkaç dakika sonra Bethanne ofise doğru yola çıktı, ama gün boyunca Grant'i aklından çıkaramadı. Kız kardeşiyle birlikte onlara karşı ittifak oluşturmadığı için minnettardı. Ruth, Annie ve kendisine olan ilgisinde çok samimiydi.

Uzlaşmanın mümkün olabileceğine dair Bethanne ona bir umut vermişti; bu fikir artık eskisi kadar itici görünmüyordu ve bunun iyiye işaret olduğunu düşündü.

Birkaç hafta içinde yola çıkmak üzere ofisteki bütün gerekli düzenlemeleri yaptı. Saat beşte eve döndüğünde boş evin görüntüsü biraz moralini bozdu ve Grant elinde bir kadeh şarapla onu karşılasa nasıl olurdu diye merak etmekten kendini alamadı.

6

"Nihayet! İşte gerçekten yoldayız," dedi Ruth hayretle, Cascade Sıradağları'nı geçip Snoqualmie Geçidi'ne tırmanırken. Seattle'dan çıkıp doğuya yönelmeleri yaklaşık bir saat sürmüştü.

Bethanne arabayı kullanıyordu, Ruth da kılavuz edasıyla Amerikan Otomobil Derneği'nden aldığı haritayı kucağına yaymıştı. Annie arka koltukta oturmak istemişti, Seattle'dan ayrıldıklarından beri sesi çıkmıyordu. Bethanne, Vance'in kızını ne kadar incittiğini ve hayal kırıklığına uğrattığını biliyordu. Bir seneliğine Avrupa'ya gitmeye karar vermesi –üstelik bunu söylemeye gerek duymaması– ihanetten başka duygu uyandırmazdı. Bethanne, kendisi ve büyükannesiyle geçireceği haftaların ona yardımcı olacağını umuyordu. Annie hâlâ gençti. Süreç içinde, Vance'in onu terk etmesinin yaptığı en iyi şey olduğunu anlayacaktı.

Ailesine Grant'le evlenmek istediğini söylediği zamanı hatırlıyordu. Ailesi, özellikle babası, Bethanne'nin önce okulunu bitirmesi için ısrar etmişti. Diplomasını almasına sadece bir dönemi kalmıştı ve düğünü ertelemesini istemesi mantıklıydı. Oysa Bethanne'nin onları dinlemeye, Grant'in karısı olmak için fazladan tek bir gün bile beklemeye niyeti yoktu. Ondan ayrı kalmayı kabul etmemişti. Üniversite, Washington'ın doğusunda, Pullman kasabasındaydı; Grant ise Seattle'da çalışıyordu. Okulu daha sonra bitirebilirdi ama asla bitirememişti.

Geriye dönüp baktığında her şey yolunda gitmiş gibi görünse de diplomasını alsaydı hayatının ne kadar farklı olabileceğini düşünmeden edemiyordu. Bir şey çok kesindi; kendine ait bir işi olsaydı ya da en azından bir konuda yeterlik almış olsaydı, Grant boşanmak istediğinde kendini tamamen savunmasız hissetmezdi.

Bu anlamda, Annie'nin durumu farklıydı. Bir yıl sonra iş idaresinden mezun olacaktı. Parties'te onunla birlikte çalışarak, ileride çok yararını göreceği iş deneyimi de kazanıyordu.

Annie arkada kımıldadı, doğrulup oturarak esnedi. iPod kulaklıklarını çıkardı, kollarını iki yana açarak gerindi. "Neredeyiz?"

"Geçidin üstünde," diye cevap verdi Bethanne.

"O kadar geldik mi?"

"Uyuyor muydun?"

"Sanırım evet," diye mırıldandı Annie üzüntüyle. "Birkaç gecedir doğru dürüst uyuyamıyorum."

"Of tatlım, üzgünüm."

"Vance, Matt ve Jessie gittiler," diye söylendi, herhangi bir neşe belirtisi göstermeden. "Bir taksi tutmak zorunda kaldılar. Havaalanından bana irtibatı kesmeyeceğini söyleyen bir mesaj yolladı."

Bethanne, Vance'in iletişim kurma çabasının uzun ömürlü olacağından şüpheliydi. Ses tonundan anladığı kadarıyla Annie de bunun farkındaydı. Vance, ilk birkaç hafta haberleşmeye çalışabilirdi, ama zamanla havlu atacaktı. Samimi olmak gerekirse, Bethanne bunu Annie'ye asla söylemeyecek olsa da bu durumdan memnundu,

"Gece nerede kalıyoruz?" diye sordu Annie, öne doğru eğilip Bethanne ve Ruth'un arasına uzanarak.

"Spokane'de rezervasyon yaptırdım," dedi Ruth.

"Spokane mi?" diye tekrarladı Annie. "Seattle'dan sadece beş saat uzakta. Daha fazla yol yapamaz mıyız?"

Ruth, Bethanne'ye baktı. "Hazırlıkları yaptığımda, yola yalnız çıkacağımı düşünüyordum. Yolda kendime dört ile altı saat arası sınır koydum. Bunun keyifli bir yolculuk olmasını istiyorum."

"Spokane'ye defalarca gittik," diye sızlandı Annie. "Orada görülebilecek her şeyi gördüm."

Bethane de görmüştü. "Bu, büyükannenin yolculuğu, Annie," diye hatırlattı kızına. "Büyükannen geceyi Spokane'de geçirmek istiyorsa, öyle yapacağız."

"Tamam." Annie arkasına yaslanıp kollarını kavuşturdu. "Otelin yüzme havuzu var mı?"

"Bilmiyorum," dedi seyahat rehberine bakan Ruth.

"Otelin adını söylersen telefonumdan bakabilirim."

"Bunu yapabilir misin?" Ruth etkilenmiş görünüyordu.

"Bir internet siteleri varsa, evet."

Ruth otelin adını verdi ve Annie hemen araştırmaya başladı. İç çekmesinden anladıklarına göre otelde havuz yoktu.

"Öğle yemeği yer, görülmeye değer yerleri gezeriz. Hemen yakında büyük bir alışveriş merkezi var, değil mi? Bir de sinema? Odada kalmak zorunda değiliz." Bethanne işe yaramasını umduğu önerilerde bulunuyordu.

Saat biri az geçe Spokane'de olacaklarını düşünüyordu. İşin gerçeği Bethanne, Annie'yle aynı fikirdeydi. Kesinlikle Spokane'den daha fazla yol almak isterdi. Yine de, söylediği gibi, bu, Ruth'un yolculuğuydu ve kayınvalidesinin keyfini kaçıracak bir şey yapmamaya kararlıydı. Ruth bu fırsat için yıllarca beklemişti; o yüzden Bethanne onun özenle planladığı bu gezinin bir saniyesine bile ihanet etmeyecekti.

"Ben... şey, sanırım daha fazla gidebiliriz," diye mırıldandı Ruth. "Bir an önce Florida'ya varmak için sabırsızlanıyorum."

"Oradakilerden hiç haber aldın mı?" diye sordu Bethanne.

"Sadece Jane ve Diane."

"Vay be, elli sene," dedi Annie. "Uzun bir süre."

"Öyle." Ruth başıyla da hafifçe onayladı. "İşin komik

yanı, o kadar uzun gibi gelmiyor, gerçekten gelmiyor."

"Senin ne kadar oldu anne?"

"Bir bakayım. Benim mezuniyetim..." Bethanne hızla yılları hesapladı ve liseyi bitirmesinin üstünden yirmi dokuz yıl geçmiş olması onu hayrete düşürdü. "Yirmi dokuz yıl," diye fısıldadı, zor duyulacak kadar alçak bir sesle.

"Mezuniyet balolarına gittin mi hiç?"

Annie'nin meraklı gününde olduğu çok açıktı. "Hayır. Baban..." Bethanne duraksadı, suçu Grant'e atmak üzereydi. Gerçi Grant hiçbir zaman onun –ya da kendisinin– lise etkinliklerine katılmaya hevesli olmamıştı. Bethanne tek başına gidebilirdi, ama bunu yapmak istememişti. Oysa Eugene, Oregon Seattle'dan o kadar uzak değildi. "Hayır, hiç gitmedim," dedi.

Artık emekli olan İngilizce profesörü babası, Oregon Üniversitesi'nde öğretim görevlisiydi. Annesi birkaç yıl önce ölmüştü. Bethanne, babasının dul kaldıktan sonra hayatla başa çıkma azminden gurur duyuyordu. Kederine rağmen yaşamaktan vazgeçmemişti; aslında bir grup öğrenciyle beraber İngiltere'de Shakespeare turundaydı.

Düzenli olarak konuşur ve yazışırlardı. Bethanne son zamanlarda onun bir flörtü olduğunu öğrenmişti. Babasının, kendinden çok daha aktif bir sosyal hayatı vardı ve bu durum Bethanne'yi gülümsetiyordu.

"Babam Oregon'da doğmadı mı?" diye sordu Annie.

"Evet, Pendleton'da," diye onayladı Ruth. "Richard ve ben yeni evlenmiştik. Orada büyük bir mühendislik projesi üstünde çalışıyordu. Şimdi tam olarak ne olduğunu hatırlamıyorum. Evliliğimizin ilk yıllarında çok sık taşındık."

"Pendleton buradan ne kadar uzaklıkta?"

"Of hayatım, bilemiyorum."

"Babamın doğduğu kasabayı görmek isterdim," dedi Annie. "Geceyi orada geçirsek olmaz mı?" Tekrar telefonuna uzandı. "Bu durumda, rotamızı değiştirmemiz gerekir, ama yolun fazla dışında değil."

"Sadece bir yaşına kadar Pendleton'daydık," dedi Ruth.

"Orada yaşayan arkadaşların var mı?" diye baskıya devam etti Annie, ama Ruth cevap vermeden önce başka soruya geçti. "Eminim onlarla asırlardır görüşmemişsindir, değil mi?"

"Eh, kırk dokuz yıl önceydi. Eminim onlar da taşınmışlardır."

"İsimleri neydi?" Annie'nin parmakları telefonun üstünde hazır bekliyordu. "Araştırıp senin için bulacağım."

"Annie," diye uyardı Bethanne. Kızı, gezinin kontrolünü ele almaya çalışır gibiydi.

"Tamam, tamam, çenemi kapatacağım. Geceyi Spokane'de geçirir, bütün gün otel odamızda otururuz."

Bethanne, özür dileyen gözlerle Ruth'a baktı.

"Marie Philips adında bir arkadaşım vardı." Ruth'un sesi kararsızdı, emin olamıyordu. "Evliydi ve o da genç bir anneydi. Ailesi kasaba dışında küçük bir kafe işletiyordu. Eminim çoktan yok olmuştur."

"Bir şeyler yememiz gerek, değil mi?" diye sordu Annie zafer edasıyla.

"Kafenin açık olup olmadığını bilmiyoruz," diye hatırlatmak zorunda kaldı Bethanne.

"İsmi senin şu telefon bilgisayarında var mıdır?" diye sordu Ruth. Sesi daha ilgili çıkıyordu.

Bethanne, Annie'nin tuşlara basışını duyabiliyordu.

"P-h-i-l-i-p-s?" diye heceledi Annie. "Tek *L* ile mi?

"Evet. Kafe, otobüsün durduğu yerdeydi. Mükemmel ev yemekleri yaparlardı. Marie gerçekten iyi arkadaşımdı, ama Richard ve ben taşınınca irtibatımız koptu."

"Kafenin adı neydi?"

"Hay aksi." Ruth başını iki yana salladı. "Hatırlamıyorum, ama yerini biliyorum... hâlâ oradaysa."

"O halde, babamın doğduğu kasabayı görebilir miyim?" diye hevesle sordu Annie. "Geceyi Spokane'de geçirsek bile, Pendleton'ı görmek isterim."

"Olmaması için bir sebep göremiyorum," dedi, Annie' nin coşkusunun farkında olan Ruth. "Tanrım, Marie yıllardır aklıma gelmemişti. Grant'le hemen hemen aynı yaşta bir oğlu vardı. Ona ne olduğunu merak ediyorum. Marie'nin biraz daha büyük bir oğlu daha vardı. Dediğim gibi, bana çok yardımcı olmuştu. Eşi bulunmaz insanlardan biridir."

Bethanne sessizce araba kullanmayı sürdürdü. Ellensburg'u geçtiler ve Moses Lake'e doğru gitmek üzere, görkemli Columbia Nehri'nin üstündeki köprüye yöneldiler. Bütün çevre tanıdıktı. Pendleton'a gideceklerse, köprüyü geçtikten sonra yolu değiştirmeleri gerekecekti.

Annie tuşlamaya devam ediyordu. "Pendleton rehberinde bir Marie Philips var."

"Sahi mi?" Ruth'un sesi heyecanlıydı. "Hadi arayalım."

Annie numarayı arayıp çıkan sesli mesaja not bıraktı. İşi bitince sordu: "Otel rezervasyonunu değiştirmemi ister misiniz?"

"Spokane'deki otel için kapora yatırdım," diye sızlandı Ruth.

İtiraf etmek istemiyordu ama Bethanne bile hayal kırıklığına uğramıştı. Araba kullanmaktan hoşnuttu ve öğle yemeği için Spokane'ye gidip paydos etmek gerçekten zaman kaybıydı.

"Bu bir oteller zinciri," dedi Annie. "Eğer Pendleton'da aynı otel varsa, eminim ceza ödemeden rezervasyonu değiştirebilirler."

Ruth bir an sessiz kaldı. "Peki, ara o zaman ve bunun mümkün olup olmadığına bakalım."

"Hazır olduğunda bana telefon numarasını ver."

Ruth bir çırpıda numarayı söyledi. Annie hemen oteli arayıp rezervasyonları düzenlemeye çalıştı, bir süre sonra telefonu kapadı. "Tamamdır. Müdür bana hiçbir sorun olmadığını söyledi."

"Bu harika," dedi Bethanne. Kızının teknik desteğinden hoşnut kalmıştı. Annie ve Grant'teki telefonun aynısı kendisinde de vardı, ama kullanmada bu kadar becerikli değildi. Sorun şu ki, öğrenmeye çalışmak da istemiyordu. Ne zaman telefonu kullanmayı kavradım dese yeni güncellemeler çıkıyor ve her şeyi sil baştan öğrenmesi gerekiyordu.

"Marie'nin bugünlerde neler yaptığını merak ediyorum," dedi Ruth dalgın bir halde.

"Tamam, öğreneceğiz," diye karşılık verdi Annie.

"Tri-Cities'e varınca hafif bir yemek yiyelim," diye öneride bulundu Bethanne. "Pendleton'a varınca da arkadaşının ailesinin işlettiği kafeyi ararız."

"İyi olur," dedi Ruth. "Ancak kafenin hâlâ orada olduğu garanti değil."

"Doğru, ama bakabiliriz, değil mi?" dedi Annie. "Sonra, yani yemeğin ardından, babam doğduğunda yaşadığınız evi gösterir misin?"

"Ona ne şüphe," dedi Ruth. "Yine de çok uzun zaman olduğunu aklından çıkarma."

Bethanne, Annie'nin babasının doğduğu yere duyduğu bu ani ilgiyi anlamamıştı. Bununla beraber, Ruth anılara yolculuk yapmaktan hoşnut görünüyordu. Annie onu yüreklendiriyor ve belki de karşılıklı paylaşılan bu soru ve anekdotlar ikisine de iyi geliyordu.

Öğle yemeği için Richland'de durduklarında Annie'nin ceptelefonu çaldı. Otobanın yanında bir zincir restoran şubesi bulmuşlardı ve üçü de çorba istemişti.

"Ah, selam baba," dedi Annie ve bakışları hemen Bethanne'ye çevrildi. "Evet, Richland'deyiz." Gülümsedi ve devam etti. "İyi vakit geçiriyoruz. Arabayı annem kullanıyor. Tahmin et bakalım?"

Bethanne dinlemek istemese de konuşmanın en azından Annie kısmını duymaması mümkün değildi.

"Annem de burada. Konuşmak ister misin?"

Bethanne hızla başını iki yana salladı. Annie bu hareketi görmezden gelip telefonu ona uzattı.

Bethanne gönülsüze telefonu almak zorunda kaldı. "Merhaba Grant," dedi neşesiz bir sesle.

"Ceptelefonun kapalı," dedi, ama sözlerinde herhangi bir suçlama yoktu.

"Araba kullanıyorum." Kiralık aracın bluetooth bağlantısı yoktu.

"Annie de öyle dedi."

Sessizlik.

"Nasıl gidiyor?"

"İyi." Ona daha bu sabah yola çıktıklarını ve Seattle'dan sadece üç yüz kilometre uzakta olduklarını söylememek için kendini zor tuttu.

"Geceyi Pendleton'da geçirme konusu nereden çıktı? Orada doğduğumu biliyor muydun?"

Unutmuş olsa bile son birkaç saattir sürekli hatırlatılıyordu. "Annie bahsetti." Bethanne, kızları ile Grant arasında bir danışıklı dövüş olup olmadığını merak etti. Annie'nin kendi gündemi olduğu çok açıktı. Öte yandan, paranoyakça davranıyor da olabilirdi.

"Ara sıra telefon edip bilgi vereceğini umuyordum," dedi, canı yanmış küçük çocuk sesiyle sempati yaratmaya çalışarak.

"Annie ya da annenle konuşmalısın," diye karşılık verdi Bethanne. "İstersen, Ruth'a düzenli olarak seni ya da Robin'i arayıp rapor vermesini hatırlatabilirim."

"Evet, lütfen."

"İşte annen." Telefonu karşısındaki Ruth'a uzattı.

Annie konuşmaya başlamadan önce çorbaların gelmesini bekledi. "Anne, babama karşı biraz daha dostane davranabilirdin."

"Ya?"

"Evet. Neler hissettiğini biliyorsun."

Bethanne biliyordu. "Bu, hissettiklerimizden öte bir şey, Annie."

"En azından kendini kanıtlamasına izin ver. Bu kadar..." Doğru sözcüğü bulamıyor gibiydi. "Düşmanca davranmana gerek yok," dedi sonunda.

"Babana ters mi davrandım?"

"Biraz."

Bethanne omuz silken Ruth'a baktı. "Birazcık, tatlım."

Bethanne soluğunu bıraktı ve Grant'in en sadık iki yandaşıyla yolculuk yaptığını hatırlattı kendine.

"İkinizin barışma ihtimali yok mu?" diye sordu eski kayınvalidesi, gözlerini umutla açarak.

"Elbette var," diye cevap verdi Annie, Bethanne'nin adına konuşarak. "Her zaman bir ihtimal vardır, değil mi anne?"

Bethanne cevap vermeden önce bekledi. Anlaşılan Annie'nin düşündüğünden fazla beklemişti; çünkü hem kızı hem de Ruth yemeği bırakmış ona bakıyorlardı. "Evet, sanırım var," dedi sonunda.

7

"Bakın, kafe hâlâ orada!" diye bağırdı Ruth arka koltuktan. Richland'den beri arabayı Annie kullanıyor, Bethanne yanında örgü örüyordu. Ruth ileri doğru eğildi, eski arkadaşını görme ihtimali onu heyecanlandırmıştı. Marie'yle tanıştıklarında hamileydi, ailesinden ve arkadaşlarından uzaktaydı ve pek iyi başlamayan bir evliliği vardı.

Pendleton'a taşınmalarının sebebi, Richard'ın ilk işinin orada olmasıydı. İşverenin gözünde iyi bir imaj bırakmak istiyordu; gençti, hırslıydı ve kendini ispatlamaya çok hevesliydi. Daha evleneli bir yıl bile olmadığı halde kocası gece gündüz çalışıyor ve Ruth'u hiç kimseyi tanımadığı bu kasabada kiralık bir evde uzun süre yalnız bırakıyordu. Komşusu Marie onun cankurtaranı olmuştu. Ruth'un bir arkadaşa, birileriyle görüşmeye ihtiyacı vardı. Aslında hamileliğe hazır değildi ve neredeyse bütün gün süren bulantı nöbetlerinden mustaripti.

Marie onun sadece arkadaşı olmakla kalmamış, kendi doğum uzmanıyla tanıştırıp ilk randevulara bizzat götürüp getirerek Ruth'u kanatları altına almıştı. Doğum malzemelerini ve bebek giysilerini onunla paylaşmıştı. Hepsinden öte, kendisi de iki çocuk sahibi olduğu ve yol kenarındaki restoranda ailesine yardım ettiği halde, öğleden sonralarını onunla uzun sohbetlere ayırmıştı.

Ruth, Pendleton'da sadece bir-iki yıl yaşamıştı ama sonraları hayatı değiştiği –ve düzeldiği– halde Marie'yi hiç unutmamıştı. Birbirleriyle irtibatı kaybetmeme çabası Noel'lerde sürmüş, ama sonunda kesilmişti. Yine de, Marie'nin dostluğu onca yıl boyunca onu hep rahatlatmış ve ona destek olmuştu.

Kafe, Pendleton şehir sınırının hemen dışında, yolun gerisindeydi ve çakıl bir park yeriyle çevrelenmişti. Beyaz badanasının rengi atmıştı ve camlar aylardır silinmemiş gibiydi. Ön taraftaki bir tabelada "Ev Yemekleri" yazıyordu.

"Hâlâ faaliyette gibi görünüyor," dedi Ruth. Sesindeki heyecanı gizleyemiyordu.

"Sana bunun iyi bir fikir olduğunu *söylemiştim,*" dedi Annie. "Bu tarafa geldiğimize memnunsun, değil mi büyükanne?"

"Hem de çok," dedi, gerçekten de öyleydi.

"Binanın üstünde 'Marie'nin Yeri' yazıyor," diye dikkat çekti Annie.

"Ailesinden devralmış olmalı," dedi Ruth, Annie henüz

motoru bile susturmadan, çantasını kaptığı gibi arabadan dışarı fırladı. Diğerlerini beklemedi bile.

Kafenin kapısı açılırken gıcırdadı. Ruth birden durdu. Elli yıl öncesine adım atmak üzere gibiydi. Kafe, alüminyum peçeteliklerden masaüstü müzik kutularına kadar tıpkı hatırladığı gibiydi. Oturma bölümleri bir örnek kırmızı sentetik kumaş kaplıydı, ancak döşemelerin yenilendiği belliydi, hatta belki bir kereden de fazla. Plastik kaplı mönüler, tuzluk ve biberliğin yanında duran ketçap ve hardal şişelerinin arkasına sıkıştırılmıştı. Hatırlamadığı kadar sayısız gün boyunca Ruth yanında bebeğiyle birlikte bu yerlerden birinde oturmuş, çilekli soda içerken arkadaşıyla hayatın zorluklarından bahsetmişlerdi.

Bir dönem, Grant'in doğumundan hemen sonra, Ruth evliliğinin büyük bir hata olduğunu ve sona erdirmek istediğini itiraf etmişti. Marie onu dinlemiş ve dertlerine ortak olmuştu. Richard ona ve oğluna çok az zaman ayırıyor ve Ruth onun kendisini sevmediğine inanıyordu, aslında gerçek anlamda hiç sevmemişti. Arkadaşına, evliliklerinin düzmece olduğunu ve hatasını kabullenip hayatlarını daha karmaşık hale getirmeden çekip gitmenin en doğrusu olduğunu söylemişti.

Marie onu kararından caydırmaya çalışmamış, sadece Ruth'a birkaç soru sormuştu. Cevap verdikçe, Ruth bir evliliği sürdürmeye çalışmanın ne kadar önemli olduğunu kavramaya başlamıştı. Sadece oğulları için değil, evlilik çift taraflı bir ortaklık olduğu ve bu ortaklıkta Ruth'un da payına görevler düştüğü için. Dürüst bir anlaşma, gerçek bir çaba... Zihninin derinliklerinde, şu an itiraf etmeye utansa da, her zaman evine, Florida'ya dönmek istediğini hissetmişti.

Ve Royce Jameson'a. Bethanne'nin, mezuniyet balosuna katılmayı neden bu kadar çok istediğini, işin içinde eski lise arkadaşlarını görmekten başka şeyler olduğunu anladığından şüpheliydi. Royce da orada olacaktı; Jane ona haberi vermişti. Onu görme ihtimali, Florida'ya dönmek istemesi için yeterli bir sebepti. Onlar liseli âşıklardı; tamam, Annie'nin dalga geçeceği eski moda bir ifade olabilirdi ama gerçekti. Çok genç ve ölesiye âşıklardı. Ancak Ruth onu öylesine incitmişti ki, bunca yıldan sonra bile Royce'un onu bağışladığından emin değildi.

En son lise mezuniyetinde yüz yüze görüşebilmişlerdi. El ele tutuşup öpüşmüşler, aralarına hiçbir şeyin giremeyeceğine yemin etmişlerdi. O, acemi birliğine doğru yola çıkarken, Ruth üniversitenin yolunu tutacaktı. Birbirlerini sonsuza kadar seveceklerine söz verdiler. Altı ay sonra Ruth, Richard'la nişanlandı.

Son konuşmaları dehşet vericiydi. Çirkindi. Ruth bir ödlek gibi davranmayı tercih etmiş ve üniversiteden bir mektup göndererek Richard'la evleneceğini bildirmişti. Royce o sırada Deniz Kuvvetleri'ndeydi ve sevkiyat öncesi Kaliforniya'da konuşlanmışlardı. Mektubunu alır almaz, üniversitede kaldığı yurdu aramıştı. İncinmişti, öfkeliydi. Onu korkunç şeylerle suçlarken Ruth sadece dinlemişti. Bu konuşma, hayatının en acı verici anlarından biriydi ve ardından saatlerce ağlamıştı.

Son dönemde Royce'un hayatıyla ilgili duydukları ise, onun da daha önce hiçbir mezuniyet balosuna katılmamış ve tıpkı kendisi gibi eşini kaybetmiş olmasıydı.

Sonuçta, tabii ki Ruth, Richard'la kalmış ve Robin'i doğurmuştu. Daha sonra, lise arkadaşı Diane'den Royce'un evlendiğini duymuştu. Kendi evliliğinde iyi bir dönemdi ve onun adına sevinmiş, mutlu olmasını dilemişti.

"Yardımcı olabilir miyim?" Altmışlı yaşlarının sonunda ya da yetmişlerin başında beyaz önlüklü bir kadın hızla mutfaktan dışarı çıktı. Ellerinde sarı lastik eldivenler vardı; bulaşık yıkadığı çok açıktı.

"Marie?" diye sordu Ruth çekinerek. "Sen misin?"

Marie bir adım daha yaklaştı. "Ruth? Ruth Hamlin?"

İkisi de çığlıklar atarak kollarını açıp birbirlerine koştular. Aynı anda konuşuyor ve gülüyorlardı.

"Seni nerede görsem tanırdım," dedi Marie.

"Harika *görünüyorsun.*"

"Moruğun tekiyim," diye karşılık verdi Marie, hâlâ gülüyordu.

"Ben de."

Uzun süredir görüşmeyen kız kardeşler gibi kucaklaşıp birbirlerine sarıldılar.

Ruth'un arkasından kafeye giren Bethanne iki kadının kucaklaşmasını izledi. Annie geceyi Pendleton'da geçirmeyi önerdiğinde Bethanne'nin şüpheleri vardı. Ruth'un özenle hazırladığı planları bozmak hoşuna gitmiyordu. Ancak, Columbia Nehri'ni geçtikleri andan itibaren kayınvalidesi neşelenmiş, evliliğinin ilk yıllarından, Richard'la birlikte yaşadıkları şehirlerden ve edindikleri dostlardan söz etmeye başlamıştı.

"Bethanne, Annie," dedi Ruth onlara dönerek. Yüzü ışıl ışıldı. "Marie'yle tanışın. Yıllarca benim en iyi, ama en iyi arkadaşlarımdan biri oldu." Başını sallayıp tekrar Marie'yi kucakladı. "Annie benim torunum ve Bethanne, annesi, Grant'le evliydi." Sesini alçaltmıştı ama yine de Bethanne söylediği her şeyi duyuyordu. "Resmen boşanmış olsalar da, oğlumun aklı nihayet başına geldiği için yeniden birleşebileceklerini umuyorum."

"Selam," dedi Annie elini kaldırarak.

Bethanne, Ruth'un söylediklerini duymamış gibi yaparak, Ruth'dan beş ya da on yaş daha yaşlı görünen kadına gülümsedi. Marie'nin saçları bütünüyle beyazlamıştı ve yüzü kırış kırış olmuştu. Yıllar ona Ruth'a olduğu kadar iyi davranmamıştı.

"Herkes nerede?" diye sordu Ruth etrafına bakarak. Masaların çoğu henüz toparlanmamıştı. Tezgâh temizdi ama birkaç sos şişesi hâlâ yapışkan birikintilerin ortasında duruyordu.

"Richard ve ben burada yaşarken, gece gündüz boş yer olmazdı. Yogi Berra'dan* alıntılar yaptığımızı hatırlıyor musun? Burası o kadar meşhur oldu ki, artık kimse gelmiyor derdik." Marie'yle birlikte küçük kızlar gibi kıkırdadılar.

"Bugünlerde herkes otobana yakın olmak istiyor," diye sızlandı Marie. "Çok şükür otobüs hâlâ burada duruyor.

---

* *Amerika'nın en ünlü beyzbol oyuncusu. (ç.n.)*

Yoksa kapatmak zorunda kalırdım."

"Annenin kızarmış tavuk pirzolası, yediklerimin en iyisiydi," dedi Ruth. "O günden beri onun et suyundan yaptığı sostan daha lezzetlisini de yemedim."

"Mönüde hâlâ var. Tabakta servis edilmiş kalp krizi deseler de, en iyi o satılıyor."

"Şüphem yok."

"Tam kapatmak üzereydim," dedi Marie, ellerini önlüğüne kurulayarak. "Maggie arayıp grip olduğunu söyledi, bulaşık makinem de hasta. Başka şansım yok."

"Otobüsün her gün geldiğini sanıyordum."

"Geliyor, ama tek başıma yemek pişirip, masalara servis yapıp üstüne bir de bulaşıkları yıkayamıyorum." Umutsuzca başını iki yana sallarken kaşlarını çattı.

"Otobüs bugün geldi mi?" diye sordu Ruth.

"Henüz değil," dedi Marie saatine bakarak. "Daha kırk dakikası var."

Annie, Bethanne'nin kolunu çekiştirip fısıldadı. "Yardım edebiliriz."

Marie onlara baktı. "Gerçekten mi? Demek istediğim, size memnuniyetle ücretinizi öderim. Tek bir gün bile kapatırsam otobüs firmasının kontratımı yenilemeyeceğinden ve işimden olacağımdan endişeleniyorum."

Ruth kollarını dirseklerine kadar sıvadı. "Bulaşıkta rakip tanımam. Hizmetinizdeyim."

"Ben masaları toplarım," dedi Annie.

"Aha," dedi Bethanne. Tereddütlüydü. Bulaşıkları *ken-*

dinin yıkaması gerektiğini düşünmüştü.

"Hadi anne, harika bir garson olacaksın."

"İşi büyütmek için, güzel bir kızdan daha iyisi olamaz," dedi Marie sırıtarak. "Yardımınızı memnuniyetle kabul ederim."

"O halde ben de sevinirim." Bethanne en son masa servisine baktığında, liseden henüz mezun olmuştu ve yaz dönemiydi. Denny'nin yerinde bir iş bulmuştu. Oradaki deneyimi asla garson olamayacağını kanıtlamıştı. Ağır tepsileri kaldırıp masalara servis yapmak zor işti. Ayrıca, insanların isteklerinin bitmek bilmediğini, kaba ve duyarsız olduklarını keşfetmişti. Yine de birkaç saatle başa çıkabilirdi.

"Arkada bir önlük daha var. Getireyim." Marie, peşinde Ruth'la beraber mutfağa seyirtti.

"Umarım kimsenin üstüne kahve dökmem," diye endişeyle söylendi Bethanne. "Ya da siparişleri karıştırmam."

"Anne, büyükannemin her zaman söylediği gibi, belayı davet etme. Harika iş çıkaracağız."

Sadece on dakika önce, Bethanne sessizce arabada oturmuş, müstakbel gelinine düğün eldivenlerini örüyordu. Şimdi ise kolalanmış, fırfırlı, pembe bir önlüğü üstüne geçirmişti. Küçük bir lokantada geçen bir sinema filminin oyuncusuna benziyordu. Kostümünü giydiğine göre, rolünü oynamayı da başarabilirdi. Kalemini mahsus kulağının arkasına taktı, sipariş bloknotunu alıp önlüğünün cebine attı.

"Günün spesiyaliteleri dışarıdaki kara tahtada yazılı," diye açıkladı Marie. "Ezberlemekte fayda var."

"Anlaşıldı," diyen Bethanne dışarı çıktı, kara tahtada yazanları incelemeye başladı. Jambon ve domuz eti sosunun ardından makarna ve peynir geliyordu. Listenin üçüncü sırasında ise etli güveç, püre ve sos vardı. Göründüğü kadarıyla Marie yiyecekleri sosa bulamaya bayılıyordu.

Listeyi iyice ezberlemişti ki uzaktan gelen motosiklet seslerini duydu. Ses yaklaştıkça sağır edici bir hal almaya başlamıştı. "Nedir bu adamların motor olayı?" diye söylendi içeri girerken.

"Otobüsün gelmesine ne kadar var?" diye sordu Annie. O da üstüne bir önlük geçirmişti ve elinde bir temizlik beziyle, içi bulaşık dolu plastik bir leğen taşıyordu.

"Yaklaşık yirmi dakika," diye mutfaktan seslendi Marie. "Dinle, su bardaklarını şimdiden doldurabilirsin, sana zaman kazandırır."

"Ben yaparım," dedi Bethanne. Bir sürahi bulup bardakları doldurmaya hazırlandı. Bununla uğraşırken, kahve makinesinin nasıl çalıştığını anlamaya uğraşıyordu. Bu arada Annie tezgâhı yıkamış, masaları silmiş ve çatal-kaşıkları dizmeye başlamıştı.

Motorların gök gürültüsüne benzeyen sesi tam kafenin önünde kesildi ve deri yelekleriyle uzun çizmeleri içinde dört irikıyım adam, sanki kendi mekânlarıymış gibi içeri girdi.

Bethanne onlara baktı. Adamlar kapıda durup etrafı süzdüler. Bethanne hemen korkuya kapılan biri değildi ya da öyle sanıyordu, ama bu adamlar gerçeğe benziyorlardı. Yol savaşçıları... Grant'in ablasının uyardığı her şey bu adamlarda vücut bulmuştu. Bethanne motorcu *kültürü* konusunda cahil değildi, ama onun deneyimsiz gözlerinde ikisi nispeten normal, diğer ikisi ise şüpheli görünüyordu. Kızı söz konusu olduğunda hiçbirine güvenmezdi. Düşününce, kafede dört yalnız kadındılar...

Sırtından aşağı bir ürperti indi ve öylece donakaldı. Hareket edemiyor, soluk bile alamıyordu. Gazete başlıklarını görür gibiydi. *Dört Kadın Tecavüze Uğrayıp Katledildi. Motorcu Çeteden Şüpheleniliyor.* Başlarına bir şey gelirse Robin *onu* suçlayacaktı, ama bunun bir önemi yoktu, çünkü zaten ölmüş olacaktı.

Bethanne, Annie'yle göz göze geldi. Hayal gücünün fazla mesai yapmasına izin vermeyerek doğruldu. "Beyler, istediğiniz yere oturabilirsiniz."

Cılız, kısa bir atkuyruğu olan yaşlıca motorcu cevap verdi: "Genellikle öyle yaparız."

Diğerleri güldü. Dördü birden bir masaya oturup taze et kokusu almış kurtlar gibi onu süzmeye başladılar.

"Birazdan siparişlerinizi alacağım," deyip düşmanca davranışlarını umursamaz gibi yaptı.

Annie, annesinin bakışlarını takip ederek mutfağa doğru yöneldi. Bethanne onu daha sakin adımlarla izledi, aslında ne kadar korktuğunu belli etmek istemiyordu.

"Bu adamları tanıyor musun?" diye sordu Ruth arkadaşına, mutfak girişinden salonu gözetleyerek. "Sokak çetesine benzer bir halleri var."

"Motorcular buraya her zaman gelir. Sizi korkutmalarına izin vermeyin," dedi Marie. "Sert erkek gibi davranmayı severler, ama kedi gibidirler." Tenceredeki sosu karıştırmakla meşguldü, o yüzden bakmaya bile gerek duymamıştı. "Ayrıca onların paraları da en az diğerlerininki kadar yeşil."

"Haklısın." Bethanne korkusunu belli etmemeye çalışarak önlük cebindeki adisyonu çıkardı, kulağının arkasındaki kalemi alıp onlara doğru yürüdü.

"Ne istersiniz çocuklar?" diye sordu, kendini bir tiyatro oyunundaymış gibi hissetmeye zorlayarak. Ya da yol filmlerinden birinde. Sahneyi tamamlamak için ihtiyacı olan tek şey, ağzında pabuç kadar bir sakızdı.

"*Çocuklar mı*?" Cevap veren yine atkuyruklu ihtiyardı. "Sence çocuğa benzer bir halim var mı?"

"Lafın gelişi," dedi, teslim olmayarak. "Hesapları ayrı mı istersiniz?"

"Lütfen." Bu kez cevap veren grubun içinde en yanık tenli olandı. Demek ki uzun süredir yoldaydı. Etkileyici kahverengi gözleri vardı ve boynuna deri bir bandana dolamıştı. Deri yeleği iyice eskimişti ve parmaksız eldiven takıyordu. Bethanne az kalsın oğlunun nişanlısı için benzer bir model ördüğünü söyleyecekti; neyse ki sustu. Adamın, elindeki örgü projesiyle ilgilenmeyeceğine bahse girebilirdi.

"Çizburger, duble turşulu ve soğansız," dedi, atkuyruklunun karşısında oturan adam.

Bethanne siparişi not aldı. Onun yanında oturan motorcuya bakıp peynirli makarna siparişini yazdı. Deri bandanalı bir kâse acılı fasulye, atkuyruklu ise özel etli güveçten istiyordu.

"İstekleriniz birkaç dakika içinde hazır olur." Marie'ye siparişleri iletene kadar ne içeceklerini sormadığını fark etmedi. Kahve servise hazırdı, sürahiyi masaya götürdü ve hepsi fincanını aldığında, ellerinin titrememesine çabalayarak doldurmaya gayret etti. Bu adamların onu ne kadar gerdiğini fark etmesini istemiyordu.

Bethanne tam dönecekti ki atkuyruklu onu durdurdu. "Yaka kartın nerede?"

"Of... evde unutmuşum. Ben, Bethanne." Bunu söyler söylemez sahte bir isim vermediğine pişman oldu.

"Bethanne," diye tekrarladı adam, sonra onaylar gibi başını aşağı yukarı salladı.

"Sizinki nedir?"

"Bana Rooster derler."

"Rooster mı?"

"John Wayne filmine atfen," diye açıkladı motorculardan biri.

"Ah, tabii," diye mırıldandı Bethanne. "*İz Peşinde*, değil mi? Orijinal versiyon."

"Aynen."

Motorcu, masanın karşısındaki diğer iki adamı işaret etti. "Şu Willie, yakışıklı olan Skunk. Buradaki ise Max," dedi, yanında oturan adamı hafifçe dürterek.

"Ben de Bethanne," diye tekrarladı.

Rooster'ın karşısındaki iki adam başlarıyla hafifçe selamladılar. Ona aldırmayan Max camdan dışarı bakıyor, diğer ikisi ise kahvelerine krema koyuyordu. Sohbeti uzatmamak için Bethanne tezgâhın arkasına döndü. Kahve sürahisini tekrar makinenin üstüne koyarken, elleri hafifçe titriyordu.

Kapı tekrar açıldı, müşteriler kafeyi doldurmaya başladı. Bethanne dışarı bakınca otobüsün zamanından önce geldiğini gördü. Motorcular dikkatini o kadar dağıtmıştı ki farkına bile varmamıştı. Kahve sürahisini kaptığı gibi önce tezgâhı dolduran müşterilere yöneldi. Annie de garsonluğa soyunmuştu ve kafenin içinde ikisi birden koşuşturmaya başladılar. Çok geçmeden iki sürahi dolusu kahve tükenmişti bile.

"Buraya kahve istiyorum," diye seslendi kafenin arka tarafından huysuz bir ses.

"Hemen geliyor," dedi Bethanne. Siparişleri almış ve elinden geldiğince hızlı bir şekilde Marie'ye ulaştırmaya başlamıştı. Kahve demlenir demlenmez pencere kenarında oturan huysuza yöneldi. Adam bütün masayı tek başına kaplamıştı.

"Bu, kafeinsiz mi?" diye sordu adam.

"Hayır... sanmıyorum."

"Bana kafeinsiz getir."

"Demlenmesi gerek. Birkaç dakika sürer."

"Ne biçim bir işletme bu?" diye söylendi adam yüksek sesle.

"Siparişinizi almamı ister misiniz?" diye sordu bütün iyi niyetiyle. Adamın yorgun ve aç olduğunu düşünüyordu.

"Hayır, ben kafeinsiz kahvemi istiyorum."

"Hepsi bu mu?"

"Hayır," dedi vurgulayarak. "Ve burada dikilip benimle tartışmaya devam ettiğin sürece, kafeinsiz kahvem için daha uzun süre bekleyeceğim. O otobüse tekrar binmem gerekiyor, anlarsın ya."

Bethanne otomatik olarak kafeinsiz kahve hazırlaması gerektiğini fark etti. Ancak hatırlaması gereken o kadar çok şey vardı ki.

Annie, "Ben hallederim," diyerek kahve makinesine doğru yöneldi.

Kafeinsiz kahvenin hazır olduğunu fark ettiğinde Bethanne hâlâ sipariş almaya devam ediyordu. Marie'ye birkaç sipariş daha iletip kahve sürahisini kaptı ve hızla şikâyetçi müşteriye doğru yöneldi. Adam kollarını kavuşturmuş, sert sert bakıyordu. Fincanını uzatma gereği bile duymadı. Bethanne fincanı alıp ağzına kadar doldurdu.

"Çok doldurdun," diye homurdandı adam. "Kremaya yer kalmadı."

"Üzgünüm." Yeni bir fincan alıp üçte ikisini doldurdu.

"Bu sadece yarım fincan!" diye neredeyse haykırdı. "Umarım tam fincan parası almayı düşünmüyorsunuz!"

Bethanne biraz daha kahve ilave etmeye çalışırken omzunda bir el hissetti. Yaşlı motorcu Rooster arkasında dikiliyordu.

"Dinle, ahbap," dedi. Sesindeki tehdit Bethanne'nin kanını dondurdu. Onun yüzünü göremese de elinde kahve olan adamın masanın arkasına sindiğini görebiliyordu.

"Gerçekten açım. Acıktığım zaman sinirli oluyorum. Yemeğimi geciktiriyorsunuz. Sinirlendiğimde neler olacağını bilmek istemezsiniz."

Diğer adam kıpırdamadı. Aslında, artık soluk bile almıyor gibiydi. İçerideki çatal kaşık sesleri kesildi, konuşmalar fısıltıya dönüştü. Rooster masanın üzerine eğildiğinde bütün kafe derin bir sessizliğe gömülmüştü.

"Kahven artık istediğin gibi, değil mi?" diye sordu Rooster.

Diğer adam Rooster'ı ikna etmek için kafasını öyle hızlı bir şekilde aşağı yukarı salladı ki neredeyse boynu kopacaktı.

"Ben de öyle düşünmüştüm," diyen Rooster arkadaşlarının yanına dönerken nazikçe Bethanne'nin koluna dokundu.

"Sanırım siparişiniz hazır," dedi Bethanne. Rooster geçerken ona göz kırptı, Bethanne gülümsememek için elinden geleni yapsa da başaramadığını biliyordu.

Hâlâ sırıtarak mutfağa gitti ve dört motorcunun siparişini büyük bir tepsiye yerleştirerek masaya geri döndü.

"Teşekkürler," diye fısıldadı.

"Senin için yapmadım," dedi Rooster, elinde çatalıyla. "Soslu püremin soğumasını istemedim."

Tam dönmek üzereydi ki Rooster'ın yanında oturan ve kendisini süzen Max'i fark etti. Bakışları derin ve ciddiydi, uzun bir süre göz göze kaldılar. Bu bakış Bethanne'yi deldi geçti, kızardığını hissetti. Tepkisinden utanmıştı ama bunu nasıl açıklayacağını bilemiyordu. Herhangi bir ilişki, romantizm ya da başka bir şey peşinde değildi. Orada üstüne düşeni yapıyordu –Ruth'un arkadaşına yardım ediyordu– hepsi bu. Bakışlarını kaçıran Bethanne hızla mutfağa yöneldi.

8

"Anne," dedi Annie arabanın arka koltuğundan. "Vegas'a hiç gittin mi?" Bu gezi umduğundan daha keyifli bir hale gelmeye başlamıştı. Halbuki beklentileri o kadar da yüksek değildi.

Önceki gün büyükannesi geceyi Spokane'de geçireceklerini söylediğinde Annie düş kırıklığı içinde çığlık atmak istemişti. Spokane mi? Fena kasaba olmasa da kesinlikle heyecan verici değildi.

Oregon'un Pendleton kasabasını ziyaret, Paris'te olmak kadar heyecan vermeyebilirdi, ama açık söylemek gerekirse, doğru dürüst bir öğleden sonra geçirmişlerdi. Kafede masalarla ilgilenirken çok eğlenmişti, ama iş hiç göründüğü kadar kolay değildi. Bir daha restorana gittiğinde, Annie garsonlara farklı bir gözle bakacağından emindi.

Pendleton'ı babası yüzünden önermişti. Kısa süre önce babası orada doğduğundan söz etmişti. Annie konunun neden açıldığını bile hatırlamıyordu. Zaten o kısmı önemli değildi. Önemli olan tek şey, annesinin babası hakkında ne düşündüğünü hissetmekti. Pendleton'a gitmek, Annie'nin babasını gündemde tutmak için aklına gelen geçici bir yoldu. Annesinin babasını düşünmesini, onu özlemesini ve aileyi tekrar bir araya getirmeyi istiyordu.

Ne yazık ki Annie annesinin tam olarak ne hissettiğini anlayamamıştı. Kuşkusuz kafede bazı şeyleri tartışamayacak kadar meşguldüler. Sonra ise, Marie paydos edince, kasabayı turlamışlardı. Büyükannesinin gençlik yılları hakkında anlatacak pek çok şeyi vardı. Annie nezaketle dinlemişti, annesi de öyle. Bethanne ilgiliymiş gibi görünüyordu, ama Annie onun pek fazla soru sormadığını fark etmişti.

Marie'nin onları götürdüğü ilk yer eski mahalleleriydi. Annie, büyükannesinin ve büyükbabasının yaşadığı, babasının doğduğu evi gördü. Küçük ve kasvetliydi, hiç umduğu gibi değildi. Tamam, aradan tam elli yıl geçmişti ama babasının bu ufacık evde yaşadığını düşünemiyordu. Bahçeyi yabani otlar sarmış, ön verandaya çıkan kaldırım çatlamıştı. Birileri dışarıda kırmızı bir römork ve üç tekerlekli bisiklet bırakmıştı. Demek ki, bugünlerde de evde yaşayan başka bir genç aile vardı.

Annie büyükannesinin anlattıklarından keyif alsa da, aklı hep ceptelefonundaydı.

Vance iki kere ona mesaj yazmıştı. İlk mesajında

Roma'ya sağ salim ulaştıklarını bildiriyordu. Onun adına iyi bir şeydi.

Annie mesaja cevap vermedi.

Daha sonra, aradan üç saat geçmeden bir başka mesaj geldi: *Seni özledim.*

Annie'ye göre yeterince özlememişti; öyle olsa zaten gitmezdi. Yine de onunla iletişim kurma çabaları gururunu okşuyordu.

Buna karşın Vance'i hayatından çıkarmıştı. Annie'ye çok değerli bir ders vermişti ve bu dersten yararlanmaya kararlıydı. Yaptığı şey onu incitmiş, bu kadar kör olduğu için utandırmıştı. Planlarını gizleyerek ona yalan söylemişti. Yine de anlaması gerekirdi. Geriye dönüp baktığında ipuçları vardı; bu yaz onunla bir şeyler yapmaya gönülsüz olması, Annie'yi almadan sürekli Matt'in evine gitmesi... Neydi o klişe; iş işten geçtikten sonra anlama durumuyla ilgili? Annie şimdi anlıyordu.

Vance'le ilgili bu durum Annie'yi ürkütüyor, çünkü ona babasının gidişini hatırlatıyordu. Bu konuda annesine fikrini söylemişti, Bethanne de onunla aynı fikirdeydi. Olay gerçekleştiğinde Bethanne şoka girmişti. Andrew bile bunun gelişini görememişti.

Başlangıçta Annie de şok olmuştu ama düşününce, işaretler açıktı. Tıpkı Vance'le olduğu gibi, ama çok daha açık. Babası ofisten eve hep geç dönüyor ve tekrar gitmek için can atıyordu. Durup dururken annesine yeni bir bilgisayar almıştı. Babasının bu tür armağanlara suçluluk duygusuyla yönlendiğini Annie sonraları idrak etmişti. Ardından Annie bilgisayarı kasten kırmıştı, ama bu konu dışıydı.

Annesi, Grant'in neler yaptığını göremeyecek kadar kördü. Bu, Annie'yi çileden çıkarmıştı, çünkü evliliklerinde sorun olduğunu fark etmesi gerekirdi. Yirmi yıldır evli olan ve kocasını *tanıdığını* sanan bir kadın...

O dönem, Bethanne'yi suçlamak kolaydı. Annie kısa sürede bunun üstesinden gelse de hâlâ öfkesinden kalıntılar vardı.

Vance'in onu başından attığı geceye kadar.

Tamam, *resmen* başından atmamıştı, ama hissettiği buydu. Aslında ilişkiyi tamamen bitirmiş olmasını dilerdi. Temiz bir ayrılık, hepsi bu.

Gerçi pek önemi yoktu, çünkü o, kafasında Vance'i bitirmişti. Ona istediği bütün mesajları yazabilirdi ama cevap vermeye niyeti yoktu. Şu an ihtiyacı olan tek şey eğlenmekti. Hem de *çok* eğlenmek.

Önündeki haritaya bir kez daha baktı. Vegas fazla uzak değildi, ama annesini ve büyükannesini Güney Dakota yerine Nevada'ya gitmeye ikna etmesi gerekiyordu. Rushmore Dağı'nın bir yere kaçtığı yoktu. Arkadaşlarına nereye gittiğini söylemişti. Bu haber er geç Vance'e ulaşacak ve yaptığına pişman olacaktı. Bu küçük intikam planı kulağa çok hoş geliyordu. Vance, Roma'nın eğlenceli olduğunu düşünebilirdi ama Annie, Vegas'ın müzeleri gezmekten çok daha heyecan verici olduğuna kalıbını basardı.

Annie'nin sorusu Bethanne'yi şaşırttı. Vegas mı?

"Daha önce hiç Vegas'a gittin mi?" diye tekrar sordu Annie.

Bu da nereden çıkmıştı? Ruth yanında uyuklarken Bethanne arabayı kullanıyor, Annie ise arka koltukta oturuyordu.

"Şey, evet. Babanla yıllar önce Vegas'a gitmiştik." Grant, Bethanne'yi bir Emlak Komisyoncuları Kongresi'ne götürmüştü. Strip'te muazzam bir otelde kalmışlardı ve Bethanne o üç günü keyifle anıyordu. Boşandıkları için, Grant'le geçirdikleri güzel zamanları hatırlamak zor oluyordu. Geçen yıllar içinde, tüm evli çiftler gibi iniş çıkışlar yaşamışlardı. Her evlilik böyleydi. Anılar Grant'in ihanetiyle lekelendikten sonra, bir zamanlar paylaştıkları kahkahaları unutmak da kolay olmuştu.

"Uyanık mısın, büyükanne?" Annie, kontrol etmek için ön koltuğa doğru uzandı.

"Mmm."

"*Sen* hiç Vegas'a gittin mi?"

"Hayır, hiç," diye itiraf etti Ruth. "Richard iş için defalarca gitmişti, ama ben hep çocuklarla ilgilenmek zorundaydım."

"Vegas'a gitmeliyiz!" dedi Annie, sanki yüzyılın keşfini yapmış gibi. "Üçümüz. Acayip eğleniriz."

"Bir gün gideriz," dedi Bethanne. Yola çıkalı iki gün olmuştu ve şimdilik her şey iyi gidiyordu. Planlarından bir kez sapmışlardı zaten, ama bu, Ruth'un gezisiydi, Annie'nin ya da Bethanne'nin değil.

"Ben *şimdi* gitmekten söz ediyorum," dedi Annie. "Gerçekten, bir daha ne zaman üçümüzün yolculuğa çıkabileceğini sanıyorsunuz?"

"Şimdi mi?" diye sordu Bethanne. "Yani bugün mü?"

"Tam olarak bugün değil. Daha yolumuz uzun. Harita önümde. Eğer 93 numaralı otobandan Twin Falls'a doğru güneye sarkarsak yarın öğleden sonra Vegas'ta oluruz."

"Tatlım," diye belki beşinci kez kızına hatırlatmak zorunda kaldı. "Büyükannen geçeceğimiz güzergâhı titizlikle planladı, Rushmore Dağı'nı görmek üzere Güney Dakota'ya gidiyoruz."

"Biliyorum ama Vegas daha eğlenceli değil mi?"

Ruth ikisine de karşılık vermedi.

"Otoban sıkıcı," diye devam etti Annie. "Bütün ülkeyi kat edeceksek, eyaletler arası ve yan yollar daha ilginç."

"Vegas," diye mırıldandı Ruth.

"Unutma, Rushmore Dağı'nı özellikle vurgulamıştın," dedi Bethanne yumuşak bir sesle. Eski kayınvalidesine baskı yapmak istemiyordu, ama hayal kırıklığına uğramasını da istemezdi.

"Bunu biliyorum," dedi Ruth. "Ancak o ihtiyar dağ sonsuza kadar orada olacak. Annie haklı. Her zaman Vegas'a gitme şansım olmaz; hem de en sevdiğim iki kişiyle."

"Yani gerçekten Vegas'a gidebileceğimizi mi söylüyorsun?" dedi Annie heyecanını bastıramayarak.

"Vegas'a gidiyoruz!" diye bağırdı Ruth.

"Ve Vegas'ta olan her şey, Vegas'ta kalır," diye karşılık verdi Annie gülerek.

Bethanne de gülümsemek zorunda kaldı. Vegas'a gitmek, Rushmore'u daha iyi bir açıdan görmeye çalışan turist yığınlarının arasında dirsekle yol açmaya çalışmaktan daha eğlenceliydi.

"Sadece söz vermenizi istiyorum," dedi Ruth. "Bu konudan Robin ya da Grant'e söz etmeyeceksiniz. Onlara otobandan ayrılmayacağıma söz verdim, ama Annie haklı. Bu çok sıkıcı bir yolculuk. Eğer ülkeyi göreceksek, eyaletlere dalmalı, birazcık araştırmacı olmalıyız."

"Haritaya bakıp nereye gitmem gerektiğini söyleyin," dedi Bethanne. Bu yolculuk giderek tahmin etmediği bir maceraya dönüşmeye başlıyordu. Marie'nin kafesindeki garsonluk görevi inanılmaz bir deneyimdi. Bahşişlerden payına neredeyse kırk dolar düşmüştü. Kumar parası. En büyük sürpriz ise Max'ti; kendine Rooster diyen yaşlı adamın yanında oturan motorcu. Max'le göz göze gelmişlerdi ve Max ona eski bir tanıdık gibi bakmıştı.

Otobüs yolcuları gittikten sonra Marie onlara akşam yemeği hazırlamıştı. Ruth kızarmış tavuk pirzolasının hatırladığından daha güzel olduğunu söylemişti. Annie ve Bethanne temizlik işine girişirken, iki yaşlı kadın kahvelerini alıp sohbete dalmışlardı. Akşamın ilerleyen saatlerinde Marie onları kasaba gezisine çıkarmış, yorgunluktan ve heyecandan bitap düşen Bethanne oteldeki yatağına adeta sürünerek gitmişti.

Gözlerini kapar kapamaz zihnini motorcunun hayali doldurmuştu. Max. Sipariş vermek dışında onunla tek kelime konuşmamıştı. Paylaştıkları tek şey o bakışmaydı. Bethanne bu görüntüden kurtulmaya çalışsa da, başaramamıştı.

Giderek daha hayalperest ve düpedüz budala olmaya başladığını düşündü. Bu motorcuyla ortak hiçbir yönü yoktu. Neyse ki bir daha karşılaşma ihtimali yoktu. Bethanne onun için bir dua mırıldanmış –gözlerinde bir hüzün vardı– hemen ardından derin ve huzurlu bir uykuya dalmıştı.

"Twin Falls'tan yaklaşık bir saat uzaktayız," dedi Ruth, Bethanne'yi düşüncelerinden sıyırarak. Annie'nin ona verdiği haritadan başını kaldırdı. "Bir kez daha otel rezervasyonumu iptal ettirmek zorunda kalacağım."

"Belki de hepsini iptal ettirsek daha iyi," dedi Annie. "Demek istediğim, büyükannemin planını zaten bir kez bozduk ve şimdi aynısını tekrar yapıyoruz. Kendimizi yolun akışına bırakmak ve anlık plan yapmak daha eğlenceli, ne dersiniz?"

"Öyle," dedi Ruth. "Benimle geldiğiniz için minnettarım. Tek başına yolculuktan çok daha keyifli."

Bethanne gülümsedi. Annie bu geziye doğaçlama ve macera katmıştı. Sadece Ruth ve Bethanne olsaydı memnuniyetle kayınvalidesinin güzergâhını takip ederdi.

"Geceyi nerede geçireceğiz?" diye sordu Ruth kucağındaki haritayı katlayarak.

"Önerin nedir?" diye araya girdi Bethanne.

"Hımm. Vegas yolu üstünde çok sayıda büyük kasaba

yok. Sanırım en uygunu Ely. Belki Annie otel ve rezervasyon için internete bakabilir."

"İyi fikir," dedi Bethanne.

"Ely, Twin Falls'tan ne kadar uzaklıkta?" diye sordu Annie.

"Ah..." Ruth hesap yapıyormuş gibi duraksadı. "Üç ya da dört saat diyebilirim."

"Yani arabanın içinde dokuz saat, Ruth," dedi Bethanne, biraz endişeyle. "Dayanabilecek misin?"

"Bana uyar," diye ısrar etti Ruth.

"O halde Wells'te durup öğle yemeğimizi alalım ve yol üstünde yiyebileceğimiz bir yer bakalım," diye önerdi Annie. "Pek çok irili ufaklı göl var, ama Snow Water Gölü'nden bahsedildiğini duymuştum. Kimdi hatırlamıyorum ancak bakir bir göl olduğunu söylemişti. Orada piknik yapabiliriz."

"Kulağa harika geliyor," diye onayladı Ruth. "Sakin ve serin bir yerde bacaklarımı uzatıp oturmak isterim."

Bethanne de kabul etti, ayrıntılarla Annie'nin ilgilenmesinden hoşnuttu.

Wells'ten sandviç, soda ve cipslerini alıp eyalet karayolundan 93 numaralı otoyola saptılar. Bu arada, araba kullanmaya devam etmek isteyen Bethanne depoyu da doldurdu. Araç yakıtı almakta birkaç kez zorlanıp onu endişelendirse de, çalıştıktan sonra sorun çıkarmadı.

Çift şeritli otoyolda gitmek gayet rahattı, trafikle boğuşma derdi yoktu. Bethanne orta hızla gidiyor, manzaranın tadını çıkarmak istiyordu.

"Otoyoldan gitmek her zaman tercihim," dedi Ruth bir süre sonra. "Yol boyunca görülecek daha çok şey var." Abartılı bir biçimde omuzlarını silkti. "Bunu öğrenecek olurlarsa Robin ve Grant'in nasıl nutuk çekeceklerini düşünmek bile istemiyorum."

"Ben söylemem," diye garanti verdi Bethanne.

"Babama Vegas'ta olduğumuzu söylemeliyiz," dedi Annie.

Grant'in karşı çıkacağını düşünmesine rağmen Bethanne gülümsedi. Günah şehrinde olduklarını öğrendiğinde neler söyleyeceğini tahmin edebiliyordu. Oraya vardıklarında Bethanne eğlencenin tadını çıkarmak istiyordu. Kumarbaz biri değildi ama izlemeye değer gösteriler ve ziyaret edilmesi gereken kumarhaneler olacaktı. Onlar hakkında çok şey duymuştu. The Wynn, Mandalay Bay, The Venetian...

"Vegas'ta bir geceden fazla kalabilir miyiz?" diye sordu Annie.

"İstediğimiz kadar kalabiliriz, ama bir şartla," dedi Ruth. "Mezuniyet balosundan önce Florida'da olmalıyım."

"Hiç sorun değil, büyükanne. Tam zamanında olman gereken yerde olacağını garanti ederim."

Bethanne, seyahat programına ne zamandan beri Annie'nin karar verdiğini anlamamıştı, ama karşı çıkmadı. Anlaşılan, Ruth'un da bir itirazı yoktu. Yola çıkarken düşünmeyi, seçeneklerini tartmayı ve ne yapmak istediğine karar vermeyi umuyordu, ama yine de kızı ve kayınvalidesiyle anın tadını çıkarmaktan memnundu. Yani *eski* kayınvalidesiyle ama kimin umurundaydı ki?

Ne işyerinden ne ev cephesinden herhangi bir baskı vardı. Julia'yla konuşmuş ve Parties'te her şeyin yolunda gittiğini öğrenmişti.

Grant'e gelince... Onunla bir araya gelmek, bu hafta ya da haftaya vermesi gereken bir karar değildi. Bekleyebilirdi. Kendilerine altı ay süre verebilir, birlikteliklerinin gelişimini izleyebilirdi. İşin en zor kısmı, ailesinin –Annie ve Ruth'un– Grant'le barışmasını şiddetle istiyor olmasıydı. Mükemmel bir dünyada eski kocasına tekrar âşık olabilir ve bir zamanlar sahip oldukları eski ideal aileye geri dönebilirlerdi. Sorun şu ki, belki o kadar ideal değildi... Ayrıca, mükemmel bir dünyada yaşamıyorlardı ve Ruth ile Annie'nin mutluluğu dışında düşünmesi gereken şeyler vardı.

Ne kadar yol aldıklarının farkında değildi, kontrol panelini izlemiyordu. Manzara çok çekiciydi, bütün dikkatini ona veriyordu. Neyse ki kiralık araba klimalıydı çünkü Nevada'nın sıcağı dağlarda bile acımasızdı.

"Tamam anne, yavaşla," dedi Annie nihayet. Haritayı inceliyordu. "Snow Water Gölü'ne dönen sapağa çok yaklaştık."

Ruth göstermeseydi Bethanne ok işaretini kaçırabilirdi. "Göl, yol ne kadar uzak?" diye sordu Annie, otoyoldan çıkıp dar bir asfalta dönerken.

"Haritadan kestirmek zor, ama birkaç kilometreden fazla değildir. Hadi beş olsun."

Akla yakındı ama Bethanne halka açık bir piknik alanına mı, yoksa özel bir mülke mi gittiklerinden pek emin değildi.

Az sonra anlayacaklardı.

Birkaç dakika sonra göle ulaştılar. Görüntüde ne bir piknik masası, ne de piknikçi vardı. Eskiden kalma bir kamp ateşinin kalıntıları vardı, ama başka kimse yoktu. Arabanın kaportasını masa olarak kullanan Ruth yemeklerini hazırladı ve bir gölgelikte sandviçleriyle cipslerini yediler. Sodalarını içerken Annie ve Bethanne göl kıyısında yürümeye başladı. Annie ayakkabılarını çıkarıp suya soktu. "Vay, soğukmuş."

"Boşuna Snow Water Gölü dememişler," diye dalga geçti Bethanne.

"Hadi sen de gel anne," diyen Annie suyun kenarında tepinerek kıyıya su sıçratmaya başladı.

Arabadan ineli henüz yarım saat olmamıştı ama Bethanne öğle sıcağında yanmaya başlamıştı. Göl kıyısındaki kumlara oturarak ayakkabılarını çıkardı ve bileklerine kadar buz gibi suya girdi. İlk şoku atlattıktan sonra soğuğa alıştı. Doğrulup Annie'nin beline sarıldı, salınarak suyun içinde yürümeye başladı.

"Belki de babamı arasam iyi olur," dedi Annie. "Planlarımızın değiştiğini bilmek isteyecektir."

Bethanne yorum yapmadı.

"Babam seninle Andrew'un düğünü hakkında konuştu, değil mi?" diye sordu Annie. "Aile olarak oturabiliriz, değil mi?"

Bethanne henüz Grant'e cevap vermemişti. "Olabilir."

"Güzel." Annie başını Bethanne'nin omzuna yasladı. "Tekrar birleşmenizi istiyorum."

"İstediğini biliyorum tatlım," dedi Bethanne huzur veren bir sesle. "Annie, artık senin *kendine ait* bir hayatın var. Kendi evin, bir geleceğin... ve babanla ben, ikimiz de seni seviyoruz."

"Öyle, ama babam gittiğinden beri hiçbir şey aynı değil."

Gittiğinden, onu boşadığından, tekrar evlendiğinden ve ikinci kez boşanmadan sonra diye içinden ekledi Bethanne. Kapıdan çıkıp giden adam, artık aynı kişi değildi. Bethanne de öyle. Çok şey değişmişti ve Bethanne artık geriye dönebileceklerinden emin değildi. Belki de bu iyi bir şeydi, bilmiyordu.

"Babam değişti," diye devam etti Annie, sanki annesinin aklından geçenleri okur gibi.

"İkimiz de değiştik."

"Babam dersini aldı. Süngüsü düştü. Onun için kolay olmadığını biliyorsun."

Annie'nin söylediği doğruydu. Grant gibi gururlu biri için hata yaptığını itiraf edip uzlaşma aramak hayli zor olmalıydı.

"Onu aramamda sakınca yok, değil mi?"

"Hayır, yok."

Annie ceptelefonunu çıkarıp birkaç tuşa bastı. Biraz sonra hayal kırıklığıyla mırıldandı. "Buradan çekmiyor."

"Bekleyebilir. Aslında onu şimdi ararsan sadece endişelenecektir. Neden Vegas'a vardığımızda aramıyorsun?"

"Tamam."

Arabaya döndüklerinde, Ruth çöplerini toparlayıp dönüşe hazırlanmıştı.

"Ben kullanırım," dedi Annie.

Bethanne direksiyonu bırakmaktan hoşnuttu. Düğün eldivenlerini bitirmek istiyorsa, örgüye de zaman ayırması gerekiyordu. Yoldaki ilk gün biraz ilerleme kaydetmişti, ama bugün hiçbir şey yapamamıştı. Genelde örgüye ayıramadığı zamanı bu yolculukta telafi etmeyi umuyordu.

Ruth arka koltuğa yerleşirken Bethanne kızının yanına geçti. Annie anahtarı takıp marşa bastı, motor çalışıp sonra sustu.

Annie kaşlarını çatarak Bethanne'ye baktı. "Sorun nedir?"

Wells'deki benzin istasyonunda olanları hatırlayan Bethanne'nin yüreği daraldı. "Tekrar dene."

Annie tekrar denedi, bu kez motor hemen çalıştı. Rahatlayan Bethanne kızına gülümsedi. Şu anda ihtiyaçları olan son şey, ıssızlığın ortasında, telefonların bile çekmediği bir yerde bozuk bir araçla kalakalmaktı.

Araba ilerlerken silkelendi ve tekrar durdu.

"Bir sorun mu var?" diye endişeyle sordu Ruth arka koltuktan.

"Emin değilim," dedi Bethanne.

Annie tekrar denedi. Hiçbir şey olmadı. Marş basmadığını anladıklarında, Bethanne elini kızının elinin üstüne koydu.

"Şimdi ne yapacağız?" diye sordu Annie.

Bethanne'nin başı dönüyordu. Fazla seçenekleri yoktu.

"Anayola ne kadar uzaktaydık? Yaklaşık beş kilometre, değil mi?"

"Aynen. Yürümek istemeyeceğim kadar uzak," dedi Annie. "Özellikle bu sıcakta."

"Katılıyorum. Bu sıcakta yürümek için mesafe çok uzun," dedi Ruth.

"O halde biri gelene kadar burada mahsur kaldık." Annie ellerini direksiyondan çekti. "Araba tamirinden anlayan var mı?"

Bethanne başını iki yana salladı.

"Ben değil," dedi Ruth. "Bu işleri Richard'a bırakırdım. O öldükten sonra sadece depomu doldurmayı öğrendim. Ne yazık ki elimden başka şey gelmez."

"Günlerce burada kalabiliriz," diye inledi Annie.

"Neden hava biraz serinleyene kadar beklemiyoruz? Sonra otoyola kadar yürüyebiliriz."

Hepsi benim suçum," diye sızlandı Ruth. "Macera aşkım yüzünden hepimizin başını derde soktum."

"Göl kenarında piknik *benim* fikrimdi," dedi Annie.

"Yeter," dedi Bethanne ikisine birden hitap ederek. "Kimsenin suçu değil. Her şey yolunda. Endişelenecek bir durum yok. Ayrıca, güzel bir yaz gününde, harika bir gölün kıyısında mahsur kalmaktan çok daha beter şeyler var."

"Doğru," dedi Annie birden canlanarak. "Hadi yüzelim. Mayolarımızı aldık, değil mi?"

"Of, ben almadım," diye itiraf etti Ruth. "Kimsenin tombul kalçalarımı görmesini istemem."

"Ruth," diye gözlerini devirdi Bethanne. Florida'ya – belki de dünyanın en güzel sahillerinin olduğu yere– gidiyorlardı ve Ruth tombul kalçalarını dert ediyordu. "Kim görecek?"

"Ya sen anne?" diye sordu Annie.

Bethanne'nin gülüşü soldu. "Mayo almadım."

"Benimle dalga geçiyor olmalısınız," dedi Annie, arabanın tavanına gözlerini dikerek. Tamam, siz ikiniz, mayonuz olsa da, olmasa da yüzmeye gidiyoruz."

"Sen gidebilirsin," dedi Ruth. "Ama ben sudan uzak duracağım."

"Nasıl istersen büyükanne, ama annem ve ben suya giriyoruz."

Bethanne tereddüt etti. "Sen git, ben sonra sana katılırım."

"An-nee!" diye homurdandı Annie. "Peki, içiniz rahat edecekse iç çamaşırlarımla yüzeceğim."

Annie şortunu ve pamuklu tişörtünü çıkarıp kıyıya bıraktı, kollarını havaya kaldırarak suya girmeye başladı. "Amanın, çok soğuk."

Bethanne dikkatle kızını izliyordu. Serin su çıplak parmaklarına değdi, ensesinden aşağı bir ter damlasının yuvarlandığını hissetti.

Güneş artık daha yakıcıydı. Bu arada Annie kendini sırtüstü suya bırakmıştı.

"Geliyor musun, gelmiyor musun?" diye seslendi Bethanne'ye.

"Geliyorum." Bethanne giysilerini dikkatlice çıkardı, iç çamaşırlarıyla suya doğru süzüldü. Su sanki öncekinden daha soğuktu, sarsılarak yutkundu.

Ruth sahile kadar gelmişti, bebek havuzunu gözleyen cankurtaran gibi onlara bakıyordu.

"Hadi Ruth," dedi Bethanne. "Macera istiyordun. İşte sana macera!"

Kayınvalidesi sahilde volta atıyordu. "Hayatımda böyle bir şey yapmadım."

"Utanma," dedi Annie. "Saatlerce burada kalabiliriz. Bari tadını çıkaralım."

Ruth endişeyle onlara baktı. "Kimseye söylemeyeceksiniz, değil mi?"

"Yemin ederim," diyen Annie hareketiyle pekiştirmek için ayağa kalktı.

"Hadi," diye onu yüreklendirmeye çalıştı Bethanne el sallayarak. "Su harika."

Ruth giysilerini çıkarıp dikkatle katladı. Sonra soğuk suya uyum sağlamaya çalışan Annie ve Bethanne'nin aksine hemen suya daldı. Bethanne kalçalarının görünmesini istemediğini düşündü neşeyle. Üçü birden yüzerek, dalarak, birbirlerine su atarak çocuklar gibi eğlendiler. Bethanne en son ne zaman bir gölde yüzdüğünü hatırlamıyordu. O kadar eğleniyordu ki Ruth ve Annie'nin dikkatini çeken sesi o hemen fark edemedi.

İkisi de aniden ayağa kalkmış, kımıldamadan duruyorlardı.

Bethanne arkasını döndü ve birden, yaklaşan motosikletlerin sesiyle aklı başından gitti.

"Anne," dedi Annie, Bethanne'nin kolunu tutarak. "Bu gölden kimin bahsettiğini hatırladım," diye haykırdı. "Restorandaki motorcular."

9

Motosikletler kükredi ve gölün kıyısına gelip yan yana dizildiler.

Suyun içinde titreyen Bethanne, Annie ve Ruth'a iyice sokulmuştu. Hiçbiri ne yapacağını ya da nasıl tepki vereceğini bilemiyordu. Rahatlatıcı olan su birdenbire dondurucu hale gelmişti. Hepsi kollarını kavuşturmuştu ama Bethanne bütün bu gizlenme çabalarının yararsız olduğunu biliyordu.

"Robin böyle bir şeyin olacağından söz etmemiş miydi?" diye inledi Ruth. "Hapı yuttuk."

"Cesedimi çiğnemeleri lazım," dedi Bethanne, sımsıkı dişlerinin arasından.

"Ben de bundan korkuyorum," diye mırıldandı Ruth. "Bunu Grant'e nasıl açıklayacağım? Hepsi benim suçum."

"Kimsenin suçu değil," dedi Bethanne. Bu adamların

onu *veya* ailesini korkutmalarına izin vermeyecekti. Omuzlarını dikleştirip kıyıya doğru yürümeye başladı, bacakları suyu dalgalandırıp sıçratıyordu.

Annie onun kolunu yakalamaya çalıştı. "Anne, ne yapıyorsun?"

"Onlardan yardım isteyeceğim," dedi. Onlara saygı gösterirse onlar da aynısını yapacaktı. En azından öyle umuyordu.

Annie, "Anne!" diye umutsuzca hıçkırdı, Bethanne kolunu ondan kurtarırken. Sırtını tekrar dikleştiren Bethanne, Annie ile Ruth'un yalvarmalarına ve motorcuların ıslıklarına aldırmadı. Islak iç çamaşırlarının hiçbir şeyi saklamadığını biliyordu. Bermudasını kapıp bir bacağını içine sokmaya çalıştı, ama ıslak olduğu için kumaş yapıştı ve dengesini kaybetti. Motorculardan biri uzanıp onu tutmasaydı yere yapışacaktı.

"Teşekkürler," dedi nefesini tutarak.

Motorcu kaskını çıkardı.

Bethanne gözlerini kırpıştırdı. Yirmi dört saatten az bir zaman önce, kafede aynı adama servis yapmıştı. Aklından bir türlü çıkmayan, ismi Max olan motorcu. Bir kez daha göz göze geldiler, karanlık bakışlarını okumak imkânsızdı.

Ardından Rooster kaskını çıkardı, sonra diğer ikisi. Yanlış hatırlamıyorsa, bunlar Skunk ve Willie'ydi.

Islak olduğu için üstüne yapışsalar da, Bethanne tamamen giyinmişti.

Annie de sudan çıkıp hızla giyindi. Geriye inatla suda duran Ruth kalmıştı. Sadece başı suyun dışında kalacak şekilde çömelmişti ve kımıldamayı reddediyordu.

"Tamam, büyükanne," dedi Annie. "Dışarı çıkabilirsin. Bu adamları tanıyoruz."

"Burada kalacağım... bu adamlar arkasını dönüp beni süzmekten vazgeçince çıkarım."

Rooster başını arkaya atıp uludu. "Daha önce görmediğim bir şeyin olduğunu sanmıyorum büyükanne."

"Arkanı dön," diye hırladı Ruth. "Hepiniz. Beni süzen röntgenciler istemiyorum."

Ruth'un isteği üzerine, motorcuların dördü de arkaya dönerek Bethanne'yi şaşırttı.

"Yardım ederseniz minnettar kalırız. Arabamız çalışmıyor," dedi Bethanne. Hem adamların dikkatini dağıtmaya, hem de yardım almaya çalışıyordu.

"Motoru da boğmadık," diye ekledi Annie.

"Daha önce de sorun çıkarmıştı," diyen Bethanne onları kiralık araca doğru götürdü. "Oldukça yeni bir araba, o yüzden sorun çıkarması şaşırtıcı."

"Ben arabalardan pek anlamam," diyerek omuz silkti, adını Willie olarak hatırladığı adam. "Bir motosikleti saç tokasıyla bile tamir edebilirim, ama arabalar beni bozar."

"Al benden de o kadar," diye araya girdi Skunk.

Rooster ile Max bakıştı. Rooster, "Sizin için bir göz atacağım," dedi.

Bethanne kaportayı nereden açacağını hemen bulamadı. "Dediğim gibi, araba kiralık... yoksa daha iyi tanırdım." Kaporta açılınca Rooster ve Max birlikte motorun üstüne eğildiler.

Karbüratörde olduğu anlaşılan sorunu tespit etmeleri uzun sürmedi. "Bir çekiciye ihtiyacınız olacak" dedi Rooster. "Motosiklet olsa, hepimiz memnuniyetle yardım ederdik ama bu motorlar eskisi gibi değil."

"Ceptelefonları buradan çekmiyor," dedi Annie. "O kadar kolay olsa şimdiye kadar çoktan yardım isterdik."

"Motosiklet kullanmayı bilen var mı?" diye sordu Willie.

"Hayır... korkarım yok," diye cevap verdi Bethanne üçü adına konuşarak.

"O zaman içimizden biri sizi Wells'e bıraksın."

"Bir dakika durun bakalım," dedi Ruth işaretparmağını onlara doğru sallayarak. Bluzunu üstüne ters geçirmişti, ama Bethanne bunu ona söylemeye gerek duymadı.

"Bunu yapmadan önce üçümüzün konuşması gerek." Ruth, Annie ve Bethanne'yi motorcuların yanından uzaklaştırdı. Metrelerce yürüdükten sonra bir çember oluşturdular. Ruth omzunun üstünden bakıp sesini alçalttı. "İçimizden birinin motorcularla gitmesi fikrini beğenmedim."

"İyi ama büyükanne, başka ne yapabiliriz?" diye sordu Annie.

"Bu adamlara güvenebileceğimize gerçekten inanıyor musunuz?" Ruth dudaklarını büzüp kaşlarını çattı. "Onlar... ayaktakımı."

Normal koşullarda, Bethanne de onlarla bir yere gitmeyi düşünmezdi, ama şu anda pek fazla seçenekleri yoktu. "Başka şansımız var mı?" diye sordu.

"Buradan kıpırdamayıp ilk planımıza sadık kalabiliriz," diye önerdi Annie, "Ama..."

"Ama, *ne?*" diye fısıldadı Ruth.

"Şey, dün kafede konuşurlarken duydum... burası motorcuların takıldığı bir yer olabilir. En azından bu adamlarla tanışmışlığımız var, biraz ürkütücü *görünseler de* gayet nazikler."

Ruth başını iki yana salladı. "Yine de hoşuma gitmiyor."

"Ben gideceğim," dedi Bethanne.

"Hayır, gitmeyeceksin," diye ısrar etti Ruth. "Gidecek bir varsa, o da benim."

"Bir motorcunun arkasında yolculuk yapmak zorunda kalacaksın," diye hatırlattı Bethanne.

Ruth sarardı. "Ben... ben yapabilirim."

"Anne, en mantıklısı benim gitmem," dedi Annie sıradan bir şey gibi.

"Hayır." Bethanne bunu tartışacak değildi. Kızını riske atmayacaktı.

Tartışmayı kısa kesen Bethanne, onlardan uzaklaşıp motorculara yaklaştı. "Tamam," dedi, ellerini uzatıp yanlarına yürüyerek. "İçinizden biri beni Wells'e bırakırsa minnettar kalırız."

"Delikanlı hatunmuşsun," dedi Willie

"Ben götürürüm." Konuşan Max'ti.

Bu teklif Rooster'ı hayli şaşırtmış göründü, sonra omuz silkip geri çekildi. "Sen nasıl istersen."

Max, Harley'ine doğru yürüdü, Bethanne onu izledi.

"Daha önce hiç..." Max tereddüt etti, "artçı yolculuk yaptın mı?"

Willie ve diğer iki motorcu kahkahayı bastı.

Bethanne arkasına baktı. Bu kadar komik buldukları şeyi anlamamıştı.

Max tek bir bakışla onları susturdu. Bethanne'nin gördüğü kadarıyla nadiren konuşan ciddi bir adamdı ve hiç gülmüyordu. Çok iriyarı değildi. Yaklaşık bir seksen boyunda ve geniş omuzluydu. Ya kendi yaşlarında ya da biraz daha yaşlıydı.

Rooster, Bethanne'ye kendi kaskını uzattı.

"Anne, emin misin?" diye endişeyle sordu Annie.

Bethanne hiçbir şeyden emin olmadığı halde başıyla onayladı. Kaskı başına geçirip çantasını çaprazlama şekilde omzuna astı. Max motoruna binmişti. Göründüğü kadarıyla Harley'e tek başına tırmanacaktı. Görüntü hoş olmasa da başardı.

"Of, Bethanne," diye hıçkırdı Ruth, eliyle ağzını kapatarak. "Dikkatli ol."

"Olurum," diye söz verdi. Bu yaptığından, en az Annie ve Ruth kadar hoşlanmıyordu, ama birinin motorla kasabaya gitmesi gerekiyordu ve en mantıklı tercih kendisiydi.

Max'in ona söylediği tek şey sıkı tutunmasıydı. Görünürde tutunacak fazladan bir çift elcik yoktu. Tek seçenek Max'e tutunmaktı ve başka ne yapacağını bilemediğinden kollarını onun beline doladı ve can havliyle sımsıkı sarıldı.

İlk virajda oturduğu yerden havalanmıştı. Dehşet içinde

çığlık attı ama Max duyduysa bile oralı olmadı. Kaska rağmen sağır edici bir ses vardı; çıkan uğultu, jet motorunun yanında oturuyormuş hissi veriyordu. Wells'e ulaşmak asırlar sürmüş gibi geldi. Öyle gergindi ki kaskatı kesilmişti ve neredeyse soluk bile alamıyordu. Neyse ki Max nereye gittiğini biliyordu. Bir garajın önünde motoru susturdu, sonra ayağını yere koyup motosikleti sehpaya aldı.

Bethanne kıpırdamaya korkuyordu. Parmaklarını teker teker gevşetti. Ancak o zaman, bu kadar sıkmasının Max'i de rahatsız etmiş olabileceğini düşündü.

Max kaskını çıkarıp aşağı indi; aynısını Bethanne de yaptı ama onun kadar zarafetle değil. "Soluk alabildin mi?" diye sordu Bethanne.

Dudağının kenarında minicik bir tebessüm belirdi. "Zar zor. Birkaç kaburgam kırılmış olabilir."

Ciddi miydi, yoksa şaka mı yapıyordu, Bethanne anlayamadı. "Üzgünüm."

Max garaja girdi, Bethanne onu izledi. Max'i görür görmez teknisyenin yüzü aydınlandı, öne çıkıp elini uzattı. "Max! Seni tekrar görmek ne güzel. Şu dul kadının arabasını çalıştırdım ve..."

"Bak Marv, bana bir iyilik yap," dedi Max sözünü keserek.

"Olmuş bil," dedi diğer adam hiç tereddüt etmeden. "Sana borçluyum. Eski Ford'u onarmak için verdiğin paranın yarısına bile ihtiyacım yoktu."

"Bana hiçbir şey borçlu değilsin."

Tamircinin Max'i tanıdığı ve güvendiği çok açıktı. Bethanne söz konusu olduğunda bu iyiye işaretti.

Adam başıyla Bethanne'yi selamladı. "Adım Marvin Green."

"Bethanne," dedi. "Bethanne Hamlin."

"Snow Water Gölü'ne bir çekici gönderebilir misin?" diye sordu Max, arkadaşına.

"Elbette." Marvin camlı ofise geçip telefonun ahizesini kaldırdı. Max ve Bethanne dışarıda bekledi.

"Kasabada araba kiralayan bir yer var mı?" diye sordu Bethanne. Sonuçta arabayı değiştirmeleri gerekiyordu.

"Ben sadece motor sürerim," dedi. Bethanne, bu cevabın bilmiyorum demenin kestirme yolu olduğunu düşündü.

"Pek konuşkan değilsin?"

"Hayır."

"Özel bir nedeni var mı?"

Omuz silkti. "Söyleyecek fazla şeyim yok."

Bethanne ona inanmadı ama bir şey söylemedi.

Max soda otomatına doğru yürüdü, içine birkaç bozukluk attı, iki soda alıp birini Bethanne'ye uzattı.

"Teşekkürler," dedi Bethanne minnetle. Boğazı kurumuştu. Marvin telefonla görüşürken bir dizi plastik sandalyeye doğru yürüyüp yan yana sessizce oturdular.

Huzursuz birkaç dakikanın ardından, sessizliği yine Bethanne bozdu. "Dün gece seni düşündüm." Bu itiraf ağzından pat diye çıkmıştı. Hangi akla uyup böyle bir şey söylediğini bilmiyordu ve anında pişman olmuştu.

Max'in bakışları ona çevrilmişti. Bethanne onu şaşırttığına bahse girebilirdi.

Olduğu gibi bırakmak yerine, işleri daha da karıştırdı. "Aslında senin için dua ettim... daha önce dua etmezdim," diye ekledi beceriksizce, açıklama gereği duyarak. "Yani son zamanlara kadar." Sözcükler dökülmeye devam ediyordu. Aslında Bethanne bu kadar kişisel konuları asla ağzından kaçırmaz, politika ve din konularına hele ki bir yabancıyla kesinlikle girmezdi.

Max, onun itirafını nasıl yoracağını bilmez gibi bakmaya devam ediyordu.

Bethanne madem bu yola girmişti, artık devam edebilirdi. "Tanrı'ya hep inanmışımdır. Kiliseye giderdim filan, ama, şey... eşim beni terk ettikten sonra geri çekildim. Artık farklı hissediyorum..."

"Boşandınız mı?"

Başıyla onayladı. "Altı yıl oldu. Annie benim kızım, Ruth da kayınvalidem."

"Eski kayınvalideniz."

"Teknik olarak haklısınız, ama onun için bu ifadeyi kullanamıyorum. Grant beni boşadı ama ben, Ruth'u alıkoymayı tercih ettim."

"Kocanız budalanın tekiymiş," dedi Max.

"Eski koca," diye düzeltti ve Max gülerek onu şaşırttı.

Marvin onlara doğru bakıp çenesini kaldırdı. Max ayağa kalktı, ofisindeki teknisyene katıldı. İki adam bir süre konuştular, Max döndüğünde Bethanne sodasını bitirmişti.

"Marvin göle gidecek bir çekici bulmuş."

Derin bir nefes aldı. "Harley yerine çekiciyle geri dönmemde sakınca var mı? Niyetim saygısızlık etmek değil, ama sanırım ikimiz de daha rahat ederiz."

"Bana uyar."

Bir kez daha sessizce oturdular. Sonunda Max öne doğru eğildi, kollarını dizlerine yasladı. "Neden benim için dua etme ihtiyacı duydunuz?"

Bethanne ne söyleyeceğinden emin değildi. Aklından çıkmadığını itiraf edememişti; sebebini de bilmiyordu. "Ben... Tanrı'dan sizi ve arkadaşlarınızı yollarda koruyup esirgemesi için dua ettim. Tabii o zaman kendimin de motora bineceğimi bilmiyordum, yani kısa süre sonra artçınız olacağımı." Hafife alır gibi yapmaya çalışırken gereğinden fazla şey söylediğini fark etti. Belki *o* pek konuşmadığı için, aradaki boşluğu gevezelikle doldurmaya çabalıyordu.

"Neden?" diye sordu tekrar, Bethanne konuşmayı bitirince.

Bethanne gözlerini kapatıp arkasına yaslandı. "Tam olarak bilmiyorum." Bütünüyle dürüst değildi. Kafede servis yaparken, masaların arasında dolaşırken ve elinden geldiğince müşterilerin taleplerini karşılamaya çalışırken onu izlediğinin farkındaydı. Birkaç kez göz göze gelmişlerdi. Bethanne gülümsemiş, ama o karşılık vermemişti. Tepkisizliği onu ürkütmemişti, aksine onda bir şey görmüştü; kendinden bildiği bir şey. Acı. Onun da kendisi gibi duygusal bir acı çektiğini hissediyordu. Sonunda onu dua etmeye iten bu duyguydu.

"Sana bir soru sormamın sakıncası var mı?" dedi Bethanne onun yüzüne bakarak.

"Duruma bağlı. Sorabilirsin ama cevap vermeyebilirim."

"Yeterince adil."

Max araya mesafe koymak istermiş gibi satış otomatının yanına gitti.

Bethanne ayağa kalkıp onu izledi. "Eşin seni terk mi etti?" diye sordu alçak bir sesle.

Max dönüp yüzüne baktı, onu inceler gibiydi. Bethanne bakışlarını kaçırmadı.

"Hayır," dedi uzun bir süre sonra.

"Ya." Bu adamın karşısında çam devirmeden duramayacaktı.

"Kate üç yıl önce öldü."

Bethanne ne kadar üzgün olduğunu söylemek istediyse de sözcüklerinin işe yaramayacağını biliyordu. "O günden beri motorun üstündesin, değil mi?"

Max kaşlarını çattı, sonra başıyla onayladı.

Bethanne nasıl bildiğinden emin değildi, ama biliyordu. Serseri gibi yaşadığına göre muhtemelen çocukları yoktu. Kökleri. Bağları. Rüzgâr nereye sürüklerse oraya gitmekte özgürdü.

"Grant, Tiffany'yle evlendi," dedi.

"Aferin ona."

"Sonra Tiffany onu terk etti."

Max gülümsedi. Bethanne de öyle.

"Hak ettiği cezayı bulmuş demen gerekiyordu."

"Cezasını bulmuş," diye tekrarladı Max.

"Artık boşandı ve…"

"Seni geri istiyor."

Bethanne şaşkınlıkla ona bakakaldı. "Nereden biliyorsun?"

"Mantıklı. Onu kabul edecek misin?"

İşte milyon dolarlık soru buydu. "Bilmiyorum... ben, bilmiyorum." Bethanne kararsız bir kadın değildi, Grant çekip gittiğinden beri altı yılda bunu öğrenmişti. Yine de bu soru midesine yumruk gibi oturdu, aklını karıştırdı. Neyse ki hemen bir cevap vermesi gerekmiyordu. Zamanı vardı.

Başka bir şey söylemeye fırsat kalmadan çekici göründü. "Max," dye fısıldadı. "Dinle, daha sonra fırsat bulamayabilirim. Sana teşekkür etmek istiyorum."

Max bir omzunu kaldırdı. "Bir şey değil."

Kendine engel olamayan Bethanne hafifçe onun eline dokundu. Motorun üstündeki fiziksel temaslarına rağmen bu farklıydı. Daha maksatlı, daha özel. Bethanne onu en azından teselli etmeyi, karısının ölümüne ne kadar üzüldüğünü söylemeyi *denemek* istedi.

Yüzündeki ifadeden bu davranışının Max'i sarstığını görebiliyordu. Adam yere bakıp kaşlarını çattı.

Sonra, Bethanne elini çeker çekmez Max ona doğru bir adım attı.

Çekinerek kollarını beline doladı, Bethanne onun sarılmasına karşılık verdi. Yavaş yavaş, çok yavaş Max onu daha sıkı kucakladı. Bethanne onun derin soluğunu hissetti ve onun dokunuşuyla gözlerini kapadı.

Max'in eli sırtında gezinerek onu okşadı.

"Giderek kolaylaşıyor," diye fısıldadı Bethanne. "Yemin ederim öyle."

Max dudaklarıyla onun saçlarına dokundu, sonra kollarını indirip bir adım geri çekildi.

"Teşekkürler," dedi Bethanne, kendini budala ve duygusal hissederek.

Çekici sürücüsü aşağı atlayıp onlara doğru yürümeye başladı. Ayrılmadan önce Bethanne son bir şey söylemek istedi ama Max'in gözlerine bakamadı. "Senin Kate çok özel biri olmalı," diye fısıldadı.

Max kaskına uzandı. Bir süre konuşmadı, sonra mırıldandı. "Öyleydi."

10

"Bu hoşuma gitmiyor. Hem de hiç, " dedi Ruth torununa, Bethanne motorcunun arkasında uzaklaşırken. Her şeye rağmen Max bir çeşit haydut olabilirdi. Motosikletli çeteler hakkında yazılanları biliyordu ve bu dördünün organize bir gruba dahil olup olmadıklarından şüphe ederken bunlara asla güvenilmeyeceğinden emindi.

"Başka ne seçenek vardı?" diye sordu Annie.

Ruth, Bethanne'nin Max'le gitmesine çok çabuk karar vermiş olmalarından endişeleniyordu. Bu adamlar hakkında kesinlikle hiçbir şey bilmiyorlardı; bir karbüratörü onarmayı beceremedikleri dışında yani. "Başlangıçta planladığımız gibi yapmalıydık; akşamı bekleyip otoyola yürümeliydik." Geriye dönüp baktığında bu konuda ısrar etmediği için pişmanlık duyuyordu.

"Sonra Wells'e kadar gitmek için otostop mu çekecektik?" Annie başını iki yana salladı. "Otostopçuları alan insanların da pek güvenilebilir olduğunu sanmıyorum, büyükanne. En azından bu adamlarla daha önce karşılaştık."

Annie haklı olabilirdi. Kasabaya kadar otostop çekmek cazip görünmüyordu ve onları çok daha savunmasız hale getirebilirdi. Şu motorcu ile Bethanne'yi yalnız bıraktığı için endişelenirken, bir yandan da parmaklarını sinirle arabanın kaportasına vuruyordu.

"Neden Robin'i dinlemedim?" diye mırıldandı Ruth. Robin'in fazla korumacı davrandığını düşünüyordu. Gün boyunca suçlularla uğraştığı mahkemeler yüzünden insanlar hakkındaki görüşü erozyona uğramıştı. Hiç kimseye güvenmiyor ve gafil avlanmamak için adeta insanların içindeki kötüyü bulmaya çalışıyordu. Bunu iyi niyetle yapıyordu ve Ruth onu anlayabiliyor, ama yine de üzülüyordu.

Şu anda Ruth'un üstüne düşen, bu adamlar torunundan istifade etmeye kalkarsa Annie'yi korumaktı. Onu adamlardan uzaklaştırıp epey uzaktaki ağacın gölgesine doğru çekiştirdi.

"Bir acil durum planı yapmalıyız," diye fısıldadı, adamların onları duyma ihtimali olmadığı halde.

"Nasıl?"

"Olur da..." Ruth söylemek istemiyordu. "Anlarsın ya."

Annie şaşkınlıkla ona baktı. "Yani kaçmaya kalkarsak, peşimizden gelmesinler diye motosikletlerini mi bozalım?"

Bu, Ruth'un aklına gelmemişti, ama harika bir fikirdi.

"İyi bir plan," dedi onaylayarak.

Annie gözlerini devirdi. "Büyükanne, sadece şaka yapıyordum!"

"Bu bizim sigortamız olur."

Annie kaşlarını çattı. "Sanmıyorum..."

"Robin de aynısını önerirdi."

"Evet, ama Robin Halam..."

Ruth, torununun ne diyeceğini zaten biliyordu. Haklı olsa da şu an tartışacak vakitleri yoktu. Eyleme geçeceklerse şimdi yapmaları gerekiyordu. "Ben onların dikkatini dağıtırken, sen motosikletlerin çalışmasını engellemek için gerekeni yaparsın."

"Ne yapmam gerektiğini biliyor musun?" diye sordu Annie.

"Hayır. Ya sen?"

"Hayır."

"Tüh." Bu kadar yeterdi. Ruth dudağını ısırarak başka bir fikir üretmeye çalıştı. "Kendimizi korumanın bir yolu olmalı." Yere bakarak volta atmaya başladı. "Ve annen..."

"Sanırım annem güvende."

"Kesinlikle öyle olmasını diliyorum," dedi Ruth, beyni fırıl fırıl dönüyordu. "Polise ne söyleriz? Bu motorcuların gerçek isimleri bile yok. İsmi Rooster ya da Skunk olan birini kim duymuştur? Eğer bir şey olursa, Tanrı esirgesin, polise anneni Rooster denen adamla gönderdiğimizi nasıl söyleriz?"

"Max'le, Rooster'la değil. Hiçbir şey olmayacak büyükanne. Boşuna stres yapıyorsun."

"Polisi unut," dedi Ruth. "*Babana* ne söyleyeceğim?"

"Büyükanne, benden sonra tekrar et. Hiçbir şey olmayacak."

Ruth bunu duymazdan geldi. "Grant bana çok bozulacak," diye devam etti. "Benim hatam olduğunu söyleyecek, onu suçlayamam. Bu kargaşanın sebebi benim. Gitmek için ısrar etmeliydim. Ben yeterince yaşadım. Sen ve annen henüz gençsiniz."

"Lise arkadaşlarını tekrar görmek istiyorsun, değil mi?"

"Elbette," diye içini çekti Ruth. Bir kerecik de olsa, Royce'u görmeyi ölümüne istiyordu. Ona ne kadar üzgün olduğunu, onu incittiği için ne kadar pişman olduğunu anlatmak istiyordu. Ancak gelini ve torununun hayatını kurtarmak adına kendini feda etmesi gerekirse, Ruth iki kez düşünmezdi. İçinden cılız bir ses abarttığını söylüyordu, ama risk alamayacağına karar verdi.

"Herhangi bir fikrin var mı?" diye sordu torununa. Annie, tıpkı Bethanne gibi zeki ve duyarlıydı. Aklına bir şeyler gelebilirdi.

"Bana kalırsa sadece beklememiz gerekiyor. Annem, lafın gelişi, bir saate kadar dönmezse..."

"*Bir saate* kadar mı?" diye araya girdi Ruth. Bu çok uzun bir zamandı.

"Büyükanne," dedi Annie, "Wells'e kadar gitmek belli bir süre alacak, orada çekici bulunacak. En az bir buçuk saat daha beklemek gerek."

"Ya sonra?"

"Sonra... ne bileyim, tekrar bir araya gelmiş olacağız, sanırım."

"Pekâlâ." Ancak Ruth bundan hiç hoşlanmamıştı. Saatine baktı, doksan dakikanın tam olarak ne zaman dolduğunu bilmek istiyordu, sonra beklemeye geçti.

Oyalanmak için Las Vegas'tan ve oraya gidince neler yapacaklarından konuştular.

Bitmek tükenmek bilmeyen on dakikanın ardından Ruth motorculara bir göz attı ve onların yüzdüğünü gördü. Giysilerini sahile yığmışlardı ve suya çıplak girmişlerdi. Kızardığını hissetti. Annie'yle konuşurken, adamlar çırılçıplak soyunmuştu.

"Endişelenecek bir şey yok," dedi Annie'ye. Ruth'un mükemmel bir planı vardı. "Her şey kontrol altında."

"Ne demek istiyorsun?"

"Görürsün." Elinden geldiğince çaktırmadan göl kıyısına doğru yürüdü.

"Büyükanne," diye seslendi Annie. "Aklından ne geçiyor?"

Ruth arkasına döndü, parmağını dudağına götürerek Annie'ye susmasını işaret etti.

"Büyükanne," diye tekrar seslendi torunu, bu kez sert bir fısıltıyla. "Lütfen... saçma sapan bir şey yapma."

Ruth elini sallayarak onu önemsemediğini gösterdi. Olabildiğince hızlı bir şekilde adamların giysilerini topladı ve onları göğsüne bastırarak Annie'ye doğru koştu.

"Sen ne yapıyorsun?" diye seslendi Rooster.

Onlara dönen Ruth yüksek sesle bağırdı: "Giysilerinizi alıyorum ve Bethanne sağ salim dönene kadar vermeyeceğim." Giysileri biraz daha sıkı tuttu, birini bile düşürmek istemiyordu.

Yaptığının çok gülünç olduğunu düşünen üç adam kahkahalarla güldü.

Başka tek kelime etmeden Rooster kıyıya doğru yürümeye başladı, diğer ikisi de onu izledi. Az sonra vücutlarının hayati organları tamamen açıktaydı. Soluğunun kesildiğini hisseden Ruth geri çekildi. Bu adamların giysilerini umursamadıkları çok açıktı.

"Bu ürkütücü, büyükanne. Gerçekten ürkütücü."

Ruth giysileri yere bıraktı, kendini aptal gibi hissederek hızla Annie'ye doğru yürümeye başladı.

O anda, uzaktan yaklaşan bir motorun homurtusunu duydular.

"Annem döndü!" diye haykırdı Annie.

Ruth'un omuzlarındaki endişe ve sorumluluğun verdiği yük birden hafifledi; Max görünene kadar.

Adam yalnızdı.

Ruth, Annie'nin kolunu kavradı. "Annen onun yanında değil," diye tısladı.

"Muhtemelen çekiciyle geliyordur," dedi Annie, herhangi bir panik göstermeden.

"Peki çekici *nerede?*" diye sordu. Birden sırtı ürperdi. Ellerini beline dayayıp Max'e doğru yürüdü, kulakları sağır eden makineyi susturana kadar bekledi. "Gelinime ne yaptın?" diye sordu.

Max yavaşça kaskını çıkardı.

"Hemen şimdi Bethanne'nin nerede olduğunu bilmek istiyorum," diye haykırdı.

"Büyükanne, büyükanne," diye seslendi Annie. "Çekici geldi."

Ruth parmağını Max'in burnuna doğru salladı. "Bethanne'nin iyi olması için dua et. Yoksa... yoksa pişman olursun."

"Ayyy, Max korkudan nasıl tir tir titriyor," dedi Rooster. Gülmekten neredeyse yere yuvarlanacaktı.

Ruth, insanları bu kadar eğlendirebildiğine şaşırdı. Kamyon park etti, yolcu tarafındaki kapı açıldı ve Bethanne aşağı atladı. Ruth ona doğru koştu.

"Çok endişelendim," diyen Ruth ona doğru koşarak sımsıkı sarıldı.

"İyiyim, Ruth, gayet iyiyim."

Bethanne bir kolunu uzatıp Annie'nin elini tuttu. "Arabayı onaracak bir teknisyenle görüştüm. Geceyi Wells'te geçirmek zorunda kalacağız, ama yarın tekrar yola çıkabileceğiz."

Annie başıyla onayladı. "Ceptelefonunun çektiği bir yere ulaşır ulaşmaz Ely'deki rezervasyonumuzu iptal ettirip Wells'te bir oda bulacağım."

"Artık Vegas'a gitmesek diye düşünüyorum," dedi Ruth. "Anayoldan ayrılınca bakın başımıza neler geldi."

"Vegas'a gitmiyor muyuz?" diye inledi Annie. "Büyükanne, plan değişikliği yapamayız."

"Nedenmiş o?"

"Ben..." Annie, Bethanne'ye döndü, "Anne..."

"Vegas'ı görmeyi çok istiyordum, Annie de öyle," dedi Bethanne. "Artık her şey yolunda. Oraya varınca yeni bir araç kiralayıp yolumuza devam ederiz."

Ruth ikna olmuş görünmüyordu. "Bilmiyorum..."

"Lütfen büyükanne," diye yalvardı Annie." Vegas çok eğlenceli olacak ve yaşadığımız günün ardından buna ihtiyacımız var."

"Of, peki." Çok çabuk pes ettiğini düşünse de, Annie ve Bethanne'yi hayal kırıklığına uğratmak istemiyordu.

"Güzel." Bethanne kamyona geri döndü ve büyük bir beyaz poşet aldı.

"Nedir bu?" diye sordu Annie.

"Şoförden bir fast-food'un önünde durmasını rica ettim. Böylece size ve arkadaşlara hamburger ve patates cipsi alabildim," dedi. "Göle gelmemiş olsalardı ne yapardık düşünemiyorum bile."

"Onlara yemek mi aldın?" Bu adamlar onun ödünü patlatıp ömründen birkaç yıl götürmüştü ve gelini onları beslemek mi istiyordu?

Bethanne poşeti artık giyinmiş olan adamlara götürdü. En azından Bethanne o *manzarayı* görmek zorunda kalmamıştı.

"Büyükannenin giysilerimizi kaçırmaya çalıştığını bilmen gerek," dedi Rooster, poşetin içinden hamburger ve patatesleri çıkarmaya çalışırken. Gözleri neşeyle parlıyordu. "Bunun çok ciddi bir tehdit olduğunu düşünüyordu."

"Ona gösterdik," dedi Willie.

"Bu kadar yeter," diye terslendi Ruth, onların maskarası olmaya niyeti yoktu. "Bana gösterdiniz, kendinizi teşhir ettiniz. Bu konuda kanun var. Sizi tutuklatmam gerek."

Bethanne sırıttı, Ruth konuyu kapatmanın iyi olacağını düşündü.

Annie kalan yiyecekleri paylaştırdı, adamlar bir araya toplanırken, üç kadın ağacın gölgesinde stres attı.

Bethanne'nin getirdiği şişeyi boşaltmadan önce Ruth ne kadar susadığını fark etmemişti. Öğle yemeğini yemişlerdi ama kurt gibi acıkmış bile olsa, boğazından tek lokma geçecek gibi değildi; ayrıca yağlı hamburgerin düşüncesi bile iticiydi. Motorcular ve kamyon şoförü öyle düşünmüyor olmalı ki her şeyi yalayıp yutarak Ruth'u tiksindirmişlerdi.

Bethanne ve Annie yardımları için herkese teker teker teşekkür etti. Motorcuların eli baltalı katiller olmadığı ortaya çıksa da, Ruth bu seremoniyi diğer ikisinin yapmasını uygun gördü.

Neyse ki kamyonun arka koltuğu vardı ve hepsi içeriye sığdılar. Kasabaya gidişleri sırasında Bethanne çok sessizdi. Ruth onun aklından geçenler konusunda sadece fikir yürütebiliyordu.

"Şu motorcular fena adamlar sayılmaz, değil mi?" diye sordu Annie.

Ruth başıyla onayladı. "Korktuğum kadar değil."

"Büyükanne, itiraf et. Bize yardımcı olan klas adamlardı."

"Klas adamlar mı?" Ruth, Bethanne'ye baktı. Gelininden destek bekliyordu.

"Aslında Max gerçek bir beyefendiydi," dedi Bethanne.

"Beyefendi mi?" Pekâlâ, belki Ruth yanılıyordu ama her zaman, her konuda hazırlıklı olmak gerektiğini uzun zaman önce öğrenmişti.

11

Nevada'da yer alan Wells'i turistik anlamda cazip kılacak fazla bir şey yoktu. Bütün kasabada yalnızca iki kumarhane, benzin istasyonları, bir fast-food zinciri şubesi ve birkaç meyhane vardı. Las Vegas'a ulaştıktan sonra değiştirilmesi taahhüdüyle araç onarıldıktan sonra, Bethanne, Annie ve Ruth kendilerine gece için bir oda buldular.

"Bence babamı aramalıyız," dedi Annie, iki büyük boy karyolanın birinde bacak bacak üstüne atmış otururken. "Nerede olduğumuzu bilmeli."

"İstiyorsan ara," dedi Bethanne kızına. Ardından bavulunun fermuarını açıp gece için ihtiyacı olanları çıkarmaya başladı.

"Durumdan pek hoşnut kalmayacak," diye mırıldandı Annie, düşünceli bir halde. Bir yandan da altdudağını kemiriyordu. "Belki de Vegas'a gidene kadar beklesem iyi olacak."

Bethanne anlamsız bir ses çıkardı.

"Yaptıklarımızın sonucuna katlanmak zorunda kalacağız," dedi Ruth. "Bir an evvel kurtulalım." Yatağın kenarına oturdu, beklenmedik bu maceranın onu yorduğu anlaşılıyordu. Grant'in bunu Robin'e söyleyeceğinden ve ardından hepimizin zılgıt yiyeceğinden eminim."

"Zılgıt yemek mi, büyükanne? Ne demek o?"

"Şey, bir deyim, Robin'in kıyameti koparacağını ve bunu bize belli etmekten geri kalmayacağını söylemeye çalışıyorum. Umurumda değil. İstediğini söyleyebilir. Şu anda güvendeyiz ve önemli olan bu." Ruth pijamalarını ikinci karyolanın üstüne koyup kendini yatağa bıraktı. "Böyle bir günün ardından, yorgunluktan öldüğümü itiraf ediyorum."

"Ben de öyle," dedi Bethanne. Hem Ruth, hem de Annie onu Max'le geçirdiği saatler hakkında soru yağmuruna tutmuşlardı. Cevap veremediği sorular değildi. Ancak onunla ilgili düşüncelerini kendine saklamıştı. Bir daha Max'i görme ihtimali pek olmasa da, onu merak etmekten kendini alamıyordu. Max'e karısı Kate'i ve üç yıl önce kendini yollara vurmasının –ve orada kalmasının– sebebini sormak istiyordu.

Annie önce birine, sonra diğerine bakıp kaşlarını çattı. Gözlerindeki hayal kırıklığı çok açıktı. "Yatıyor musunuz? Şimdi mi? Aşağı inip kumar oynamak istemiyor musunuz?"

"Bu gece mi?" diye sordu Ruth. "Ben değil."

"Ben de değil," diyerek ona katıldı Bethanne.

"Yani geceyi bir kumarhanenin otelinde geçireceğiz ve hiç kimse slot makinelerini bile denemek istemiyor mu?"

"Bu gece değil tatlım," dedi Ruth bir kez daha ve esnemeye başladı.

"Ben Vegas'a kadar bekleyeceğim," dedi Bethanne. Yorgundu; ayrıca kendine bahşişlerden kazandığı kırk doları sınır koyduğundan şimdiden harcamaya başlamak istemiyordu. "Annie, kumarhaneyi görmek istiyorsan gidebilirsin."

"Tamam," diye mırıldandı kızı, ama sesinde coşku yoktu. Aslında yerinden kıpırdamadı, ifadesi anlaşılmazdı ama bir parça asık suratlıydı. İlk duşu Ruth aldı, ardından Bethanne girdi. Dişlerini fırçalayıp pijamalarını üstüne geçirdi. Banyodan çıktığında Annie telefonda Grant'le konuşuyordu. Ceptelefonu kulağında, odanın içinde volta atarken Bethanne'yle karşılaşınca, suçlu gibi baktı.

"Annem burada, konuşmak ister misin?"

Grant'in konuşmak istediği belliydi, çünkü Annie telefonu ona uzatmıştı. Bethanne tereddüt etti, sonra gönülsüzce uzandı. Grant'e hiçbir açıklama borçlu değildi ve onun sitemlerini dinlemeye de niyeti yoktu.

"Alo, Grant?"

"Üçünüz oldukça maceralı bir gün geçirmişsiniz," dedi. İfadesi epey sakin olmakla birlikte, Bethanne öfkeyle karışık endişesini hissedebiliyordu.

"İyiyiz."

"Ne kadar çılgınca bir tehlikeye atıldığınızın farkında mısınız?"

"Dediğim gibi, iyiyiz. Bir şey olmadı." Ondan nutuk dinlemeye ne niyeti ne de ihtiyacı vardı.

"Bir motorcuyla mı gittin? Bir *motorcu*?"

"Adı Max. Ayrıca hem Annie'ye, hem annene adamın gerçek bir beyefendi olduğunu söyledim."

Grant bir an sessiz kaldı, belli ki nasıl devam etmesi gerektiğini düşünüyordu. "Annie onların *Çılgın Motorcular*'a benzediğini söyledi. O filmi hatırlıyor musun? Hatta, çıplak yüzdüklerini söyledi, tıpkı filmdeki gibi."

"Ben... bu konuda bir şey bilmiyorum. Bildiğim tek şey bizi kurtardılar ve onlara minnettarım."

Grant yine duraksadı. "Bir daha böyle bir saçmalık yapmayacağına söz ver."

"Grant, çocuk değilim." Endişesine saygı duyuyordu, ama gösterdiği tepki küçümser gibiydi. Herhangi bir tehlike yaşamamıştı; içgüdüleri onu doğru yönlendirmişti. Bethanne, Grant'in duygularına anlayış göstermeye çalışsa da, azarlamasına izin verecek değildi.

"Bunu biliyorum. Ayrıca, bu tür riskler almak istiyorsan kendi bileceğin iş. Ama Annie'yi ve annemi bulaştırma."

Sözcükleri ifade biçiminden öfkesini bastırmaya çalıştığını anlayabiliyordu.

"Konuyu değiştirsek iyi olacak," dedi, tartışmaya girmemek için. Grant haklıydı, belki de insanlara fazla güveniyordu. Yine de başka seçeneği olmadığını düşünüyordu.

"İyi," diye terslendi Grant. "Konuyu değiştirelim." Ancak yeni bir konu açmadı. Bethanne de öyle.

"Tekrar Annie'yle konuşmak ister misin?" diye sordu birkaç saniye sonra.

"Lütfen."

Bethanne telefonu kızına uzattı.

Sırtını annesine ve büyükannesine dönen Annie pencereye doğru yürüdü. "Tamam, baba. Peki. Biliyorum." Bunu kısa bir sessizlik izledi. "Biliyorum. Tamam. Hoşça kal. Yarın akşam arayacağım, söz." Telefonu kapatıp arkasına döndü ve Bethanne'ye bakmaya başladı.

"Ne?" diye sordu Bethanne. Yatağa girmiş ve bir kitap açmıştı. Ruth ışığını söndürüp uyumuştu ya da uyur gibi yapıyordu.

"Babamı üzdün," dedi Annie. "Sadece bizim güvenliğimizi düşünüyor. Kızmana gerek yoktu."

Bethanne tartışmak yerine omuz silkti. "Öyle mi yaptım?"

"Evet, öyle," diye diklendi kızı. "Ne kadar çabaladığını görmüyor musun?"

"Biliyorum," diye kabullendi Bethanne. Annie'nin haklı olduğu bir nokta vardı: Grant'e karşı tahammülsüzdü. Teorik olarak boşanmayı ve acıyı geride bırakmıştı, ama yine de en ummadığı anda eski kırgınlıklar depreşerek onu şaşırtıyordu.

"Geçmişi telafi edebilmek için elinden geleni yapıyor," dedi Annie. "Bütün istediği, ikinizin tekrar bir araya gelmesi."

"Annie..." Ama Annie konuşmasına izin vermedi.

"Belki de Max'in motosikletiyle gittiğini söylememi istemiyordun, ama... bilmeye hakkı var diye düşündüm."

"Babanı bilgilendirmenin önemli olduğunu düşünüyorsan, öyle yap," dedi Bethanne kızına. Annie'ye, kendiyle ilgili ayrıntıları geçiştirmesini tercih edeceğini söylemedi.

"Babam seni seviyor," diye ekledi Annie. "Duygularını inkâr etmesini bekleyemezsin."

Bethanne geçmişte Grant'in onu sevdiğinden kuşku duymuyordu, özellikle ilk evlendiklerinde. Çocukları doğduğunda mutluluktan gözyaşları dökmüş, onun elini tutarak baba olmasını sağladığı için ona teşekkür etmişti. Paylaştıkları güzel yılları, kariyerini ve ailesine sağladığı konforu hatırlıyordu. Ne yazık ki bu mutlu hatıralar boşanma süreci ve sonrasında lekelenmişti. Bir otel odasında Tiffany'yle birlikte olduktan sonra, yüzünde kocaman bir tebessümle gece eve geldiğinde de onu seviyor muydu? Boşanmak istediğini söylediği gün de onu seviyor muydu? Sabah bütün merhametsizliğiyle kapıdan çıkıp gitmişti. Bethanne onu bağışlamak için çok uğraşmıştı, ama Grant'in kendine ve çocuklara yaşattığı korkunç acıyı unutabileceğinden emin değildi. Yoksa unutabilir miydi? Tekrar bir araya gelecek olurlarsa, yüzleşmesi –ve cevaplaması– gereken soru buydu.

"Sanırım bu akşamlık bu kadar yeter," diyen Bethanne kitabını kapattı.

"Anne?"

"Evet?" Bethanne yastıklarını düzeltip kızına baktı.

"Bir şey söyle!"

"Hangi konuda tatlım?"

"Babamın hâlâ seni sevmesi gerçeği hakkında." Beth-anne'den cevap beklerken Annie gözlerini kocaman açmıştı.

"Bunu biliyorum ve ben de onu seviyorum... her zaman seveceğim." Bu sevgi biçim değiştirmişti ama alevler hâlâ tamamen sönmemişti. Grant'e karşı herhangi bir şey hissetmek *istemiyor*, ama bunu başaramıyordu. Nasıl yapabilirdi ki? Yirmi yıl evli kalmışlardı. Onun çocuklarını doğurmuştu. Bunlar, gözardı edemeyeceği ya da unutamayacağı gerçeklerdi. Ancak sevginin pek çok yönü, pek çok açısı olduğunu keşfetmişti ve bu açıların bazıları diğerlerinden daha keskindi.

"O halde barışmanız konusunda gerçekten bir ümit var?" Kızının yüzü umutla dolmuştu.

Son birkaç haftadır –ve birkaç dakikadır– onun da zihnini kurcalayıp duran soru buydu. "Buna henüz cevap veremem."

"Ama bunu düşüneceksin?"

Bethanne ona gülümsedi. "Göz önünde... bulunduracağım."

"Söylememde bir sakınca yoksa..." Ruth bir dirseğinin üstüne yaslandı. Demek ki uyumuyordu. "Grant yaptığı hatadan dersini aldı. Bedelini ödedi. Er ya da geç, bunu hepimiz yaparız," dedi. Yorgun ve üzgün görünüyordu. "Kendi adıma, bunu itiraf edecek kadar dürüst olmasını takdir ediyorum. Pek çoğu yapmaz, farkında mısınız?"

"Haklısın."

Annie ve Ruth sevgiyle birbirine gülümsedi.

"Sanırım kumarhane deneyimi için ben de Vegas'a gitmeyi bekleyeceğim," dedi Annie ve ağzını kocaman açarak esnedi. "Ne gündü ama."

"Gerçekten," diye mırıldandı Ruth.

Bethanne kendi kendine sırıttı, Annie üstünü değiştirip yatakta yanına girerken romanını tekrar eline aldı. Birkaç dakika sonra, kızının düzenli soluklarından uykuya daldığını anladı. Ruth da uyumuştu. Okuduğu bölümü bitirince kitabı kapadı, ışığı söndürdü, başını yastıklara gömerek gözlerini kapadı. Kumarhaneden yansıyan ve sürekli göz kırpan ışıklara rağmen az sonra uykuya dalacağından emindi. Neonlar yanıyor, sönüyor, yanıyor, sönüyordu...

Düşüncelerinin Max'e ve karısı hakkında söylediklerine kaydığını fark edince şaşırdı. Söylediğine göre üç yıl olmuştu. Üç yıldır yas tutuyordu. Bu adam derinden âşık olmuştu. Bu türden sarsılmaz bir sevginin gerçek olma ihtimali ona huzur verdi ve çok geçmeden uyuyakaldı.

Annesi başucu lambasını yakınca Annie uyandı. Otel odası, kumarhaneden yansıyan kırmızı ve yeşil neon ışıkların tonlarıyla yıkanıyordu. Sürekli yanıp sönen Noel renkleri çarşafların arasında oynaşıyordu. Yan tarafa dönen Annie örtüyü omzuna kadar çekip iyice içine gömüldü. Babasını aradığına pişman oluyordu. Andrew'la konuşmayı denemişti ama evde değildi ve mesajlarını kontrol etmediği de çok açıktı. Yoksa Annie'yi geri arardı.

Aslında Annie yaşadıkları macerayı biriyle paylaşmak istemişti. Geriye dönüp baktığında, dün öğleden sonra eğlenceli geçmişti. Üçünün de yıllar boyunca durmadan anlatacağı bir öyküleri olmuştu. Kısa zaman öncesine kadar hemen Vance'i arayıp bu keyfi onunla da paylaşırdı. Ne yazık ki, Vance artık hayatından çıkmıştı.

Vance'in onunla iletişim kurabilmek için sayısız girişimde bulunması gururunu okşasa da, hiçbirine karşılık vermemişti. Artık ona güvenemezdi. Annie ondan hiçbir zaman hiçbir şey saklamamıştı, oysa Vance; neyse, Vance'in ona yaptığı yanlışların listesini çıkarmanın kimseye bir faydası yoktu.

Ağabeyi çok meşgul olduğu, Vance'i arayamadığı ve arkadaşlarının çoğu yaz için bir yerlere dağıldığından, Annie babasını aramıştı. Motorcuların kıyafetlerini kaçıran büyükannesinin çok komik olduğunu düşünüyordu. O sahne gözünün önüne geldiğinde şimdi bile gülümsüyordu.

Ama babası onun kadar eğlenmemişti. Bethanne'nin Max'le birlikte kasabaya gittiğini öğrenince çok bozulmuştu. Bu, mazur görülebilirdi. Babasının haklı olduğunu düşünse bile, bir kez daha onu arama güdüsüne teslim olmayıp telefon açmamış olmayı diledi.

Bir başka hata ise annesini telefona çağırmasıydı. Bu manevra umduğu gibi iyi gitmemişti. Çok geçmeden ikisi de birbirini terslemeye başlamış ve Annie telefonu annesinin elinden kapmamak için kendini zor tutmuştu.

Annie, anne-babasının bir araya gelmesini her şeyden çok istiyordu. Onlar birbirine aitti; en azından babası artık bunu görebiliyordu. Pek çok erkek hata yapıyordu. Kadınlar da öyle. Annie, sadece anne babasını izleyerek bile bunu söyleyebilirdi.

Özellikle orta yaş krizine giren erkekler, kötü davranışlar sergileyebiliyorlardı, ancak duyduklarına göre er ya da geç akılları başlarına geliyordu. Bazıları ise, ailelerini tekrar kazanmak uğruna her şeyi yapmayı göze alacak kadar akıllıydı.

Şanslı olanlar bunu başarıyordu. Eşleri ve çocuklarıyla barışıp yeni başlangıç yapıyorlar, kaybettikleri her şeye daha fazla değer vermeye başlıyorlardı.

Annie, babasının bu şanslılardan biri olmasını istiyordu. Boşanmadan bu yana annesinin yaptıklarından etkilenmiş olmalıydı. Annie bile, parti organizasyon işinde kazandığı başarıya şaşırdığını itriaf ediyordu. Üstelik şaşıran sadece kendisi değildi.

Annie, annesinin kazandığı başarının Tiffany ve babası arasında sorun yarattığına inanıyordu. Grant bunu açıkça söylemese de, Annie satır aralarında bunu okuyabiliyordu. *Cici* Tiffany'nin iş hayatı son dönemde pek parlak değildi, Annie'nin buna üzüldüğü söylenemezdi. Samimi olmak gerekirse, o kadınının adını bir daha duymazsa çok mutlu olacaktı. Neyse ki, *Cici* Tiffany artık konunun dışındaydı.

Andrew ona karşı çıktığında kendi motivasyonlarını tekrar ciddi olarak gözden geçirmişti. Ağabeyi onu, aslında mükemmel olmadığı halde Annie'nin ısrarla mükemmel olduğuna inanmak istediği bir geçmişe dönmeye çalışmakla suçluyordu. Doğru değildi. Bu, çocukluk fantezisinden öte, içgüdü ve sevgiyle ilgili bir şeydi.

Anne-babasının birbirine ihtiyacı vardı ve kızları olarak onları barıştırmaya çalışmak Annie'nin göreviydi. Bütün yapması gereken, gerekli zemini hazırlayıp ebeveynlerini bir araya getirmek ve bu sorunu çözüme kavuşturmaktı.

Düşününce, belki babasına bir ya da iki öneride bulunabilirdi. Vegas'a ulaştıklarında annesinin alacağı çiçekler, aralarındaki bu küçük tartışmayı unutturabilirdi.

Babasını arayabilmek için ceptelefonunun alarmını erken bir saate kurdu. *Güller*, dedi kendi kendine uykulu bir halde. *Kırmızı güller...*

Bethanne uyku sersemliğini atarken Annie'nin uyandığını ve odada dolaştığını fark etti. Sessiz olmak için büyük çaba sarf ediyor, ama başaramıyordu. Makyaj çantasını büyük bir gürültüyle yere düşürmüştü.

"Annie," diye homurdandı Bethanne. "Saat kaç?"

"Altı. Düşündüm de, yola erken çıkarsak öğleden sonra Vegas'ta olabiliriz."

"Büyükannen uyandı mı?" diye sordu, hâlâ gözleri kapalı bir halde.

"Artık uyandı," diye mırıldandı Ruth.

Bethanne gözlerini açınca Ruth'un yatakta oturup gerindiğini gördü. "Bana kahve getirin. Sabah jimnastiğimi yaptıktan sonra yola koyulabilirim."

"Vegas, biz geliyoruz!" diye bağırdı Annie. Çoktan giyinmiş, bavulunu toplamış, kapının yanında bekliyordu.

"Duşa gireceğim," diyen Bethanne örtüyü kenara çekip yataktan çıktı. Giysilerini alıp banyoya yöneldi. İşi bittiğinde Annie kahveyi hazırlamış, Ruth jimnastiğini yapıp giyinmişti.

"Hazır mısın, anne?" diye sordu Annie, Bethanne bavulunu toparlayıp kitabını çantasına atarken.

"Ben hazırım. Sorun şu: Vegas bizim için hazır mı?"

Annie güldü. "Öyle umuyorum."

Yedi on beşte yola çıkmışlardı ve tam yedi buçuk saat sonra Vegas'a ulaştılar. Annie onlara Strip'in hemen yakınındaki Hard Rock Casino'dan yer ayırtmıştı. Burası ne Ruth'un ne de Bethanne'nin ilk tercihi olurdu kuşkusuz, ama muhtemelen bütün kumarhaneler birbirinden iyiydi.

Annie ve Ruth kayıtlarını yaptırırken Bethanne kiralık aracın bürosunu bulup arabayı değiştirdi. Gerçi Wells'teki Marvin mükemmel iş çıkarmıştı ama yolları uzundu ve Bethanne riske girmek istemiyordu.

Kumarhaneye geri döndüğünde Annie ve Ruth'u slot makinelerinden birinin başında buldu. Kumarhanenin sesleri ve görüntüleri her yeri sarmıştı. Bethanne bu gürültüden rahatsız olmak yerine heyecanının arttığını fark etti.

"Oturup bizimle oynasana," diye ısrar etti Annie. İsmini televizyondaki *Çarkıfelek* programından alan bir oyunun başındaydılar.

"Tamam." Bethanne zorluklarla kazandığı kırk dolarını bir makineye kaptırmak istemiyordu ama eğlenceli görünüyordu. Ayrıca, bu eğlenceyi kazanca dönüştürmek, göz ardı edilemeyecek kadar baştan çıkarıcıydı. "Texas Tea" adında, karikatürize bir Teksaslı petrolcünün resmedildiği makinenin önüne geçti, bir tabure çekip oturdu. Makine beş sentle çalıştığı halde, göz açıp kapayana kadar yirmi dolar gitmişti bile. Kolu her çekişinde götürdüğü 2,25'ler, ne olduğunu anlayamadan yirmi dolar etmişti. Kalan yirmi dolarını kaptırıp kaptırmamak arasında tereddüt ediyordu, sonunda günlük sınırına ulaştığına karar verdi.

"Odaya çıktınız mı?" diye sordu Ruth, Bethanne gidip onun yanına oturunca.

"Henüz değil," dedi Annie. Bethanne'nin bavulunu daha önce almış ve anahtarları ona vermişti.

"Odayı görmelisin," dedi Annie sırıtarak. "Bir dakika beklersen, seninle gelirim."

"Acıkan yok mu?" diye sordu Ruth. Kazandıklarının fişini alıp çantasına koydu.

"Hem de kurt gibi," dedi Annie. "Öğle yemeği saatler önceydi, ama önce çıkıp odayı görelim."

Bethanne odayı görmenin neden bu kadar önemli olduğunu anlayamamıştı. Bütün otel odaları birbirine benzerdi. Yataklar, televizyon, bazen bir masa ve genellikle daracık bir duş. Hepsi bu.

Oysa Bethanne'yi bekleyen, kırmızı güllerden oluşmuş kocaman bir gül buketiydi. Kristal bir vazo içinde düzinelerce kırmızı gül goncası. "Gül mü?" diye derin bir soluk aldı Bethanne içeri girerken.

Ruth ve Annie neşeyle bakıştılar. Annie, "Üstündeki kart sana olduğunu yazıyor," diyerek sevinç çığlıkları attı. Sanki bu işin sorumlusu kendisiymiş gibi gözleri parlıyordu.

"Bana mı?"

"Şey, hepimize. Kartı oku ve gör."

Bethanne zarfın üstündeki pembe kurdeleyi çözdü ve aklından garip düşünceler geçerken bir süre zarfı seyretti. Güller Max'ten olabilir miydi? Bu imkânsızdı, nerede olduklarını bilmiyordu. Yoksa biliyor muydu? Gül, abartılı bir tercihti. Özeldi. Gülleri severdi. Her zaman sevmişti. Max bunu bilmiyordu, ama Grant biliyordu.

"Kartı oku anne," dedi Annie bir kez daha.

Bethanne küçük zarfı açıp içindeki kartı çıkardı. "En sevdiğim üç kadına." İmza Grant'e aitti. "Babandan," derken içine bir sıcaklık doldu. Önemsenmenin getirdiği bir duygu.

"Babamın elinden geleni yaptığını söylemiştim," dedi Annie. Bu jestten gerçekten çok memnun kalmış görünüyordu.

"Baban gülleri ne kadar sevdiğimi bilir." Bethanne tekrar karta baktı.

Ruth uzanıp kartı aldı ve okudu. "Galiba Grant akşamki tartışmadan huzursuz oldu ve ortamı yumuşatmaya çalışıyor."

"Bundan eminim," dedi Bethanne.

"Yine de güller son derece özeldir." Bu yorum Annie'den gelmişti.

"Babanı arayıp teşekkür edeceğim." Bunu yapacaktı ama daha sonra. Bu ince bir davranıştı ve çabası Bethanne'nin hoşuna gitmişti. Grant tekrar onu kazanmaya çalışıyordu. Ne istediğine karar vermek artık Bethanne'ye kalmıştı.

"Akşam yemeğini düşünen var mı?" diye sordu Ruth.

Biraz erken olsa da Annie haklıydı. Öğle yemeğini yiyeli saatler olmuştu. Vegas'a bir an önce varmaya o kadar meraklıydılar ki, öğleni küçük bir atıştırmayla geçiştirmişlerdi. Kahvaltı ise, Bethanne'nin Wells çıkışı benzin istasyonundan aldığı bir şişe portakal suyundan ibaretti. Bir süre tartışıp akşam yemeğini otelin büfesinde yemeye karar verdiler.

Bethanne iyice doyana kadar yedi. Saat sadece yedi buçuktu ve bu kadar erken odaya dönmek utanç verici olurdu. Ertesi günü Strip'te gezerek değerlendirmeyi düşünüyorlardı. Bu gece, slot makineleri çağırıyordu.

"Kırk dolar cüzdanımı tutuşturmak üzere." Ruth, kendi doğum günü partisindeki beş yaşında bir çocuk gibi sırıtıyordu. "Bırakın *Çarkıfelek*'te yansınlar."

"Sanırım kendini ispatlaması için Teksaslı petrolcüye bir şans daha vereceğim," dedi Bethanne.

"Ben henüz ne yapmak istediğime karar vermedim," dedi Annie.

Buluşmak için bir saat belirledikten sonra dağıldılar. İki saat sonra Bethanne belirledikleri noktadaydı. Ruth ise çoktan gelmişti.

"Vanna White* hakkındaki bütün düşüncelerim değişti," diye mırıldandı kayınvalidesi. "Bütün paramı aldı."

Bethanne güldü. Kendi şansı yaver gitmiş ve yüz dolardan fazla kazanmıştı.

"Annie'ye benim için iyi geceler dile, tamam mı?" dedi Ruth. "Odaya çıkıyorum. Bir süre kitap okuyup geceyi bitireceğim."

---

* *Amerikalı aktris ve televizyon yıldızı. (ç.n.)*

"Tamam. İyi geceler. Muhtemelen bir saate kadar sana katılırım."

Annie birkaç dakika sonra, yanında genç bir adamla çıkageldi. "Anne, Jason'la tanış. Jason, bu benim annem. Biraz takılacağız," diyen Annie, Bethanne'nin yanağını öptü ve uzaklaştılar.

Bethanne bir şey söylemeye fırsat bulamamıştı. "Şey," dedi içini çekerek. "Sanırım ben biraz petrolcüyle takılacağım." Daha önce gittikleri yeri bulup tekrar tabureye çöktü. Yirmi dolarlık kasa fişini makineye atıp kolu çekti ve beklemeye başladı.

"Şansın var mı?" diye sordu tanıdık bir ses.

Bethanne taburesinde dönerken Max yanındaki tabureye oturmuştu bile.

12

Bethanne'nin nutku tutulmuştu. Çok sıradan bir şey yapar gibi, Max önündeki makineye yirmi dolarlık kasa fişini soktu, ona doğru baktı ve gülümsedi.

Gülümsemişti. Gerçekten gülümsemişti. "Selam," dedi Max.

"Selam." Dili sanki ağzının içinde düğümlenmiş gibiydi. "Burada olduğumu nereden bildin?"

Max konuşurken bir yandan da makineyle oynuyordu. "Rooster, Annie ve büyükanneyi Vegas hakkında konuşurken duymuş. Annie'nin yaşında olsaydım, ben de tercihimi Hard Rock Casino için kullanırdım, o yüzden şansımı burada denemek istedim."

Vegas'taki onca kumarhane içinde Max onun olduğu yeri bulmuştu. Üstelik cuma akşamıydı ve insanlarla arabalar adeta üst üste yığılmıştı. Slot makinelerinin sesi, müzik, kahkahalar; heyecanın sesi her yere dağılmıştı. Doğru oteli tahmin etmiş bile olsa, karşılaşmaları büyük tesadüftü.

"Kazanıyordum," dedi normal ses tonuyla konuşmaya çalışarak.

"Ne kadar?"

"Kumarhaneyi batıracak kadar değil."

Arka plandaki müzik, sanki her zamankinden on kat daha yüksek çalıyordu. Bethanne yıllar önce popüler sanatçı ve parçaları izlemeyi bırakmıştı; ne yorumcuların ne de şarkıların adını biliyordu. Aslında yanındaki adam dışında hiçbir şeyin farkında değildi.

Birkaç dakika sonra Max acı çekiyormuş gibi ona baktı. "Bu müzikten hoşlanıyor musun?"

"Pek sayılmaz."

"Motorla biraz gezelim mi?"

Başıyla onayladı. O da bu gürültüden onunla birlikte uzaklaşmak istiyordu. Düşünmek bile zordu ama bu konuda müziği suçlayamazdı. "Kaburgaların düzeldi mi?" diye sordu.

"Tam değil ama tehlikeyi göze alıyorum."

"Cesur bir adamsın."

Kendilerini dışarı attılar, müzikten kurtulmuşlardı, aradaki fark inanılmazdı. Bethanne, onu bulduğu için ne kadar memnun olduğunu anlatmaya çalıştı ama Max başını iki yana salladı.

"Ne söylemiştin?" dedi. "Kulaklarımda hâlâ çanlar çalıyor."

"Sadece burada olduğun için ne kadar mutlu olduğumu söyleyecektim." Bethanne bunu itiraf etmek istememişti, ama yine de doğruydu. Onu tekrar görmeyi ummuyordu, hatta mümkün olabileceğini bile tahmin etmiyordu. Yaşadığı mutluluk patlamasıyla bir an duraksadı. Bethanne, bu birkaç haftayı Grant'le geleceği üstüne düşünmek için tasarlamıştı. Motosikletin tepesinde gezen bir adamla fantezi yaşayarak bu konuyu daha karmaşık bir hale getirmenin zamanı değildi.

Max derin kahverengi gözleriyle onu süzdü. "Ben de burada olduğum için mutluyum." Bethanne'nin elini tuttu, parmakları birbirine kenetlendi. Bethanne'nin kalbi, ilk kez bir erkekle çıkan genç bir kızın heyecanıyla çarpıyordu. *Aklını başına topla*, dedi kendine. Kumarhaneden çıkarken bu yaptığının ne kadar budalaca olduğunu kendine tekrarlıyordu. Umutsuz bir beraberlikti. Her şey umutsuzdu.

Saat daha dokuz bile olmadığı halde hızla kumarhaneden uzaklaştılar. "Gitmek istediğin bir yer var mı?" diye sordu Max.

Las Vegas'ı bilmeyen Bethanne'nin önerebileceği bir yer yoktu. "Pek sayılmaz."

"Tamam, ben seçerim."

Otoparktaki motosiklete ulaştılar, Max yanında park edilmiş olan Rooster'ın Harley'inden yaşlı adamın kaskını alıp Bethanne'ye uzattı. Bethanne, daha önce gösterdiği yere basarak motora atladı, Max yerini aldı, motoru büyük bir gürültüyle çalıştırarak otoparktan çıktı.

Bethanne kollarını Max'in beline doladı, ama ilk kez

bindiği kadar sıkmamaya özen gösterdi. Gözlerini kapadı, yüzüne dokunarak hızla geçen esintiyi hissetti ve birkaç dakika sonra gevşedi. Max'in nereye gittiğini bilmiyordu. Bir önemi yoktu zaten.

Motor yavaşladığında Bethanne şehirden hayli uzaklaştıklarını ve vadiye bakan bir tepenin üstünde olduklarını fark etti. Hava iyice kararmıştı ve kumarhanelerin ışıkları gökyüzünü aydınlatıyordu.

"Güzel, değil mi?" diye sordu, park edip kasklarını çıkardıktan sonra. Aşağıdaki şehre baktı, Bethanne de onun yanına geldi.

"Eskiden burada oturup sadece ışıkları seyrederdim," diye devam etti Max. "Aşağısı o kadar çılgınken, burası böylesine huzurlu." Birkaç dakika sessizce Bethanne'nin yanında durdu. "Bana eski kocandan bahset," dedi birdenbire.

"Grant mi?" diye sordu Bethanne, ne diyeceğini bilemeden.

"Birden fazla mı var?"

"Hayır. Sadece soruya şaşırdım, hepsi bu."

"Boşanmadan söz etmek senin için zor mu?"

Bethanne başını iki yana salladı. "Artık değil. Ayrılık uzadıkça etkinin azalması durumu. Bir başkasını buldu ve işin hüzünlü tarafı, kendimi onun kariyer yapmasına, çocuklara ve arkadaşlara öylesine kaptırmıştım ki farkına bile varmadım. Demek istediğim, bir eş bu tür şeyleri hissetmeli, öyle değil mi?"

"Bilmiyorum."

"Sen... hiç karını aldattın mı?"

"Asla." Cevap hızlı ve kesindi. "Aklıma bile gelmedi."

"O dönem, Grant ve ben yirmi yıllık evliydik. Artık rahattık. Halimizden memnunduk, sanırım. Benim eviyle ilgilenen bir anne olmamı istemişti, ben de halimden memnundum. Akşam yemekleri veriyordum, onun seyahatlerini düzenliyordum... kendimi onun yaşamında ve kariyerinde tam zamanlı bir ortak gibi hissediyor, ancak Tiffany hakkında hiçbir şey bilmiyordum. Açıkçası, hiçbir fikrim yoktu. Biri sorsa, eşimin beni aldatacak biri olmadığına yemin ederdim."

"Mutsuz muydun?"

"Hayır, kesinlikle. Ancak Grant gittikten sonra duygusal bir enkaza dönüştüm. Kendimi kaybolmuş, şaşkın ve yenik hissediyordum. Sanki birden kör olmuştum ve yolumu, nereye gideceğimi bulamıyordum. Kendime gelip durumla ilgili aklımı başıma almam iki hafta –iki ay değil– sürdü. Artık farklı biriyim. Yıllar bana farklı bir bakış açısı kazandırdı. Olanları ve Grant'in neden Tiffany'ye tutulduğunu daha iyi anlayabiliyorum."

"Onun için mazeret yaratıyor gibisin."

"Öyle mi?"

"Evet."

Bethanne yere baktı, ayakkabısının burnuyla bir parça toprak kaldırdı. Belki gerçekten Grant için mazeret *yaratıyordu*; eğer öyleyse, Grant ne kadar hatalı olduğunu anladığı ve bunu defalarca ona söylediği için olabilirdi. "Grant bu konuda çok üzgün... daha önce söylediğim gibi, tekrar bir araya gelmemizi istiyor. Otele güller göndermiş."

"Buraya, Vegas'a mı?"

Başıyla onayladı. "Odada bizi bekliyorlardı. Bir gece önce küçük bir tartışma yaşamıştık, özür dilemek istemiş."

"Muhtemelen benim yüzümden."

"Bilmen gerekiyorsa, seninle gittiğim için dehşete düştü."

"Haklı. Riskli bir durum."

"Sen tehlikeli biri misin, Max?"

Cevap vermedi.

"Max gerçek adın mı?"

"Öyle. Max Scranton. Arkadaşlarım bunu çok ironik buluyor; şu *Mad Max* filmine istinaden, ama ben hayatım boyunca Max'tim." Duraksadı, motoruna yaslandı. Bacaklarını açıp kollarını kavuşturdu. "Kate bana derdi ki..." Cümleyi bitirmedi.

"Ondan söz etmek acı mı veriyor?"

Max yüzünü yana çevirdi. "Dün bana söylediğin şey doğruydu. Giderek kolaylaşıyor. Bunun mümkün olacağını tahmin bile etmezdim."

"Daha ne kadar yola devam edeceksin?" diye sordu Bethanne. Max, Grant ve kendisi hakkında sorular sormuş olmasaydı Bethanne bu kadar açık konuşmazdı.

"Yaptığım şey bu mu? Acıdan kaçmaya çalışmak?" Soru onu gücendirmiş gibi görünmüyordu.

Bethanne başıyla onayladı. "Aslında, Andrew ve Annie olmasa tası tarağı toplayıp Seattle'ı terk ederdim." Birden onun da çocukları olabileceği aklına geldi. "Kate ve senin bir ailen var mı?"

Gözlerinde şiddetli bir acı parlayıp söndü. Bethanne tahmin etmiş olması gerektiğini düşündü. "Bir kız. Katherine çok nadir bir kalıtsal hastalıkla doğmuştu. On bir yaşında öldü. İkimiz de aynı geni taşıdığımız için başka çocuk yapmamaya karar verdik. Sonra... Kate de gitti. Bununla pek başa çıkamadım. Uzun süre kendimi suçladım." Gözlerini şehir ışıklarına dikmiş, anlatıyordu. "İlk yıl, kendimi bir şişenin içine hapsettim. Rooster ve ağabeyim olmasaydı ne yapardım bilmiyorum. Neyse ki Luke gelip işi devraldı. Aksi halde, diğer her şey gibi ben de yok olup gidecektim. Aslında, galiba istediğim buydu. Belki hak ettiğim şey de buydu. Ölüm en sevdiğim iki insanı benden ayırmıştı. Başka hiçbir şeyin önemi yoktu. Sanırım ölmek istiyordum. Acı içinde yaşamaktansa ölmek daha kolaydı." Durdu, derin bir soluk aldı. "Sonra Rooster kontrolü ele aldı. Kendimi yavaşça ölüme terk etmeme izin vermedi. Ona minnettarım ama inan bana, o dönem ölümüne içmeyi tercih ediyordum."

Max çok şey yaşamıştı. Önce kızı, ardından karısı.

"Katherine hakkında konuşmam," diye mırıldandı karanlık gökyüzüne doğru. "Hiç kimseyle." Çok huzursuz görünüyordu. "Sen... beni korkutuyorsun, Bethanne. Başka nasıl tanımlayacağımı bilmiyorum ve bu hoşuma gitmiyor. Savunmasız olmak kesinlikle kaçındığım bir şey. Seni özel kılan nedir, anlayamıyorum."

Bethanne de anlayamıyordu. Eliyle koluna dokundu,

gergin olduğunu hissetti. "Sorun şu; neden seni tekrar görmek istediğimi bilmiyorum. Bütün bildiğim... görmek zorundaydım."

Hâlâ oturur pozisyonda kollarını uzatınca Bethanne kendini onun kucağına yasladı. Max onu sımsıkı tuttu. Bethanne başını onun çenesinin altına gömdü, hafif ve dalgın bir şekilde iç çekti.

Zihninden aynı anda yüzlerce soru geçiyor, ama bir tanesini bile soramıyordu. Zaman zaman flört ettiği altı yıl boyunca hiçbir erkek onu bu adam kadar etkilememişti. Başını kaldırıp yüzüne baktı, göz göze geldiler.

Bethanne başını iki yana salladı. "Hayır, yapma..."

"Yapma mı?"

"Beni öpeceksin, değil mi?"

Max kaşlarını çattı.

"Yanlış anlama, gururumu okşadın ama hayatım çok karmaşık. Annie ve eski kayınvalidemle bu geziye çıktım, çünkü kafamda bazı şeyleri halletmem gerekiyordu."

"Eski kocanla bir araya gelip gelmemek gibi mi?"

"Dediğim gibi, hayatım karmaşık ve ben... seni bu işe karıştıramam."

Max sırıttı.

"Bu komik değil! Hayatım…"

"Karmaşık," diye onun yerine tamamladı Max. "Evet, biliyorum. Sadece bir öpücük, Bethanne."

"Biliyorum." Sanki çok daha fazlası varmış gibi davrandığı için kendini aptal gibi hissediyordu. "Ama hissettiğim şey..." Bitiremedi, bitirmesi gerektiğinden bile emin değildi. Onu ne kadar çekici bulduğunu zaten söylemişti.

Max, onun ne demeye çalıştığını anladı. "Tamamdır. Seni otele geri götürme zamanı."

"Doğru." Gitmek istemiyordu ama en doğrusu buydu ve Max'in de bunu anladığı açıktı.

Max kaskını kafasına geçirip motoruna atladı, Bethanne de aynısını yaptı. Daha önce yaptığı gibi kollarını beline dolamak yerine, deri ceketinin kenarlarını tutmakla yetindi. Max fark ettiyse bile belli etmedi. İki kere binmiş olmasına rağmen motosikletler hakkında hayli şey öğrenmişti. Seyir halindeyken, vücut otomatik olarak kendini virajlara göre ayarlıyordu.

Şehre geri dönüş, sanki on kat daha uzun sürmüştü. Hard Rock Otel'e geri döndüklerinde Max park hizmetlilerinin sürücülere yardımcı olduğu otoparka çekti, önce Bethanne'nin inmesi için bekledi.

Bethanne kaskını çıkarıp ona uzattı. Konuşmak istiyordu ama genzine gözyaşları dolmuştu. Bir daha onu göremeyecekti; tek mantıklı seçeneğin bu olduğunu bildiği halde üzülüyordu. Sonunda tek bir şey söyleyebildi. "Teşekkür ederim."

Max yüzüne bakmadan başıyla onu hafifçe selamladı.

Bethanne dönüp kumarhaneye girdi ve dalgalar halinde yayılan yüksek sesli müzik onu irkiltti.

Yorgun ve kırgın halde asansöre doğru yürümeye başladı. Lobideyken ona doğru gelen Rooster'ı gördü.

"Max nerede?" diye sordu. Elinde bir bira şişesi vardı ve onu yalnız gördüğü için şaşırdığı çok açıktı.

Bethanne omuz silkti. "Bilmiyorum. Beni bırakıp gitti."

Rooster kaşlarını çatıp birasından bir yudum aldı. "Seni öylece bıraktı mı?"

Max'in arkadaşının, onun içini kavramasına ışık tutmasını umuyordu. "Şehri görebileceğimiz bir tepeye çıktık ve biraz konuştuk."

Rooster onu kalabalıktan uzaklaştırıp bir bara yönlendirdi. "Sana bira ısmarlayayım."

"Teşekkürler, birayla pek aram yok."

"Canın ne istiyorsa onu iç," dedi. Boş bir masa bulup garson kızı çağırmak için elini kaldırdı.

"Kırmızı şarabı tercih ederim."

Rooster sırıttı.

"Kırmızı şarapla ilgili bir sorun görmüyorum," dedi Bethanne.

"Tabii, her neyse. Tekrar gördüğünde Max'e sorarsın."

Bethanne bir daha bu fırsatı bulacağından şüpheliydi.

Garson kız siparişleri aldı, az sonra Bethanne için bir kadeh Merlot ve Rooster'a bir şişe daha bira getirdi. Aslında Bethanne, Max'in arkadaşına rastladığı için memnundu.

"Seni ararken neredeyse kasabayı altüst edecekti," dedi Rooster. Ona doğru eğildi, dirseklerini masanın üstüne yaydı.

Oysa Max, fazla çaba sarf etmeden onu bulduğunu ima etmişti. "Neden beni bulmak istediğini söyledi mi?"

"Hayır."

"Willie ve Skunk nerede?" Soru sormamalıydı. Yapması gereken şarabını içip Rooster'a teşekkür etmek ve odasına çekilmekti.

"Bir kumarhaneden diğerine koşturmaktan o kadar yoruldular ki, kendi başlarına takılmaya karar verdiler. Onları suçladığımı söyleyemem."

"Max'in beni bulduğu için sevindiğini söyleyemem."

"O kadar emin olma."

"Dürüst olmak gerekirse hiçbir şeyden emin değilim, neler hissettiğim dahil." Bir an düşündü. "Sanırım en yoğun hissettiğim şey üzüntü." Yine de bu kadar kısa sürede Max'i böylesine etkileyebilmek onu gururlandırıyordu. Aynı şey onun için de geçerliydi ama zamanlama yanlıştı. Durum da öyle. Şarabın tadına bakıp kadehin ayağını kavradı. Bir açıklama yapma ihtiyacı duyuyordu. "Max'le ilgilenemem," dedi. "Yapamam. Şimdi olmaz. Sorumluluklarım, vermem gereken kararlarım ve salim bir kafaya ihtiyacım var."

"Max gibi konuşuyorsun."

"Nasıl yani?"

"Girdiğimiz her kumarhanede aklını karıştıracak bir kadına ihtiyacı olmadığını söyledi. Bir kadının onu aptal yerine koymasına izin vermeyecekmiş."

"Bu ne demek?"

"Bilmiyorum. Ona sorman gerek. Bütün gün, o kumarhane senin, bu kumarhane benim gezerken kafayı kontrol ettirmesi gerektiğini söyleyip duruyordu ama aramaktan da vazgeçmiyordu. Senin ne özelliğin olduğunu sordum, cevap veremedi. Seni bulana kadar pes etmedi ve etmeyecekti, biliyorum."

Her şeye rağmen Bethanne gülümsedi. "Bana sarıldığında, dedi ki... onun kollarına aitmişim."

"Sarıldınız mı? Hepsi bu mu?" Rooster inanmış görünmüyordu.

"Hepsi bu."

"Kate öldüğünden beri tek bir kadına dokunmadı. Onu çok etkilediğin kesin."

Şarabını yudumlarken Bethanne olanların mantığını kavramaya çalışıyordu. "Toparlayacaktır." Çantasından kartvizitini çıkarıp Rooster'a uzattı. "Bunu Max'e ver ve hazır olduğunu hissettiğinde beni aramasını söyle." Bu arada, kendisi de Grant'le ilgili bir sonuca varmış olabilirdi. Ne istediğine karar vermesi gerekiyordu. Zaman ve aradaki mesafe sayesinde, Grant'le olan geçmişini ve bu yeni oluşumu düşünüp doğru dürüst değerlendirebilecekti. Eğer Grant'e geri dönecekse; Max tekrar aramış olsa bile, ona söyleyecekti. Eğer aramazsa...

Rooster kartviziti cebine atıp kaşlarını çattı. "Bunu yapmak istediğinden emin misin?"

Başıyla onayladı. "Eminim."

Gerçekten emindi.

13

Annie üstünde pijaması, gözleri kan çanağı ve saçları darmadağınık bir halde banyoya daldığında Bethanne makyajını yapıyordu.

"Dün gece eğlendin mi?" diye sordu. Kendisi de uzun süre uyanık yatmış, saat sabahın üçüne doğru Annie'nin parmak uçlarının üstünde odaya girdiğini duymuştu. Aslında, Bethanne de gece boyunca birkaç saatten fazla uyuyabilmiş değildi. Bütün gece Max'i ve yaptıkları konuşmayı düşünmüştü. Öpmesine izin verseydi ne olurdu diye merak etmekten kendini alamıyordu. Gerçi bu soru için artık çok geçti.

"Harika vakit geçirdim," dedi Annie saçlarını fırçalarken. "Bugün büyükannem ve sen beraber takılsanız olur mu?"

"Tekrar Jason'la mı buluşacaksın?"

"Sorun olmaz, değil mi? Ailesiyle tanıştım. Kız kardeşi dahil hepsi bir arada. Dün, öğleden sonra bir kuzeni evlenmiş. Gecenin büyük kısmını kız kardeşiyle beraber geçirdik."

"Sorun yok. Keyfine bak."

"Sabah kahvaltısı için ebeveynleriyle buluşacağız. Neden sen de gelmiyorsun?"

"Peki, gelirim. Ancak bu gece yine geç kalmanı istemiyorum, çünkü sabah yola çıkacağız."

"Kalmam, söz."

Annie hızla pamuklu bermudasını ve kolsuz bluzunu giydi, çok hafif bir makyaj yaptı. Ah, yirmili yaşların faydaları! Aslında orta yaşın da kendine göre avantajları yok değildi...

Bethanne makyajını tamamladığında kayınvalidesi yatağın kenarında oturmuş onu bekliyordu. "Kahvaltı için hazır mısın, Ruth?" diye sordu. "Annie'nin arkadaşı Jason'ın ailesiyle kahvaltıya davetliyiz."

"Hazırdan da öteyim." Ruth çantasına uzandı, birlikte odadan çıktılar. Jason ve kalabalık ailesiyle harika bir saat geçirdiler. Hepsi sempatik ve canayakın insanlardı. Sonra Strip'te gezintiye çıkıp tek tek kumarhaneleri ziyaret ettiler. The Venetian'da gondola binip Caesars Palace'da alışveriş yaptılar. Daha sonra Wolfgang Puck'da öğle yemeği yediler. Ruth'un enerjisi Bethanne'den fazlaydı. Kayınvalidesi ellinci yıl mezuniyet balosuna gidiyor olabilirdi, ama fiziksel olarak formda, zihinsel olarak ise cin gibiydi *ve* Bethanne'nin aksine, bütün gece deliksiz bir uyku çekmişti.

"İtiraf etmeliyim ki, bu gezi Rushmore Dağı'nı görmekten çok daha keyifli," dedi Ruth çatalını tabağına bırakırken. "Şanslı günümde olduğumu hissediyorum. Otele geri dönüp Vanna'ya paramı iade etmesi için bir şans versem, sakıncası var mı?"

"Elbette. İstediğini yapabilirsin. Bu senin gezin."

Ruth ikna olmamıştı. "Ama senin de eğlenmeni istiyorum." Duraksadı. "Annie'nin iyi vakit geçirdiğine kuşku yok."

"Ben de öyle. Harika vakit geçiriyorum," diyerek Ruth'u ikna etmeye çalıştı. Üstelik doğruydu.

"Sen ne yapacaksın?" diye sordu Ruth.

"Şey, şu Teksaslı petrolcüyle aramız çok iyi. Sanırım ben de onu ziyarete gidip, petrol gelirinden benim payıma düşen bir şey var mı diye bakacağım."

Bethanne'nin öğleden sonra için bir planının olması Ruth'u rahatlatmış gibiydi. Bethanne kayınvalidesiyle birlikte Hard Rock'ın kumarhanesine geri döndü, onu *Çarkıfelek*'e gönderirken kendisi Texas Tea makinelerine yöneldi. Daha önce oynadığı makine boştu, Bethanne hemen başına geçti. Oturup rahatladıktan sonra çantasını açıp cüzdanını çıkardı. Çantasını açmış olmasa, ceptelefonunun çaldığını duymayacaktı. Otomatik bir hareketle çıkarıp baktı. Numarayı tanımıyordu.

"Alo," dedi soluk soluğa.

"Neden Rooster'a kartvizitini verdin?"

"Max?"

"Rooster'a neden ceptelefonunu verdiğini soruyorum," diye tekrarladı.

"Bilmiyorum," diye mırıldandı. Onun sesini duyunca hem sarsılmış, hem de sevinmişti. Aralarındaki konuşmayı gece boyunca defalarca düşünmüş ve her defasında bir duyu kaybına uğradığını hissetmişti. Grant'le olan ilişkisini gözden geçirmesi gerekiyor ama bu yeni birine kapıları kapaması anlamına gelmiyordu, değil mi? Tamam, eğer Grant'le bir araya gelmeyi düşünüyorsa o anlama geliyordu. Sonunda huzursuz bir uykuya dalmış ve son kararının ne olduğunu hâlâ bilmeden uyanmıştı. Son kararı ne *olmalıydı*?

"Evet, biliyorsun."

Haklıydı, bunu neden yaptığını biliyordu. Rooster'a kartını verirken her ne kadar Max'in arama koşullarını belirtmiş ve "hazır olduğunda" demişse de, aslında bunun anlamı "seni tekrar görmek istiyorum"du.

"Neredesin?"

"Aynı kumarhane, aynı makine."

"Yalnız mısın?"

"Evet."

"On dakikaya oradayım."

Telefonunu tekrar çantaya koyarken elleri titriyordu. Hemen kalkıp oradan uzaklaşması gerektiğini tekrarlıyordu kendine, ama yapamıyordu. Max onun kararsızlığını daha yanına yaklaşırken anlamıştı. Bethanne konuşmaya başladıysa da Max parmağını dudaklarının üstüne koyup onu susturdu. Omuzlarını tutup ona gülümsedi. "Vegas'ta yaşanan, Vegas'ta kalır dendiğini hiç duymadın mı?"

Bethanne başıyla onayladı.

"Bana söylediğin şeye saygım var. Zor bir karar olduğunun farkındayım. Bütün istediğim bugünü bana ayırman, daha fazlasını istemeyeceğim. Bunu yapabilir misin?"

Bethanne tekrar başıyla onayladı. Max gülümsedi, onu kollarına aldı. Sarıldılar.

Sarılması sıcacıktı ve sanki ait olduğu yer orasıymış gibiydi. Zaten öyle söylememiş miydi; onun kollarına ait olduğunu. Bethanne de aynısını hissediyordu. Neden, neden yüreğinin böyle pır pır etmesine *o* sebep oluyordu? Neden, ama neden *şimdi* olmak zorundaydı? Grant konusunda kafası karışık ve kuşkulu olduğu bir dönemde, Max işleri sadece daha da zora sokuyordu.

"Bütün gün böyle kalabilirim," diye fısıldadı saçlarına.

Bethanne'nin de istediği buydu. *Belki*, diye düşündü, Grant'i zihninden uzaklaştırmak için Max'i kullanıyordu.

"Günün geri kalanını boşa harcamak gibi bir niyetim yok," dedi Max, onun elini kavrayarak. "Hadi buradan çıkalım."

"Tamam."

Dışarı çıktıklarında yaz güneşi üstlerine vurdu. Sıcaklığın zirveye ulaşmasına daha birkaç saat vardı, ama yine de güneş bütün gücüyle parlıyordu. Yürümeye başladıklarında Bethanne güneş gözlüğünü taktı. "Nereye gidiyoruz?" diye sordu.

"Fazla uzak olmayan bir yere."

Bu yerin, kaldıkları otelden birkaç blok ötede, Strip'in

üstünde bir dondurmacı olduğu ortaya çıktı. Bethanne, oturma gruplarından birine yerleşti, Max karşısına geçti. Max dondurmalı soda, Bethanne ise kahve siparişi verdi.

Tam dört saat boyunca konuştular. Dört saat. Sohbet doğal olarak bir konudan diğerine kayıyordu. Müzikten, politikadan, kitaplardan ve dostlardan söz ettiler. Bethanne onun şarap dağıtım işinde olduğunu öğrendi. Rooster'ın, şarabı biraya tercih etmesi üstüne verdiği tepki böylece anlam kazanmış oluyordu. Rooster'ın bir reklam ajansı vardı ve Max'in şirketi hesabına çalışıyordu.

Max de ona sayısız soru sordu. Çocuklarını tanımak isteyince Bethanne gururla Andrew ile Annie'yi anlattı. Aslında hemen her konudan konuştular; Grant, Kate ve Max'in kızı hariç. Bir zamanlar sevdikleri insanlar tabu olmayı sürdürüyordu.

Sohbetin ortalarına doğru Ruth telefon edip biraz keyifsiz olduğunu söyledi. Güneş ve yemek fazla gelmişti, ayrıca Vanna öncekinden de açgözlü davranarak onu hayal kırıklığına uğratmıştı. Bethanne endişelendi ama Ruth Teksaslı petrolcüyle eğlenmeye devam ederse, kendini daha iyi hissedecekti. Bethanne, aslında nerede ve kiminle olduğu konusunda kayınvalidesine bir açıklama yapmadı.

"Bana biraz daha işinden bahset," dedi Max, Bethanne telefonu kapattıktan sonra. Kartviziti elindeydi ve sanki üstünde görülmeyen gizli bir mesaj varmış gibi evirip çeviriyordu.

"Parties'in bu kadar başarılı olacağını hayal bile edemezdim. Bütün isteğim, çocuklarıma bakabilecek ve evi elimde tutabilecek kadar para kazanabilmekti. İşin zamanlamasının doğruluğu şok ediciydi." Gülümsedi. Doğum günü partilerine kedileri ve köpekleri eklediğimizde, *Wall Street Journal* benim hakkımda bir makale yazdı."

"Dalga geçiyorsun, değil mi? Köpekler için parti mi?"

"Kediler için de. Fikir çok talep gördü. Baby Boomers evcil hayvanlarına çok düşkün ve onların doğum günü partileri için yüzlerce doları gözden çıkarmaktan çekinmiyorlar."

"Bunu anlamam mümkün değil."

"Anlaman gerekmiyor ama inan bana, büyük iş. Bayilik için sürekli başvuru var, ama uygun gelmiyor. Yani şimdilik. Pek çok şirketin en büyük sorunu hızlı büyüme. Bu hataya düşmek istemiyorum. Beş dükkân uygun bir kâr marjıyla çalışmayı sürdürürse bunu ileride düşünebilirim ama şimdi değil. Şu an için durumdan memnunum."

"Belli ki bu konularda kafan iyi çalışıyor."

"Öyle olduğunu düşünmek istiyorum." Öğrendiklerinin çoğunun Grant'le geçirdiği yıllar boyunca azar azar biriktiğini söylemedi. Her zaman arka planda kalmıştı ama iş stratejileri ve mali yönetim konusunda inanılmaz bir bilgi birikimi olmuştu.

"O halde boşanman işe başlama sebebi oldu?"

Bethanne başıyla onayladı. "Desteğim vardı." Ona, üye olduğu örgü kulübünden ve edindiği dostlardan, özellikle Elise Beaumont'tan söz etti. "Elise'in kocası Maverick uzman bir kumarbazdı ve benim üstüme kumar oynadı."

"Akıllı bir yatırım olmuş."

"Evet, çok şükür. Sonuçta haklısın. Dolaylı yoldan olsa da, Grant bu işe başlama sebebim oldu."

"Ve şimdi seninle tekrar bir araya gelmek istiyor."

Bethanne fincanını iki eliyle çevirmeye başladı ve soğumaya başlayan kahvesine baktı. "Öyle... ve ben karar vermekte zorlanıyorum. Yirmi yıl beraberdik. Uzun ve ortak bir geçmişimiz var, ayrıca iki çocuğumuz ve mutlu anılarımız. Bir hata yaptığını fark etti ve bunu telafi etmek için her şeyi yapmaya hazır ama ben geçmişe dönmenin mümkün olacağından emin değilim. Artık değiştim, o da öyle."

"Onu bağışladın mı?"

"Umarım." Duraksadı, sonra yavaş yavaş devam etti. "Boşanmamızdan yaklaşık bir yıl sonra, bunalım içinde ve kendimi berbat hissederek uyandım. Annie, Grant ve Tiffany' nin Paris'te olduğunu ağzından kaçırmıştı. Paris. En çok görmek istediğim yerdi ve Grant bunu biliyordu.

Düşünebildiğim tek şey, Grant ve Tiffany oralarda hayatını yaşarken benim tek başıma kalmamın ne kadar adaletsiz olduğuydu. Yüzümü yastıklara gömüp ağladım." O uğursuz sabah yaşadığı keder ve döktüğü umutsuz gözyaşları dün gibi aklındaydı. "İşte o zaman, onu bağışlamam gerektiğini anladım."

"Onu *tam da o zaman* bağışlamana sebep olan neydi? Bunu nasıl başardın?"

"Önce bunun imkânsız olduğunu düşünüyordum. Grant'

in bana ve çocuklara yaptıklarını hiç kimse bağışlayamazdı, ama sonra..." Dudağını ısırdı.

Max uzanıp onun elini tuttu, parmaklarını sıkarak devam etmesi için onu yüreklendirmeye çalıştı.

"Sonra anladım ki Grant'e duyduğum acı ve hiddetten yüreğimi arındırmazsam bir daha asla sevemeyecektim. Öfkeyle sıktığım yumruğumu açıp avucumun mutluluk, neşe... ve sevgiyle dolmasına izin vermem gerekiyordu."

"Ve bunu başardın?"

"Max," diye fısıldadı, ne diyeceğini bilmiyordu. "Elimden geleni yapmama rağmen bağışlayıcı olmanın göründüğünden çok daha zor olduğunu keşfettim. Ne zaman bunu tamamen aştığımı düşünsem, bana aksini ve daha gidilecek çok yol olduğunu gösteren bir şey oluyor."

"Ne gibi?"

"Hatırlarsan, senin arkana atlayıp riske girmeme bozulmuştu. Bu beni öfkelendirdi ve öfkemi belli ettim. Daha sonra kendimi kötü hissettim, çünkü aslında Grant beni sevdiğini ve önemsediğini göstermeye çalışıyordu. Ancak eski öfkemin nasıl hızla su yüze çıktığını görmek beni çok şaşırttı."

Max boş soda bardağının içindeki kamışla daireler çiziyordu. "Grant'in çocuklarıyla arası nasıl?"

"Daha iyi." Bethanne, doğru sözcüğü seçmek için hayli çabalamıştı. "Andrew, babasına tekrar güvenebilmek konusunda çok zorlanıyor. İlk boşandığımızda, Annie öfkesini açığa vurmaktan sakınmıyordu ama artık sakinleşti ve şimdi eskisi kadar yakınlar. Eminim, Annie sayesinde yolculuk boyunca beni izliyordur." Bir başka deyişle, Grant'in kulağına Max hakkında bir şeyler gitmişti.

"Kuşkusuz," diye mırıldandı Max.

"Andrew'un düğünü işleri daha da karmaşıklaştırıyor," dedi. "Grant, düğüne aile olarak birlikte katılmamızı istiyor. Teoride iyi bir fikir gibi görünüyor."

"Sen de bunu istiyor musun?"

"Olabilir, evet. Grant'le ben oğlumuzu ve gelinimiz Courtney'yi çok seviyoruz, ama..."

"Ama?"

Bethanne, Max'e bütün duygularını bu kadar rahatça açabildiğine şaşıyordu. "Grant ve ben bir arada olursak, ailemize ve dostlarımıza yanlış bir mesaj göndermiş oluruz. Biz bir çift değiliz, altı senedir böyle."

Bethanne, Max görüşlerini paylaşmadığı ya da akıl vermeye kalkmadığı için minnettardı. Sessiz kalmayı tercih etmesi, Bethanne'nin muhakemesine, kendisi ve çocukları için zor kararlar alabilme yetisine saygı duyduğunu gösteriyordu.

Zamanla dondurmacı kalabalıklaşmaya başladı. Çevresine bakan Max de aynı şeyi fark etti. Para ödeyecek başka müşterilerin yerini işgal ediyorlardı.

"Seni bu akşam yemeğe götürebilir miyim?" diye sordu.

"Dondurma ve akşam yemeği? Vegas'ta yaşananlar o kadar da heyecan verici değilmiş." Bunu söylerken gülümsüyordu.

Max de gülümsedi. "Gece henüz bitmedi."

Zaman ve yer konusunda anlaştılar, Bethanne üstünü değiştirip Ruth'u kontrol etmek üzere otele döndü. Kayınvalidesi yatağın üstüne oturmuş, arkasına yığdığı yastıklara yaslanarak bacaklarını uzatmıştı. Elinde örgüsü vardı ve bir yandan televizyon seyrediyordu.

İçeri giren Bethanne'ye baktı. "Florida'yı arayıp Jane'le konuştum," dedi hafifçe kızararak. "Otel telefonu muhtemelen bana slot makinelerinde kaybettiğimden daha pahalıya mal olacak, ama arkadaşlarımın nerede olduğumuzu bilmelerini istedim. Jane, Florida'ya ne zaman ulaşacağımızı sordu." Telefon konuşmasını anlatırken yüzü ışıl ışıldı.

"Ona ne söyledin?"

Ruth sırıtırken aydınlık bütün yüzüne yayılmıştı. "Ona, daha gidecek çok yolumuz olduğunu, ama zamanında varacağımızı söyledim. Jane, buraya kadar gelip Büyük Kanyon'u görmezsek çok ayıp edeceğimizi söyledi. Bence görmeliyiz, ne dersin?"

"Bence de öyle," diye ona katıldı Bethanne. Bavulunu açarak getirdiği tek elbiseyi çıkardı. "Annie'den haberin var mı?"

"Hiç görmedim."

Bethanne ceptelefonundan kızını aradı. Annie, Jason'la birlikte akşamki bir gösteriye bilet aldıklarını söyledi, Büyük Kanyon fikri hoşuna gitmişti. "İyi olur," dedi neşeyle. "Hoşça kal, anne."

Bethanne elbisesini silkeleyip dolaba astı. Arkası dönük olduğu halde Ruth'a, "Max beni akşam yemeğine davet etti. Yalnız kalmak senin için sorun olur mu?" diye sordu.

"Çıkıyor musunuz?" diye sordu Ruth şaşkınlıkla. "Şu motorcuyla?"

"Burası Vegas," diye omuz silkti Bethanne, ama Ruth'u yalnız bırakacağı için suçluluk duyuyordu.

Ruth kaşlarını çattı. "Bunun iyi bir fikir olduğundan emin misin?"

"Benimle ilgili sorun yok. Sadece senin geceyi tek başına odada geçirecek olman hoşuma gitmiyor. Dışarı çıkıp şehri keşfetmeli ve tadını çıkarmalısın." Elbiseyi alıp, giymek üzere banyoya geçti.

Ruth tek başına dışarı çıkma fikrine sıcak bakmamıştı. "Sanırım yapacak bir şeyler bulabilirim," diye mırıldandı Bethanne tekrar göründüğünde. "Ama senin başka bir adamla akşam yemeğine..." Cümlesinin sonunu getirmedi.

"Ruth, endişelenme. Ne yaptığımı biliyorum."

Ruth ters ters baktı. "Umarım aklın başındadır."

İstemese de gülmesine engel olamadı. Ruth'la tartışacak değildi, hatta bunun sadece *kendini* ilgilendirdiğini bile söylemeyecekti. "Geç kalmam," dedi odadan ayrılırken. Max ondan sadece tek bir gün istemişti ve onu –ya da kendini– reddedemezdi.

Max onu lobide gördüğünde, gözlerine inanamamış gibiydi. O da üstünü değişmişti. Giydiği kumaş pantolon ve gıcır gıcır pamuklu gömleğin kat izlerinden yeni alındıkları belli oluyordu. Bethanne, eğer motora bineceklerse elbise giymenin çok mantıklı olmadığını geç de olsa fark etti. Rooster Max'in yanındaydı ve onu görünce doğruldu.

"Vay canına, harika görünüyorsun," dedi yaşlı adam.

"Teşekkürler," diyerek, ellerini tozpembe elbisesinin önünde birleştirdi.

"Bu akşam Ruth ne yapıyor?" diye sordu.

"Beni oda servisi çağırmakla tehdit etti," dedi Bethanne gözlerini devirerek. Ruth suçlu hissetmesini sağlamak için elinden geleni yaptıysa da Max'le randevusunu iptal etmesini sağlayamamıştı.

İki adam kıkırdadı. Sonra Rooster asansöre yöneldi.

"Gidelim mi?" diye sordu Max, girmesi için kolunu ona uzatarak. Otelden dışarı çıktıklarında kapı görevlisi onlara bir taksi çağırdı. Max'in onu götürdüğü yer pahalı bir et lokantasıydı. Her şey çok lezzetliydi; salatadan, paylaştıkları tatlıya kadar. Şarabı Max seçmişti –kıvamlı bir Fransız cabernet sauvignon– ve yemek boyunca çeşitli Avrupa ve Yeni Dünya şarapları üstünde konuştular.

Max hesabı ödeyip dışarı çıktıklarında bir taksiye el etti. Sürücüye bir adres verince, Bethanne, "Nereye gidiyoruz?" diye sordu.

Max gülümseyip kaşlarını kaldırdı. "Motorcuların takıldığı bir bara."

"Ya." Bethanne, kendini yabancı hissedeceğini düşündü.

"Endişelenme," dedi Max yanına otururken. "Düşündüğün gibi değil."

Birkaç dakika sonra, müziğin çok gürültülü ve insanların çok şamatacı olduğu, batakhane kılıklı bir yere geldiler. Max bir kuytuda boş bir masa bulup Bethanne'nin daha önce hiç duymadığı içkileri –Arjantin bardakta taze bira– sipariş etti. Birkaç çift dans ediyordu. Garson kız dönmeden önce Max, Bethanne'yi piste sürükledi.

Nefesleri kesilene kadar dans ettiler. Canlı müzik kıpır kıpır ve ortam çok eğlenceliydi. Pek çok erkek onu meraklı bakışlarla süzüyordu; Bethanne bu bakışların sebebinin kendisi mi yoksa giydiği elbise mi olduğunu merak etti. Max'i başka bir kadınla görenler ise şaşırıyor ve Bethanne kendini daha da özel hissediyordu.

Tek bir adım daha atamayacağına kanaat getirince masaya dönüp sandalyelere yığıldılar. Max kendi sandalyesini onunkinin yanına çekti, kulplu bardağını alıp yarısını kafasına dikti. Sonra bardağı masaya bıraktı, kolunu Bethanne'nin omzuna dolayıp dudaklarına uzandı.

Bethanne bu kez tereddüt etmedi. Gözlerini kapatıp yarı yolda onunla buluştu. Kollarını ensesine dolayarak kendini yumuşacık ve masum bir öpücüğe bıraktı; ama sadece başlangıçta. Bu masumiyet çok geçmeden yerini aralarında birden alev alan tutkuya bıraktı. Bethanne şehveti, kendini sarsan gerçek bedensel ihtiyaçları çok uzun bir süredir hissetmiyordu. Bu öpüşme öylesine hararetliydi ki az kalsın sandalyesinden düşüyordu.

Max de en az onun kadar sarsılmış görünüyordu. Öpüşmeyi bırakıp arkasına yaslanan o oldu. Göz göze geldiler; şaşkın, sersemlemiş bir adam görüntüsü vardı. Bethanne onu çok iyi anlıyor, çünkü aynı merak ve şaşkınlığı kendisi de yaşıyordu.

İkisi de ne söyleyeceğini bilemiyordu. Bir süre sonra Max onun yüzüne dokundu. "Dudaklarının tadı güzelmiş," diye fısıldadı, sesi farklı çıkıyordu.

Bethanne kirpiklerini indirdi. "Seninki de öyle."

Max uzanıp tekrar öpmeye başladı. Sanki keşfinin analizini yapar gibiydi. Bethanne ona kenetlendi. Max'in öpücüğü aceleci, ihtiyaç ve tutku yüklüydü, aralarında yine kıvılcımlar çakıyor, Bethanne'nin duygularını alevlendiriyordu. Başını yana çevirip yüzünü omzuna gömdü, neler olduğunu anlamaya çalıştı. Max parmaklarını saçlarının arasında gezdirirken yanağını öpmeye devam etti.

Başka bir yerde olsa, Bethanne utanırdı. Neyse ki burada kimse farkında değildi ya da umursamıyordu.

Dans etmeye ve öpüşmeye devam ederek birbirlerine karıştılar. Saat akıllarına geldiğinde, sabahın ikisi olmuştu. Bethanne alnını onun alnına dayayıp içini çekti. "Gitmek zorundayım."

Max onu tutan kollarını biraz daha sıktı. "Tamam."

"Bunu istediğimi sanma," dedi Bethanne. "Kalan hayatımı burada, Vegas'ta seninle geçirebilirim."

"Ama yapamazsın."

"Hayır, yarın sabah Büyük Kanyon'a doğru yola çıkıyoruz."

"Görmeye değer. Beğeneceksiniz."

"Teşekkürler," diye fısıldadı. "Aradığın için mutluyum."

"Ben de öyle. Tekrar arayabilir miyim?"

Bethanne nasıl cevap vereceğini bilmiyordu.

"Bak ne diyeceğim," dedi Max. "Sen beni ara. Telefonunda numaram çıkmıştır. Eğer senden haber alamazsam... diyelim ki ağustosun başına kadar, yani oğlunun düğününden sonra, Grant'e dönmeye karar verdiğini anlayacağım."

Bethanne başıyla onayladı.

Max otele kadar ona eşlik etti ve son bir kez daha öptü. Bethanne onun bir konuda yanıldığını düşündü. Vegas'ta yaşananlar, orada *kalmıyordu*. Hep Bethanne'yle yaşayacaktı.

14

Ruth, Annie ve Bethanne, Vegas'tan ayrıldıklarında öğlen olmak üzereydi. Neredeyse saat ona kadar uyuyup geç bir kahvaltı yapmışlar ve nihayet arabayı yükleyip yola koyulabilmişlerdi. Bu, yeni kiralık arabalarıydı ve yine navigasyon cihazından yoksundu. Neyse ki harita ve atlasları vardı; bununla yetinmeleri gerekecekti.

Kimsenin canı pek konuşmak istemiyordu ve Bethanne, Henderson-Nevada'ya dönüp 93 numaralı otoyoldan Hoover Dam'e doğru ilerlerken arabanın içindeki gerginlik hâlâ sürüyordu. Annie ile Ruth, gece geç saatlere kadar Max'le kalmasına bozulsalar da tek kelime etmemişlerdi. İyi ki de etmemişlerdi. Ne düşünürlerse düşünsünler, Max'le olan ilişkisi onları ilgilendirmezdi. Çok geçmeden harita onları Büyük Kanyon Ulusal Parkı'na giden sapağa yönlendirdi.

Sonunda Annie sessizliği bozdu. "Max'le tekrar görüşecek misin?" diye sordu arkadan. Soru öylesine sorulmuş olsa da, Bethanne hem kızının hem de Ruth'un ilgiyle cevabı beklediklerinin farkındaydı.

Onu tekrar görecek miydi? Grant konusunda vereceği karara bağlıydı ve bu karar sadece kendisine aitti. Max'e, Andrew'un düğününden sonra onu arayacağını söylemişti. Ağustos başı demişti Max ama bu çok uzun bir süreydi. Gece, Annie'nin yanına yatağa girdiğinde bile aklı Max'in öpücüklerindeydi. Üniversitede Grant'le tanıştığından beri hiçbir erkek onu Max gibi etkilememişti.

"Anne?" diye ısrar etti Annie.

"Ben... ben bilmiyorum," dedi. "Sen Jason'la tekrar görüşecek misin?"

"Muhtemelen hayır," diye itiraf etti Annie gönülsüzce, "Ama telefon numaramı aldı."

Max de onun numarasını almıştı ama kullanmayacak, Bethanne arayana kadar telefon etmeyecekti. Öyle anlaşmışlardı.

"Farklı zaman dilimindeyiz," diye konuyu değiştirdi Ruth. "Arizona'da yaz saati uygulaması yok."

Bethanne, kayınvalidesinin anlaşmazlıktan hoşlanmadığını ve her zaman uzak durmaya çalıştığını biliyordu. Evlilik hayatı boyunca Bethanne de aynı şeyi yapmıştı ama durum giderek değişmişti; kendini bir işkadını olarak baştan yaratmıştı ve artık pazarlık etmesi, rekabete girmesi ve hizmetlerinin tanıtımını yapması gerekiyordu. Kendine güveni tam olmayan bir kadın bunları yapamazdı.

Arabanın içindeki gerilim azaldı ve sessizlik sohbete dönüştü. Bethanne radyoyu açtı, önce ABBA ve ardından "Beşinci Element" içeriye doldu. Ruth ve Bethanne'nin parçalara eşlik etmeye başlaması uzun sürmedi, ardından Annie de onlara katıldı.

"Yalın ve güzel bir müzik," dedi kızı. Anlaşılan annesi ve büyükannesiyle aynı zevki paylaşıyor olması onu şaşırtmıştı. Yayın menzilinden dışarı çıktılar ve yaklaşık yarım saat radyo dinleyemediler, arabaya tekrar sessizlik çöktü.

"Düğün eldivenleri nasıl gidiyor?" diye sordu Ruth, kimsenin ağzını açmadığı uzun bir süreden sonra.

"Annemin örgü yapmaya vakti mi vardı?" diye dalga geçti Annie. "Samimi olmak gerekirse, annemi bir Harley üstünde hayal etmemiştim hiç."

Bethanne kızının onu pek tanımadığını düşündü ama sesini çıkarmadı. Annie'nin annesiyle ilgili görüşleri tamamen aykırıydı; günümüzün bağımsız işkadını ve yıllar öncesinin kanaatkâr ev kadını dahil.

"Bütün bunlar benim için anlaşılmaz," diyordu Annie. "Annem ile Mad Max? Bu çok... tuhaf, anlarsınız ya."

"Tuhaf mı?"

"Beni yanlış anlama, anne. Bu senin hayatın falan filan, farkındayım, ama motosikletin tepesinde bir adam? Cidden? Benim *annem* mi?"

"Ben tuhaf bir durum göremiyorum," diye mırıldandı Bethanne. Ancak bu belirsiz bir konuydu, Max'i tekrar görmeyecek bile olsa, Annie'nin fikirleri onu üzmüştü.

Ruth hafifçe gülümsedi.

"Bu bana, ailemin Royce ve benimle ilgili yaklaşımını hatırlatıyor."

"Royce kim?" diye sordu Annie hemen.

"Sanırım büyükannenin Florida'da görmeyi umduğu arkadaşlarından biri."

"Vaayyy," dedi Annie, sözcüğü manidar biçimde uzatarak.

Bethanne, kayınvalidesinin bu adam hakkında bir şeyler konuşmak istediğini tahmin etti –yoksa neden ondan söz etsindi ki?– ama Ruth'un kızardığını görünce sırıttı.

"O halde bize Royce'dan bahset," dedi Bethanne, konunun değişmesini fırsat bilip Max'le ilgili cevapları savuşturmuştu. Aslında kendisi de Ruth'dan çok farklı değildi, huzuru devam ettirip geçimsizlikten uzak durmaya çalışıyordu. Belki de düşündüğü kadar değişmemişti...

"Şey..." Ruth ellerine bakmaya başladı. "Sizin de tahmin ettiğiniz gibi, son sınıfta flört ediyorduk. Ben üniversiteye gidince ayrıldık ve o denizci oldu."

"Demek mezuniyet balosuna o da geliyor?"

"Evet."

"Onunla yeniden bir araya gelmeyi umuyor musun?" diye sordu Bethanne.

Ruth başıyla onayladı. "Biz... çok tatsız ayrılmıştık. O yüzden biraz kaygılıyım."

"Of, büyükanne, tekrar görüşeceğiniz için eminim; o da en az senin kadar heyecanlanıyordur."

"Öyle mi dersin?"

Ruth'un sorusu öyle içten ve sevimliydi ki, Bethanne uzanıp ona sarılabilirdi.

"Yani son görüşmenizin üstünden uzun yıllar geçti," dedi Annie.

"Evet... inanamayacağım kadar uzun. Birkaç yıl önce eşini kaybettiğini duydum. Richard da gittiğine göre, şey, ben, umuyorum ki... of, bilmiyorum, en azından aramızdaki bazı şeyleri çözüme kavuşturma fırsatı bulabilirim. Çok sevimsiz koşullarda ayrıldık."

"Senin de baloya gittiğini biliyor mu?"

"Ben... ben bilemiyorum."

"Tekrar ona âşık olup evlenmeyi düşünüyor musun, büyükanne?" diye dalga geçti Annie.

"Annie," diye azarladı Bethanne. "Lütfen. Büyükanneni zor durumda bırakma."

Ruth, Annie'ye bakmak için döndü. "Tatlım, unutma ki elli yıldan daha uzun bir zamandır birbirimizi görmüyoruz ve... konuşacak çok şeyimiz var."

"Telefonda söyleyemez misin?" diye sordu Annie. "Bence onu aramalısın."

"Aramak mı? Ne zaman?"

"Şimdi. Ya da balodan önce."

"Bunu yapabileceğimi sanmıyorum," diye mırıldandı Ruth, avuçlarını yanaklarına bastırarak. "Ona söylemem gereken... şey, daha çok yüz yüze yapmayı tercih edeceğim türden."

"Ya," dedi Annie, sanki anlamış gibi. "Onu seviyordun, değil mi?"

"Evet, hem de çok. Sonra büyükbabanla karşılaştım ve... her şey değişti."

"Royce'u hâlâ seviyor musun?"

"Nereden bilebilirim? O zaman on sekiz yaşımdaydım. Ailesi fakirdi ve babam ilişkimizi hiç onaylamadı. Geriye dönüp baktığımda, aslında babamın sadece benim için en iyi olanı istediğini düşünüyorum. Richard'dan hoşlanmıştı ve şey, çok uzun zaman önceydi."

Ruth birden sessizleşince Bethanne ona doğru baktı ve yanaklarından süzülen yaşları görünce şok oldu.

"Ruth," diye fısıldadı, "Ne oldu?"

Başını iki yana sallayan Ruth, yüzünü avuçlarının içine gömüp ağlamaya başladı.

"Büyükanne?" Annie eğilip Ruth'un omzuna dokundu.

"Ne oldu Ruth?" diye sordu Bethanne şefkatli bir sesle. Her ne ise, Royce'la bir ilgisi olmalıydı.

"Anlamıyorsunuz," diyebildi Ruth hıçkırıklar arasında.

"Açıklarsan, anlayabiliriz," dedi Annie nazik bir sesle.

Ruth tekrar başını salladı. "Ona yaptıklarımdan sonra Royce'un yüzüne bakabileceğimden emin değilim." Elleri titriyor, kesik soluklar alıyordu. "Onu derinden yaraladım."

"Ruth, gençtin. Eminim atlatmıştır."

Ruth göz göze gelmekten kaçınıyordu. "Belki atlatmıştır, ama ben atlatabileceğimi sanmıyorum."

Ruth, Annie'nin uzattığı kâğıt mendile cankurtaran gibi sarıldı.

"Birbirimizi seveceğimize ve... sadık kalacağımıza, söz

vermiştik," dedi adeta boğularak. Sonra gözlerini kapadı.

"Ve... sen sözünü tutmadın mı?" diyerek onu konuşturmaya çalıştı Bethanne.

Ruth gözünü çantasına dikip sapını eline dolamaya başladı. "Üniversiteye başladıktan kısa süre sonra arkadaşlarla bir partiye gittik. Biradan daha sert bir içki hiç içmemiştim. Biri votka getirip portakal suyuyla karıştırdı ve bana da bir kadeh verdi. Tadının ne kadar güzel olduğunu hatırlıyorum ve daha da içtim... daha sonra hatırladığım şey ise, adını bile bilmediğim bir çocukla sarmaş dolaş olduğumdu." Gözyaşlarını engellemeye çalışırken elinde tomar haline getirdiği mendille yanaklarını kuruladı. "Ona, yatakhaneye geri dönmek istediğimi söyledim, oraya kadar benimle yürümeyi teklif etti. Samimi ve nazik görünüyordu, yatakhaneye ulaştığımızda beni tekrar öpmesine izin verdim."

"Ruth, ilk kez tek başına kalıyordun," dedi Bethanne. Kayınvalidesi, bunca yıl sonra bile acı çekiyor, gençlikteki düşüncesizliğini bağışlayamıyordu.

"Büyükanne, bir delikanlı seni öpmüşse ne olmuş yani?" dedi Annie. Rahatlatabilmek için büyükannesinin omuzlarını ovdu.

Ruth çatlak bir sesle devam etti. "Ona zaten bir erkek arkadaşım olduğunu söyledim ve bana, sorun olmadığını söyledi."

"Onunla tekrar görüştün mü?" diye sordu Annie.

"Mecburen. Aynı tarih sınıfındaydık. Derslerden sonra birkaç kez konuşup bir şeyler içmeye gittik. Bana karşı hep çok nazikti. Beni tekrar öpmesine izin vermedim ve buna saygı gösterdi. Royce'a her gün yazıyordum ama ona Richard'dan hiç söz etmedim."

"Richard mı?" diye tekrarladı Bethanne, şok olarak. Bu adam, Grant'in babasıydı.

"Evet. Sonra bir akşam, bir başka partiye katıldık. Onunla beraber gitmiştik. Herhangi bir sorun olmayacağını düşünüyordum, çünkü Richard'la beraberdim ama biri bana alkollü bir içki verdi ve biz... biz..." duraksadı ve bir kez daha yüzünü elleriyle kapadı. "Arabasının arka koltuğunda seviştik ve birkaç hafta sonra hamile olduğumu fark ettim."

"Of, Ruth." Bethanne, kayınvalidesi hakkında yanlış düşünecek son kişi olduğuna ikna etmek istercesine uzun süre ona baktı. Onca yıllık beraberlikleri süresince belki en ciddi ve en dürüst konuşmayı şimdi yapmaları ne kadar garipti; üstelik otobanda yol alırken.

"Richard bu haberi bir beyefendi gibi karşıladı... beni sevdiğini ve benimle evleneceğini söyledi. Oysa birbirimizi henüz doğru dürüst tanımıyorduk bile ve Royce'a başkasıyla görüştüğümden söz etmemiştim... sonra ona başka bir adamla evleneceğimi ve hamile olduğumu söylemek zorunda kaldım ve bütün bunların hepsi onun acemi eğitimi süresinde oldu."

"Ruth, benim zavallı Ruth'um."

"Senin için korkunç olmalı."

"Onun kalbini kırdım," dedi Ruth sonuç olarak. Bethanne'ye baktı, öyküsünü sonlandırırken gözyaşları da kurumaya başlamıştı. "Bana, daha evden ayrılır ayrılmaz bu kadar sadakatsiz davranacaksam, düşündüğü kişi olmadığımı ve benden kurtulduğu için sevindiğini söyledi."

Bethanne bir kez daha bakışlarını yoldan ayırıp ona baktı. "Bunu kastetmediğine eminim. Acısı yüzünden öyle konuşmuştur."

Ruth duymamış gibi davranıyordu. "Richard iyi bir eşti. İkimiz de evliliğimizi en iyi biçimde sürdürmeye kararlıydık ve öyle yaptık, ama yıllar içinde..." Duraksadı. "O gece partiye gideceğime evde kalsaydım ne olurdu diye hep merak ettim. Royce'la evlenir miydik diye düşünmeden edemedim."

"Merak etmen çok doğal," dedi Bethanne.

"Büyükbabamla evlendiğinde, babama hamile miydin?" dedi Annie. "Vay canına. Daha önce tarihleri hiç hesaplamamıştım."

"Annie."

"Büyükanne," Annie, Bethanne'yi duymazdan geliyordu, "Söylediğimde ısrar ediyorum... Royce seni görmek için sabırsızlanıyor. Belki de mezuniyet balosuna katılmasının sebebi sensin."

"Umarım haklısındır, ama emin değilim."

"Onu aramalı ve en azından baloya katılacağını söylemelisin."

"Yapamam," dedi inatla.

"Peki neden?"

"Her şeyden önce, ne diyeceğimi bilmiyorum. Ayrıca," bunu daha iyi bir mazeretmiş gibi söyleyecekti, "Numarasını bilmiyorum."

"Kolay iş," dedi, ceptelefonunu çıkaran Annie. "Bana tam ismini ver, sana numarasını söyleyeyim."

Kaşlarını çatan Ruth, Bethanne'ye döndü, yüzü şüphe ve kararsızlıkla kırışmıştı. "Oraya varmadan önce Royce'la irtibat kurmak sence iyi bir fikir mi?"

"Kimseye zararı olacağını sanmam," dedi Bethanne. "Kısa bir görüşme yaparsanız için rahatlar, neyle karşılaşacağını bilirsin."

Ruth'un omuzları çöktü. "Belki daha sonra, olmaz mı?"

"Elbette olur," diye onu rahatlatmaya çalıştı Bethanne.

"En iyisinin ne olduğunu düşünüyorsan, onu yap," dedi arkadan Annie. "Ama her koşulda senin için numarasını bulacağım."

"Tamam," dedi Ruth. "Bu hoşuma gider... eğer aramaya karar verirsem. Eğer ne diyeceğimi kestirebilirsem," diye mırıldandı.

Ulusal Park'a girdiklerinde ikindi olmuştu. Manzara, Max'in söylediği kadar muhteşemdi. Büyük Kanyon'u birleştiren asma köprüden geçip aşağıda dönerek akan Colorado Nehri'ne hayran kaldılar.

Daha sonra Ruth bir hediyelik eşya dükkânına girdi, Annie kendi yaşlarında genç bir kadın olan park bekçilerinden biriyle konuşmaya başladığında Bethanne'nin telefonu çaldı.

Çantasını karıştıran Bethane tam sesli mesaja geçecekken telefonu açtı.

"Alo."

"Bethanne, neredesiniz?"

İçinden homurdandı. "Merhaba, Grant." Neredeyse keşke cevap vermeseydim ya da açmadan önce kimin aradığına baksaydım diye düşünecekti. "Büyük Kanyon'dayız."

"Yola geç çıkmış gibisiniz."

"Öyle, ama doğruca buraya geldik. Annen Florida'ya varmak için sabırsızlanıyor."

Daha sözlerini yeni bitirmişti ki, Grant sordu: "Şu motorcuyla dışarı çıkma olayı nedir?"

Anlaşılan Annie, Grant'e söylemişti ve bu, Bethanne'nin hiç hoşuna gitmedi. "Annie böyle mi söyledi?"

"Buna benzer bir şey. Eminim abartmıştır."

"Eminim," diye tekrarladı Bethanne, eski kocasıyla Max'i tartışmak istemiyordu.

"Peki ne oldu?"

"Ne demek istiyorsun?"

"Bu motorcuyla çıkmışsın ve kızımıza göre geceyi onunla geçirmişsin."

"*Ne?*" Bethanne öfkeyle patlamak üzereydi ama aksine bir kahkaha patlattı. "Şaka yapıyor olmalısın!"

"Tamam, peki, sabah üçte döndüğünü duydum."

Bethanne bu raporu ne inkâr etti ne de onayladı. Grant istediğini düşünmekte serbestti. Ona bir açıklama *ya da* bir özür borçlu değildi.

"İyi vakit geçirdin mi?"

"Harika." Bu doğruydu. Max'le geçirdiği geceyi uzun

süre sevgiyle anacaktı. Ona yaşadığını, kadın olduğunu hissettirmiş ve yeni keşfettiği bir tutkunun büyük heyecanını geri getirmişti. Şehvet orada, ihtiyaç dayanılmazdı.

"Bu adama âşık oluyor gibisin?"

"Öyle miyim?" Sorusuna soruyla cevap vererek kendi fikrini oluşturmasını istemişti.

"Evet." Sesi artık neşeli çıkmıyordu. "Bu adamla ilgili zaten tatsız bir konuşma yapmıştık. Bunu tekrarlamaktan nefret ediyorum."

"Ben de öyle." Kendini Grant'e karşı savunmaya niyeti yoktu.

"Onu tekrar görmeyi düşünüyor musun?"

Cevap vermedi.

"Bethanne?"

"Bunun seni ilgilendirdiğini sanmıyorum," dedi. "Kabalaşmak istemiyorum ama Max'le olan ilişkim seni hiç ilgilendirmez."

Sessizliği gayet anlamlıydı. "Doğru, ama *ilişkimizi* yeniden kurabilmek adına çok çabalıyorum. Ne zaman başımı çevirsem karşıma bu motorcunun çıkması yardımcı olmuyor açıkçası."

"İsmi Max."

"İsmi umurumda değil."

Bethanne içini çekti, sadece bir kez çıktığı bir adam yüzünden eski kocasıyla tartışmaya niyeti yoktu. Tartışmak savunmaya geçmesine yol açacaktı, ama Bethanne buna izin vermeyecekti.

Grant'in, kendiyle savaşırmış gibi soluduğunu duydu. "Kadınların bu tür erkeklere kolayca kapılabildiğini tahmin ediyorum."

"Yani orta yaşlı erkeklerin genç kadınlara kapıldıkları gibi mi?" Bu küçük iğneleme, belli ki Grant'in boyunu aşmıştı.

"Haklısın," diye kabul etti ve o bildik tatlı dilli üslubuyla devam etti. "Tamamen farklı bir konu, annem nasıl?"

Bethanne, Max'in dışında bir konu açıldığı için memnundu. "Gayet iyi."

"Ya sen?"

"Annie ve ben de iyiyiz."

"Güzel. Dinle, söylemem gereken bir haberim var."

"Nedir o?"

"Orlando'da, annemin mezuniyet balosuyla aynı güne denk gelen bir gayrimenkul konferansı var."

"Ya." Grant'in ne söyleyeceğini zaten biliyordu. "Gitmeye mi karar verdin?"

"Bundan daha mükemmel ne olabilir?" diye sordu Grant.

Gerçekten, diye düşündü Bethanne. *Daha mükemmel ne olabilirdi?*

15

Geceyi Flagstaff, Arizona'da geçirdiler ve pazartesi sabahı erkenden, gün doğarken uyandılar. Saat yedide, Annie bavulları arabaya yüklerken Bethanne otelin hesabını kapatıyordu.

"Ben kullanacağım, böylece örgünü örebilirsin," diyen Ruth gönüllü oldu.

Bethanne direksiyona onun geçmesine izin verip yanına oturdu, Annie arka koltuktaki yerini aldı. Albuquerque, New Mexico'ya ulaşmaları iki saatten biraz fazla sürdü. 40 numaralı eyaletler arası karayolunun hemen kenarındaki bir restoranda kahvaltı için durdular.

Bir masaya geçip oturdular. Mönüyü incelemeye başladıklarında Annie, "Babam, dün gece Büyük Kanyon'dayken seni aradığını söyledi." Doğrudan Bethanne'ye hitap etmişti.

"Aradı," dedi Bethanne ayrıntıya girmeden.

Annie mönüyü kenara bıraktı. "Emlakçı kongresiyle ilgili bir şey söyledi mi?"

Karşılık olarak Bethanne, Ruth'a baktı. "Grant haftaya Orlando'da olacakmış, mezuniyet balosuyla aynı tarihte."

"Vero Beach ile Orlando arası ne kadar?" diye sordu Annie.

Bethanne bu soruyu Florida'yı kendisinden daha iyi tanıyan Ruth'a yönlendirdi. Ruth önündeki mönüye bakıyordu. "Yaklaşık iki saat sanırım ama son yolculuğumdan beri aradan çok zaman geçti."

"Yani babam sadece iki saatlik mesafede olacak," dedi Annie neşeyle.

"Sence Vero Beach'e gelir mi?" diye sordu Ruth umutla.

"Eminim gelecektir." Bethanne duygularını gayet iyi kontrol ediyordu. Aslında Grant'i görmek onu da mutlu ederdi. Belki artık bir karara, bir sonuca varabilirdi; belki artık barışmaya evet diyebilirdi. Durumları hakkında uzun zamandır düşünüyordu. Grant hep ısrarcıydı, onun geçmişteki sevgisini ve güvenini tekrar kazanmaya kararlıydı. Sorun –ve bu çok yeni bir sorundu– Max'e olan duygularıydı. Ne zaman Grant'le yeniden bir araya geldiğinde hayatlarının nasıl olacağını düşünse Max karşısına çıkıyor, bu düşünce ve ihtimallerle rekabete giriyordu.

Nadiren gülümseyip ona sırıtan Max... Harley'i üstünde yol alırken kollarıyla beline sarılmasının anıları... Grant'le pahalı şampanyalar, klasik müzik, iki çocuk ve yirmi yıllık bir geçmişi paylaşırken, Max'le olmak soğuk bira, yüksek sesli rock müzik ve Vegas'ta bir gece demekti. Yo, artık onu aklından çıkarmanın zamanı gelmişti. Hayattan kaçan bir gezginden fazlası değildi. Derinlerde bir yerde, eski kocasıyla ilgili yüz yüze gelmek zorunda kalacağı sorunlar yüzünden Max'in cazibesine kapıldığından şüpheleniyordu. Grant'i bağışlamıştı, değil mi? Ancak, bizzat keşfettiği gibi, bağışlayıcılık aldatıcı olabiliyordu.

Ona tekrar güvenebileceğinden emin değildi. Grant üzgündü. Hata yaptığını itiraf etmiş ve çocuklarıyla ona yaşattığı acının bütün sorumluluğunu üstlenmişti. Ruth haklıydı, özellikle Grant gibi gururlu bir adam için bunlar hiç kolay değildi.

Keşke onu bütün kalbiyle bağışlayıp geçmişi unutabilseydi...

Sonra Max vardı. Nazik, sevgi dolu, kendini eşine adamış. Kate'i hiç aldatmamıştı. Ölümünden sonra bile onu seviyordu. İçgüdüsel olarak, Bethanne ona güvenebileceğini biliyordu.

"Hanımlar, sipariş vermeye hazır mısınız?" diye sordu, yaşı Ruth ile Bethanne arasındaymış gibi görünen, elinde sipariş kayıt defteri ve kalemiyle bekleyen kadın garson .

"Ben Fransız usulü tost istiyorum," dedi Annie ve mönüyü kadına uzattı.

"Haşlanmış yumurta ve kızarmış ekmek," dedi Ruth.

"Max." Bethanne mönüyü kapatıp garsona uzattı ve üç kadının kendini süzdüğünü gördü. "Ne?" diye sordu. Sahanda yumurtanın neden bu kadar dikkat çektiğini anlamıyordu.

"Mönüde Max yok," dedi garson hanım sırıtarak.

"*Max* mi dedim?" diye sordu Bethanne, Annie ve Ruth'un bakışlarının nedenini şimdi anlıyordu.

Garson sırıtmaya devam ediyordu. "Sanırım hanımlardan biri erkeğini özlüyor."

"Annem o... motorcuyu özlemiyor," diye terslendi Annie.

Ruth göz göze gelmekten kaçındı.

Bethanne mönüyü kavrayan parmaklarını biraz daha sıktı. "Grant'in ismini söyleseydim ikiniz daha mı mutlu olacaktınız?" Cevap çok açıktı. Garsona dönen Bethanne devam etti, "Grant eski kocam."

"Ama annemle tekrar bir araya gelmek istiyor," diye açıkladı Annie.

"Oğlum budalanın tekiydi ama neyse ki gelinim kendini kaybetmeden oğlumun aklı başına geldi," dedi Ruth kırgın bir sesle.

Garson elinde kalemi ve defteri, tek tek onlara bakarak bir süre dikildi. "Hanımlar, ben aşk doktoru değilim. Sadece sipariş alır, boşalan kahve fincanlarını doldururum. Eğer akıl danışmak istiyorsanız, radyoyu açmanızı öneririm."

"Ben bir latte alacağım." İştahı kaçan Bethanne yumurtadan vazgeçti.

Garson siparişi alıp bir an tereddüt etti, yan masaya geçerken Bethanne'ye hitap etti. "Kahvaltıda biraz protein alsanız iyi olur."

"Sadece latte istiyorum."

"Erkek sorunun var, değil mi tatlım?" diye sordu, Ruth ve Annie'yi umursamadan. "Genelde müşterilerimin işlerine burnumu sokmam, ama kendi adıma bir-iki kere evlendim ve hata yaptığını itiraf etmenin her babayiğidin harcı olmadığını biliyorum." Başını iki yana salladı. "Pek sık yaşanmaz."

"Ben de anneme ısrarla bunu söylüyorum," diye bastırdı Annie.

"Eski kocan çok içiyor muydu?" diye sordu.

"Hayır," dedi Bethanne.

"Seni dövmedi, değil mi?"

"Hayır."

"Zampara mıydı?"

"Sadece bir kez." Cevap veren Annie'ydi. "Ve büyük bir hataydı."

"Hep öyledir," dedi garson kadın. "Erkeklerin aklı bazen belinden aşağıdadır. Er ya da geç akılları başlarına gelir, ama artık çok geçtir."

"Eunice." Aşçı, kafasını mutfaktan dışarı uzattı. "Yine mi müşterilerle çene çalıyorsun?"

Eunice gözlerini devirdi. "Dikkat etmezsem işimi kaybedeceğim." Hızla mutfağa yöneldi ve aşçının alması için sipariş listesini askılı, yuvarlak bir tepsiye bıraktı.

"Ne tatlı şey," diye mırıldandı Ruth.

"Üstelik akıllı," diye ekledi Annie.

Kişisel konularının bir yabancı önünde konuşulması Bethanne'yi utandırmış, Annie ve Ruth'a çok kızmıştı. Yine de haklı olduklarını düşünmeye başlamıştı. Max'e olan karasevdasını saymazsa, eski kocasına bir şans daha vermesi gerektiğini hissediyordu. İlişkilerine gerçekten de bir fırsat tanımalıydı ve Max geri planda dolanıp dururken bunu yapamıyordu.

Eunice beş dakika sonra sipariş tepsisiyle birlikte döndü. Derin düşüncelere dalan Bethanne kahvesinden bir yudum aldı. Neyse ki ne Ruth ne de Annie onun kafasının ne kadar karışık olduğunu fark etmişti.

Önceki akşam Max'i son kez gördüğünde, düğünden sonra arayacağını söylemişti ama onu varsayımlarda bulunarak bekletmek haksızlık olurdu. Yapılacak en uygun şey, onu hemen arayıp bir daha görüşmeyeceklerini söylemekti.

Bethanne oturduğu yerden kalkıp kapıya doğru yöneldi.

"Anne," dedi kızı. "Nereye gidiyorsun?"

"Bir telefon görüşmesi yapmam gerek." Annie ve Ruth'a söyleceği bu kadardı.

Otoparkta durup ceptelefonunu çıkardı. Max'in telefonunu kaydetmişti, hızlı aramaya bastı; geri dönüşü olmayan bir şey yaptığının farkındaydı. Yaptığından pişmanlık duysa da, kendini rahatlamış hissediyordu. Gözlerini kapatarak kiralık arabaya yaslandı ve cevap vermesi için dua etti.

Üçüncü kez çaldığında Max telefonu açtı, fakat sesini duyunca Bethanne bir an konuşamadı.

"Alo," dedi bir kez daha.

Kısa bir anın ardından sesi yumuşadı. "Sen misin Bethanne?"

"Evet."

Max, devam etmesi için bekledi.

"Seni bir daha aramayacağım." Sonra, ona bir açıklama borçlu olduğunu düşünerek hızla devam etti: "Gerçekten çok üzgünüm, ama kararımı verdim."

Açıklamasının karşılığı derin bir sessizlik oldu.

"Beni duydun mu?" diye sordu.

"Duydum."

Tekrar sessizlik.

"Söyleyecek bir şeyin yok mu?" diye sordu Bethanne.

"Grant'e mi döneceksin?"

"Evet..."

"Son kararın mı?"

"Evet..." Son kararıydı, eski kocasıyla yeni bir beraberliğin başarılı olması için elinden geleni yapacaktı. Başarı garantisi yoktu kuşkusuz, ama önce Bethanne'nin kalbini açması gerekiyordu. Koşulsuz. Grant yeni rolü için elinden geleni yaparken, gözünü çıkış kapısına dikmek olmazdı.

"Pek emin gibi değilsin."

"Doğru olanı yaptığıma tamamen eminim."

"O halde neden beni şimdi aradın?"

"Benden haber almak için boşuna beklemeni istemedim."

"Beklediğimi mi düşündün?"

"Bekleyecektin, öyle değil mi?" Vegas'ta ayrılırken, böyle konuştuklarını hatırlıyordu.

"Ne oldu?" Vegas'tan sadece iki gün önce ayrıldın."

"Grant arayıp Florida'ya geldiğini söyledi ve seni kafamdan çıkaramadığım için bir sürü sorunu yaşıyorum."

Bunu itiraf etmeye niyeti yoktu ama sözcükler ağzından dökülüvermişti. "Üstüne üstlük, sabah kahvaltı etmeye gittiğimizde, sahanda yumurta yerine seni sipariş ettim." Bethanne onun gülümsediğini hissetti. "Bu hiç komik değil, Max."

"Ben de hep seni düşünüyordum. Kate seni severdi."

"Bunu yapamam, Max, gerçekten."

"Biliyorum."

"Bana inanmıyorsun, değil mi?"

"Hayır."

Max aksini düşünme zahmetine bile katlanmayarak Bethanne'nin işini zora sokuyordu. "Bir daha benden haber almayacaksın," dedi, sesinin kararlı çıkmasına özen göstererek.

"Tamam. İstediğin buysa."

Bethanne hırsla ayağını yere vurmak istiyordu. "Neden bana inanmıyorsun?"

"Gerçekten eski kocana geri mi döneceksin?"

Bir an duraksadı. Sonra, alçak bir sesle cevap verdi. "Henüz bilmiyorum."

"Ben de öyle düşünmüştüm."

"Beni seviyor," diye ısrar etti.

"Sen de onu seviyorsun," dedi Max. "Bunu anlayabiliyorum, peki yeterince seviyor musun?"

"İki çocuğumuz ve karıkoca olarak yirmi yıllık geçmişimiz var. Bunu söylemiştim."

"Sorumun cevabı bu değil."

"Ne hissedeceğimi bilmiyorum. Bununla başa çıkamıyorum," diye fısıldadı ve sesi çatlamaya başladı.

"Bethanne, dinle beni," dedi Max, daha yumuşak bir sesle. "Hemen, şu anda bir karar vermen gerekmiyor. Oğlunun düğününden sonra konuşmaya karar vermiştik diye hatırlıyorum. Temmuzdu, değil mi?"

"16 Temmuz."

"Daha çok vaktin var. İkimizin de öyle."

Max anladığını iddia etse de aslında anlamıyordu. Hiç kimse anlamıyordu. "Bu işin şimdi bitmesini istiyorum. Seninle ilgili hayaller kurarken, Grant'e dönmeyi ciddi olarak düşünemem. Neden sen? Of, Max, neden *sen* olmak zorundaydın? Son altı yıldır flört ettiğim adamların içinde hiç kimse böyle hissetmemi sağlamadı."

"Benim için de öyle," diye fısıldadı, sesi boğuk çıkıyordu. "Hiç kimse. Hiçbir zaman. Kate'i seviyordum, ona tapıyordum, ama o... farklıydı."

Çok uzunmuş gibi gelen bir süre ikisi de konuşmadı. Sonra Bethanne, Ruth ve Annie'nin restorandan çıktığını gördü. "Kapatmak zorundayım."

"Neredesin?"

"Albuquerque," dedi, peşinden gelmesinden korkarak ekledi. "Gelme. Lütfen beni takip etmeye kalkma."

"Yapmam."

"Hoşça kal, Max."

"Hoşça kal."

Annie imalı bir şekilde onu süzüyordu, Ruth da öyle. Bir şey söylemek yerine, telefonu kapatıp çantasına attı.

"Kimdi o?" diye sordu Ruth.

Bethanne büyük suçluluk duyuyordu ve bunu belli ettiğini

tahmin etti. Yine de cevap vermedi. Lanet olsun, özel görüşme yapmaya hakkı vardı! İşin komiği, onları mutlu edecek bir şey yapmaya çalışıyordu.

"Max'le konuşuyordun, değil mi?" diye sordu Annie.

Cevabı beklemeyen iki kadın, otoparka doğru döndü. Bethanne restorana dönüp lavaboya gitti. Sinirleri harap olmuştu.

Max'le konuştuktan sonra daha iyi hissedeceğine, daha beter hissediyordu. Hiçbir şey halledememişti. Aksine, duygu ve düşünceleri artık eskisinden daha bulanıktı.

Tek başına ellerini yıkayan Bethanne, aynadaki aksine baktı ve konuştu: "Ben aklı başında bir kadınım. Ailemin bana bir şeyler dikte etmesine izin vermeyeceğim." Ardından ellerini dikkatle kâğıt havluya kurulayıp dışarı çıktı.

Arabaya döndüğünde Annie direksiyonun başına geçmiş, Ruth arka koltuğa oturmuştu. Bethanne kızının yanındaki koltuğa yerleşip kapıyı kapadı, otomatik olarak örgüsüne uzandı.

Annie tek kelime söylemeden otoparktan dışarı çıktı.

"Senin için endişelendiğimi söylemek zorundayım," dedi Ruth, ileri doğru uzanarak. Anlaşılan korkularını açığa vurmak zorunda hissediyordu.

"Endişelerini anlıyorum, Ruth ama gerek yok. Ne yaptığımı biliyorum."

"Peki ya babam?" diye feryat etti Annie.

"Ne olmuş ona?" diye sordu Bethanne. Elindeki kaşmir yünle uğraşmayı sürdürüyor, hiç ummadığı kadar hızlı bir şekilde onu örüyordu. Neyse ki motif her sırada kontrol etmeyi gerektirecek kadar karmaşık değildi.

"Seni seviyor! Bunun bir önemi yok mu?"

"Elbette var," diye cevapladı Ruth, onun yerine. "Sanırım anneni rahat bıraksak iyi olacak. Haklı, bu onun vermesi gereken bir karar."

"Susmayı becerebileceğimi sanmıyorum," dedi Annie. Bethanne'nin yanında oturması ve söylediği her şeyi duyuyor olması umurunda değil gibiydi.

"Annen, Grant'e eşit koşullarda dönmek istiyor," dedi Ruth katı bir sesle.

"*Ne* demek bu?" diye sordu Bethanne arkaya dönerek.

Ruth ona bakmıyordu. "Şu demek," diye devam etti, Annie'ye hitap ederek, "Bethanne babana dönmeden önce şu motorcuyla gönül eğlendirmek istiyor. Dişe diş."

"Ruth!" Bethanne duyduklarına inanamıyordu. "Böyle bir şeyi nasıl aklına getirebilirsin?" Bunca yıldan sonra, kayınvalidesinin onu daha iyi tanıdığını düşünürdü. "Kendinizi daha iyi hissetmenizi sağlayacaksa, Max'le öpüşmekten öte bir şey yapmadık." Daha o anda, bu kadarını bile söylediğine pişman olmuştu.

"Anne," dedi Annie. Küçüklüğünde de, önemli bir şey isteyeceği zaman aynı ses tonunu kullanırdı. "Tek bir isteğim var, sonra Max'in adını bir daha anmayacağıma söz veriyorum."

"Neymiş o?"

"Babama bir şans ver. Babam Seattle'dayken bu haksızlık."

Peki benim ne yaptığımı sanıyorsun? diye haykırmak

istedi. *Zaten bütün bunlar ona bir şans vermeye çalıştığım için.*

"Max'in motoruyla peşimizden geldiğini sanmıyorum," dedi tatsız bir sesle.

"Sadece aptalca bir şey yapma, tamam mı?"

"Aptal bir kadın değilim," dedi kızına.

"Ben de öyle sanırdım," diye mırıldandı Ruth fısıldar gibi ama Bethanne ne dediğini duymuştu.

"Budala bir kadın *değilim,*" diye tekrarladı Beth, sonra çantasının yanında olmadığını fark etti. "İkinizden biri çantamı almış olabilir mi?"

"Almadım," dedi Annie.

"Neden çantanı alayım?" diye sordu Ruth.

Tanrım, olamaz. Bethanne, çantasını Albuquerque'teki restoranın tuvaletinde unuttuğunu fark etti. "Annie," dedi, panik yapmamaya çalışarak. "Cüzdanımı restorantta unutmuşum." Üzgündü ve farkında bile olmadan cüzdanını bırakıp çıkmıştı.

"Anne, otobandayız! Dönemem. Bir sonraki çıkışa kadar gitmek zorundayım."

Ruth ileri doğru eğildi. "”Aptal bir kadın olmamakla ilgili ne demiştin?"

16

"Alamo'yu hep görmek istemişimdir," dedi Annie, Bethanne'nin çantasını alıp tekrar yola koyulduktan sonra. Unutkanlığı bir saatten fazlaya mal olmuştu.

"Yarın akşam için Branson'da yer ayırttım," dedi Ruth. "Güzergâh dışına çıkınca neler olduğunu hatırlıyor musunuz?"

"Of, hadi büyükanne. Vegas eğlenceliydi."

"Bazıları için daha eğlenceliydi," dedi Ruth sertçe.

Bethanne sözlü iğnelemelere alışmaya başlamıştı ve bu yorumu umursamadı.

"Kendi adıma, Branson'a varmak için sabırsızlanıyorum," diye devam etti Ruth. Arkadaşlarım Andy Williams'ın muhteşem performansları olduğunu söylüyor."

Annie, Bethanne'ye baktı. "Andy Williams da kim?"

"Olamaz Annie, o bütün zamanların en iyi şarkıcılarından biri," dedi Ruth coşkuyla. "Şey, tabii bu benim fikrim. Tıpkı Perry Como, Frank Sinatra ve Steve Lawrence'ın karışımı gibi."

"Perry ya da Steve'i de daha önce hiç duymadım, büyükanne. Grup üyeleri mi?"

"Tanrım, hayır! Bethanne, bu kızın müzik eğitimine ihtiyacı var." Bethanne güldü, hoş mizaçlarına geri döndüklerine memnundu.

"Yani bu, Alamo'yu atlayacağız anlamına mı geliyor?" diye sordu Annie. Hayal kırıklığına uğramış gibiydi.

"Evet, öyle," dedi Ruth. "Bir dahaki sefere arabayı annen kullanırken, senin şu telefondan üç kişilik Andy Williams bileti almanı istiyorum. Kaçırmanızı istemediğim bir şey bu."

"Tamam, büyükanne," diye mırıldandı Annie ama pek coşkulu olduğu söylenemezdi.

Teksas'tan çıkınca arabayı Bethanne kullanmaya başladı. Haritayı incelediğinde, küçük Las Vegas maceralarının onları yollarından düşündüğünden daha fazla saptırdığını fark etti. Neyse ki Branson, Missouri'nin güneyinde kalıyordu.

Direksiyona Bethanne geçince, Ruth ve Annie uyuklamaya başladı. Bethanne sessizliği memnuniyetle karşıladı, böylece düşünmek için fırsatı olacaktı. Yola çıktıklarından beri her gün, Julia Hayden ile görüşmüş ve işle ilgili gelişmelerin bilgisini almıştı. Şirketin Bethanne'ye ihtiyacı yoktu;

Julia çalışkandı ve işi biliyordu.

O sabah Max'i aradığı için pişman olmuştu. O anda çok ciddiydi; zihnini ondan arındırmak en mantıklı seçenek gibi görünüyordu. Ona söyledikleri gerçekti. Max'i düşünmeye devam ettiği sürece Grant hakkında bir karar veremeyecekti. En mantıklısı bağı hemen koparmaktı. Ancak Max'in sesini duyduğu anda bunu yapamayacağını anladı. Max'le yaşadığı Vegas kaçamağından öte bir şey değilmiş gibi çekip gidemezdi.

Belki de yapması gereken, onu aklından uzaklaştırmaktı. Max gibi biriyle ilişkisi nereye varabilirdi ki? Dünyayı umursamadan, motorun arkasına atlayıp ülkeyi gezerek hayatını geçiremezdi. Bethanne'nin sorumlulukları, büyüyen bir şirketi vardı. Max şarap dağıtım işinden maaşlı izin almıştı, ama üç yıldır işten uzaktaydı. Ne zaman döneceği konusunda, eğer dönecekse, bir şey söylememişti.

Bu nasıl bir hayattı? Eşini ve kızını kaybetmişti. Zordu, acı dayanılmazdı ama aradan üç yıl geçmişti ve bu yaşam tarzından vazgeçeceğine dair bir işaret yoktu. Max'le uzun soluklu bir ilişki düşüncesi saçmaydı. Söz konusu bile değildi.

Max rüzgârla sürüklenen bir çalı ise, Grant bir kaya kadar sağlamdı. İstikrarlı. Çalışkan. Aile adamı. Tiffany'yle evlenerek ciddi anlamda tökezlemiş olsa da. Kısa süre için bile olsa, dünyası sadece bu genç kadının etrafında dönmeye başlamış, çocukları dahil bir zamanlar önceliği olan her şeye gözlerini kapamıştı.

Ancak, yeni eşine olan büyük tutkusu uzun sürmemişti. Evlendikten sadece birkaç hafta sonra ilişkilerinde sorunlar başlamıştı.

Bethanne, Grant ve Tiffany'nin boşanma süreçleri hakkında hiçbir şey bilmiyordu, ama Grant'in ciddi bir bedel ödediğini biliyordu; üstelik sadece maddi anlamda değil. Onu terk ettikten kısa süre sonra önemli bir terfiden yararlanamamış, ardından şirketini değiştirmişti. Bethanne onun durumunun iyi olduğunu varsayıyordu, çünkü çocukların paraya ihtiyacı olduğunda hiçbir zaman durumu sıkışık gibi görünmemişti. Oysa son günlerde üniversite masrafları dışında fazla destek verdiği söylenemezdi.

"Anne?" dedi Annie, doğrulup gözlerini ovuşturarak. "Neredeyiz?"

"Teksas, Amarillo yakınlarında," dedi Bethanne.

"Teksas mı? O halde Alamo'dan fazla uzakta değiliz. Kısa bir ziyarette bulunabiliriz, değil mi?"

"Vegas gibi mi?" dedi Ruth, belli ki uyanmıştı. "Amarillo ile San Antonio arasında dünyanın yolu var, bu kez teslim olmayacağım. Branson'a gidiyoruz, o kadar."

"Tamam," diye iç çekti Annie. "Yine de Amarillo'nun o kadar uzak olduğunu düşünmüyorum."

Bethanne haritayı kızına uzattı. "Teksas'ın ne kadar büyük olduğu hakkında bir fikir sahibi olabilirsin."

"Anne, coğrafya bilgim var."

"Amarillo ile Branson'ın arası ne kadar?"

"Mapquest'e göre," dedi telefonunu incelediği birkaç

dakikanın ardından, "yaklaşık dokuz saat." Umutsuzlukla inledi.

"Gece için bir yer bulmalıyız," dedi Ruth, sırtını düzelterek. "Bu arabanın içinde kafayı yiyeceğim."

"Branson'da bir-iki gün kalabiliriz," diye öneride bulundu Bethanne. "Üstümüzden yolun tozunu atar, biraz rahatlarız."

"*İki* gün." Annie oturduğu yerde çöktü.

"Her zaman Andy Williams'ı konserde izlemeyi hayal etmişimdir," dedi Ruth dalgın bir halde. "Hayallerim gerçek olmak üzere."

"Benim de en büyük hayalimdi," diye mırıldandı Annie dalga geçerek.

"Annie," dedi Bethanne. "Bu, büyükannenin yolculuğu." Bu sözcükler artık çok tanıdık gelmeye başlamıştı.

"Sanırım Alamo'yu görmek için altmış yaşıma kadar beklemem gerekecek."

Bethanne kahkahasını güçlükle bastırdı. "O zaman senin için daha değerli olur, tıpkı büyükannenin gençlik idolünü görmek için sabırsızlandığı gibi."

"Her neyse." Annie koltuğuna biraz daha gömüldü. "Biliyor musun, bu konuda bir makale yazmıştım," dedi gururla. "'A' aldım." Gözlerini kapadı, belli ki Davy Crockett ve Jim Bowie'nin son savunmasını gözünün önünde canlandırıyordu.

Teksas eyalet sınırından çıkmadan hemen önce, Bethanne dondurma almak için Dairy Queen'de kısa bir mola verdi. Dışarıda pek çok polis ve itfaiye aracı park etmişti. Bethanne uzun bir zaman önce Dairy Queen restoranlarının Teksas'ın belediye binası gibi olduğunu okumuştu; herkesin bir araya toplandığı kuruluşlardı.

Anlamak bile istemediği sebeplerle ceptelefonunu çıkarıp Max'e bir mesaj yazdı. Mesaja cevap verip vermeyeceğini bilmiyordu. Kısa bir mesajdı.

Missouri, Branson'da iki gece.

Gönder tuşuna basmadan önce bir an düşündü, sonra gönderdi.

Ne yapıyordu? İlk kez mağazadan bir şeyler aşırıp yakalanacağından emin olan biri gibi davranıyordu. Her ne kadar sadece kendini ilgilendirdiğini iddia etse de, Ruth ve Annie'nin bundan haberi olmasını istemiyordu.

"İyi misin?" diye sordu Annie.

"Elbette. Neden olmayayım?" Bethanne, bir kez daha suçlu göründüğünü düşündü. Yoksa Annie böyle bir soru sormazdı. Aslında kendini suçlu hissediyordu. Grant'le barışmaya, en azından denemeye karar verdiği halde düşüncesizce Max'le iletişim kurmaya çalışmıştı...

"Anne!" diye dürttü Annie. "Dondurman akıyor."

"Of!" Annie haklıydı. Dondurma güneşin altında eriyerek bileğine damlamaya başlamıştı.

"Al." Ruth ona bir tomar peçete uzattı. Bethanne külahın etrafını yalayarak dondurmayı kurtarmaya çalıştı, ama umutsuz bir çabaydı. Sonra yakındaki çöp kutusuna atmak zorunda kaldı.

Tekrar yola koyulduklarında arabayı Ruth kullanıyordu. Huzursuz Bethanne, sürekli ayaklarının yerini değiştiriyordu. Camdan dışarı bakıp tırnaklarını kemirmeye başladı, örgü bile onu rahatlatamamıştı.

"Neyin var?" diye sordu Annie.

"Neden bir şeyim olsun?"

"Nereden bilebilirim?"

Eğer Max'ten bir cevap geldiyse... Gece konaklamak için duruncaya kadar Bethanne'nin kontrol etme şansı olmadı. Telefonunu açtığında gözlerine inanamayarak soluğunu tuttu. Cevap kısaydı.

Orada görüşürüz.

Telefonu hızla kapatıp sımsıkı tutarken, Ruth ve Annie'nin onu seyrettiğini gördü. Soluğunu bıraktı, telefonu dikkatle yanına koydu.

Annie yataktan fırladı, komodinin yanından sinsice sokulup Bethanne'nin ceptelefonunu kaptı. Açıp ekrana bakınca kaşları çatıldı. "Anne!"

"Ne yaptı yine?" diye sordu Ruth.

"Max'le Branson'da buluşacak."

"Şimdi beni dinle," dedi Bethanne. "Her şeyden önce Annie, bu yaptığın çok ayıp ve özelime saygısızlık. İkincisi, kararlarımı kendim veririm ve şunu bilmeni isterim ki, Grant'e dönme konusunda bana baskı yaptığın sürece Max gözüme daha cazip görünüyor. Max konusunda neler hissettiğimi netleştirmeden Grant'le asla mutlu olamam."

Ruth omuz silkerek kocaman çantasından kitabını çıkardı. "Kararların sana kalmış. Yirmi bir yaşını geçtin."

"Hem de çoktan." Annie kendini yatağa bıraktı.

"Teşekkür ederim." Annie'nin yorumuna ihtiyacı olmasa da Bethanne aklındakileri söylediği için rahatlamıştı.

Kızı iPod'unun kulaklıklarını takıp sırtüstü uzandı, gözlerini kapadı.

Bethanne uzun ve sıcak bir duş aldı, Annie'nin yanına uzanıp kitabını açtı. Geç vakte kadar kitap okudu. Işığı söndürdüğünde Annie ve Ruth çoktan uyumuştu.

Saat gece yarısını geçtiği ve sabah erken yola çıkmaya karar verdikleri halde Bethanne'yi uyku tutmuyordu. Ne zaman gözlerini kapatsa karşısına Max çıkıyordu. Grant değil. Max.

Onunla Branson'da buluşmak istiyordu. Mesajını aldığında nerede olduğunu bilmiyordu. Ertesi gün Branson'a varabilecek kadar yakınlarda olmalıydı. Rooster'ın onun yanında olup olmadığını merak etti. Bunun çok sık olduğunu bilse de tek başına yolda olduğunu düşünmek hoşuna gitmiyordu.

Ertesi gün Branson'a ulaştıklarında, trafiğin Manhattan'da iş çıkış saatinden daha beter olduğunu gördüler. Sadece otele ulaşmak bile kırk beş dakika sürmüştü. Odalarına çıkıp bavullarını açtıktan sonra aşağı indiler ve otelin kafesinde hızla öğle yemeklerini yediler.

Hesabı ödeyen Ruth, Annie'nin ayırttığı biletleri almaya gitti. O masadan uzaklaştığında, Bethanne'nin telefonu çaldı. Aceleden çantasını düşüren Bethanne, dağılanları toparlamaya çalıştı.

"Max mi?" diye sordu Annie.

"Henüz bilmiyorum," dedi Bethanne, telefona ulaşmaya çalışırken. Ekranda Grant'in ismi okunuyordu. Bethanne, onu sesli mesaja yönlendirecek tuşa bastı. "Baban."

"Neden konuşmadın?"

"Hazır olduğumda konuşacağım."

"*Max*'le konuşmayı mı tercih edersin?" Annie'nin sesi incinmiş küçük bir kız gibi çıkıyordu.

Bethanne telefonu yanındaki masaya koydu. "Annie, lütfen anlamaya çalış. Max'i bu kadar cazip kılan nedir bilmiyorum. Keşke bilseydim. Sizi hayal kırıklığına uğrattığım için üzgünüm, ama bunu yapmak zorundayım."

"Tamam anne, keyfine bak. Babam ve ben seni bekleriz."

Max'in telefonu on beş dakika sonra geldi. Annie ile Bethanne kahvelerini bitirmek üzereydiler.

"Selam," dedi Bethanne, Annie'nin onu dinlediğini bilerek.

"Selam, neredesin?"

Bethanne otelin adını verdi. "Şu anda en sevilen kişi olmadığım kesin."

"Annie ve büyükanneye buluşacağımızı mı söyledin?"

"Öyle," diye itiraf etti.

"Beni tekrar görmek istemediğini sanıyordum," dedi

Max, belli ki keyfi yerindeydi.

"Duyarlı bir erkek bunu hatırlatmazdı."

"Sanırım bu, hakkımda bilmen gereken her şeyi anlatıyor."

Bethanne sırıttı ama Annie'nin ona somurttuğunu görünce tebessümü yüzünde dondu.

"Bir saat içinde lobide görüşürüz," dedi Max.

"Görüşürüz." Telefonu kapatıp kızına baktı. "Geliyor musun?"

"Nereye gidiyorsun?" diye sordu Annie, otelden çıkan Bethanne'yi izlerken.

"Alışverişe."

"Ne için?" Annie annesine yetişmeye çalışıyordu. "Büyükannemi de davet etmemiz gerekmiyor mu?"

"Elbette. Haber versene."

Bethanne'nin bir amacı vardı. Kot pantolon, çizme ve bir kovboy gömleği giyinip kuşanmak için sadece bir saati vardı. Branson'daydı ve buraya aitmiş gibi görünmek istiyordu.

Bethanne ve Annie alışverişe giderken, Ruth otel odasında yalnız kalmak istedi. Mazeret belirtmişti ve bu kez yalnız olmaktan hoşnuttu. Yatağın üstüne oturdu, Annie'nin verdiği Royce'un telefon numarasına parmaklarıyla dokundu. Ne yapacağına henüz karar verememişti.

İkisi de aramasının iyi olacağını düşündüğü halde, neyse

ki ne Bethanne ne de Annie baskı yapmıştı. Bethanne çok anlamlı bir şey söylemişti. Royce'u şimdi ararsa, onunla yüzleşmeyi beklemek zorunda kalmaz ve gezinin kalan kısmının tadını çıkarırdı.

Florida'ya ve Royce'a yaklaştığı her kilometre endişesini artırıyordu.

Bunu yapmak zorundaydı. Ayrıca Bethanne'yle Annie' nin konuşmalarını duymasını istemiyordu, her ne kadar şu anda yanında elini tutacak, onu yüreklendirecek ve işler ters giderse teselli edecek *biri* olmasını istese de. Zordu, düşündüğünden daha da zordu.

Otel telefonunu komodinin üstünden alıp çekiştirerek yanına koydu. Parmaklarıyla birkaç kez sıvazlayarak elindeki kâğıt parçasını düzeltti, sonunda ahizeyi kaldırıp şehirlerarası görüşme yapmak için talimatları izledi.

Bir dakika geçmeden hattın diğer ucundaki telefon çaldı.

Ruth soluğunu tutarken bir kez daha çaldı. Sonra bir daha.

Sonra Royce cevap verdi. "Alo?"

Bunca yıldır konuşmadıkları halde sesini hemen tanımıştı.

Ruth'un dili tutulmuştu.

"Alo," diye tekrarladı.

"Royce?" diye ismini fısıldayabildi.

"Evet. Kimsiniz?"

Sesi alçalmıştı, Ruth arayanın kim olduğunu zaten anladığından emindi.

"Ruth," dedi. Sessizlik korkunçtu. "Mezuniyet balosuna katılacağını duydum," dedi.

"Evet."

"Ben... ben düşündüm ki, orada olacağımı bilmek istersin. Aslında, gelinim ve torunum, seni bilgilendirmem gerektiğini düşündüler." Başlangıçta ne diyeceğini bilemezken, şimdi susmayacak gibi görünüyordu. "Ülkeyi baştan başa kat ediyoruz... şu anda Branson'dayız ve biz… of, bunun bir önemi yok."

Hattın diğer ucu sessizliğini koruyordu ve Ruth hata yaptığını hissetti.

"Baloda olmamamı mı tercih ederdin?" dedi uzun bir süre sonra.

"Yo, hayır... demek istediğim, evet orada olmanı isterim. Aslında, belki önceden biraz sohbet şansımız olur diye düşünüyordum... kabul edersen."

Bir süre daha sessizlik. Gerilim dayanılmazdı.

Sonunda konuştu. "İyi bir fikir olabilir. Geldiğinde beni ararsın, tamam mı?"

"Tamam... öyle yapacağım." Ahizeyi öylesine sıkıyordu ki, iz bırakacağını düşündü.

"Ruth?"

"Evet?"

"Aradığına sevindim."

Ruth'un omuzları biraz gevşedi. "Ben de öyle."

Ahizeyi yerine bıraktı ama yaptıkları konuşmayı düşünürken eli hâlâ üstündeydi. Şimdiden daha iyi hissediyordu.

Telefonu tekrar komodinin üstüne koydu, yastıkların üstüne yığıldı.

Annie'nin keyfi kısa sürede yerine geldi, kuşkusuz bunda eski moda alışveriş terapisinin etkisi büyüktü. Bethanne kendi alışverişini rekor sürede tamamlamıştı. Anne ve kız, elleri kolları paketlerle dolu halde otel odasına döndüler.

Ruth, Annie'nin alışveriş maceralarını dinlerken, Bethanne hızla kırmızı kovboy çizmeleriyle tamamladığı yeni kıyafetini giydi. Eğer kitabevi sahibi arkadaşı Anne Marie Roche bunlardan giyebiliyorsa, Bethanne de giyebilirdi.

"Nasıl görünüyorum?" diye sordu kayınvalidesine, manken edasıyla kendi etrafında dönerek.

Ruth kaşlarını çattı. "Dale Evans gibi."

"Dale, kim?" diye sordu Annie.

"Boşver," diyen Ruth çantasına uzandı. "Gel Annie, geç kalacağız."

"Geç mi? Ne için?"

"Gösteri için. İkinizin de görmesini istediğimi söylemiştim ama annenin benimle gelmediği çok açık. Tanrı aşkına, üç tane biletim var ve yalnız gitmek istemiyorum." Kaşlarını çattı. "Belki bir tanesini karaborsada satabilirim."

"Büyükanne!" diye gözlerini devirdi Annie. "Daha düne kadar şu Andy denen adamın kim olduğunu bile bilmiyordum."

Bethanne konuşmanın devamını dinleyecek kadar kalmadı. İkisinin itiraz etmesine bile fırsat kalmadan kapının dışındaydı. Lobiye girip etrafına bakındı, Max'in henüz gelmediğini görünce biraz hayal kırıklığına uğradı. Şöminenin yanında boş bir berjer koltuk bulup oturdu ve beklemeye başladı; ama uzun sürmedi. Birkaç dakika sonra asansörün kapısı açıldı ve Max ile Rooster dışarı çıktı.

Max hatırladığından da iyi görünüyordu. Bir süre Bethanne'nin gözleri ona takılı kaldı. Max onu henüz görmemişti, gördüğü anda yüzüne küçük bir tebessüm yayıldı.

"Selam," dedi, oturduğu yerden kalkıp ona doğru yürürken.

"Selam," dedi Max, yarı yolda onu karşılarken.

Bethanne ellerini ona doğru uzattı, Max parmaklarını onun parmaklarına doladı.

"Bu kadar yolu el ele tutuşmak için gelmedim," dedi, "Umutsuzca sarılmanı bekliyorum."

Bethanne de farklı hissetmiyor ve ardından öpücüklerin geleceğini biliyordu. Kucaklaştıklarında gözlerini kapadı. Onun kollarındayken iyi ve doğru yerde olduğunu hissediyordu.

"Yirmi saattir motosikletin üstündeyiz ve bütün istediğin sarılmak mı?" diye güldü Rooster. "Kesinlikle tuhaf bir durum."

"Yirmi saat mi?" diye sorarken, Bethanne uzaklaşıp onun yüzüne baktı.

"Mesajını alır almaz yola çıktık," diye açıkladı Rooster.

"Neredeydiniz?"

"Fark etmez. Şimdi buradayım," dedi Max, öfkeyle arkadaşına bakarak.

"Vegas," diye devam etti Rooster.

"Of, Max." Bethanne avucuyla onun yüzüne dokundu, onu öpmekten çok daha fazlasını istiyordu. Yapamadı. Orada, otel lobisinde olmazdı, ama yakında. Çok yakında.

17

“Baba,” dedi Annie, Moon River Tiyatrosu’ndaki yerini alır almaz. Büyükannesiyle bu gösteriye gelmekten hoşnut değildi, üstelik annesi bu işten kendini sıyırmışken. Neyse ki en azından yanındaki yer boştu. “Ben, Annie,” dedi, boş koltuğa eğilip sesini olabildiğince alçaltarak.

“Selam tatlım, Branson’a rahat ulaşabildiniz mi?”

“Gayet iyiyiz.”

“Bu gürültü nedir?”

Annie, yaşlı insanların bu kadar curcuna yapabileceğine inanmazdı. Gürültü bir rock konserinden daha beterdi. Tamam, o kadar *yüksek* olmayabilirdi ama hatırı sayılır bir gürültüydü. Parmağıyla diğer kulağını tıkadı.

“Büyükannemle birlikte, Andy Williams’ın sahneye çıkmasını bekliyoruz ama seni aramam gerektiğini düşündüm.”

"Büyükannen seni Andy Williams'a mı sürükledi?" Sesinden eğlendiği anlaşılıyordu.

"Hiç girme o konuya. Büyükannem On İki İrlandalı Tenor konserine de bilet aldı ve oraya da gitmemi bekliyor." Büyükanne Hamlin'in onu duymaması için boş koltuğa biraz daha uzandı. Bu çok saçmaydı. Tenor dinlemek istese, kiliseye daha sık giderdi.

Babası kahkahayla güldü.

"Baba, komik değil!"

"Pardon, özür."

Pek özür diler gibi bir hali yoktu.

"Branson'a sağ salim vardığına sevindim," dedi. "Yol boyunca beni bilgilendirdiğin için teşekkür ederim. Yoksa yolda endişelenirdim."

"O yüzden aramıyorum," dedi Annie. İspiyoncu gibi davranmak istemiyor ama birinin annesi ile Max arasında olanları ona söylemesi gerekiyordu.

"Sorun nedir?" Sesi artık eğlenceli çıkmıyordu.

"Annem."

Babası tamamen sessizleşti.

"Beni duydun mu, baba?"

"Yine şu Max'le mi konuşuyor?"

"Daha kötü. O burada."

"Branson'da mı?"

Babası görmediği halde Annie başıyla onayladı. "Dün annem ona bir mesaj gönderdi. Ne zaman bilmiyorum." Tekrar düşününce belki biliyordu. "Sanırım, Dairy Queen'de durduğumuzda. Çok tuhaf davranmaya başlamıştı."

"Max'e ne söylediği hakkında bir fikrin var mı?"

"İki gün boyunca Branson'da olacağını."

"Nereden biliyorsun?"

"Ben, şey, okudum. Cevabı da okudum. Bana gerçekten çok kızdı. Max onunla burada buluşacağını yazmış." Kendini daha da gammazcı hissetmeye başlamıştı ama babası bilmek zorundaydı.

"Annie," dedi babası sakin bir sesle. "Bana haber verdiğin için minnettarım. Ancak –ve bu çok önemli– onun özel mesajlarını okumaya hakkın yok."

"Biliyorum," diye mırıldandı, "Ama annem odadaydı ve beni durdurmak için bir şey yapmadı. Belki de görmemi *istedi*," dedi asi bir tonda.

"Fark etmez. Bunu bir daha yapma."

"Tamam, tamam."

"Yani... Max, Branson'da mı?"

"Aynen."

"Annen onunla görüştü mü?"

Babasının durumun ciddiyetini kavrayamadığı belliydi. "Baba, şu anda onun yanında. Yoksa neden büyükannemin yanında sadece ben olayım? Annemin de gelmesi gerekiyordu, ama o Max'le çıktı ve şimdi, büyükannemle ben... buradayız. Sanırım, burada otuz yaşın altında benim dışımda kimse yok." Annie'ye göre, bir torun olarak bile bu durum onun görev sınırını aşıyordu.

"Nereye gittiler?" diye sordu babası.

Annie bir an soruyu kavramaya çalıştı ve sonra babasının Max ve annesinden söz ettiğini anladı. "Bilmiyorum."

Babası yine sessizleşti.

"Bu kadar da değil." Annie biraz çocukça olduğunu düşünse de, kendine engel olamıyordu.

Grant içini çekti. "Bana onunla kaçıp evlendiğini söyleme."

"Hayır, bunu asla yapmaz."

"Güzel."

"Annemle alışverişe çıktık, kendine yeni bir kıyafet ve kırmızı kovboy çizmeleri aldı."

"Kırmızı mı?"

"Evet. Anne Marie Roche'da da bir çift var. Blossom Sokağı'ndaki kitabevinin sahibi, hatırladın mı?"

"Kırmızı çizmelerin konuyla ne ilgisi var?" Kafası karışmış gibiydi.

"Hiç. Sanırım, Anne Marie'nin çizmelerine hep özeniyordu ve kendine de almak istedi."

"Anladığım kadarıyla annen... özgür ruh olmuş."

"Of, daha da beter. Şu motorcudan başka düşündüğü bir şey yok. Dün sabah kahvaltıdayken…" Annie ağzını açmamış olmayı diledi. "Neyse, demek istediğim, annem normal davranmıyor. Büyükannem ve ben ne yapacağımızı bilemiyoruz."

"Anneni seviyorum," dedi Grant uzun bir aradan sonra.

"Bunu biliyorum ve benim korkum, sanırım bu motorcuya abayı yakıyor. Bildiğim kadarıyla bir işi yok. İnanamıyorum... gerçekten. Annem ve bir *motorcu*?" Yüksek sesle söyleyince daha da inanılmaz geliyordu.

"Belki âşık *oluyordur*," dedi Grant, uzun bir sessizlikten sonra. Babasının sesi üzgündü ama Annie'nin tahmin ettiği kadar rahatsız olmuşa benzemiyordu.

"O halde bir şeyler *yapmamız* gerekiyor." Annie, babasının bir fikri olmasını umuyor, çünkü kendi aklına bir şey gelmiyordu. Üzgün görünüp annesiyle konuşmamak, Bethanne'yi Max'ten uzak tutmaya yaramamıştı. Aslında, Annie çabaladıkça yöntemleri etkisini yitiriyordu. Büyükannesinin onaylamıyor olması bile Bethanne'yi etkilememişti. Max'le birlikte olmaya, geçmişi bir kenara fırlatıp geleceğini mahvetmeye kararlı görünüyordu. Annie, bazı zamanlar boşanmanın en iyi çare olduğunu anlamadığından değildi ama bu boşanma asla gerçekleşmemeliydi. Anne ile babası birbirine aitti. Bunu söylediği için Andrew onu küstahlıkla suçlamış olsa da Annie'nin umurunda değildi. Haklı olduğundan *kesinlikle* emindi.

"Annie, beni dinle. Konuşmamız bitince büyükanneni ver."

"Tamam, dinliyorum." Annie ceptelefonunu biraz daha kulağına bastırdı ve diğer elinin parmağıyla öteki kulağını tıkadı. Gözlerini kapattı, konsantre olmasına yardım ediyordu.

"Bethanne'yi çok incittim. Ona ve yeminlerimize ihanet ettim. Ne kadar büyük bir hata yaptığımı şimdi anlıyorum. Çok geç kalmamış olması ve evliliğimizden geriye bir şeyler kalmış olması için dua ediyorum."

"Ben de bunu istiyorum, baba; her şeyden daha çok."

"İstediğini biliyorum."

"Büyükannem de öyle." Andrew'dan söz etmedi. Ağabeyi, bağışlamaya ve unutmaya diğerleri kadar gönüllü değildi. Annie babasıyla barış yaparken, Andrew kendini onunla ilgili duygulardan açıkça soyutlamış, ilişkilerini olabildiğince minimuma indirmişti. Tamam, ağabeyinin mazereti vardı. Kafası başka şeylerle meşguldü; evlenmek gibi. Yine de süreç içinde tavrının değişeceğini umuyordu.

Annie, Andrew ile annesinin yakın olduklarını biliyordu. Tıpkı babası ve kendinin yakın olduğu gibi. Ağabeyi, annesini savunmaya ve babasını suçlamaya hazırdı. Ancak babası hatasını fark etmişti ve Annie'ye göre, Andrew'un bunu dikkate alması gerekiyordu.

"Annemin Max'e hayran olmadığı sonucunu çıkarıyorum," diye devam etti babası.

"Baba, bir görsen annemin onda ne bulduğunu merak edersin. O... o tipik bir motorcu." Tamam, yaşına göre çekici olabilirdi ama kaslar ve sırım gibi bir vücut her şey demek değildi.

"Anneni anlıyorum. Bunca yıllık evliliğimizde onu hiç tanımamış değilim..."

Annie, babasının neden daha fazla bozulmadığını anlayamıyordu. "Annemin onun peşinde koşmasından hoşnut gibisin." Biraz abartmış olabilirdi ama bu son olanlardan sonra babasının daha sert tepki vermesini bekliyordu.

"Sana söylemeye çalışıyordum, Annie, anneni incittim."

"Biliyorum, annem de biliyor, hem de herkesten daha iyi biliyor ama artık durum farklı. Geri döndün ve *Cici* Tiffany artık hayatında değil."

"Evet, şükürler olsun ama bunun Tiffany veya benimle ilgisi yok. Annen ve Max'le ilgili."

"Bir planın var." Annie, babasının öylece durup yerini başkasının almasını izlemeyeceğini bilmeliydi. "Branson'a geliyorsun, değil mi?"

"Hayır."

"Hayır mı?" diye tekrarladı Annie. "Ne demek istiyorsun?"

"Annen neler hissettiğimi gayet iyi biliyor. Altı yıl geriye dönebilsem, emin ol dönerdim."

"Of, baba." Annie de zamanı geri döndürmek için her şeyi yapardı.

"Annen, sen ve Andrew benim bütün dünyamsınız ve ben, sizi terk edecek kadar budala davrandım. Aptallığımın bedelini ödememe rağmen yine de anneni kaybedebilirim."

"Tekrar bir araya gelmenizi istiyorum," dedi Annie ısrarla.

"Sorun şu ki, Annie, artık çok geç olabilir." Sesi çoktan pes etmiş gibi çıkıyordu. "Eğer durum buysa, yapabileceğim tek şey kabullenmek."

"*Kabullenmek* mi?"

"Annenin kararlarına uymaktan başka çarem yok. Onu daima seveceğim, daima. Tiffany'yle evliyken bile onu seviyordum. Gerektiği gibi gösterememiş olabilirim, göstermeliydim, ama ona olan duygularım hiç tükenmedi. Sanırım Tiffany de bunu fark etti ki, ailem başından beri aramızda sorun olmaya başladı. O yüzden bizi uzak tutmak için elinden geleni yaptı."

Annie genzinin dolduğunu hissetti. Babası onları terk ettiğinde neler hissettiğini hatırlamak istemiyordu. O günler, hepsi için karanlık günlerdi. İlk birkaç hafta ağabeyinin gayretleri onları bir arada tutmuştu. Courtney'yle tanışmak ona yardımcı olmuştu, oysa o dönem Annie'nin kimsesi yoktu. Annesi umutsuz vakaydı ve kendisi de yıkılmıştı.

"Annem diyor ki, ben Max konusunda surat astıkça, adam ona daha çekici geliyormuş."

"Haklı," diye onayladı babası. "Annenin mutfağında asılı olan duvar tabağını hatırlıyor musun?"

"Tabak mı?" diye tekrarladı. "Hani şu, bir kuşu özgür bırakmakla ilgili olan mı?" Sözünü ettiği seramik süs tabağı yıllardır mutfakta asılıydı ve hayatı boyunca her gün gördüğü halde, üstünde yazanları tam olarak hatırlamıyordu. Galiba, geri dönülecekse bunu kişinin kendi isteğiyle yapması gerektiği anlatılıyordu.

"Annie, dinle. Annene biraz huzur vermeliyiz. Bırak Max'le iyi vakit geçirsin. Bunu ona çok görmeyelim. Birkaç gün sonra Florida'da görüşeceğiz ve o zaman, duruma bakarız. O zamana kadar anneni rahat bırak. Büyükannene de aynısını yapmasını söyle, tamam mı?"

"Ama, baba..."

"Anneni mutlu olmasını isteyecek kadar çok seviyorum.

Bunu Max sağlayacaksa, benim yapmam gereken geri çekilmek."

Annie itiraz etmek istedi ama yapamadı. Babası akıllı bir adamdı. "Haklısın," dedi. Bethanne kendi seçimini yapabilirdi; bu onun hakkı ve sorumluluğuydu. Annie sadece, onların istediği seçimi yapmasını dileyebilirdi.

"Şimdi bana büyükanneni ver."

"Tamam." Annie doğruldu ve büyükannesinin koluna dokundu. "Büyükanne, babam. Seninle konuşmak istiyor."

Ruth endişeyle baktı. "Ona anlattın mı, anlarsın ya?" diye fısıldadı yüksek bir sesle.

Annie başıyla onayladı. "Gayet sakin karşıladı."

Büyükannesi gözlerini kocaman açarak telefonu aldı. "Alo," dedi.

Annie bütün dikkatiyle dinlemesine rağmen çok az şey anlayabildi. Anlaşılan babası Annie'nin yapmasını istediği şeyi Ruth'dan da istiyordu, çünkü büyükannesi ara sıra, söylediklerini zor kabullenirmiş gibi başıyla gönülsüzce onaylıyordu.

Birkaç dakika sonra telefonu Annie'ye geri verdi. "Annenin hayatını yaşamasına izin vermemizi istiyor."

"Biliyorum."

"Bunun akıllıca bir karar olduğunu sanmıyorum."

Annie, babasının isteğine uyma eğilimindeydi. "Haftaya Florida'da olacağını ve sabırlı davranmamız gerektiğini söyledi."

"Anneni seviyor."

Annie başıyla onayladı. O ana dek, bu kadar çok sevdiğini o bile anlayamamıştı.

18

Bethanne ile Max, otelin verandasındaki eski moda bir salıncakta oturdu. Rooster'la birlikte yemeğe gitmişlerdi. Yemeğin ardından Rooster hemen yatacağını söyleyerek odasına dönmek için izin istemişti.

"Bitkin olmalısın," dedi Bethanne, hafifçe sallanırken. Max kolunu onun omzuna dolamış, Bethanne parmaklarını onun parmaklarına kenetlemişti.

"Seninle geçireceğim zamanın tadını çıkaramayacak kadar yorgun değilim."

"Sen de git yat," diye ısrar etti. "Yarın koca bir günümüz var."

"Henüz değil," dedi Max esneyerek.

Bethanne şikâyetçi değildi, başını omzuna yasladı. "Pek çok şeyden konuştuğumuz halde, senin hakkında neredeyse hiçbir şey bilmiyorum," dedi.

"Kendimden söz etmeyi sevmem," diye cevap verdi Max.

"Bunu fark ettim."

"Ne bilmek istiyorsun?"

Kafasında dönüp duran onca sorunun içinde, en önemsizlerden birini sordu. "Rooster'la ne zamandan beri arkadaşsınız?"

Max gözlerini kırpıştırdı. Uyanık kalmak için çabaladığı belliydi. "Hayatımın büyük kısmı boyunca. Ağabeyimle aynı yaşta ve aynı mahallede büyüdük. Bildiğin gibi, iş bağlantımız da var; reklam işlerini o yürütüyor."

Bethanne başıyla onayladı. "Evli mi?"

"Hayır. Yani, bir zamanlar evliydi ama uzun sürmedi. Şu anda... nasıl desem, *sevgili* demek istemiyorum. *Yol arkadaşları* daha doğru bir sözcük, aralarında gidip geliyor."

"Sana zaman zaman sadece yolda eşlik ediyor, değil mi?"

"Doğru. Her yaz, bir ay boyunca. Bazen ilkbahar ve sonbaharda birkaç hafta."

"Ya aile?"

"Kim, Rooster mı, ben mi?"

"Sen."

"Bir ağabey. Luke benden on yaş büyük. Ben uzaklaştığımdan beri işi üstlendi. Çocukları büyüdü ve her fırsatta Yeni Zelanda veya Avustralya'ya seyahat eder. Kaliforniya'da olduğum zamanlarda, yılda üç-dört kez bir araya geliriz."

"Annen baban yaşıyor mu?"

"Doksanların sonunda birer yıl arayla öldüler."

Tek kızının küçük yaşta öldüğünü ise zaten biliyordu.

"Hiç Seattle'a gittin mi?" diye sordu.

"Bir kez gittim. Rooster'la beraber birkaç yaz önce Kitsap Yarımadası'ndaki yağmur ormanlarına geziye çıkmıştık. Güzel bir yer."

"Orayı seviyorum."

"Hâlâ Grant'le paylaştığınız evde mi yaşıyorsun?" diye sordu.

Bu soru Bethanne'ye biraz garip geldi. "Evet. Çocuklarımın bildiği tek ev. Altlarından *o* halıyı çekmeden de hayatları yeterince karmaşıktı."

"Taşınmayı hiç düşündün mü?"

"Hayır." Evini seviyordu ve terk etmeye niyeti yoktu.

"Hakkımda bilmek istediğin başka bir şey var mı?" diye sordu Max.

"Bir evin var mı?"

Saçlarında bir tebessüm hissetti. "İhtiyacım yok. Nereye gidersem orası evim oluyor. Yine de Kaliforniya'da bir evim var."

"Sık sık gidiyor musun?"

"Hayır."

"Rooster'dan başka arkadaşın var mı?"

"Sağda solda birkaç tane."

"Nasıl yaşıyorsun?"

"Maddi anlamda mı? Sadece temel ihtiyaçlarım var. Fazla talebim de yok, isteğim de."

Bethanne fazla ortak noktaları olmadığını düşündüyse

de bu onu caydırmadı. Ona karşı hissettiği çekim eskisinden de güçlüydü. Daha güçlü. Onu görmek için motosikletle yirmi saat yolculuk yapmıştı. Şimdi bile, yorgunluktan gözleri kapandığı halde, onu bırakıp gitmek istemiyordu. Grant'in verandada bir salıncakta oturmakla yetineceğini düşünemiyordu bile.

Of, bu hiç adil değildi. Onları kıyaslayamazdı. Şimdiye kadar karşılaştığı herhangi iki erkek –herhangi iki insan– kadar farklıydılar. Grant her zaman hırslı, kazanma içgüdüsüyle hareket eden biri olmuştu. Evlendiklerinde bunu biliyordu.

Kariyer ya da maddi konular artık Max'in umurunda değildi. Bethanne hiçbir zaman hayatındaki en önemli unsur olmadıklarına bahse girebilirdi.

Bethanne sezgisel olarak onun bir aşk adamı olduğunu biliyordu. Grant, her ne kadar öyle olduğunu iddia etse de, onu ve çocuklarını nasıl etkileyeceğine aldırmadan yeminlerini bozabilmişti.

Birkaç dakika süren sessizliğin ardından Max konuştu. "Bana anlattıklarından, Grant seni terk ettiği andan itibaren Tanrı'ya geri dönmenin yollarını aradığını biliyorum."

"Evet." Bu onun için bir tezahürdü.

"Bana, aynı şeye ihtiyacım olduğunu gösterdin; onunla barış imzalamaya."

"Ya?"

"Katherine'i kaybettiğimden beri aramız bozuktu. Kızım, doktorlarının öngördüğünden çok daha uzun yaşamıştı. Onu kaybetmek yeterince kötüyken, Kate..." Duraksadı.

"Karımı kaybetmek çok fazlaydı ve samimi olmak gerekirse, o günden beri ruhani her şeyi reddettim. Sonra, hiç ummadığım bir zamanda, zorla hayatıma girdin."

"Zorla mı girdim?" Bethanne kaşlarını kaldırdı. "*Zorla*?"

Max güldü. "Tamam, ortaya çıktın diyelim. Kate'i gömdüğümden beri ilk kez, *hissedebildim*. Acı duymadan soluk alabildim. Gelecekle yüzleşebildim. Bunun harika bir duygu olduğunu itiraf etmek zorundayım ve sonra... gittin."

Ne söyleyeceğini bilemeyen Bethanne elini biraz daha sıkı kavradı.

"Bir seçeneğim vardı," diye devam etti Max. "Tekrar öfkeme geri dönebilirdim ya da ortaya çıktığında yaptıkların için şükredebilirdim."

"Ve?"

"Şükretmeyi seçtim. Beni yanlış anlama, Tanrı'yla henüz buluşmadık ama en azından yola çıktım."

"Max." Onları kimin göreceğini umursamadan yüzünü kendine çevirip onu öptü. İlişkilerinin ilk yıllarında romantik olan hep Grant'ti. Ona şiirler yazar, çiçek göndermek için bahaneler yaratırdı. Yine de hiçbiri, Grant bile, Bethanne'ye bundan daha güzel bir şey söylememişti.

"Ne olursa olsun, ne karar verirsen ver..." diye devam etti, öpüşmeye ara verip. Sonra duraksadı, onu tekrar öptü ve devam etti, "minnetle karşılayacağım."

Bethanne ağlamak üzere olduğunu hissediyordu.

Max onun başını öptü. "Sanırım ciddi konular için uygun bir zaman değil."

"Neden?"

"Söylediklerimi süzemeyecek kadar yorgunum."

"Yine de söyle."

"Kate'i kaybettikten sonra bir daha sevebileceğimi düşünemezdim. Bana bunun mümkün olduğunu gösterdin."

Bethanne içini çekti, bu sözcüklerin tadını çıkarmaya çalışarak ona biraz daha sokuldu. "Ne demek istediğini anlıyorum. Grant beni terk ettikten sonra ben de bir daha böyle hissedebileceğime inanmazdım. Kalbimi vermek bir yana, bir daha bir erkeğe asla güvenmeyeceğimden emindim."

"Bana kalbini verebilir misin, Bethanne?" diye sordu.

"Evet... ve bu beni ölesiye korkutuyor."

Max gülümsedi. "Beni de." Boynunu öptü, Bethanne, teninden küçük bir elektrik dalgası geçmiş gibi hissetti.

"Ben... sanırım odalarımıza dönsek iyi olacak. Sen yorgunsun, benim ise kafamı toparlamaya ihtiyacım var."

El ele tutuşup asansöre yürüdüler. İçeri girince –neyse ki yalnızlardı– Max kat numaralarını tuşladı, kapılar kapanır kapanmaz onu kollarına çekip öpmeye başladı. Ateşli ve ısrarlı bir öpücüktü bu, ikisi de soluk soluğa kalmıştı. Göz göze geldiklerinde Bethanne ona gülümsedi.

Max, Bethanne'ye sarıldı, odasına giden koridora çıktılar. Kızı ve kayınvalidesi henüz dönmemişti, Bethanne suçlulukla karışık bir rahatlama duydu.

Soyunup yatağa girdi, oturduğu yerde Max'le konuştuklarını düşündü.

Grant gittikten sonra, Tiffany'nin eski kocasıyla çıkmıştı.

Paul çok gençti. İkisi de aldatılmaktan mustaripti. Daha sonra Paul tekrar evlenmiş ve bir oğlu olmuştu. Bethanne onun adına sevinmişti.

Paul'den sonra Bethanne birkaç kişiyle flört etmişti. Bu beraberliklerden hiçbir şey çıkmamıştı ve şimdi Max'le tanışmıştı. Sanki bunca yıldır onu bekliyordu. Neden şimdi? Aşk, bundan daha uygunsuz bir zamanda kapısını çalamazdı.

Saat on civarında kapı açılıp diğer ikisi içeri girdiğinde, Bethanne hâlâ yatakta oturmuş, boş gözlerle tavana bakıyordu. Onun odada olduğunu görünce ikisi de şaşkınlığını gizleyemedi.

"Max'le beraber olduğunu sanıyordum," dedi Annie.

"Öyleydim. Yemek yedik, sonra odasına çekildi." Max'in onu görmek için motosikletin üstünde dört eyalet geçerek yirmi saat kesintisiz yolculuk yaptığından söz etmedi.

"Bir sorun mu oldu?" diye sordu Ruth umut dolu bir sesle.

"Hayır. Çok yorgundu, ben de öyle." Max hakkında daha fazla konuşmamak için konuyu değiştirdi. "Gösteri nasıldı?"

"İnanılmaz," dedi Ruth, rüya âlemindeymiş gibi iç çekerek. Andy Williams'a tekrar tekrar âşık olabilirim. Tanrım, o çocuk gerçekten şakıyor."

"Pek çocuk denemez, büyükanne."

"Düşündüğün kadar korkunç muydu?" diye sordu Bethanne kızına.

Annie çantasını komodinin üstüne bıraktı. "Fena değildi, anlarsın ya."

"Sana söylemiştim," dedi Ruth kıkırdayarak.

"Özel olarak tekrar görmek isteyeceğim biri değil," diye ekledi Annie, "Ama iyi bir sesi olduğunu itiraf etmeliyim. Hem de o yaşta."

"Ya şarkılar?"

"İdare eder." Annie, olsa da olur olmasa da olur der gibi omuz silkti.

"İdare eder mi?" diye mırıldandı Ruth. "Moon River *idare mi* eder? Muhteşem!" Çok geçmeden yatmak için soyunmaya başladı.

Annie, Bethanne'nin yanına oturdu, bacaklarını yukarı toplayıp çenesini dizlerine dayadı. "Babamla uzun bir konuşma yaptık."

"Ya." Konunun Max ve kendisiyle ilgili olduğuna kuşku yoktu.

"Babama ne kadar tuhaf davrandığından söz ettim." Bunu söylerken sırıtıyordu.

"Eminim söyleyecek çok şeyi vardır." Bethanne, tuhaf davranma yorumuna karşılık vermeye gerek duymadı.

"Grant'e bu konuda daha ilgili olmasını söyledim, ama korkarım oğlum bana kulak vermeyi yıllar önce bırakmış," dedi Ruth, kollarına yumuşatıcı krem sürüp çevik hareketlerle ovalarken.

"Babam seni ve Max'i rahat bırakmamızı söyledi." Annie bunu söylediğine şaşırmıştı.

"Öyle mi dedi?" Bu, tanıdığı Grant'e hiç benzemiyordu.

"Evet. Haklı olduğunu biliyorum." Bethanne'den gözünü ayırmıyordu. "Ayrıca, seni zaten kaybetmiş olabileceğini ve eğer durum buysa, hak ettiğini söyledi."

Grant böyle mi demiş?

"Babam kendi kararını vermen gerektiğini söyledi."

"Kendi adıma, oğlum biraz," Ruth losyonun kapağını kapatırken mırıldanıyordu, "yani en azından sağduyulu davranıp senin için savaşması gerekirdi."

Bethanne gülümsemesine engel olamadı. Ruth'un tavrına göre, iki adamın silahlarını seçip şafak vakti düello etmesi gerekiyordu.

"Bu, Grant'i ve seni ilgilendirir," diye devam etti. "O yüzden burnumu sokmayacağım. Üstelik size haberlerim var."

Annie yatakta zıpladı. "Royce'u aradın!"

Utanan Ruth başını öne eğip hafifçe aşağı yukarı salladı.

"Ne zaman?"

"Çok oldu, siz alışverişteyken."

"Ne söyledi?" Soruyu soran yine Annie'ydi, coşkuyla öne doğru eğilmişti. "Aradığın için sevindiğine bahse girerim."

"Sanırım... hatta sesimi bile tanıdı. Ben de onunkini tanıdım elbette. Hiç değişmemiş. Tıpkı on sekiz yaşındaki gibi."

"Konuşma nasıl gitti?" Bethanne çok hevesli görünmek

istemiyordu ama Ruth'un yüzüne bakmak bile cevabın ne olduğunu anlamak için yeterliydi.

"Balodan önce buluşup konuşmaya karar verdik."

"Ah Ruth, bu harika." Bethanne onun adına seviniyor ve görüşme iyi gittiği için şükrediyordu. Ruth'un Royce'u aramaya cesaret edeceğinden emin değildi; bunu yapabilmesi için dua ediyordu.

"Jane'le de konuştum."

"Herkes bu balo için heyecanlı mı?" Annie yastığına gömülüp esnedi.

"Evet ve her şey çok güzel gelişiyor," dedi Ruth gözleri parlayarak. "Jane, yemek ve dans için okulun spor salonunu ayarladığını söyledi, tıpkı mezuniyetimizde olduğu gibi. Jim Maxwell ve Alice Coan'la da görüşmüş. Elli yıldır evliler, onlar için çifte kutlama olacak."

"Mezuniyet balonu hatırlıyor musun?" diye sordu Annie, büyükannesinin yüzünü inceleyerek.

Ruth güldü. "Unutabileceğimi hiç sanmıyorum."

"Royce'la beraber miydin?"

"Ah, evet," dedi; rüyada gibiydi.

"Çok romantik olmalı."

"Sayılmaz," dedi Ruth başını iki yana sallayarak. "Aslında, hayatımın en korkunç gecelerinden biriydi."

"Büyükanne, bunu nasıl söyleyebilirsin? Ne oldu?"

Ruth üstüne çektiği örtülerin altından çıkıp yatağın kenarına oturdu. "Uzun hikâye."

"Hadi anlat," diye ısrar etti Bethanne.

"Şey... Royce'un ailesinin pek zengin olmadığını daha önce söylemiştim. Jameson'lar, bir portakal bahçesi alabilmek için ellerinde avuçlarında ne varsa satmışlardı. Ne yazık ki ilk birkaç yıl hasat beklendiği gibi olmadı. Royce, ailesi ve erkek kardeşleriyle birlikte çalışıyordu, ama yeterince para kazanılamıyordu."

"Bahçe süreç içinde kendini amorti etmedi mi?" diye sordu Bethanne. Bu tür bir emeğin karşılıksız kalması onu üzüyordu.

"Muhtemelen, ama Royce hâlâ evdeyken değil."

"Mezuniyet balosunda ne oldu?" diye sordu Annie bir kez daha.

"Ah, evet. Mezuniyet balosu." Ruth bunu söylerken gülümsüyordu. "Doğal olarak Royce beni davet etti ve ben de kabul ettim."

"Doğal olarak," diye tekrarladı Annie.

"Bana balo için çiçek alacak parası yoktu, o yüzden annesi portakal çiçeklerinden oluşan bir demet hazırlamıştı. Ne yazık ki çiçekler bir arada durmuyordu, ama Royce annesini gücendirmemek için buketi aldı. Çiçekler ayrılıp dökülünce, bana plastik bir gül satın almak zorunda kaldı."

"Sana mezuniyet balosu için plastik bir gül mü aldı?" diye sordu Annie inanamayarak.

"Annie," dedi Bethanne, "parası ancak bu kadarına yetiyormuş."

"Smokin giydi mi?" diye sordu Annie, annesinin bütün uyarılarına rağmen.

"Smokin mi?" diye tekrarladı Ruth. "Tanrım, hayır. Üstünde en temiz kilise kıyafeti vardı ama iş tulumu da olsa benim için fark etmezdi. Hâlâ sınıftaki en yakışıklı çocuk oydu."

Annie gözünü kırpmadan ona bakıyordu, anlaşılan hayata bu kadar farklı bir bakış onu büyülemişti.

"Bahçede kullandıkları bir araçla beni almaya geldi. Üstü açıktı, daha doğrusu bir zamanlar üstü varmış, ama artık yoktu."

"Yo, olamaz," diye yutkundu Annie. "Bundan kötüsü olamaz herhalde."

"Sen öyle san. Tam baloya doğru yola çıktığımızda yağmur başladı."

"İnanmıyorum!"

"Evet canım. Derler ki, Florida'da yağmur görmemişsen, yağmur görmüş sayılmazsın."

"Balo elbiseni mi giymiştin?"

Başıyla onayladı. "Kuaförde yapılmış saçlarım ve şifon elbisemle. Salona ulaştığımızda, bataklıktan sürünerek çıkmış bir yaratığa benziyordum."

"Of, büyükanne."

"Royce kendini berbat hissediyordu."

"Zavallı çocuk," dedi, korkunç manzarayı gözünde canlandıran Bethanne. Bundan daha beter bir şey düşünemiyordu.

"Yine de Royce her konuda harikaydı. Yanaklarıma süzülen rimelleri silip gözyaşlarımı öptü."

"O da sırılsıklam olmuştur."

"Elbette, ama kendini düşündüğü yoktu, bütün istediği o geceyi benim için özel kılmaktı ve bunun için çok çabalamıştı." Buruk bir şekilde gülümsedi. "Baloya gidemedik tabii. Beni eve götürdü, sonra onun da üstünü değiştirmesi için geri döndük ve akşamın büyük kısmını televizyon izleyerek geçirdik."

Bethanne, Royce'u tanımıyordu, ama onu şimdiden sevmeye başlamıştı.

"Sence, geçen yıllar onu çok değiştirmiş midir?" diye sordu Annie.

"Hepimiz değiştik," dedi Ruth, olgun bir sesle. "Yaşadığımız şeyler yüzünden."

Bethanne başıyla onayladı. Grant gittiğinden beri kendisi de değişmişti. Pek çok konuda değişmişti ve bunların bazılarını daha yeni anlayabiliyordu.

Bir süre sonra ışıkları söndürdüler. Çok geçmeden Ruth'un düzenli solukları Bethanne'ye onun uyuduğunu söylüyordu.

Annie önce sırtüstü uzanmış, sonra yan tarafa dönmüştü. Bir türlü rahat pozisyonu bulamamış gibiydi. Bir şey onu rahatsız ediyor ve Bethanne bunun doğrudan Vance'le ilgili olduğunu düşünüyordu.

"Son zamanlarda Vance'den haber aldın mı?" diye fısıldadı. Avrupa macerasına başladığından bu yana Annie ondan sadece bir kez söz etmişti.

"Sayılır," dedi Annie, ardından abartılı bir şekilde yastıklarını tekrar düzeltti.

"Birinden *sayılır* haber almak nasıl bir şey?"

"Bana mesaj çekti, önemsemedim, ardından e-posta gönderdi, ona da cevap vermedim," dedi. "Sağ salim varmışlar ve çok iyi vakit geçiriyormuş. Aferin işte. Başıma kakmasına gerek yok."

"Ama sen de iyi vakit geçiriyorsun," diye hatırlattı Bethanne. "Üstelik Vegas'ta Jason'la tanıştın, değil mi?"

"Doğru." Bu sözcük onu aydınlatmış gibiydi. "Evde oturup arkasından ağıt yakmadığımı bilmesi gerek." Komodinin üstündeki ceptelefonuna uzandı ve oda karanlık olduğu halde, e-postalarını taramaya başladı.

Annie duraksayıp keyifle Bethanne'ye baktı. "Vance'den bir posta daha gelmiş."

"Bak sen. Ne diyor?" Bethanne bir dirseğinin üstünde doğruldu.

Annie aşırı mutlu görünüyordu. "Mutsuzmuş, hasret çekiyormuş ve Seattle'dan ayrıldığı için çok üzgünmüş."

"Peki sen ne hissediyorsun?" diye sordu Bethanne.

Annie'nin yüzündeki tebessüm yeterli bir cevaptı.

19

Grant Hamlin koltuğuna oturmuş, televizyona bakıyordu. Biri ne seyrettiğini sorsa söyleyemezdi. Düşünebildiği tek şey Bethanne'ydi.

Onu kaybediyordu.

Şimdi bile, kızına Bethanne'yi rahat bırakmasını, kendi kararlarını almasına izin vermesini söylediğine inanamıyordu. Bir baba ve eski eşini seven bir adam olarak söylemek *zorunda* olduğu şeyi söylemişti; ancak sarf ettiği sözler onu hasta etmişti. Evet, Bethanne'nin en doğru seçimi yapmasını, ama bu seçimin kendisi olmasını istiyordu.

Annie'ye söylediği şey doğruydu. Bethanne'yi seviyordu. Aralarına Tiffany girmişti ama Grant buna kendisi izin vermişti. Bu hatanın bütün sorumluluğunu üstleniyordu. Özel olarak bir ilişki peşine düşmemişti ama buna resmen açıktı. Tiffany coşkulu, heyecan verici ve hırslıyken, Bethanne ona kıyasla sıkıcıydı, ev hayatının sıradanlığına batmıştı. Bu kadar bencil, bu kadar kör olması onu dehşete düşürüyordu. Aşk hayatlarına ilgisini de kaybetmişti. Yine de Tiffany ile ilişkileri gayet masum başlamıştı. Yaklaşık iki saat süren bir iş yemeği. Noel partisinde basit bir öpücük. Sevgililer Günü'nde bir otel odasında buluşmuşlardı ve Grant'in cinsel dürtüsü adeta yeniyetme bir delikanlınınki gibiydi. Bu durum, pek şaşırtıcı olmasa gerek, evlendiklerinden hemen sonra değişmişti.

Geriye dönüp baktığında, ailesini terk etmesinin ne kadar vicdansızca olduğunu görüyordu; en küçük bir rahatsızlık ya da şüphe duymadan yürüyüp gitmişti. Evet, yaptığı tam anlamıyla buydu.

O dönemler, Grant bunu yaparak kurtulduğunu sanıyordu. Kendine, Andrew'un liseden mezun olmak üzere olduğunu, Annie'nin de bir sonraki sene üniversitede ağabeyine eşlik edeceğini tekrarlayarak çocukların artık ona ihtiyacı olmadığını söylüyordu. Çocukların babalarına olan ihtiyaçlarını hafife alarak nasıl da yanılmıştı.

Ensesini ovaladı. Tiffany'yle evlenerek yaptığı hatayı çok çabuk anlamıştı. Tiffany ise bizzat *Grant'in* bir hata olduğunu düşünerek onu aşağılıyordu; çok yaşlıydı, yeterince başarılı değildi, cinsel açıdan istediği kadar maceraperest de değildi. Evliliklerinin sona ermesi fazla uzun sürmemişti. Tiffany onu terk ettikten sonra –bu beklenmedik bir mucizeydi– Bethanne'ye yaklaşmaya utanmıştı.

O sıralar Bethanne kendi işini kurmuştu ve çok başarılıydı. Kenardan onu izlerken ne kadar iyi olduğunu görerek şaşırıyor ve etkileniyordu.

Son bir-iki yıldır, Grant dikkatle ailesine yaklaşmaya başlamıştı. Annie onu sorgusuz kabullenmişti. Andrew ise başka bir hikâyeydi. Oğlu, geçmişi kolayca unutmaya niyetli görünmüyordu. Grant, ne kadar pişman olduğunu ve er ya da geç bunu oğlunun da anlayacağını umuyordu.

En azından Andrew ona açıkça karşı çıkmıyordu. Soğukkanlılığını koruyarak çekimser kalmayı tercih ediyordu. Grant bu kadar temkinli davrandığı için onu suçlamıyordu; bunu hak ettiğini biliyordu. Ne de olsa annesinin oğluydu.

Onu düşününce içinde tek tük eşya olan dairesindeki ofisine gidip telefonu aldı. Saatine baktı, dokuz olmamıştı. Biraz geç olsa da Andrew'u arayamayacak kadar geç değildi. Numaraya bakmak zorunda kaldı; kendi adına üzücü bir durumdu.

Andrew telefonun başındaymış gibi hemen açtı. "Alo?"

"Benim, baban."

"Anneme ya da Annie'ye bir şey mi oldu?" diye sordu hemen. "Ya da büyükanneme?"

Babasından sadece acil durumda telefon geleceğini düşünmesi Grant'i üzdü. "Hayır, Branson'dalar. Missouri'de."

"Son haber aldığımda Vegas'taydılar."

"Doğru, Missouri'ye bugün öğleden sonra vardılar. Büyükannen Annie'yi, Andy Williams'ı izlemeye götürmüş."

Andrew kıs kıs güldü. "Eminim çok beğenmiştir."

"Ne yazık ki fazla değil." Yavaşça soluk aldı. "Dinle, sana

yolda karşılaştıkları motorculardan söz eden oldu mu?"

"Max ve Rooster mı?"

Oğlunun motorcuları adıyla bilmesi Grant'i çok şaşırttı. "Ne duydun?" Andrew'un ağzını aradığı için suçluluk duyuyordu ama başka ne yapabilirdi ki? Annie'ye annesini ispiyonlamamasını ve onu etkilemeye çalışmamasını söylemişti. Bu asil davranışın bir bedeli vardı. Max denen adam oradayken, kendinin kilometrelerce uzakta olmasını büyük dezavantaj olarak görüyordu.

"Birkaç gün önce annem aradı, arabalarının bozulduğunu ve bu motorcuların durup onlara nasıl yardım ettiğini anlattı."

"İsimlerini nereden biliyorsun?"

"Annem söyledi."

Ağzından laf almak çok kolay değildi. "Max ve Rooster'la Vegas'ta da görüştüğünü söyledi mi?"

"Olabilir."

"Anlıyorum."

"Canın mı sıkkın, baba?"

Grant kaşlarını çattı. Oğlunun sesi neşeli geliyordu, endişelenmesine neredeyse memnun gibiydi. "Evet, sanırım öyle," dedi dürüstçe. "Annenle barışmaya çalışmam sır değil." Duraksadı. Oğlunun ona cesaret verici bir şeyler söylemesini bekliyordu.

"Annem bu konuda bir şeyler söylemişti."

"Bu konuda bana vereceğin bir öğüt var mı?"

"Pek sayılmaz. Annem tek başına iyi idare ediyor."

Sanki bilmiyordu. "Onun başarılarıyla gurur duyuyorum," dedi.

Andrew'un ekleyecek bir şeyi yok gibiydi.

"Düğün konusunda yardımcı olabileceğim bir şey var mı?" Grant evden çıkıp gittiği günden beri, oğlu ondan hiçbir şey istememişti. Andrew onu mezuniyet törenine bile davet etmemişti. Tören zamanını ona bildiren Bethanne'ydi. Annie ise davetiyeyi elden ulaştırmıştı; bunu yapmamış olsa, Grant törene katılabileceğinden şüpheliydi. Bethanne törenin ardından düzenlediği partiye Grant'i de davet edecek kadar ince davranmıştı. Bir zamanlar ailesiyle paylaştığı evde olmak onu üzmüş ve oraya ait olmadığını düşünmüştü. Eski arkadaşları ondan uzak duruyor gibiydi. Kaynaşmak için elinden geleni yaptığı halde durumu çok tuhaftı. Andrew ile Bethanne'nin gününü mahvetmemek için sessizce oradan uzaklaşmıştı.

O gün Grant için bir dönüm noktası olmuş, ailesinin bir parçası olmayı nasıl özlediğini fark etmişti. *Onun* ailesi. Kendini yabancı gibi hissediyor, oğlu ise onu tamamen dışlıyordu.

"Hiçbir şeye ihtiyacım yok, baba, sorduğun için teşekkürler."

"Ya para?" Maddi yardımı geri çevirecek bir çocuğa bugüne kadar rastlamamıştı.

"Hayır, teşekkürler. Courtney'yle birlikte hallettik."

"Yapabileceğim bir şey olursa, yapmaktan mutlu olurum," dedi çabucak. Oğlu tarafından geri çevrilmenin sancısını yaşıyordu. "Her ne olursa."

"Aslına bakarsan baba, yeterince yaptığını düşünüyorum."

Sözler çok acıydı ve Grant karşılık vermemek için kendini zor tuttu.

Biraz daha gevezelik ettiler ve Grant telefonu kapadı. İşin gerçeği, kendini telefon etmenin öncesinden daha kötü hissediyordu.

Cesareti kırılan Grant koltuğuna ve televizyona döndü. Andrew'la kat etmesi gereken çok yol vardı. Oğlu intikam istiyordu ve işin üzücü yanı, Grant buna hakkı olduğunu biliyordu. Tıpkı annesi gibi, Andrew de son derece sadıktı.

Öne eğilen Grant başını avuçlarının arasına aldı. Ailesini geri istiyor ve bunu nasıl başaracağını bilmiyordu. Sadece, mümkün olabilecek her biçimde, onları ne kadar sevdiğini ve tekrar onlarla olmak için yanıp tutuştuğunu gösterebilirdi.

Keşke Bethanne...

Bethanne... Max, onun yüzünü aklından çıkaramıyordu. Eskiden gözlerini kapadığında sadece Kate'i görürdü. Üç yıldır, bütün düşüncelerinde hep en ön sıradaydı.

Polis, araba kazasının intihar mı yoksa bir anlık dikkat hatası mı olduğuna karar verememişti. Max biliyordu. Kızının ölümüyle aklı başından giden Kate, dipsiz ve uzun süreli bir bunalımın içine düşmüş, tercihini kendi hayatını sonlandırmaktan yana kullanmıştı. Max bunu kabullenebileceğinden emin değildi. Çok fazla şey kaybetmişti; kızını, karısını, yaşama sebebini...

Onun ölümünün ardından, ilk birkaç hafta uyuşmuş, hiçbir şey hissetmemişti. Sonra öfke gelmişti. Ölümünün Max için ne anlama geleceğini tahmin etmemiş miydi? Onu terk etmişti, yapayalnız bırakmıştı. Bu öfke onu tüketiyordu. Uyuyamıyor, bir şey yiyemiyordu. Defalarca mezarlığa gitmiş, ona hakaretler savurmuştu.

Öfkenin ardından suçluluk duygusu gelmişti. Suçluluk öylesine yoğundu ki hiçbir şey yapamıyordu. Günlerce eve kapanıp, en temel işlere bile dokunmadan duvarı seyrediyordu. Kate'in böyle bir şey yapacağını tahmin etmeliydi. İşaretler çok açıktı. Kızının kaybıyla yaşadığı acıyı içine gömüp kendini işe verdiğinden, bu işaretleri okuyabildiğinde artık çok geç kalmıştı. Kate'e ihtiyacı olan desteği sağlamalıydı. Onun bir danışmana başvurmasını sağlamalıydı; bunu ikisi de yapmalıydı. Kâbus görmediği gece yoktu. Bu kadar açık bir şeyi görememiş, zamanla her şeyin düzeleceğine kendini ikna etmişti.

Oysa düzelmemişti. Daha kötüye gitmişti. Çok daha kötüye.

Parmağını bile kıpırdatamadığı, içip içip saçma risklere girdiği ayların ardından Max, ağabeyiyle konuşmuş ve işten bir süre uzak kalmak istediğini söylemişti. Başlangıçta, üç ayın kendine yeteceğini düşünüyordu; en fazla altı ay. Ancak yola çıktığı anda huzuru bulmuştu. Arkadaşı Rooster, onunla gelmişti. Max'in ergenlik yaşlarından beri birlikte motor sürerlerdi. Rooster, en çok ihtiyacı olduğu anda onun yoldaşı olmuştu. Hiçbir zaman Max'e neler hissetmesi gerektiğini söylemeye kalkmamış, ama Max konuşmak istediğinde daima iyi bir dinleyici olmuştu. İşin en iyi tarafı, yoldayken hayat çok kolaydı. Bir yerden diğerine sürekli dolaştıkları halde önünü görebilmesi onu yatıştırıyor ve şaşırtıcı bir biçimde, ona bir amaç veren dostluklar kurabiliyordu. Zayıf bir avuntu olsa da, en azından uyuyabiliyor, kâbuslar görmüyordu. Bu yaza kadar her şey yolunda gidiyordu.

Bethanne'yle tanışıncaya kadar.

Artık sadece onu düşünebiliyordu. Odasına döneli bir saat geçtiği halde, hâlâ uyuyamıyordu. Onunla beraber olabilmek için yirmi saat motor sürmüş, sadece çok kısa ihtiyaç molaları vermişlerdi. Rooster'ın bu yolu onunla gelmesi, gerçek dostluğun göstergesiydi. Willie ile Skunk devam etmek istememiş, bu da Max'in işine gelmişti. Onlarla yolda tanışmıştı. Yaklaşık bir hafta birlikte yol yapmışlardı, bir gün yine karşılaşabilirlerdi. Karşılaşmazlarsa da dert değildi.

Rooster, bir kadın için kendini aptal yerine koymasını seyretmekten hoşlanıyor gibiydi. Max gözlerini kapadı. Bazı geceler Kate'le konuşur, gittiği yerleri ve yolda tanıştığı insanları ona anlatırdı. Max'in yardım etmeye çalıştığı ya da Max'e yardım etmeye çalışan insanlar... Her fırsatta bunu yapmaya çalışırdı. Böylelikle, karısını yüzüstü bırakmanın kefaretini ödediğini düşünürdü. Çoğu kısa süren bu dostluklar, onun yapamadıklarıyla barışmasını sağlar, kafasının içinde yankılanan suçlamaları sustururdu.

İçgüdüsel olarak Kate'in Bethanne'ye onay vereceğini biliyordu. Tekrar yaşama dönmesini onaylayacağını düşünmek istiyordu.

Max, Bethanne'nin onu neden bu kadar etkilediğini bilmiyordu. Başka çekici kadınlarla da tanışmış, ama hiçbiri Max'i onun gibi heyecanlandırmamıştı.

Max tanıştıkları günden ölümüne kadar Kate'e sadık kalmıştı. Bethanne gibi Max de cinsel ihtiyaçlarının ve hormonlarının dürtüsüyle birinin yatağından çıkıp öbürüne girenlerden değildi.

Bethanne'yi Pendleton-Oregon'daki kafede ilk gördüğünde, onda keşfetmeye değer bir şeyler olduğunu hissetmişti. Siparişini verdiğinde göz göze gelmişler ve Max ondaki güçlü fiziksel tepkiyi hissetmişti. Adeta bir *tanıdıklık* duygusu gibiydi. Bunu, başka nasıl tanımlayacağını bilmiyordu. Elbette bir çekiciliği vardı, ama bundan öte bir şeydi.

Bethanne de aynısını hissetmiş olmalı ki, gölde tekrar karşılaştıklarında gece onu düşündüğünü söylemişti. Eline dokunma biçimi... Sanki içindeki derin acıyı tanıyor ve bir şekilde onu nasıl dindireceğini biliyordu. Genellikle kendine dokunulmasından hoşlanmazdı ama Bethanne farklıydı.

Evet, bu kadın onun kollarına, onun hayatına aitti. O zaman da biliyordu bunu, şimdi de.

Buna karar verdikten kısa süre sonra uykuya daldı. Rooster kapıyı vurup onu uyandırdığında aradan sadece birkaç dakika geçmiş gibiydi. Nasıl bu kadar çabuk sabah olduğu hakkında bir fikri yoktu, ama odasındaki saatli radyo bu gerçeği doğruluyordu. Sendeleyerek kapıya yürüdü ve kilidi açtı.

Rooster duşunu almış, beyaz sakalını düzeltmiş, giysilerini değiştirmişti. "Berbat görünüyorsun," dedi sırıtarak.

Max cevap olarak anlaşılmaz bir şeyler mırıldanıp banyoya yöneldi. İşi bitip döndüğünde Rooster odadaki küçük makinede kahve hazırlıyordu.

"Bugün Bethanne'yle ne yapıyorsunuz?" diye sordu. Evindeymiş gibi rahat, odadaki tek sandalyeye kurulmuştu.

"Henüz bilmiyorum." Sabah buluşmak için bir plan yapmasalar da, muhtemelen öyle olacaktı. Belki onu pek uzak olmayan Al&Susie'nin yerine götürürdü. Bethanne'nin Branson'da olduğunu duyunca onları aramıştı.

"Yani bunca yolu geldikten sonra onunla görüşmeyeceğini mi söylüyorsun?"

Elbette görüşecekti ama cevap vermedi. Bir fincan kahve doldurup Rooster'a uzattı, sonra kendi fincanını doldurdu.

Yatağın kenarına oturdu, onu kendine getirmesini umarak sıcak sıvıdan bir yudum aldı.

"Kötü görünüyorsun," dedi Rooster.

İnkâr etmenin anlamı yoktu. Motosiklet üstünde yirmi saat yolculuğu eğlence olsun diye değil, Bethanne'yi görmek için yapmıştı.

"Ona ne söyledin?"

"Kate'i biliyor. İntihar kısmı hariç."

"Şarap işini de biliyor, değil mi?"

Max başıyla onayladı. "Aynen."

Rooster dirseklerini dizlerine dayadı. "Ona düşündüğümden de fazlasını söylemişsin."

"Bethanne kocasına geri dönebilir," diye mırıldandı Max. Bu düşünceyle midesi kasıldı. Bu ihtimal gerçekti ve kendini onun vereceği karara hazırlaması gerekiyordu.

Rooster, Max'in bu endişesini hemen dağıttı. "Seni gördüğünde yüzünün nasıl aydınlandığını fark etmedin. Kadının durumu da senden daha farklı değil." Kahvesini içti. "Sana o mesajı göndermesi iyi oldu."

"Neden?"

Rooster başını iki yana salladı. "Dürüst olmak gerekirse Max, kadın Vegas'tan ayrıldığından beri, sahibini kaybetmiş bir köpek yavrusu gibi ortalıkta dolanıyordun. Telefon konuşması da işe yaramadı."

"Beni bir daha görmek istemediğini söylemek için aradı."

"Anlaşılan onu vazgeçirmişsin."

Denememişti bile. "Hayır."

"Dinle, giyinmeyi düşünüyor musun? Acıktım."

"Bana birkaç dakika ver."

"Verdim gitti." Rooster arkasına yaslanıp bacak bacak üstüne attı.

Max pantolonunu, Vegas'tan aldığı gömleği ve deri yeleğini giydi. Motor giysilerinden başka fazla bir şeyi yoktu. Evde, uzun süredir giymediği bir gardırop dolusu iş kıyafeti vardı ve onları giymenin nasıl bir duygu olduğunu hatırlamaya çalıştı.

Asansöre doğru ilerlediler. "Bethanne'yi arayacak mısın?" diye sordu Rooster.

"Sonra..." Grant faktörünün hâlâ geçerli olduğunu unutamıyordu. Eski kocası kolayca geri çekilecek biri değildi.

Sonunda asansör geldi, Rooster lobinin tuşuna bastı.

Asansör dokuzuncu katta, Bethanne'nin katında durdu. Koridorda Annie'nin büyükannesi bekliyordu.

Onları görünce bir an tereddüt etti, sonra omuzlarını dikleştirdi ve muhtemelen başka birinin olmasını dileyerek içeri girdi.

"Günaydın, büyükanne," dedi Rooster.

"Senin büyükannen değilim," diye terslendi. Sırtı süngü gibi dimdikti. "Aslında, senden daha genç olduğumu bile söyleyebilirim."

Bunun doğru olmadığı çok açıktı, Rooster ve Max birbirlerine gülümsedi. "Size kahvaltı ısmarlamama izin verir misiniz?" diye sordu kulağına doğru eğilerek.

"Hayır demek zorundayım." Sesi, Rooster ona evlenme teklif etmiş gibi çıkıyordu.

"Kasabada, istediğin yerde," dedi Rooster, reddedilmeyi kolayca kabullenmeyerek.

Israrcılığı onu heyecanlandırmış gibiydi. "Davetiniz için teşekkürler," dedi resmi bir tavırla, "Ama kahvaltıyı gelinim ve torunumla yapacağım. Lobideler."

"Uyuyakaldın, değil mi?"

"Ne münasebet. Biletlerimi odada unutmuşum. On İki İrlandalı Tenor ve Oak Ridge Boys'a gideceğiz."

"Oak Ridge Boys kasabada mı?" diye sordu Rooster, heyecanını saklamadan.

"Bugün öğleden sonra Annie'yle birlikte izlemeye gideceğiz."

Asansör lobiye ulaştı ve kapılar açıldı. Max, şöminenin

yanında bekleyen Bethanne ve Annie'yi hemen gördü. Hiç düşünmeden, ikisi de birbirine doğru yürümeye başladı.

"İyi uyudun mu?" diye sordu Max, alçak bir sesle.

"Berbat," diye fısıldadı Bethanne, göz temasından kaçınarak.

"Aynen."

"Kahvaltıya gidiyor musunuz, gitmiyor musunuz?" diye sordu kızı.

"*Biz* gidiyoruz," diyen Rooster, iki yanındaki Annie ve Ruth'a koluna girmeleri için dirseklerini uzattı.

Max uzanıp Bethanne'nin elini tuttu ve o anda kafasındaki bütün şüpheler uçup gitti. O an beraberlerdi ve bu yeterliydi. Günü yaşayabilirlerdi.

"Ne yaptığını sanıyorsun?" diye sordu Ruth, Rooster'a.

"Ne var, iki güzel bayanı kahvaltıya götürüyorum. Hepsi bu."

"Sanırım tüysek iyi olacak," dedi Max. Otelden çıktılar, Rooster sola dönerken, onlar sağ tarafa yöneldi.

Max neşelenmişti. Önünde Bethanne'yle yirmi dört saat vardı. Güzel bir gün olacaktı.

20

"Bir motosiklet turuna ne dersin?" diye sordu Max kahvaltıdan sonra. Branson kaldırımlarında tembelce dolaştıktan sonra otele geri dönmüşlerdi. Bethanne yaklaşık bir saat önce ayrıldıklarından beri ne Ruth'u, ne Annie'yi, ne de Rooster'ı görmüştü.

"Motorun tepesinde geçirdiğin onca saatten sonra herhalde isteyeceğin son şey bu olmalı."

"Sana göstermek istediğim bir yer var."

"O halde ben varım." Bethanne iki kez Max'in arkasında yolculuk yapmıştı ve her seferinde kendini biraz daha rahat hissediyordu. Max bunu planlamış olmalıydı çünkü Harley'i aldıklarında, Rooster'ın kaskı yanındaydı.

Bethanne arkaya oturup kendini emniyete aldıktan sonra Max yola çıktı. Nereye gittiklerini söylememişti ama zaten önemi yoktu. Onunla birlikte her yere giderdi.

Yolculuk yaklaşık kırk dakika sürdü. Anayoldan ayrılıp kıyısında lüks evlerin olduğu göle doğru saptılar. Sonra Max, bu evlerden birinin park yoluna çekip motordan indi, kaskını çıkardı.

"Burası bir arkadaşıma ait. İstediğim zaman gelebileceğimi söylemişti."

"Evde mi?" diye sordu Bethanne, kaskını çıkarırken.

"Bilmiyorum. Ona bir sesli mesaj bıraktım ve teklifini değerlendirmek istediğimi söyledim. Henüz cevap gelmedi."

Bethanne motordan indi, Max eve doğru giderken parmak uçlarını pantolonun arka ceplerine sokup beklemeye başladı. Max basamakları tırmanıp kapının zilini çaldı. Kimse cevap vermeyince pencerenin kenarındaki bir tuğlayı kaldırdı, elini boşluğa sokup bir anahtar çıkardı.

"Göründüğü kadarıyla kendimize ait bir yerimiz var," dedi ön kapının kilidini açarken.

Bethanne tereddüt etti. "Arkadaşının sorun etmeyeceğinden emin misin?"

"Eminim."

"Bunu daha önce yaptın mı... yani uğrayıp kaldın mı?"

"Hayır."

"Max," diye itiraz etti Bethanne.

"Sorun yok, güven bana." Max onu beklemeden içeri daldı.

Bethanne gönülsüzce onu izledi. Eve girdiğinde büyük ve rahat mobilyalar dikkatini çekti. Max ilerleyip verandaya açılan üç kanatlı camlı kayar kapıların ikisini açarak içeri temiz hava girmesini sağladı.

Max merdivenlere doğru yürüyen, gün ışığında parlayan göle baktı. Göl capcanlıydı. Neşenin sesleri –kahkahalar ve keyifli çığlıklar– evin içine doluyordu. İnsanlar tekneyle geziyor ve balık tutuyordu. Bir diğeri su kayağı yaparken, jetski kullanan bir çift arkalarında kocaman bir köpük dalgası bırakıyordu.

Bethanne verandada ona katıldı, Max kolunu beline doladı. "Buranın bu kadar güzel olduğunu bilmiyordum," dedi, kendi kendine konuşurmuş gibi.

"Daha önce gelmedin mi?"

"Bir kez. Yaklaşık iki buçuk yıl önce. Dediğim gibi, burası bir arkadaşıma ait. Kate'in ölümünün üstünden bir yıl kadar geçmişti ve acı beni tüketiyordu. Buradaydım ama göle baktığımı bile hatırlamıyorum."

"Acı insan hayatını kontrol ediyor, değil mi?" dedi Bethanne düşünceli bir halde. "Yıllar önce, acının sevgi ve üzüntünün buluştuğu yer olduğunu okumuştum. Her nedense aklımda kalmış. Bu gerçek, Grant beni terk ettiğinde somutlaştı. Evliliğim yüzünden acı çekiyordum." Max gibi, o da fısıltıyla konuşuyordu. "Sonraki aylarda, kendimle ilgili pek çok şey keşfettim ve hepsi hoşuma giden şeyler değildi. Kocam, Tiffany'nin yanına gitmişti ve ben onu geri istiyordum. Grant'in geri döneceğini bilsem, her şeyi yapmaya, herhangi biri olmaya hazırdım. Kocama ihtiyacım vardı. Böylesi bir duygusal acı hiç yaşamamıştım. Bana bağlılık sözü veren bir adamın beni nasıl böylesine incitebildiğini aklım almıyordu."

Max, ona biraz daha sıkı sarıldı.

"O ilk yıl, beni hayatımı yeniden şekle sokmaya zorladı," dedi. "Ama büyük bir parçamı, Grant'e olan sevgim biçimlendirmişti."

Max başıyla onayladı. "Ve Grant bunu yıkmaya çalıştı."

Bethanne karşılık vermedi.

"Kate'i ne kadar sevdiğini biliyorum," dedi bir süre sonra. Başını onun omzuna yasladı. "Keşke sana bu acının geçeceğini ve bir daha asla geri gelmeyeceğini söyleyebilsem, ama şimdilik, bunun asla tamamen yok olmayacağını biliyorsun."

Max yavaşça soluğunu bıraktı.

"Kate ve Katherine sayesinde, onlara olan sevgin yüzünden, farklı birisin. Bu sevgi ve onların sana olan sevgisi, sonsuza kadar seninle yaşayacak. Hiçbir şey onlara hissettiklerini değiştiremez. Onlar senin bir parçan ve daima öyle kalacak."

Max dönüp onun yüzüne baktı. "Teşekkür ederim." Kollarıyla onu sarıp iyice kendine yaklaştırdı. Bir süre, hiç kıpırdamadan öylece durdular. Öpüşmeye bile ihtiyaç duymadılar, Bethanne paylaştıkları şeyin çok özel bir şey olduğuna inanıyordu. Bu anlayış –ikisi de en çok değer verdikleri şeyi kaybetmişlerdi– cazibeden daha derin bir biçimde onları bir araya getirmişti.

Sonra göl kıyısında dolaşmaya çıktılar, ayakkabılarını çıkarıp kıyıda el ele yürüdüler. Rengârenk kova ve küreklerle kumu kazan ufaklıklara gülümsediler. Bir süre sonra daha ıssız bir köşe bulup oturdular ve suyu seyretmeye başladılar.

"Sabah ayrılıyor musunuz?" diye sordu Max, cevabı bildiği halde.

Bethanne parmaklarını açıp kuma bastırdı ve başıyla onayladı.

"Bir sonraki durağın neresi olduğuna karar verdiniz mi?"

"Muhtemelen New Orleans." Bethanne, Ruth'un güzergâhını hatırlıyordu. "Annie ve ben ona katılmadan önce Ruth her şeyi planlamıştı."

"Ruth ülkeyi boydan boya tek başına mı geçmeyi düşünüyordu?"

"Bunu yapmasına izin veremezdik."

"Onun peşine takıldığınız için minnettarım." Max uzanıp sol elini tuttu, eklem yerlerini öptü.

Bethanne de hayatı boyunca minnettar olacaktı.

Sağ eliyle kumda daireler çizmeye devam ediyordu. "Bir sonraki durağımızı neden sordun?" dedi, elinden geldiğince sıradan bir soruymuş gibi davranarak. Rahat görünmeye çalışıyordu ama soluğunu tutmuştu ve korkuyla umudu aynı anda yaşıyordu. Peşinden gelmesini dilese de bunu sormaya cesareti yoktu.

"Daha önce New Orleans'a gittin mi?" diye sordu Max.

"Hiç gitmedim."

"Tam anlamıyla çılgın bir yer."

"Ben de öyle duydum."

Max onun parmaklarını sıktı. "Seninle orada görüşemem."

Bethanne gözlerini kırpıştırdı, hayal kırıklığını gizlemeye çalışıyordu. "Ya Florida?"

"Muhtemelen hayır."

Tekrar gözlerini kırpıştırdı. Hiçbir mazeret ya da açıklama yoktu. Normalde Bethanne sorardı ama yapmamaya karar verdi. Max sebebini bilmesini isteseydi söylerdi. Sürekli içini rahatlatmaya çalışmaya muhtaç bir kişi değildi.

"Yani hepsi bu mu?" diye sordu, zorlukla yutkunarak.

Max, onunla göz göze geldi. "Hayır..." Başını iki yana sallayıp bakışlarını kaçırdı. "İşin gerçeği, senden vazgeçebileceğimi sanmıyorum."

Bethanne'nin üstündeki bütün gerilim birden kalktı, kollarını ona dolayıp gülümsedi. Max de gülümsedi, uzanıp onu öptü. Bethanne elini Max'in omzuna koyup karşılık verdi, sonra hemen ayrıldılar.

Max kuma uzanıp gözlerini kapadı. "Bir daha kendimi böyle huzurlu hissedeceğimi sanmazdım."

"Biliyorum. Evliliğim biteli altı yıl oldu ve ilk kez halimden memnunum. Bazen gerçekten mutlu olduğumu hissedip şaşırıyorum. Başlangıçta, bunun mümkün olabileceğine inanmazdım."

"Şimdi mutlu musun?"

Bethanne de gözlerini kapattı. Yüzünde güneşi ve rüzgârı hissetti, oynayan çocukların heyecanlı seslerini dinledi. Max yanı başında uzanmıştı; pek tanımadığı, ama sevebileceğine emin olduğu adam. "Evet," diye fısıldadı.

"Kimseye Kate ve Katherine'den söz etmem."

Kişisel konulardan nadiren bahsettiğini Bethanne biliyordu.

"Sana anlattığımı öğrenince Rooster şok oldu."

Max, Bethanne'nin tarafına döndü, bir öpücük daha verdi, sırtüstü yatıp başını omzuna çekti. "New Orleans'tan sonra Vero Beach'e sadece bir buçuk günlük yolumuz kalıyor," dedi Bethanne. "Ruth'un mezuniyet balosu orada."

"Florida'da ne kadar kalacaksınız?"

"Bir hafta. Orlando Havaalanı'nda kiralık aracımızı teslim edip 19 Haziran'da Seattle'a uçacağız."

Max sessizleşti.

"Aynı anda Grant'in de Florida'da olacağını söyleyeyim. Orlando'da bir emlak konferansına katılacağını söylüyor, ama bunun bahane olduğunu biliyorum."

"Grant seni seviyor."

"Öyle diyor ama her sabah işe diyerek çıkıp bir otel odasında Tiffany ile buluşurken de aynı şeyi söylüyordu." İçini çekti, hissettiği tatsız duygudan rahatsız olmuştu. "Sorun şu, bir daha ona güvenebileceğimden emin değilim ya da ona geri dönebileceğimden."

Grant bu günleri Max'le paylaşmasına izin vererek Bethanne'yi şaşırtmıştı. Önceki gece Andrew telefonuna bir mesaj yollamış, Grant'in onu aradığını ve düğün için yardım teklif ettiğini bildirmişti. Anlaşılan Grant sadece onunla değil, çocuklarıyla da barışmaya çalışıyordu.

"Vero Beach'ten uzak durmam gerek," dedi Max. "Orada görünmem çok tuhaf olur."

"Grant'in ne düşündüğü gerçekten umurumda değil," diye ısrar etti Bethanne. Max'in yanında olmasını istiyordu.

"Florida'ya gel," diye ısrar etti.

"Bütün bunların..." Max eliyle kumsalı ve çevreyi gösterdi, "seni etkilemesine izin veriyorsun. Şu an burada beraberiz, baş başa. Ancak senin de belirttiğin gibi hayatın bundan daha karmaşık."

"Biliyorum, ama..."

"Ayrıca, yapamam. Haftaya ağabeyimle buluşacağım. Seni orada da görmek isterim, ama... bu iyi bir fikir değil. Şimdi olmaz. Grant'le konuşman gereken şeyler var, benim ise Kaliforniya'ya geri dönmem gerek."

"Grant'in Florida'ya gelmesinin tek sebebi seni oradan uzak tutmak."

"Onu suçlayamam," dedi Max. "Onun yerinde olsam ben de aynısını yapardım. İkimiz de kararı senin vermen gerektiğini biliyoruz. O yüzden, bu süreyi ona ayır. Oğlunun düğününü kutla... her şey sona erdiğinde arayacağım."

"Peki, eğer..."

Ateşli bir öpücükle sözlerini bitirmesine izin vermedi. "Bütün eğerleri sonra düşünürsün, şimdi lütfen birlikteliğimizin tadını çıkarmaya bakalım."

Öğlen, sahil dayanılmayacak kadar sıcak olmuştu. Eve dönüp verandada oturdular. Buzdolabını ve rafları biraz araştırıp dondurulmuş limonata ve bir sürahi buldular. Bethanne limonatayı hazırlayıp uzun bardaklara doldurdu, üstlerine buz ekledi.

İçecekleri dışarı götürüp Max'e katıldı.

Max başını öne eğmiş, saçlarındaki kumları silkeliyordu.

Bethanne içecekleri küçük masanın üstüne koyduğunda onun iyi bir tıraşa ihtiyacı olduğunu hissetti.

"Biraz düzelttirsen iyi olabilir," dedi.

"Biliyorum, ama harika bir kadının peşine düştüğüm için vakit bulamadım."

"Grant'in saçlarını ben keserdim. Seninkini de kesebilirim."

Max ona baktı. "Kocanın saçını mı keserdin?"

"Şok olmuş gibi yapma."

Max hafifçe gözlerini kıstı. "Grant'le ilgili duyduğum bunca şeyden sonra, onun saç kesimi için yüksek bir rakam ödemeyi tercih edeceğini düşünüyorum."

"Eminim şimdi öyledir. İlk yıllarda paramız kısıtlıydı ve tasarrufun her yolunu denerdi. Saç kesimi konusunda becerikli olduğumu keşfettim. Aslında, benim kesmemi tercih ederdi, çünkü tam olarak ne istediğini biliyordum."

"Bir sürü yeteneğin var."

"Öyle diyorlar. Max, ciddiyim, memnuniyetle saçlarını düzeltebilirim."

"Makasın var mı?"

"Hayır, ama mutfakta bir tane buldum ve gayet iyi iş göreceğinden eminim."

"Tamam, başla bakalım."

Saç kesmeyeli yıllar olmuştu, fakat Bethanne becerisine güveniyordu. Max çamaşır odasındaki lavaboda saçlarını ıslatırken, Bethanne bir havlu aldı ve verandaya bir tabure çıkardı.

Max birkaç dakika sonra döndü. Bethanne ona baktı, bir an tereddüt etti, sonra gülümsedi. "Endişelenecek bir şey yok, kaşlarını çatmaktan vazgeç."

"Kendime seni ne kadar tanıdığımı soruyordum."

"Soruya ne cevap verdin?" dedi, eliyle tabureye pat pat vurup oturmasını işaret ederken.

"Sana güvenebileceğime karar verdim."

"İyi karar."

Max'in bulduğu tarağı aldı ve kulaklarının üstüne uzayan saçlardan küçük tutamlar kesmeye başladı. Bir miktar saçı üflerken, Max'in omuzlarının gevşediğini fark etti.

"Rahatladığına sevindim," dedi.

"Aslında, kulağımı öptüğünü hayal ediyordum."

"Sen kulağıma güzel şeyler fısıldarsan düşünürüm."

Max güldü.

Bethanne çalışırken konuşmayı sürdürüyordu. Sohbet ilerledikçe Max daha da rahatlamıştı. Onun önüne geçen Bethanne bir süre yaptığı işi inceledi, sonuçtan memnun kaldı. O geri çekildiğinde Max elini tuttu, kaldırıp avucunu öptü. Bethanne'nin bütün tüyleri ürperdi.

Nasıl olup bittiğini anlayamadan kendini onun kucağında buldu ve hiç sonu gelmeyecek gibi öpüşmeye başladılar. Kollarını onun boynuna dolamış, tarak ve makas yerde unutulmuştu.

"Dursak iyi olacak," diye fısıldadı Max.

"Haklısın."

"Şahsen, bunun bizi nereye götüreceğini keşfetmek isterdim."

Bethanne yüzünü onun boynuna gömdü. "Bunu zaten biliyoruz."

"Öyle... ve her geçen dakika daha çekici hale geliyor." Sonra sanki içindeki başka bir güç tarafından kontrol ediliyormuş gibi onu itti. "Bir kadının saçlarımı kesmesinin bu kadar etkili olabileceğini tahmin etmezdim."

Evliliklerinin ilk yıllarında bile Grant'le bunları hissetmediğini düşündü, sonra kıyaslama yaptığı için kendini suçlu hissetti.

İşine geri dönüp Max'in arkasına geçti ve ensesini düzeltirken başını öne eğmesini istedi.

"Nasıl görünüyor?" diye sordu Max işi bitince.

"Sen söyle." Çantasından küçük bir ayna çıkarıp uzattı.

Max aynayı açıp görüntüyü inceledi. Bethanne'nin çıkardığı iş onu hayrete düşürmüştü. "Vay canına!"

"İyi mi?"

"Harika."

Süpürge almak için mutfağa gidecekken, Max onu yakalayıp kendine doğru çekti. "Seni özleyeceğim," diye fısıldadı.

"Ben de seni özleyeceğim." Özleyecekti, hem de sandığından daha fazla.

Max tam onu öpmek üzereydi ki ön kapı açıldı, içeri şortlu, iriyarı bir adam girdi. Yüzü kocaman bir tebessümle aydınlandı ve verandaya doğru ilerlerken, "Max!" diye bağırdı.

Max onunla yarı yolda buluştu, kucaklaşıp birbirlerinin

sırtını sıvazladılar.

"Al, bu, Bethanne. Bethanne, Al."

Al başıyla onu selamladı. "Mesajını alır almaz geldim."

21

Al, iki metreye yaklaşan boyuyla irikıyım bir adamdı. Max'i bir kez daha kucakladı ve sonra Bethanne'ye döndü.

"Merhaba," dedi Bethanne, ne diyeceğini bilemeyerek. "Umarım evinizi işgal ettiğimiz için kızmazsınız."

"Hiç sorun değil," diyerek onu omuzlarından tuttu. "Şimdi, sana şöyle bir bakayım." Önce Bethanne'ye gülümsedi, sonra omzunun üstünden Max'e baktı. "Hey, Max, kendine bir fıstık bulmuşsun."

Onu bıraktığında, Bethanne neredeyse arkaya yuvarlanacaktı.

"Umarım aradığınız her şeyi bulmuşsunuzdur," dedi Al, mutfağa doğru yürürken. Buzdolabından bir şişe bira çıkarıp sessizce Max'e doğru uzattı. Max başını iki yana sallayarak teklifi reddetti.

Al şişenin kapağını açıp büyük bir yudum aldı, salona dönüp kanepeye oturdu.

"Sherry nasıl?" diye sordu Max.

"Gayet iyi," dedi Al.

Bethanne, kadının Al'in karısı olduğunu düşündü ama bir şey sormadı.

Açıklama ihtiyacı duyan Al ona baktı. "Sherry bizim kızımız. Max üç yıl önce onu otostop yaparken almış –Tanrı'ya şükürler olsun– ve onunla mantıklı bir konuşma yapabilmiş. Küçük kızımız uyuşturucu bağımlısıydı, onu artık tanıyamıyorduk. Annesinin mücevherlerini çalıp uyuşturucu alabilmek için rehinciye bırakmıştı ve tepetaklak aşağı gidiyordu."

"İyi olduğuna sevindim," diye fısıldadı Bethanne. Bu, her ebeveynin kâbusuydu.

"Tam bir dönüş yaptı," dedi Al. "O gece Max'e rastlamamış olsaydı ona neler olurdu bilmiyorum. Onu rehabilitasyona gitmeye nasıl ikna ettiğini de bilmiyorum. Annesi ve ben ona defalarca yalvarmıştık, ama bizi asla dinlememişti."

"Bunu sen mi yaptın?" diye Max'e baktı Bethanne.

"Bu tür şeyler yapar," diye devam etti Al.

"Al," dedi Max fısıldayarak. "Yeter."

"Biz tanışalı uzun bir süre olmadı," dedi Bethanne, Max'in sözünü keserek. "Biraz daha anlatır mısınız?"

"Sanırım artık gitmeliyiz," diyen Max kalkıp kapıya yöneldi.

"Zamanımız var," dedi Bethanne, Al'e göz kırparak.

"Haberin yok mu?" diye sordu Al. Önce Max'e baktı,

sonra tekrar Bethanne'ye.

"Bethanne, hadi," dedi Max, sıkılı dişlerinin arasından.

"Al'in anlatacaklarını duymak istiyorum," dedi Bethanne. "Gel ve otur." Max'in tereddüt ettiğini görünce ekledi: "Lütfen."

Max az önce boşalttığı koltuğa geri döndüyse de pek memnun görünmüyordu.

"Max, motosikletiyle ülkeyi boydan boya dolaşır ve ihtiyacı olan insanlara yardım eder," diye açıkladı Al. "Sıkıntıda olan birine rastlarsa yardım elini uzatır. Bazen onlarla konuşarak, bizim Sherry'de olduğu gibi, bazen onlara yiyecek ya da kalacak yer sağlayarak. Yardım ettiği kişilerden tek istediği, karşılığında birilerine yardım etmesidir."

"Yani kesinlikle iyi bir adam," dedi Bethanne. Artık Nevada-Wells'deki teknisyenin ne demek istediğini anlıyordu.

"Ben aziz değilim," diye homurdandı Max.

"Üstelik bu konuda konuşmak istemez. Fark ettiğin gibi, ne kadar yufka yürekli olduğunu bilen insanları sevmez."

"Nasıl keşfettiniz?" diye sordu Bethanne. "Demek istediğim, Sherry dışında."

"Rooster."

Max itiraz ederek homurdandı.

"İsmi tuhaf. Asıl ismi John Wayne Miller. John Wayne, altmışlardaki *İz Peşinde* filminde Rooster adlı bir karakteri canlandırmıştı. Bu lakabı oradan almış."

Bethanne başıyla onayladı. "Evet, bunu duymuştum."

"Keşke ben burada yokmuşum gibi konuşmaktan vazgeçseniz," diye söylendi Max.

Al ona kulak asmayarak devam etti. "O günden beri Max, beni ve Susie'yi görmek için ara sıra uğrar." Max'e gülümsedi. "İlk kez bir bayan arkadaş getiriyor."

"Aslında, Nevada'da arabamız bozulduğunda Max bize yardım etti." Bethanne onun bakışlarını yakaladı. "Borcumu ödememi istediğini hatırlamıyorum."

"Hâlâ gitmiyor muyuz?" diye ısrar etti Max.

"Ben, kızım ve kayınvalidemle yolculuğa çıkmıştım ve..."

"Eski kayınvaliden," diye düzeltti Max.

"Doğru, boşandım. Max ve ben, bir şekilde iyi anlaştık."

Al, beşlik simit gibi sırıttı. "Max'in hayatında neden hiç kadın olmadığını merak ediyorum."

"Çünkü yalnız olmayı tercih ediyorum," dedi Max.

"Bana öyle görünmedi," diye güldü Al. "Özel birini bulmuşsun ve bunun için şükretmelisin. Özellikle yalnızsan, hiç durmadan bir kıyıdan öbürüne gidip gelmek çekilecek hayat değil."

"Ben hayatımdan memnunum."

"Eminim öyledir," dedi Al, dalga geçerek.

"Öyle," dedi Max ve elini Bethanne'ye uzattı, gitme zamanıydı.

"Aceleye gerek yok. Susie yoldadır ve seni görünce çok sevineceğini biliyorum."

Bethanne, Max'in arkadaşıyla aynı fikirdeydi. "Kalıp

Susie'ye merhaba dememiz gerek."

"Gidersen gerçekten çok kırılır," dedi Al. "Üstelik öğle yemeği getiriyor. Hemen arayıp beş kişilik sipariş vermesini söyleyeceğim." Sırıttı. "Normalde hep iki kişilik yediğim için, beni beslerken çift porsiyon alır."

"Yemek," dedi Bethanne sevinerek.

Max gönülsüzce onayladı.

Gerçekten de on dakika sonra Susie geldi ve erkekler onu park ederken karşıladı. Al ve Max, alışveriş çantalarıyla altılık bira ve sodaları kaptılar.

Susie, kocasından en az kırk santim daha kısa, minyon bir kadındı. Kahverengi kıvırcık saçları ve kocaman ela gözleri vardı. Max'i çok sevdiği açıktı ve Bethanne'yi samimi bir tebessümle karşıladı.

"Seni gördüğüme ne kadar sevindiğimi anlatamam," dedi hızla içeri girerek. "Al ve ben Max'ten haber alınca öyle heyecanlandık ki, hemen planlarımızı değiştirip buraya geldik."

Bethanne mutfağa giden Susie'yi takip etti ve çantaları mutfak tezgâhına boşaltmaya başladılar.

"Başka ne yapabilirim?" diye sordu Bethanne, işleri bitince.

"Şunları alıver," dedi Susie, cips poşetlerini işaret ederek.

Bethanne patates cipsi poşetlerini açıp plastik kâselere boşaltırken Susie salata yapıyordu.

Al ile Max verandaya geçmişti, Al mangalı yaktı.

"Ne kadar zamandır Max'le berabersiniz?" diye sordu Susie, domatesleri dilimlerken.

Bethanne bir salatalık soydu. "Aslında beraber değiliz. Sadece birkaç gün önce karşılaştık." Oysa onu çok daha uzun süredir tanıyormuş gibi geliyordu.

"Gerçekten mi? O halde kendine bir mücevher buldun. Ona ne olduğunu bilmiyorum. Max neden böyle yaşamayı seçtiğini asla söylemez ama geçmişinde bir trajedi olduğu belli."

Max bir şey anlatmadıysa, Bethanne de anlatmaması gerektiğini hissetti.

"Başkaları için çok şeyler yaptı," diye devam etti Susie. "Rooster, Boston'da engelli bir kadının çatısını aktardığını söyledi. Bir başka arkadaşımız ise, işsiz koca yüzünden evlerini kaybetmek üzere olan bir aileden bahsetti. Banka hacizle tehdit edince Max araya girip geciken ödemeleri yapmış."

Tam o sırada mutfak kapısında Max göründü. "Siz ikiniz ne konuşuyorsunuz?" diye sordu şüpheyle.

Susie gözlerini devirdi. "Neden erkekler hep onlardan söz ettiğimizi düşünür?"

"Ego," dedi Bethanne, hep birlikte güldüler. Egodan mustarip *olmayan* tek bir adam varsa –tabii bu Bethanne'nin görüşüydü– o da Max'ti.

"Hey, Max, sana çikolatalı dondurma getirdim," dedi Susie, verandadaki masaya çatal kaşıkları yerleştirirken. Bethanne'ye gülümseyerek ekledi: "Çikolatalı dondurmaya zaafı var."

Max, Bethanne'nin arkasına geçip kolunu ona doladı. "Tek zaafım sensin," dedi çenesini öperek. "Bu insanların sana söyleyeceği tek kelimeye inanmayacağına söz ver."

"Nedenmiş o?"

"Söyledim ya, Bethanne, ben aziz değilim."

"Başkalarına yardım etmekten utanır gibisin."

"Hayır, ama bunu ilan etmekten hoşlanmıyorum."

"Yani sen, kimseye ihtiyacı olmayan ve günbatımına doğru yol alan yalnız bir kovboysun."

Kaşlarını çatıp mırıldandı. "Benimle dalga mı geçiyorsun?" diye sordu, güya öfkeli bir sesle.

Bethanne güldü. "Sanırım."

Saat üç civarı, ızgaradan alınmış sıcak çizburgerlerini yediler. Bethanne onun arkadaşlarını sevmişti. Sohbeti Al ve Susie götürüyor, çocukları hakkında öyküler anlatarak onu eğlendiriyorlardı. Sherry, üç çocuklarının en genciydi ve problemli olandı, ama rehabilitasyona gitmiş ve şimdi okuluna geri dönmüştü. Çiftin Bethanne'ye sürekli hatırlattıkları gibi, bunun en büyük sorumlusu Max'ti. Max her ismi geçtiğinde kaşlarını çatıyordu.

Bethanne ortalığın toplanmasına yardım etti ve saat beşe doğru Max gitmeyi önerdi. Her anlamda harika bir gün geçirmişlerdi. Harley'in üstündeki Max'e katılmadan önce Al ve karısıyla kucaklaştılar.

"Sana ihtiyacı var," diye fısıldadı Susie. "O, kayıp bir ruh."

Bethanne gülümseyip ona sarıldı. "Sizi tanıdığıma çok sevindim."

Kaskını takıp motora bindi. Yola çıkarken makine kükredi, Bethanne kollarını Max'e doladı ve ona yaslandı. Bir süre sonra onu sıkan kolları gevşedi, kendini özgür ve rahat hissediyordu. Sonunda onu anlayabildiğini düşünüyordu; sonunda bazı engeller yıkılmıştı.

Branson'a dönüş, göle gidişten daha kısa sürmüş gibiydi.

Annie lobide oturmuş, Bethanne'yi bekliyordu. "Anne!" diye haykırdı. "Nereye gittin? Neden telefonuna cevap vermiyorsun?"

"Ne zaman aradın?" Çantası genelde yanındaydı ama çaldığını duymamıştı.

"Yarım saat önce."

Duymamasının nedeni açıktı. "Ne ihtiyacın vardı?

"Herkes beni terk etti," diye söylendi Annie.

Bethanne iç çekmemek –ya da alaycı bir şey söylememek için– kendini zor tuttu. "Büyükannen nerede?"

"Hâlâ Rooster'la beraber. Oak Ridge Boys'u izlemeye gittiler. Kahvaltıda, gitmek istemediğimi söyledim, Rooster fırsatı kaçırmadı. Onları bir daha görmedim."

Ruth, Rooster'la birlikte gitmişti. Bu şok edici bir haberdi. "Bütün gün yalnız mıydın?"

Annie başıyla onayladı, sonra omuz silkti. "Alışveriş yapmak keyifliydi gerçi."

"İşte benim kızım."

"Peki *sen* neredeydin?"

Max yanında duruyordu, el ele tutuştular. "Max'le beraberdim."

"Selam, Annie," dedi Max dostane bir tebessümle.

"Şey, o kadarını ben de tahmin ediyorum," dedi annesine. "Selam," diye mırıldandı gönülsüzce, Max'e bakarak.

"Max'in arkadaşlarını görmeye gittik."

"Ya."

"Belki bu akşam hep birlikte akşam yemeği yiyebiliriz," dedi Bethanne.

Annie pek heyecanlanmış görünmüyordu. "Sabah yola çıkıyoruz, değil mi?"

"Evet. Ayrıca büyükannenin planına göre, New Orleans'a gideceğiz."

"Bu harika işte."

"Max oranın gerçek bir eğlence kasabası olduğunu söylüyor. Sanırım çok keyifli olacak."

"Vegas'tan daha mı keyifli?"

"Farklı bir biçimde," dedi Max. "Keşke ben de gelebilsem, ama başka yere gitmek zorundayım."

Annie hayal kırıklığına uğramış gibi görünmüyordu. Kapılara baktı ve birden yüzü aydınlandı. "Büyükanne!" diye bağırarak ayağa fırladı.

Bethanne dönüp bakınca, Ruth ve Rooster'ın otelden içeri girdiklerini gördü. "Rooster ve ben harika bir gün geçirdik," dedi Ruth aceleyle onlara doğru yürürken.

"Peş peşe iki gösteri ve ikisi de kayda değerdi." Rooster'ın da keyfi yerinde görünüyordu.

"Missouri'den ayrılmaya hazırım," dedi Annie, dinleyen birileri olduğunu umarak.

"Ya akşam yemeği?" diye tekrar sordu Bethanne. "Hep birlikte. Max ve Rooster yarın gidiyor, biz de öyle."

"Beni saymayın," dedi Ruth. "Yorgunum ve önümüzde yoğun bir gün var."

"Ben de büyükannemle gideceğim," dedi Annie. Kurtulmak için bir bahane bulduğuna sevinmiş gibiydi. "Oda servisi çağırırız."

"İkiniz kendi başınıza takılın," dedi Rooster ve birkaç dakika sonra üçü birlikte asansöre doğru ilerlediler.

Max, Bethanne'ye baktı. "Belki biz de vedalaşmalıyız."

"Bir kadeh şaraba ne dersin?" diye sordu Bethanne, vedalaşmak yerine.

Max tereddüt etti, sonra hafifçe onayladı.

Fuayede boş bir masa buldular, Bethanne şarap listesini inceledi. İlk kez kendilerini tuhaf hissediyorlardı, olacaklardan endişeli gibiydiler. Sabah olduğunda herkes kendi yoluna gidecekti ve ondan sonra... Bethanne sonrasını bilmiyordu.

İkisi de birer kadeh kırmızı şarap istedi, siparişleri hemen geldi.

Bethanne gözünü şarap kadehinden ayırmıyordu ama içindeki yakut renkli sıvının farkında bile değildi.

"Haftaya Kaliforniya'da olmam gerekiyor. Bu konuda şansım yok," dedi Max.

"Biliyorum."

Max, onun elini avucuna aldı. "Kate öldüğünden beri işi ağabeyim götürüyor. Artık geri dönme zamanı."

"Gerçekten eve mi dönüyorsun?"

Max dudağının bir kenarıyla gülümsedi. "Luke artık hiç dönmeyeceğimi düşünmeye başladı. Bu üç senede çok şey değişti; iş değişti, onun hayatı değişti, tabii benimki de. Artık hazırım, sadece, bunu birkaç gün öncesine kadar fark etmemiştim. Seni tanıyana kadar."

Göz göze gelip öyle kaldılar.

"Sen Florida'ya gideceksin, yaz sonuna doğru tekrar bir araya geleceğiz. Eğer kararın buysa."

Bethanne, bunun çok uzun bir süre olduğunu söylemeye niyetlendi.

Max başını iki yana salladı. "Hayır. Ruth ve Annie'yle beraber olmalısın. Oğlun ve gelininle. Grant'le."

Bethanne itiraz etmek için ağzını açtı ama Max onu tekrar susturdu.

"Hata yapma, bu ilişkinin bizi nereye götüreceğini keşfetmeye hazırım, buna rağmen yapmam gereken şeyler var. Senin de öyle." Çok kararlı görünüyordu. Tereddütsüzdü. "Florida'da, Grant'le durumu değerlendirme şansınız olacak; olumlu ya da olumsuz. O zamana kadar hayatından çıkacağım ve kararın ne olursa olsun saygı duyacağım."

"Peki ya... Grant'le tekrar bir araya gelmezsek?"

"O zaman bana haber verirsin."

"Seattle'a mı geleceksin?"

"Neredeysen oraya. Herhangi bir zamanda, herhangi bir yere. Tek yapman gereken beni aramak."

Bethanne için riskli bir durumdu, ürkütücüydü, özellikle kendinden emin olmadığı bir zamanda. Max'in bir arada olmaları gerektiğine onu ikna etmesini istiyordu ama yapmamıştı. Onun için mücadele etmesini istiyordu. Etmeyecekti. Kararı ona bırakmıştı.

"Bu hoşuma gitmiyor," diye itiraf etti.

"Bethanne, şu anda ikimiz de duygusal bir fırtına yaşıyoruz." Avucuyla çenesini kavradı, ona dokunmak, onu olabildiğince uzun süre hissetmek ister gibiydi.

Şaraplarını bitirip salıncağa geçtiler. Max onu kollarıyla sardı, Bethanne başını omzuna yaslayıp gözlerini kapadı. Bu duyguları sonsuza kadar saklamak istiyordu.

İçinden bir ses onunla tartışmak, kararını verdiğini söylemek istiyordu. Oysa vermemişti. Tam olarak değil. Yirmi yıl kolayca kenara atılacak ya da unutulacak bir şey değildi. Max haklıydı; *ikisi de* duygusal bir fırtınanın ortasındaydı, keşfediyorlardı. Paylaştıkları şey çok yeni ve tazeydi. Duygularını sınamaları gerekiyordu. Max'le sadece son birkaç gündür beraberlerdi. Asla unutamayacağı yedi gün. Peki bunun bir anıdan öteye geçmesi mümkün müydü? *Geçmeli miydi*?

Max odasına kadar ona eşlik edip bir iyi geceler öpücüğü verdi. Bethanne ağlamamak için kendini zor tutuyor, ama bu kez sebebini çok iyi biliyordu.

22

Bir an önce yola koyulmak isteyen Annie ertesi sabah saat beş buçukta uyanmıştı. Başucundaki lambayı yakıp haritayı gözden geçirdi. Bir önceki gün çok sıkıcıydı. Zamanının büyük bölümünü dükkân dükkân gezerek geçirdiği ve birkaç şey satın aldığı halde, bunu yapmaktan da sıkılmıştı.

Günün en ilginç kısmı, Rooster ve büyükannesiyle birlikte yaptığı kahvaltıydı. Max'in ne kadar harika bir adam olduğunu onlara anlatmayı görev edinmiş gibiydi. Bir saat boyunca onlara Max ve ağabeyi Luke'dan söz etmişti. Max'in hem karısını, hem kızını kaybettiğini ve bu yüzden büyük bir bunalıma girdiğini de anlatmıştı.

Rooster açılan her konuyu dönüp dolaştırıp Max'e getirmiş, ondan bahsetmek için her fırsatı değerlendirmişti.

Büyükannesi New Orleans'a gideceklerinden söz edince

hemen araya girmişti. "Max orada altı ay geçirdi."

"Ne yapıyordu?" diye şüpheyle sormuştu Annie.

"İnsanlık İçin Yaşam Evleri'nin inşaatında gönüllü çalışıyordu. Ayrıca, evcil hayvanları sahipleriyle buluşturan bir gruba da katılmıştı."

"Ya!" Annie onun içki içip kumar oynadığını düşünüyordu. Katrina kasırgasının kurbanlarına yardım ettiğini duymak ona olan öfkesini sarsmıştı.

"Yani ikiniz artık eve, Kaliforniya'ya mı dönüyorsunuz?" diye merak etti Ruth.

"Yarın sabah hemen yola çıkıyoruz."

"Dönüp ne yapacaksınız?" Soruyu Annie sormuştu.

"Max, üç yıl önce terk ettiği role tekrar soyunacak," demişti Rooster. "Aile şirketine geri dönecek."

Annie etkilenmediğini belli etmek için elinden geleni yapmıştı. Max'le ilgili düşüncelerinin değişmeye başlamasını istemediği gibi, bu konuda Rooster'a da açık vermek istemiyordu.

"Ona güvenmediğini biliyorum," dedi Rooster.

"Bunun için sayısız sebep var," diye mırıldandı Annie. "Annem ve babam arasındaki her şeyi mahvediyor."

"Öyle mi?" diye nazikçe sordu Rooster.

Annie inatla onaylasa da büyükannesi konudan uzak duruyordu.

"Çocuklar, ebeveynlerinin bir arada olmasını ister," dedi Rooster. Kahve fincanını alıp tekrar doldurması için garson kıza uzattı. "Bu doğal, fakat her zaman en iyi olan bu demek değildir."

"Benim ailem için öyle," diye ısrar etti Annie. Bakışlarını masadan kaldırınca büyükannesiyle göz göze geldi, büyükannesinin onu destekleyeceğini sanıyordu. Oysa beklediği destek gelmemişti.

Max'in New Orleans'ta gönüllü çalışması, Annie'nin duymak istediği bir şey değildi. Onu, annesinden faydalanmaya çalışan bir serseri olarak görmeyi tercih ediyordu. Bu imaja tutunmaya çalışıyor, ama annesini ne kadar mutlu ettiğini gördükçe giderek zorlanıyordu. Hele iyi yürekli biri olduğunu öğrenmesi, ondan nefret etmesini daha da imkânsızlaştırıyordu.

Yine de henüz *bunu* itiraf etmeye hazır olmadığını tekrarlıyordu kendine, haritanın katlarını açarken.

Son iki gündür karşısına küçük bir pürüz daha çıkmıştı.

Ne kadar iyi vakit geçirdiğini söylemek için Vance'e bir e-posta göndermiş ve laf olsun diye Avrupa macerasının nasıl gittiğini sormuştu. Vance anında cevap yazmıştı. Matt ve Jessie sürekli tartışıyordu. Her şey düşündüklerinden daha pahalıydı. Bu gidişle birkaç hafta sonra paraları bitecekti. Hostelde kalmaktan nefret ediyor ve kimseye derdini anlatamıyordu.

Annie'ye göre, Vance yabancı bir ülkeyi ziyaret edecekse, o ülkenin dilinde en azından temel birkaç kalıbı öğrenmeliydi. Bunu ona söylemiş, fakat Vance umursamamıştı. O günden sonra Vance'den haber almamıştı ve bunu hiç dert etmiyordu; her ne kadar Vance'e hayatının deneyimini yaşadığını anlatmak istese de; tabii Branson'daki son gün hariç. Ne yazık ki Missouri'de, Vegas'taki gibi biriyle tanışmamıştı.

Jason da ona defalarca e-posta göndermişti. Aslında Annie, onunla irtibatını koparmak istemiyordu...

Max onu bıraktıktan sonra Bethanne pek iyi uyuyamamıştı. Söylemek istediği, bilmesini istediği daha pek çok şey vardı. Max günlerce yolda olacaktı ve bu, iletişimlerini güçleştirecekti. Bethanne de tam aksi yöne yola çıkacaktı. Vero Beach'e ulaştıklarında Grant'le buluşacaktı. Aklında başka bir erkek varken eski kocasını düşünmek istemiyordu. Her şeyden öte, Bethanne iki adama da adil davranmak istiyordu. Aksine karar vermişse, Grant'i bir uzlaşmaya varılabilirmiş gibi yanlış yönlendirmek istemiyordu. Ayrıca, Max için hissettiklerinin zamanla geçip geçmeyeceğini merak ediyordu.

"New Orleans'a on saatimiz var," dedi Annie. Bethanne banyodan çıkıp giyinmeye, yol için hazırlanmaya başlamıştı. Annie bunu sanki sıradan bir pazar gezmesi gibi söylemişti: "Sadece dokuz yüz altmış beş kilometre."

"Dokuz yüz altmış beş kilometre." Ruth, sabah egzersizlerini bitirirken homurdandı. "Bu mesafeyi bir günde kat etmeyi düşünmüyorsun, değil mi?"

"Yapabiliriz." Annie haritayı katlayıp çantasına koyarken kendinden emin görünüyordu. "Özellikle, yola erken çıkarsak." Yataktan kalkıp ellerini çırptı. "Hadi anne. Ve sen büyükanne, düşün; her gün seni Vero Beach'e –ve Royce'a– daha çok yaklaştırıyor."

Bunu duymak Ruth için yeterince heveslendiriciydi. Bethanne burnunu sokmasa da bu yolculuğun mezuniyet balosundan çok Royce için olduğunu biliyordu.

"Ve sen anne, on saatte ne kadar örebileceğini hiç düşündün mü?"

Max'le o kadar çok vakit geçirmişti ki örgüsünü ihmal etmişti. Annie haklıydı, bu uzun saatleri örerek ve düşünerek geçirebilirdi. Şimdiye kadar sadece bir eldiveni bitirebilmişti. Hedefi, Seattle'a dönmeden önce ikincisini de bitirebilmekti.

Giyinip bavullarını topladılar. Ruth oda görevlisini çağırırken, Annie arabalarının otel kapısının önüne getirilmesini ayarladı. Bethanne hesabı kapatmaya indi. Kredi kartından ödemeyi yaptıktan sonra, Max'e vermesi için bankonun arkasındaki kıza bir not uzattı. Geçirdiği harika gün için teşekkür etmiş ve onu özleyeceğini belirtmişti.

"Hesabı kapatmak için geldiğinde bunu Max Scranton'a verir misiniz lütfen?" dedi.

Kadın ona baktı. "Bay Scranton otelden ayrıldı."

Ayrıldı mı? Max gitmiş miydi? Saçma olsa da Bethanne bunu duymaya hazır değildi.

Bethanne arabayı kullanırken Ruth yanında oturuyordu. "Branson'ı sevdiğimi söylemeliyim," dedi kayınvalidesi. "Hayalini kurduğum her şey vardı."

"Gösterilerden keyif aldın mı?"

"Evet, ayrıca Rooster hiç fena bir adam değildi." Dönüp Bethanne'ye baktı. "Onu yanlış değerlendirmiş olmalıyım. Aslında son derece hoş bir adam. Benim için biraz genç olsa da özünde tam bir beyefendi."

"İyi vakit geçirdiğine sevindim."

"Rooster." Başını iki yana salladı. "Neden böyle saçma bir isimde ısrar ettiğini anlayamıyorum, yine de onun bileceği iş. Dedi ki…"

"New Orleans, biz geliyoruz," diye araya girdi Annie. "Sabırsızlanıyorum."

"Ben de öyle," diye sırıttı Ruth. "Emeril'in sürekli söz ettiği Cajun mutfağını düşününce ağzım sulanıyor. Lütfen bana biraz karides étouffée ve filé gumbo."

"Büyükanne, senin baharatlı yiyeceklerden hoşlanmadığını sanıyordum."

"Normalde hoşlanmasam da bunu es geçecek değilim. Ayrıca bu gibi anlarda kullanmayacaksam, antasit tabletleri neden icat ettiler?"

"Bourbon Caddesi hakkında öyle çok şey duydum ki..." Annie de hayal kurmaya başlamıştı.

"Ve duyduğum kadarıyla French Quarter gerçek bir alışveriş cennetiymiş," diye ekledi Bethanne.

İlerleyen saatlerde kahvaltı yapmak için Arkansas, Little Rock'ta durdular. Ardından direksiyonun başına Annie geçti, Bethanne de arka koltukta örgüsüne daldı. Düşünceleri Max'e o kadar yoğunlaşmıştı ki birçok sırayı sökmek zorunda kaldı.

"Babamı aramalıyız," dedi Annie, öğle saatlerinde Missouri-Jackson'dan çıkarken.

"Evet," diye onayladı Ruth.

Grant son iki gündür aramamıştı ve bu olağan bir durum değildi. Verdiği sözü tutmuş ve onu rahat bırakmış gibiydi, ama Bethanne onun bütün gerginliğiyle aranmayı beklediğinden emindi.

"Ben ararım," dedi Ruth ve aralarındaki konsolda duran Annie'nin ceptelefonuna uzandı. Yolculuk sırasında bu telefonu kullanmaya oldukça alışmıştı, dönüşte kendine de bir tane alırsa Bethanne şaşırmayacaktı.

Anne-oğul birkaç dakika geziyle ilgili konuştular, ardından Ruth telefonu Bethanne'ye verdi.

"Merhaba Grant."

"Selam," dedi Grant. "Branson nasıldı?" Sesi kararsız çıkıyordu, eski kendine güvenen hali yoktu.

"Harikaydı." Max'le nasıl vakit geçirdiğini anlatacağını sanıyorsa, daha çok beklerdi.

"Ne zaman Vero Beach'e geçmeyi düşünüyorsunuz?" diye sordu Grant.

"En geç pazartesi, tabii gidene kadar mola vereceğimiz yerlere bağlı," dedi Bethanne.

"Hep New Orleans'ı görmek istemişimdir," dedi Grant. "Seninle görmek daha anlamlı olurdu." Duraksadı. "Sence bir gün böyle bir ihtimal olabilir mi?"

"Bilmiyorum..." Bilmiyordu. Bunun üstünde durmaktansa sordu: "Sen ne zaman Orlando'ya uçuyorsun?"

"Pazartesi öğleden sonra."

"Çok iyi."

"Ciddi misin, Bethanne?" diye sordu boğuk bir fısıltıyla.

"Bunu içten mi söyledin?"

"Evet," dedi. İşinden ve düğün planlarından uzakta olmak, ona ilişkilerini değerlendirme ve zamanda geri dönüşün mümkün olup olmadığını anlama konusunda bir fırsat verecekti. Bethanne çok değişip değişmediğini düşündü ya da Grant'in yeterince değişip değişmediğini.

"Babama benden selam söyle," dedi Annie.

"Söylerim." Baba ve kızın bağlılığından çok memnundu. Bir gün Andrew'un da Grant'le bir bağ kuracağını ve oğlunun babasını bağışlayacağını umuyordu.

Öğleden sonra, saat beş buçukta New Orleans'a vardılar. Son üç ya da dört saat, Ruth ve Annie arabayı sırayla kullanmışlardı. Kanal Caddesi'ndeki otellerine vardıklarında, Bethanne iyi bir gün geçirdiklerini söyleyecek durumda değildi. Yorgundu ve alışılmadık biçimde gergindi. Otele giriş yapıp bavullarını odaya çıkardıktan sonra, bütün itirazlarına karşın Annie ve Ruth onu French Quarter'ı keşfetmeye ikna etti.

"Bir şeyler yedikten sonra kendini daha iyi hissedeceksin," dedi Ruth.

Harika bir restoran bulmakta zorlanmadılar. New Orleans'ın yiyecekleri efsaneydi ve kime sorsalar, fikir vermeye çok hevesliydi. Bistronun gölgeli avlusunu çok seven Bethanne, cevizli yayın balığının her lokmasının ve New Orleans'a özgü bir kokteyl olan Sazerac'ın her yudumunun tadını çıkardı. Hele ki burbon soslu ekmek tatlısı... Annie'nin dediği gibi ölümcüldü.

Daha sonra Bethanne, yorgunluktan öldüğü ve bir an önce

odaya dönmek istediği halde Quarter'daki bir antikacı dükkânına girdi ve broşlara bakmaya başladı. Çok değer verdiği bu tarz iki broşu vardı ama artık biriktirmiyordu.

"Yardımcı olabilir miyim?" diye sordu kibar bir görevli.

"Sadece bakıyorum, teşekkürler," dedi Bethanne reyon boyunca ilerlerken. Annie ve Ruth peşinden gelmiş, her biri ilgilenecek farklı şeyler bulmuştu. Bethanne camekânlı vitrinin içindekileri incelerken, eski ahşap döşemeler ayağının altında gıcırdıyordu.

"Alışılmışın dışında bir hatıra arıyorsanız, çok değişik bir şey geldi," dedi satıcı. Cam bankonun arkasına geçip küçük bir kutu çıkardı.

İçinde sıradan, kumaş bir düğme vardı. Çok eski olmasının dışında Bethanne bir olağanüstülük göremedi.

"Bu düğme konfederasyon üniformalarından birine dikilmiş," dedi kadın, düğmeyi dikkatle avucuna koyarken. "Elimde fotoğrafı var." Satıcı neredeyse boşalmış bir kutudan lime lime olmuş gri bir üniforma fotoğrafı çıkardı. "Gençler eyaletler arası savaşa giderken, sevgilileri genellikle bir düğmelerini parfümle ıslatırlarmış. Kuruduktan sonra, sevdikleri adamın üniforma yakasına onu dikerler ve geride neler bıraktıklarını hatırlamalarını isterlermiş. Böylece asker ne zaman evini ve sevdiğini özlese, tek yapması gereken derin bir soluk almakmış."

"Çok romantik," dedi annesinin yanına gelen Annie.

"Ne kadar?" diye sordu Bethanne.

Satıcı fiyatını söyleyince neredeyse dudağı uçuklayacaktı. "Bir düğme için mi? Teşekkürler, ama hayır. Bütçemi çok aşıyor."

"Anne, almalısın," diye ısrar etti Annie.

Bethanne başını iki yana salladı. "Bunu ne yapacağım?"

"Gezimizin hatırası olarak saklarsın," dedi Annie. "Farklı, tarihi değeri var ve çok romantik."

Bethanne bir an düşündü. "Sanırım başka bir şey almayı tercih ederim."

"Fiyatı daha uygun bir şey demek istiyorsun," diye fikrini belirtti onlara katılan Ruth.

Bir süre daha alışverişe devam ettiler. Annie kız arkadaşları için ufak tefek hediyeler aldı, Ruth ise kendi arkadaşları için cevizli şekerlemeleri tercih etti. Sonunda, Bethanne bir şey almadan dükkândan çıktı, alışveriş havasında değildi. Max'i özlüyordu.

Oteldeki odalarına döner dönmez Ruth pijamalarını giydi ve yatar yatmaz uyudu.

Annie, iPhone'uyla meşguldü, e-postalarına cevap veriyordu. Küvete girme fırsatı bulan Bethanne, kendine otuz dakikalık bir sükûnet ortamı sağladı. Köpüklü sıcak suya uzanıp gözlerini kapadı.

Annie içeri girip küvetin kenarına oturduğunda tamamen gevşemişti.

"Bir şeye ihtiyacın var mı tatlım?" diye sordu Bethanne.

Annie hemen bir şey söylemedi. "Max burada olmadığı için seviniyorum," diye mırıldandı.

"Biliyorum," dedi Bethanne, kendini savunur gibi görünmemeye çalışarak.

"Ondan ne kadar hoşlandığını biliyorum."

"Öyle." Bethanne kızının endişelerinin farkındaydı. "Max'in babanla benim barışmamıza engel olacağını düşünüyorsun. Bak, Annie, babana dönmemi ne kadar istediğini biliyorum. Ancak hiçbir şeyin altı yıl önceki gibi olmadığını anlaman gerek. Ailemiz asla eski haline dönmeyecek. Andrew ve sen artık yetişkinsiniz. Doğru olduğunu hissetmediğiniz hiçbir ilişkiye girmeniz için sizi ikna etmeye çalışmadım. Aynı nezaket ve saygıyı sizden de bekliyorum."

Kızı gözlerini kırpıştırdı, sonra başıyla onayladı.

"Birbirimizi anlıyor muyuz?"

Annie tekrar başını salladı. "Senden tek bir söz istiyorum."

"Nedir?"

"Babama bir şans ver. Sadece, babama bir şans ver."

23

"Anne," diye fısıldadı Annie. Uyumamıştı. Başucundaki ışıklı dijital saat üçü biraz geçiyordu. Saatin ve kapının altından sızan koridorun ışığı dışında oda karanlıktı. Diğer yataktaki büyükanne hafifçe horluyordu.

"Hımm?" diyerek, yarı uykulu döndü annesi.

"Uyanık mısın?"

"Artık evet," diyen Bethanne sırtüstü döndü.

Annie tavana baktı. "Bana çok kızgın mısın?"

Annesi oturdu, yastıklara yaslandı ve Annie'ye baktı. "Neden sana çok kızgın olayım?"

"Max hakkında söylediklerim yüzünden," diye fısıldadı Annie. "İşin gerçeği, babam olmasa, onu gerçekten sevebilirdim." Bir türlü uyuyamayan ve duygularını tahlil etmeye çalışan Annie, Max ve Rooster'ın aslında nazik, yardımsever insanlar olduklarını anlamıştı. Göl kenarında mahsur kaldıklarında onlar gelmese neler olurdu düşünmeden edemiyordu.

"Onu gerçekten önemsiyorsun, değil mi?" diye içini çekti Annie. Babası bu romantizme bir nokta koyabilirdi, ama yapmamıştı. Üstelik kendi kararını verebilmesi için annesini rahat bırakmaları konusunda ısrar etmişti. Annie bu davranışı cesurca ve özverili bularak takdir etse de acilen bir şeyler *yapması* gerektiğini yüzüne haykırmak istemişti. Gerçi dinlemezdi. Ebeveynlerinin ikisi de karmaşık insanlardı.

"Max'i önemsiyorum." Annesinin sesi şefkatliydi.

"Annemin babam dışında bir erkeğe tutulduğunu görmek çok tuhaf."

"Ona âşık olduğumu söyleyemem, Annie. Bunun için çok erken. Ben... çok etkilendiğimi söyleyebilirim ama henüz birlikte hiçbir zorluk yaşamadık. Bir gün, kolaylıkla ona âşık olabileceğime inanıyorum. Max'i çok beğeniyorum ve bazı şeylerin, onunla beraber olabileceğim şekilde gelişmesini umuyorum, ama olmayabilir de."

"Ama babamı da seviyorsun, değil mi?" Anne-babasını tekrar bir arada görme hayalinin giderek yıkıldığını hissediyordu.

"Baban benim için çok önemli. Yaptığı muhakeme hatası yüzünden, birlikte geçirdiğimiz onca yılı göz ardı edemem." Annesi tekrar uzandı. "Bununla beraber, beni bu konuda sohbet etmek için uyandırdığını sanmıyorum. Sorun nedir tatlım?"

Annie içini çekti. Nereden başlayacağını bilemiyordu.

"Vance'den yine haber aldım." Vance ona birkaç kez e-posta göndermiş gibi konuşuyordu. Aslında, Matt ve Jessie'yle birlikte Avrupa'ya gittiğinden beri, Vance neredeyse her gün ona yazmıştı. Annie çoğuna cevap vermemişti.

"Onun sıla özlemi çektiğini ve Seattle'a geri dönmek istediğini söylemiştin."

"Dönemiyor. Dönüş bileti gelecek sene için geçerli. Değiştirmek istediğinde havayolu şirketi üstüne neredeyse yeni bilet parası istemiş. O kadar parası yok ve ailesinden de isteyemiyor. Havayolu şirketinin insafsız olduğunu söylüyor, ona katılıyorum."

"Uçuş rezervasyonunu yaptırırken bunu biliyor olması gerekirdi."

"Ama dönüş biletinin parasını ödemiş zaten!"

"Çok çabuk fikir değiştiriyor, öyle değil mi?" diye sordu Bethanne. "Avrupa'ya gideli sadece birkaç hafta oldu."

"Evet..."

"Bana söylemediğin nedir, Annie?"

Annie, annesiyle ilgili en büyük sorununun bu olduğunu düşündü. Satır aralarını çok iyi okuyordu.

"Tamam." Gözlerini sımsıkı kapadı. "Vance, ay sonunda benimle Fransa'da buluşmak istiyor." İşte, söylemişti. Annesinin tepkisini beklerken soluğunu tuttu.

"*Sen* bu konuda ne düşünüyorsun?"

Annie'nin bunu tahmin etmesi gerekirdi. Annesi bunu hep yapıyordu. Her şeyi soruya dönüştürüyordu. "Emin değilim," diye itiraf etti. "O yüzden seninle konuşmak istedim.

Öğüdüne ihtiyacım var."

"Pekâlâ," dedi annesi. "Bu durumun seni rahatsız ettiği açık. Yoksa çoktan uyumuş olurdun."

"Tabii sen de öyle," diye gülümsedi Annie.

"Doğru."

Yine de annesinin keyfi kaçmış gibi değildi ve bu onu biraz rahatlatmıştı.

"Her şeyden önce, Vance hakkında neler hissediyorsun?"

"Şimdi mi, yola çıkmadan önce mi?"

"Şimdi."

"Şey... onu özlüyorum. Avrupa'ya gitmeye karar vermeden önce her gün konuşuyorduk ve neredeyse sürekli beraberdik. Avrupa'ya Matt ve Jessie'yle beraber gideceğini öğrendiğimde en çok bu yüzden bozuldum."

"Bunu gizledi."

"Dediğine göre bana söylemek istemiş fakat Matt izin vermemiş."

"Ve doğru olduğuna inandığı şeyi yapmaktansa arkadaşını dinlemeyi tercih etmiş."

"Öyle."

"Seninle neden Fransa'da buluşmak istediğini söyledi mi?"

Annie ellerini başının arkasında birleştirip biraz daha tavana baktı. "Kendini fazlalık olarak hissetmekten bıkmış. Matt ile Jessie sürekli tartışıyormuş ve bir yıl daha dayanacak parası yokmuş ve..."

"Bir başka deyişle, hiçbir şey onun düşündüğü gibi gelişmemiş," diye onun yerine cümleyi bitirdi annesi. "Bu yüzden mi seni davet edip ona katılmanı istiyor?"

Annesinin sorma biçiminden, bunu çok bencilce bulduğu anlaşılıyordu. "Söylediği bu. Ama biliyorsun, Vance duygularını çok iyi ifade edemez."

Annie, yanında kendisi olmadan Vance'in çok yalnız ve kimsesiz hissettiğine ve yaptıklarından pişman olduğuna inanmak istiyordu. Bu şekilde ifade etmese de, Annie aslında bunu söylemek istediğini biliyordu. Ya da öyle *umuyordu...*

"Samimi olup olmadığına karar verecek olan sensin," diye fısıldadı annesi. "Gerçekten *seninle* beraber olmak mı istiyor, yoksa sadece yalnız kalmak istemiyor mu?"

Annie de sesini alçalttı, büyükannesini uyandırmak istemiyordu. "Benimle beraber olmak istiyor!"

"Ama bu şekilde söylemedi, değil mi?"

"Şey, hayır, ama *söylemek* istediği bu."

Annesi uzun süre suskun kaldı. "Anladığım kadarıyla sen de Vance'le beraber olmak istiyorsun."

Bu doğruydu, gelgelelim, Annie bunu itiraf etmek istemiyordu. "Beni gerçekten incitti anne."

"Biliyorum, canım."

"Gönlümü alabilmesi için daha çok çabalaması gerek, değil mi?"

"Yeterince acı çekmediğini mi söylemek istiyorsun?"

Annie karanlıkta kıkırdadı. "Çok komiksin anne."

"Onun acı çekmesini *istiyorsun*, değil mi?"

"Şey, çekmeli. Arkamdan iş çevirip bana hiçbir şey söylemeden bu geziyi planladı. Ben güya onun kız arkadaşıyım... sence de haberim olması gerekmez miydi? *Ben* her şeyimi *onunla* paylaştım. Onunla evlenmek istediğimi ve onun da aynı şeyi istediğini sanıyordum."

"Biliyorum."

"İki arkadaşıyla Avrupa'ya gittiğini söyleyerek beni sarstığı yetmezmiş gibi, havaalanına bırakmamı isteyerek benimle dalga geçti."

"Gerçekten büyük küstahlık," diye ona katıldı annesi.

"Sen de *onun* acı çekmesini istemez miydin?"

"Korkarım, evet."

Annie, annesinin onun yanında olacağını biliyordu.

"Peki ne zaman yeterince acı çekmiş olacak? Ne zaman bağışlayıp unutacağına karar vermek zor."

"Doğru," diye mırıldandı annesi.

"Onu bağışlayabilirim... zaman içinde."

"Zaman içinde," diye tekrarladı Bethanne. "Bir süre sonra, davranışının üstüne sünger çekebileceksin; tabii istersen. Erkekler, en önemli konularda aymaz olabiliyorlar. Düşündüğünde, Vance seni ne kadar üzdüğünü bildiği halde öpücükler ve kucaklamalar arasında onu yolcu etmeni istedi."

Annie bu konuyu annesiyle konuştuğuna memnundu. Artık her şey daha net görünüyordu. "Jason'la da haberleşiyorum. Branson'da yalnız kaldığım gün beni aradı. Vegas'tan beri görüşüyoruz."

"Peki ne düşünüyorsun?"

"Şey, dürüst olmak gerekirse, Vance'in budalalığının ardından birinin seninle ilgilenmesi iyi geliyor."

"Jason'dan hoşlanıyor musun?"

Annie omuz silkti. "Fena değil."

"Bu fazla heyecanlı bir açıklama değil."

"Biliyorum. Neden böyle hissettiğimi anlamaya çalıştım. Onun gibi biriyle başka bir kız karşılaşsa havalara uçardı. Sonra sorunun ne olduğunu anladım. Jason, Vance gibi davranmıyordu. Vance'le olmaya o kadar alışmışım ki... başkasıyla olmak yanlış gibi geliyor."

Annesi yerini değiştirdi. "Hatırlıyorum da, baban gittikten sonra Paul'le –yani Tiffany'nin eski kocası– yemeğe çıkmıştık."

"Ee?" Annie bunu hatırlamaktan hoşlanmıyordu. Babası ve *Cici* Tiffany, iki insanı aldatmış ve incitmişti. Kendisini ve Andrew'u da sayarsa, dört.

"Yıllardır başka bir adamla çıkmamıştım ve titremeye başladım. Ne söyleyeceğimi, nasıl davranacağımı bilemiyordum. Ağzımı açtığımda saçmaladığımdan emindim."

Bu, Jason'la olan durumuna iyi bir örnek değildi. Annie' nin babası evi terk ettikten sonra annesi ilk birkaç hafta sinirsel bir çöküntü yaşamıştı. O günler hepsi için çok korkunçtu.

Annie ebeveynlerinin ikisine de ama özellikle annesine ateş püskürüyordu. Babası başka bir kadına âşık olmuşsa, bu ancak annesinin suçu olabilirdi. Annie, Bethanne'nin sıkıcı olduğuna karar vermişti. Annesinin bütün dünyası evinden, ailesinden ve babasının iş arkadaşlarına verdiği davetlerden ibaretti. Kendini de bırakmıştı. Saçları uzamış, uzun süredir üstüne yeni bir şey almamıştı.

Sonraki haftalar içinde Annie, babasını eve döndürmek için elinden geleni yapmıştı. Ağlamış, yalvarmış, Bethanne'nin onu mutlu etmesi için gerekeni yapmasını sağlayacağına söz vermişti. Geriye dönüp baktığında, bu davranışından utanıyordu. Ne yaparsa yapsın, babasını yolundan çeviremeyeceğini şimdi anlıyordu.

Onu en çok inciten, çok yakın olmalarına karşın, kendisiyle bile konuşmak istemiyor olmasıydı. Annie bunun sorumlusunun *Cici* Tiffany olduğuna emindi.

Annesini suçlamaktan vazgeçtikten sonra, Annie öfkesini babasının hayatındaki yeni kadına yönlendirmişti. Boşanma tamamen onun suçuydu ve eğer Annie, babasına Tiffany'yle ilgili gerçekleri gösterebilirse fikrini değiştirebilir ve evine geri dönebilirdi.

Annie, *Cici* Tiffany'ye alicengiz oyunları yapmaya kalkmış, ama hepsi geri tepmişti. Çabalarının sonucu sadece babasını üzmek ve aralarını biraz daha açmak olmuştu.

Aciz bir anne ile onu istemeyen bir baba arasında Annie neredeyse kendine zarar verecekti. Neyse ki araya Andrew girmiş, Courtney'nin de yardımıyla onu seçtiği tehlikeli yoldan uzaklaştırmışlardı.

"Birden sessizleştin," diye fısıldadı annesi.

Aklından neler geçirdiğini itiraf etmek istemeyen Annie "Bir şey düşünüyordum," dedi.

"Kafanı karıştırmasına izin verme."

"Komik bir şeydi, anne," diye gülümsedi karanlığa.

"Ne? Paylaşmak ister misin?"

"Jason aslında çok sevimli." Jason sevimliden de öteydi. Annie bunu geliştirmeyi deneyebilir, Jason Kaliforniya'da yaşadığı ve uzun mesafeli ilişkiler zor olduğu halde, nereye varacağını görebilirdi.

"Vance'e ne söyleyeceğini biliyor musun?" diye sordu annesi.

"Sanırım." Duraksadı. "Vance, Avrupa'ya Matt ve Jessie ile birlikte giderken fazlalık gibi hissedeceğini düşünmüş olmalıydı," diye başladı. "Kendi hayatımla ilgili yapacak daha çok şey varken, uzaktayken kendini yalnız hissetmesin diye ona koca bir ay harcayamam. Bir şansı vardı ve kullanamadı."

"Ama yine de onunla beraber olmak isterdin, değil mi?"

"Evet, ama hepsi yanlış sebeplerden."

"Öyle mi?"

"Onunla olmak istiyorum çünkü birlikte çok rahatız. Çok samimiyiz. Ancak hayatımı üstüne kurmak için bu kadarı yeterli değil." Annie düşüncelerini dile getirdikçe doğru kararı verdiğine daha çok ikna oluyordu. Jason'la bir ilişki deneyimi giderek daha mantıklı gelmeye başlamıştı. Onunla ilgili şüpheleri –çünkü o Vance değildi– beraberliklerinin onları nereye götüreceğini merak etme sebebine dönüşmüştü.

"Artık uyuyabilir miyiz?"

"Tamam," dedi Annie, ama uyuyabileceğini sanmıyordu.

24

New Orleans'ta bir gün daha kalıp, sakin bir yolculuktan sonra pazartesi öğleden sonra Vero Beach'e vardılar. Bethanne, Max'ten hiç haber almamıştı. Onu arama düşüncesini sık sık aklından kovmak zorunda kalıyordu.

Şimdilik.

"Her şeyin bu kadar değiştiğine inanamıyorum," diye tekrarlamayı sürdürüyordu Ruth kasabaya girerken. 60 numaralı yol boyunca ilerlerken bir sağa, bir sola bakıyor, bir zamanlar uçsuz bucaksız portakal bahçeleri olan bu arazilerin üstünde yükselen evleri ve mahalleleri gördükçe başını şaşkınlıkla iki yana sallıyordu.

"Royce'u ara," dedi Annie, otel odasına girip bavullarını açar açmaz.

Ruth heyecanla ellerini ovuştururken odada volta atıyordu. "Sence aramalı mıyım?" diye sordu Bethanne'ye bakarak. "Demek istediğim, bu kadar çabuk? Daha yeni geldik."

"Arayacağını söylemiştin," diye hatırlattı Bethanne.

"Büyükanne," diye homurdandı Annie. "Senden haber bekliyor. Hemen ara!" diye buyuran Annie, odadaki telefonu işaret ediyordu.

Ruth tereddütle Bethanne'ye baktı, gelini onu cesaretlendirmek için başıyla onayladı.

"Tamam... yapacağım," dedi Ruth. Yetişkin bir kadından çok, mektepli bir kız edasıyla konuşuyordu, "Ama işler ters giderse, ikinizi suçlayacağım." Güya öfkeli bir tavırla onlara dik dik baktı.

"Öyle bir şey olmayacak, söz," dedi Annie, kendinden emin bir tavırla. Ruth yatağın üstüne oturup çantasından çıkardığı kâğıt parçasındaki Royce'un numarasını dikkatle tuşlarken, Bethanne dikkatle onu izledi. Ahizeyi kulağına götürürken yumruğunu bir sıkıp bir açıyordu. Sessizliğin içinde Bethanne karşı tarafın telefonunun çaldığını ve bir erkek sesinin cevap verdiğini duydu.

"Royce, ben Ruth," diye başladı, sesi endişeyle titriyordu. Hızlı hızlı devam etti. "Torunum, sağ salim geldiğimizi bildirmem gerektiğini söyledi. Balo komitesinin önerdiği Vero Beach'teki oteldeyiz."

Bethanne, Royce'un ne dediğini duymasa da Ruth'un yüz ifadesinden arandığı için mutlu olduğunu anlıyordu. Ruth eğildi, gülümsüyordu.

"Elbette, ama gelinim ve torunum yanımda. Tamam. Hı-

hı... çok iyi olur." Ellerini birleştirip ayakta sonucu bekleyen Bethanne ile Annie'ye baktı. "Tamam, peki... çok düşüncelisin. Görüşürüz." Ruth telefonu kapadı.

"Ee?" diye sordu Annie umutla. Annesiyle birlikte Ruth'a bakıyorlardı.

"Hepimizi yemeğe davet ediyor," dedi Ruth.

"*Hepimizi* mi?" diye sordu Bethanne, doğru anladığından emin olmak için.

"Torunu yanındaymış, tanıştırmak için onu da getirecek."

Annie gülümsedi, olayların böyle beklenmedik biçimde gelişmesinin ilgisini çektiği açıktı. "Aradığına sevindi mi?"

Ruth kızardı. "Sanırım," dedi.

"Sana söylemiştim," diye övündü Annie, temiz giysiler alıp banyoya yöneldi.

"Benim de üstümü değiştirmem gerek," dedi Ruth, üstündeki kıyafete bakarak. Bluzunun üstündeki görünmez tozları silkelerken, kaşlarını çatıp, "Royce'u tekrar görmeye hazır mıyım, bilmiyorum," diye mırıldanıyordu.

"Evet, haklısın," dedi Bethanne. Kayınvalidesinin içinde bulunduğu ruh hali onu hem etkilemiş hem de eğlendirmişti.

Ruth, eski göz ağrısıyla buluşmaya giderken giyeceği en doğru kıyafeti bulmak için bavulunu karıştırmaya başladı. Annie ve Ruth'un meşgul olduğunu gören Bethanne ceptelefonunu alıp avluya çıktı ve camlı kayar kapıyı arkasından dikkatlice kapattı. Kıyıya vuran dalgalar büyüleyiciydi ve okyanustan esen meltem, ikindi vaktinin sıcağını ve nemini dağıtıyordu.

Avludaki sandalyelerden birine oturan Bethanne, Max'

in numarasını çevirdi. Ona ulaşıp ulaşamayacağını bilmiyordu. Ulaşamazsa, mesaj bırakacaktı.

Dördüncü kez çaldığında, sesli mesaja geçmeden hemen önce Max telefonu açtı.

"Max... benim, Bethanne."

"Bethanne." Sesi zayıf çıkıyordu.

"Neredesin?"

"Kaliforniya yolundayım." Duraksadı. "Florida'ya vardınız mı?"

"Yarım saat önce geldik."

"Grant orada mı?"

"Henüz değil. Bizimle daha sonra buluşacak." Şu anda Grant'i düşünmek istemiyordu. "Nasılsın?"

"Mutsuz." Boğuk bir sesle güldü.

"Gerçekten mi?" Bethanne telefona biraz daha sıkı sarıldı.

Max anlaşılmaz bir şeyler mırıldandı. "Sevindiğini bu kadar belli etmen gerekmez."

"Elimde değil. Ben de tıpkı senin gibi hissediyorum."

"New Orleans nasıldı?"

"Dün sabah Café du Monde'de börek yedik, gece Bourbon Caddesi'nde caz dinledik. Sonra kendimi alkollü bir karışım içerken buldum. Beni eşekten düşmüş karpuza çevirdi."

"Başınızı derde sokmadınız, değil mi?"

"Kayda değer bir vukuat yok," diye dalga geçti. "New Orleans mutfağının ününü hep duyardım, gerçekten mükemmeldi." Bethanne gevezelik etmeye başladığını fark etti. "Annie, beni ve Ruth'u naneli kokteyl deneme konusunda ikna..."

Max neşeyle kahkaha attı. "Otele dönmeyi başarabildiniz mi?"

"Hayır..." diye kıkırdadı Bethanne. "Taksi tuttuk." Bethanne kahkahalar yatışana kadar bekledi, sonra sessizce devam etti, "burada olmanı çok isterdim."

"Ben de," dedi Max. "Belki bir gün tekrar birlikte gideriz."

"Kapatmam gerek," dedi Bethanne çabucak.

"Aradığına sevindim."

"Ben de. Rooster'a selam."

Konuşma sona erdiğinde kendini can yakıcı bir boşluğun içinde buldu. Daha iyi hissedeceğine, daha kötü hissediyordu.

"Max miydi?" diye sordu Annie.

Bethanne başıyla onayladı.

"Babam aradı," diye devam etti Annie. "Uçağı rötarsız inmiş ve Vero'ya doğru yola çıkmış."

"Tamam."

"Büyükannem, akşam yemeğinde bize katılmasını önerdi," dedi, cam kapıya yaslanan Annie.

Bethanne'nin sesi sakindi. "Ya konferans? Kaçırmayacak mı?"

Annie omuz silkti. "Kendin sorarsın."

Bethanne bir an bir konferans olduğundan bile şüphe etti, çünkü fazlasıyla uygun düşmüştü.

"Yemek için hazırlanmayacak mısın?" diye üsteledi Annie.

Bethanne gönülsüzce kalkıp içeri girmeye hazırlandı.

"Anne," diye mırıldandı Annie, kolunu tutarak. "Royce'la karşılaşacağı için büyükannem çok gergin. Ona yardımcı olabilirsin."

"Bunu nasıl yapacağım?" diye sordu Bethanne, kızının yüzüne bakarak.

"Bilmiyorum. Ben söz konusu olduğumda çok iyisin." Annie gülümsedi.

"Ama... Ruth benim kızım değil ki."

"Varsay ki öyle." Annie omzunun üstünden baktı. "Biri bir şeyler yapmalı. Odada volta atıp duruyor ve eğer biraz daha parfüm sıkarsa yangın alarmı çalışacak."

Bethanne odaya girdiğinde Ruth tırnaklarını kemirerek volta atıyordu.

"Bana on beş dakika ver," dedi Bethanne.

"Ne için on beş dakika?"

"Seni bir bara götüreceğim."

"Royce'un beni bir barda görmesini istemem!" diye feryat etti.

"Evet, istersin," dedi Bethanne en otoriter sesiyle. "İtiraz etme."

Ruth, fara tutulmuş tavşan gibi ona baktı.

Kısa süre sonra, basit ve gösterişsiz fuayenin içinde yer alan ve uyumsuz masalarıyla sandalyeleri olan eski moda U biçimli ahşap bara giderken Bethanne ona eşlik etti. Neşeli bir barmen siparişleri aldı. Bethanne'nin istediği iki kadeh beyaz şarap birkaç dakika sonra masaya geldi.

Ruth bir yudum alır almaz öyle bir öksürüğe boğuldu ki neredeyse ciğerleri sökülecekti.

"İyi misin?" diye sordu Bethanne, hafifçe sırtına vururken.

Ruth hızla başını iki yana salladı.

"Sorun nedir?" diye merak etti şaşıran Bethanne.

"Royce geldi," dedi fısıltıyla, gözlerini kurulamak için elini çantasına sokup mendil aramaya başladı.

"Nerede?" diye soran Bethanne, bir yandan gözleriyle loş salonu tarıyordu. Ruth başıyla, arkası dönük bar taburelerinden birine ilişen saçları ağarmış uzun boylu adamı işaret etti.

"İyi misin?" diye fısıldadı Bethanne.

Ruth heyecandan paralize olmuş gibiydi. "Onunla karşılaşabileceğimden emin değilim."

Bethanne, Ruth'un titreyen ellerini görünce şaşırdı.

"Onu çok incittim..." diye başladı, Bethanne'nin daha önce hiç duymadığı çatlak bir sesle.

"Ruth, gençtin... eminim atlatmıştır..."

Ruth başını sert bir şekilde iki yana sallayarak onu susturdu. "Belki, ama ben asla atlatamayacağım." Lime lime olmuş kâğıt mendiliyle oynamaya devam ederek dakikalarca oturdu. Sonra, Bethanne'nin bakışları altında yavaşça kalktı ve omuzlarını düzeltti.

Bethanne onu yüreklendirmek için gülümsedi.

Ruth, Royce'un arkasına doğru yürüdü ve elini omzuna koydu.

Royce döndü, yüzündeki şok ifadesi çok açıktı. Bir süre sadece bakıştılar. "Ruth... Ruth, gerçekten sen misin?"

"Çok mu değişmişim?" diye sorarken cevaptan korkarmış gibi bir adım geri çekildi. Parmaklarını dudaklarına bastırdı, ağlamak üzere olduğu belliydi.

"Yo, yo..." Görüşünü berraklaştırmak ister gibi gözlerini kırpıştırdı. "Şimdi daha güzelsin. Hatırladığımdan da güzelsin."

"Royce..." dedi Ruth ve sendeleyerek ona doğru yürüdü.

Tek kelime etmeden kucaklaştılar, ardından Royce, Ruth'un yüzünü avuçları arasına aldı ve bir süre onu seyretti.

Tam o sırada, Facebook sayfasındaki fotoğrafları güncelleyen Annie içeri girdi. Ruth ve Royce'un karşılaşma anını yakalayınca yüzüne kocaman bir tebessüm yayıldı ve Bethanne'ye zafer işareti yaptı.

Ardından Royce'un torunu Craig içeri girdi, gruba katılıp tanışma faslını bitirdikten sonra Bethanne onun ve Annie'nin hararetli bir sohbete daldıklarını fark etti. Birbirlerinin gözlerine dalan Royce ve Ruth ise dünyayla ilişkilerini kesmiş gibiydi.

Bethanne, kendi düşüncelerine öylesine dalmıştı ki Grant'in içeri girdiğini bile anlayamadı. Bara doğru yürüyüp çevresine bakındı, Bethanne'yi görünce yüzü aydınlandı. Bethanne, onu görünce etkilendiğini fark edip şaşırdı. Uzun boylu ve sırım gibi olan Grant, hâlâ çekici biriydi ve gözle görülür bir enerjisi vardı. Bir zamanlar iyi bir ikiliydiler; çoğunlukla Bethanne sessizce geri planda kalmayı ve pek çok konuda onun silik ortağı olmayı kabul ettiği için.

Gülüşü bütün yüzüne yayılıyor ve insanın içini ısıtıyordu. Ona doğru yürümeye başladığında, Grant'in nasıl ilgi odağı olmayı başardığını hatırladı. Geçen yıllar içinde pek çok iş arkadaşının onun karizmasından ve müşterilerinin üstündeki etkisinden söz ettiğini biliyordu. Belli ki değişen bir şey yoktu.

Henüz Bethanne'nin yanına gelmeden Ruth oğlunu fark etti ve diğerleriyle tanıştırmak üzere yanına çekti. Bethanne' nin bakışlarını yakalayan Grant ona göz kırptı, ama üçlü çift bir araya geldiğinde masanın diğer tarafında kısılıp kaldı. Bir şişe şarabı paylaştıktan sonra otelin yanındaki restoranda akşam yemeği yemek üzere kalktılar.

Ocean Grill, ilginç ferforjeleri, vitrayları ve diğer koleksiyon malzemeleriyle dikkat çekiyordu. Pencere kenarında bir masaya oturtuldular ve bu kez Grant, Bethanne'nin yanındaki yeri kaptı. Dışarıda dalgalar sahili dövüyor, turist grupları ayaklarının altındaki köpükler eşliğinde kumsalda yürüyordu.

Bethanne, Grant'in masanın altından eline dokunduğunu hissetti. "Seni özledim," diye mırıldandı.

Hafifçe gülümseyen Bethanne, gözünü mönüden ayırmadı. İşin gerçeği, Grant itiraf etmek istemediği kadar zihnini meşgul etmişti. Tereddütlerine rağmen, varlığı eski mutlu günlerin coşkusunu geri getirmişti. Grant rahatça baba ve oğul rolüne bürünebilmişti; çok istemesine rağmen bu, Max' in asla yapamayacağı bir şeydi. Royce ve Ruth'la sohbet ederken onu inceledi; morali gayet iyiydi ve neşeliydi. Grant aileydi ve bunu göz ardı etmek ya da görmezden gelmek zordu.

Gece ilerledikçe şarap su gibi aktı ve Bethanne rahatladı. Royce'un ısrarlarıyla kayısı soslu palamut istedi ve tadı nı çok beğendi. Grant ve Annie'nin aynı şeyi sipariş edip – kral yengeç bacağı– iştahla yemelerine şaşırmadı.

Yemeğin ardından Annie ve Craig kumsalda yürümeye gitti. Ruth ve Royce ikilisi de ayrılıp Bethanne ile Grant'i masada baş başa bıraktılar. Kahvesini karıştıran Bethanne birden utandığını hissetti.

"Sana bir şey getirdim," dedi Grant.

"Seattle'dan mı?"

"Pek sayılmaz." Ceketinin cebinden paket yapılmış küçük bir kutu çıkardı.

"Bana hediye alman gerekmiyor," diye itiraz etse de merakını bastıramıyordu. Grant her zaman eli açık biriydi ve ilginç hediyeler almayı bilirdi; en büyük yeteneklerinden biri buydu. Doğum gününü ya da yıldönümlerini bir kez bile atlamamış ve seçtiği hediyeler her geçen yıl daha düşünceli, daha gösterişli olmuştu.

Bethanne kutuyu görür görmez anladı.

İçinde, New Orleans'daki antikacıda gördüğü düğme vardı. Annie'nin bu düğmeden babasına söz ettiği çok açıktı;

Grant aynı gece siparişi vermiş olmalıydı.

"Sevdin mi?"

"Çok," diye fısıldadı, askerler ve geride bıraktıkları sevgililerle ilgili öyküyü hatırlayarak.

"Bu düğmeye her baktığında," dedi Grant, başını ona yaklaştırarak, "beni düşünmeni istiyorum."

25

Royce'la birlikte geçirdiği akşam, Ruth yılların buhar olup uçtuğunu ve tekrar on sekiz yaşına geri döndüklerini hissetmişti. Hiç yadırgamadan ve susmadan saatlerce konuşmuşlar, sonunda Ruth gece yarısı olduğunu ve yalnız olduklarını fark etmişti.

Bethanne ile Annie odalarına çekilmişti. Craig eve gitmiş olmalıydı. Ayrıldığını hatırlamasa da, anlaşılan Grant, Orlando'ya dönmüştü. Gece boyunca, Ruth'un gözü Royce' dan başka bir şey görmemişti. Sadece onun söylediklerini duymuştu. Geri kalan her şey bulanıktı.

Royce, Ruth'u odasının kapısının önüne bırakmadan önce, sabah onu alıp Indian River'daki evine götürüp götüremeyeceğini sormuş, Ruth da kabul etmişti. İkisi de, elli yıl önce ayrılmalarını gerektiren koşullar hakkında konuşmamıştı, ama Ruth en mutlu anılarında bile bunun gölgesini hissediyordu. Geçmişin üstüne bir sünger çekebilmeyi çok isterdi fakat şu anda bu gerçekle yüzleşmedikleri sürece, gelecekle ilgili her umudu yok edecekti.

Zihnini meşgul eden bu düşünceler yüzünden bir türlü uyku tutmayan Ruth, Bethanne ve Annie'den önce kalkıp giyindi, saçına ve makyajına fazladan özen gösterdi. Yaz mevsiminde Florida'nın nemi dayanılır gibi değildi. Saçlarının bozulmadan kalmasını beklemiyordu, ama düzgün durması için elinden geleni yapabilirdi.

Royce için.

"Büyükanne, neden bu kadar erken kalktın?" diye uyku sersemi bir halde sordu, Ruth'un banyodan çıktığını gören Annie.

"Saat neredeyse sekiz oldu."

"Senin için hâlâ erken," diye belirtti Annie. Sabahları yatak keyfi yapan genellikle Ruth olurdu. "Sabah jimnastiğini yaptın mı?"

"Yaptım." Ruth, dağınık bir bukleyi özenle düzeltti. "Bu sabah Royce'la buluşacağım."

"Şimdi anlaşıldı," diye mırıldandı Bethanne. Annie'nin yanında, yatağın diğer tarafında uzanıyordu.

"Craig'le tanışmaktan memnun musun?" diye sordu Ruth torununa. Her ne kadar gözü Royce'dan başka bir şey görmese de, iki gencin kafa kafaya verip sohbete daldıklarını fark etmişti.

"Gerçekten hoş biri." Annie'nin yüzü heyecanla parladı.

"Tekrar görüşecek misiniz?" diye sordu Ruth.

"Beni nehir gezisine çıkaracak, manta ve yunusları göreceğiz." Annie keyifle gerindi. "Bana Florida'nın bu kadar güzel olduğunu hiç söylememiştin, büyükanne."

"Kendine özgü bir güzelliği var. Tıpkı Kuzeybatı Pasifik gibi."

"Ne zaman döneceğin belli mi?" diye soran Bethanne oturma pozisyonuna geçip parmaklarını saçlarının arasından geçirdi.

"Hayır... arayıp haber veririm. Annie ve Craig beraber gittiklerine göre, bütün gün sen ne yapacaksın?" Bethanne'nin bütün günü otel odasında tek başına geçirmesini istemiyor, Grant'in sıkıcı emlakçılar konferansına çakılıp kalmaması için dua ediyordu.

"Grant uğrayacak," diyerek onu rahatlattı. "Bu sabah bir oturum varmış, ama öğlen bitecekmiş. Saat bir gibi buluşacağız."

"Sabah ne yapacaksın?"

Bethanne yataktan çıktı. "Havuz başında tembellik edip kitap okumayı düşünüyorum. Ayrıca örgüm var, daha bitecek gibi değil. Benim için endişelenme." Elini Ruth'a doğru salladı. "Royce'la günün tadını çıkar."

"Öyle yapacağım," diyen Ruth saatine baktı.

"Her şey yolunda mı?" diye sordu Bethanne, anlamlı bir tonda.

Ruth huzursuz oldu. "Ben... ben henüz bilmiyorum. Onunla her konuda konuşma fırsatım olmadı." Endişeyle

Bethanne'ye baktı. "Öğleden sonra seni ararım, tamam mı?"

"Elbette." Bethanne ona bir öpücük gönderdi, Annie ise sevgiyle gülümsedi. Hâlâ birkaç dakikası olduğuna inanan Ruth, bir fincan kahve alıp gazetelere göz atmak üzere lobiye yöneldi, ama gazetesi önünde açık Royce'u orada görünce şaşırmaktan kendini alamadı.

"Günaydın," dedi Ruth. Royce'u görmek bile kalp atışlarının hızlanmasına yetmişti. Elli yıl geçtiğine inanmak zordu. Onunla gayet samimiydi, tıpkı çocukken konuştuğu dili yeniden keşfeder gibiydi. Peki, Royce yaptıklarını bağışlayabilmiş miydi?

Royce gazetesini katlayıp ayağa kalktı. "Ruth..." diye başlayıp sonra sessizleşti.

"Erkencisin," dedi Ruth gergin bir halde. "Dün gece pek uyuyamadım," diye itiraf ederken Royce'un aklından geçenleri okuyabilmesini diliyordu.

Royce kaşlarını çatıp gözlerini kaçırdı. "Ben de pek uyuyamadım."

"Ben aslında... bu sabah konuşabiliriz diye düşünmüştüm."

Royce başıyla onayladı. "Sanırım bunu yapmalıyız." Uzanıp elini tuttu, sonra koluna geçirdi. "Konuşacak çok şeyimiz var, ama önce, seni tekrar görmenin ne kadar büyük bir mutluluk olduğunu bilmeni isterim."

"Ben de aynısını hissediyorum." Ruth asla onunla ikinci bir şansı olacağını umut etmemişti. Ama bu kez aralarındaki hiçbir şeyi zedelememeye kararlıydı.

Royce onu arabaya kadar götürdü, gençken yaptığı gibi kapıyı açıp binmesine yardım etti. Royce her zaman gerçek bir beyefendi olmuştu; on sekiz yaşında yoksul bir delikanlıyken bile.

Nehirdeki evine doğru yol almak yerine, direksiyonu Orchid Island'a doğru kırdı.

"Nereye gidiyoruz?" diye sordu Ruth.

"Taze sıkılmış birer bardak Indian River portakal suyu ile güne başlamak iyi olur diye düşündüm."

Ruth, Royce'un onu çocukluğunun geçtiği eve götürdüğünü tahmin etti. "Baban portakal bahçelerini satmıştı, değil mi?"

"Öyle." Royce ona bakıp sırıttı. "Ağabeyim satın aldı."

"Arnie mi?" diye gözlerini kısıp şaşkınlıkla baktı Ruth.

"Benny," diye düzeltti Royce. En büyükleri oydu. Arnie ise, en küçük olan diye hatırlıyordu.

Araziye ulaştıklarında bir dizi portakal ağacının arasındaki yoldan ilerleyip sonunda durdular. "Mezuniyet gecemizi hatırlıyor musun?" diye sordu Royce.

Ruth güldü. "Nasıl unutabilirim?"

"Çocuklarım ve hatta *onların* çocukları bile, balo salonuna nasıl sırılsıklam ve sefil fareler gibi gittiğimizi biliyor."

"Benimkiler de."

Royce ona baktı. "Doğru mu anlamışım? Bethanne ile Grant'in boşandığını mı söylemiştin?"

"Doğru."

"Bana hâlâ karıkoca gibi göründüler."

Ruth kollarıyla kendini sardı. "Öyle, değil mi? Onları tekrar bir arada görmenin beni nasıl heyecanlandırdığını anlatamam. Yolda sürücülerle –motorcularla– karşılaştık... şey, Bethanne içlerinden birine tutulmuş gibi. Bu adama gerçekten âşık olacak diye çok endişelendiğimi söylemek zorundayım."

"Dün akşam durum pek öyle görünmüyordu."

"Tanrı sesini duysun," dedi Ruth hevesle. "Grant bir orta yaş krizi geçirdi," diyerek açıklamadı.

"Ve sonra boşandılar, doğru mu?"

"Evet, ama neyse ki aptallık ettiğini anladı. Neyin önemli olduğunu anlayacak kadar zeki olduğu için şükrediyorum. Ailesini tekrar kazanmak için elinden geleni yapıyor."

"Yolu açık olsun."

"Teşekkürler." Ruth, gücünü toplayabilmek için derin bir soluk aldı ve hızla devam etti. Bunu daha fazla ertelerse bir daha asla söyleyecek cesareti bulamayacağından korkuyordu. "Aptallıktan söz etmişken, ben… ben her şeyi bu duruma getirdiğim için özür dilemek istiyorum..." Oturduğu yerden Royce'un yüzüne baktı, bir yandan da çantasının sapıyla oynuyordu. "Davranışlarım yüzünden yıllardır acı çekiyorum, keşke geçmişimizin bir bölümünü baştan yazabilseydim..." Sesi canlılığını yitirdi. Boğazı düğümlenmişti. Hatalarını listelemeye gerek yoktu, Royce zaten hepsini biliyordu. "Her şeyden çok, sana acı verdiğim için pişmanım. Genç ve aptaldım, keşke…" Sesi çatladı.

Ardından gelen sessizlikte Royce elini hâlâ çantasının sapıyla oynayan Ruth'un elinin üstüne koydu.

"Seni uzun zaman önce bağışladım," dedi yavaşça. Gözlerini kırpmadan ona baktı, ciddi ve şefkatliydi. Ruth bir süre söyleyecek söz bulamadı.

"Peki nasıl?" diyebildi sonunda.

Royce kederli bir şekilde gülümseyerek bakışlarını portakal ağaçlarına çevirdi. "Kolay olduğunu söylemeyeceğim..." diye söze girdi. "Bir süre, bir daha asla bir kadını sevemeyeceğimi sandım." Bazı anılar canlanınca başını iki yana salladı. "Neyse ki yanılmışım."

Demek ki karısını sevmişti. Bunu bilmek Ruth'u rahatlattı.

"Hayat bazı şeyleri kendiliğinden düzene koyuyor," diye devam etti bilgece omuz silkerek. "Barbara'yla evlendim ve üç harika çocuğumuz oldu. Hiç pişman olmadım." Hafifçe Ruth'un elini sıktı. "Senin de olmanı istemem. Sen ve Richard mutluydunuz, değil mi?"

Ruth başıyla onayladı. Mutlu *olmuştu*; olmaya niyet ettiği kadar. Hem Richard'ın hem de kendisinin hataları olmuştu, ama birlikte iyi bir yaşam kurmuşlardı. Royce'la evlense nasıl bir hayatı olacağını her zaman merak etse de, bunu takıntı haline getirmemeyi başarmıştı.

"Geçmişin üstüne sünger çekebileceğimize gerçekten inanıyor musun?" diye sordu. "Özrümü gerçekten kabul edebilecek misin?"

Royce ona baktı.

"Elbette." Gözlerinden bağışlandığını ve biraz daha fazlasını okuyabiliyordu. Ruth çantasını ölümüne sıkan elini gevşetti, parmaklarını Royce'un parmaklarına geçirdi. Büyüyü bozmaktan çekinerek sessizce oturdular.

Bir süre sonra Benny onları karşıladı. Selamlaşmanın ardından Benny, Ruth'u kısa bir geziye çıkardı ve sonunda ikisine de taze sıkılmış şeker gibi portakal suyu ikram etti.

Ruth bir yudum alarak çocukluk anılarının tadını çıkarmaya çalıştı. "Indian River portakallarının ne kadar muhteşem olduğunu unutmuşum." İçini çekti. Bu, olabilecek en güzel portakal suyuydu; Florida halkı Beyaz Saray'da servis edildiği için gurur duyardı.

Arabaya geri yürürlerken Royce bahçenin sonundaki üstü meyve dolu bol budaklı ağacı işaret etti. "Seni ilk kez orada öpmüştüm," dedi nostalji kokan bir ses tonuyla.

"Orada değil," dedi Ruth. "Arkadaki ikinci ağaçtı."

Royce şaşkınlıkla baktı. "Hatırlıyor musun?"

"Elbette hatırlıyorum." Royce her zaman –ve belli ki hâlâ– iflah olmaz bir romantikti. "Okuldan ev ödevini getirmek bahanesiyle ya da ona benzer saçma bir gerekçeyle uğramıştım." Bu şeffaflık karşısında Ruth gözlerini devirdi. "Beni arabadan indirip daha önce bir portakal bahçesini gezip gezmediğimi sormuştun."

"Gezmemiştin, ben de sana çevreyi göstermek istedim," diye devam etti. Bu hatırayla yüzü aydınlanmıştı.

"Yalan söyledim," diye kıkırdadı Ruth. "Tanrı aşkına Royce, ben de portakal bahçelerinin içinde büyüdüm."

"Yalan mı söyledin?" Royce sözüm ona şok olmuştu.

"Aptal değilim. Beni öpeceğini tahmin ediyordum ve şansa bırakmak istemedim."

Royce ona arabanın kapısını açtı. "Hatırladığım kadarıyla tam bir beceriksizdim."

"Hatırladığım kadarıyla," diye araya girdi Ruth, "dudakların benimkilere dokunduğu an, cin çarpmışa döndüm ve az kalsın bayılacaktım."

Güldüler. Royce onun elini dudaklarına götürüp parmak boğumlarına nazik bir öpücük kondurdu. "Artık daha iyi öpüştüğümü garanti edebilirim."

"Ona bakarsan, ben de öyle," dedi Ruth cilveli bir eday-la.

Seventeenth Avenue Köprüsü'nü geçip adaya ulaşıncaya kadar güneye indiler. Dar bir arazinin üstünde yer alan Royce'un evinin önü Atlantik Okyanusu'na bakıyor, arkası ise Indian River'ı görüyordu. İki katlı evin dışındaki daire biçimli otoparka girdiler. Royce onu tuğla merdivenlere yönlendirdi. İçeri girince Ruth'un gördüğü ilk şey Indian River'ı gözler önüne seren camlı kayar kapılar oldu. Gerçek bir nehir olmadığını biliyordu; Florida'dan Maine'e uzanan su kanalının bir parçasıydı. Balık ve su kuşlarının kaynadığı az tuzlu suyla dolu olan bu kanal, çeşitli deniz türlerine ev sahipliği yapıyordu. Ruth, çocukken rıhtıma yüzükoyun uzanıp mantaları okşadığını hatırlıyordu. Bu tarz temasın hoş görüldüğü dönemlerde, Ruth manta ve yunusların ne kadar ilginç yaratıklar olduğunu, insanların onları merak ettiği kadar onların da insanları merak ettiğini keşfetmişti.

"Ah, Royce, muhteşem." Antredeki masanın çevresinden dolaşırken, üstündeki devasa çiçek aranjmanı dikkatini bile çekmedi. "Ne kadar zamandır burada yaşıyorsun?"

"Bir süre..." diye işaret etti Royce. "On yıl diyebilirim. Florida Üniversitesi'ndeki matematik bölümünden emekli olduğumdan beri."

"Her zaman nehrin üstünde bir evin olmasını isterdin," diye hatırlattı Ruth. Gençken, gelecekleri hakkında konuşarak sayısız gün geçirmişlerdi. Doğal olarak evleneceklerine inanıyorlardı. Ruth'un ailesinin onay vermemesi umurlarında değildi. İki çocuk sahibi olmayı düşünüyorlardı, hatta isimleri bile belliydi; Molly ve Royce, Jr.

"Sen hostes olacaktın, hatırlıyor musun?" Royce gözlerini suya dikti. "Pardon, sanırım bugünlerde uçuş görevlisi deniyor."

"Ah, evet." Dünyayı gezebileceği bu mesleğin hayalini kurardı. "Onun yerine evde kalıp çocuk büyüttüm. Richard iyi kazanıyordu ve öyle olmasını istedi," dedi gerçeği ortaya dökerek. "Daha sonra, çocuklar büyüdüğünde gönüllü hizmetlerde bulundum."

Babasını örnek alan Grant, kendi eşi ve çocukları için de aynısını istemişti. Bethanne çok kısa süre çalışmıştı, o da Andrew doğmadan önce. O günden itibaren enerji küpü bir ev kadını olmuştu. Belki eski moda bir seçimdi ve bazen araları açılabiliyordu, çünkü bir kadının en hareketli olmak istediği dönemlerdi. Yine de kendini Grant'in kariyerine destek vermeye ve aşırı ilgili bir anne olmaya adayan Bethanne halinden memnun görünüyordu. Keşke Grant karısının değerini daha çok bilseydi.

"Ne düşünüyorsun?" diye sordu Royce ona doğru yaklaşarak.

"Hiç... sadece anılara takılıp kaldım." Omuz silkti, ipek bluzu Royce'un koluna dokundu.

"Bizimle mi ilgili?" diye sordu Royce sessizce.

"Yo... oğlumla. Bethanne'yi terk ettiğinde oğlumun idrak edemediği şey, başarısının ardındaki sırrın karısı olduğuydu. Richard için üstlendiğim rolün aynısını Bethanne de kabullendi." Ruth başını iki yana salladı. "Sanırım karını kendine verilmiş bir hak gibi görmek çok kolay." Royce'a baktı. "Bethanne oğluma sahip olduğu her şeyi verdi ama Grant onu genç bir kadın için kenara itiverdi."

"Bu hatayı yapan ilk erkek o değil," dedi Royce.

"Sonuncusu olacağından da şüpheliyim," diye iç çekti Ruth.

Royce kolunu ona dolayıp kendine doğru çekti. "Hâlâ çocuklarımız için endişeleniyoruz, değil mi?" diye fısıldadı kulağına. "Yaşları kaç olursa olsun."

"Elimde değil," diye itiraf etti Ruth üzüntüyle ve Royce'a yaslandı. Tek endişesi Grant değildi. Robin babasına çok benziyordu ve Ruth onun da sonunun Richard gibi olmasından, işinin kızını tüketmesinden korkuyordu. Ruth, kâbuslarında Robin'in hayatını *yaşayamadan* genç yaşta kalp krizinden öldüğünü görüyordu.

"Bana çocuklarından söz et," dedi Ruth, merakında samimiydi.

"Şey... Peter, en büyük oğlum, avukat. Evli ve iki çocuğu var. İki yaşından beri bebekleriyle doktorculuk oynayan Maureen ise eczacı oldu. O yaşta bile sürekli reçete yazar ve onları eczaneye götürürdü. En küçük oğlumuz Kent, papaz oldu ve Haiti'de Tanrı'ya hizmet ediyor."

"Royce, inanılmaz bir ailen var," diyerek onun yüzüne baktı Ruth.

Royce başıyla onayladı. "Gerçekten çok şanslıyım."

"İyi bir eşin varmış," dedi Ruth.

"Doğru," diye kabul etti Royce. "Bütün çocuklarım iyi birer evlat oldu, Barbara sayesinde... onu özlemediğim bir gün bile yok."

"Craig kimin?" diye sordu Ruth.

"Maureen'in oğlu. Yılın belli dönemlerinde Haiti'de Kent'le beraber çalışıyor. Bir yıl sonra tıp fakültesini bitirecek. Kendini tamamen muhtaçları iyileştirmeye adamış durumda."

"Harika bir genç adam."

"Gerçekten öyle, ayrıca Annie'ye bayıldı," diyen Royce, Ruth'a göz kırptı.

Ruth'un yüzü ışıldadı. "Annie de ondan hoşlandı."

"Dün gece Craig'e akşam yemeğinde bize katılmasını söylediğimde kabul etti, ama çok hevesli değildi. Bu sabah telefonuma mesaj göndermiş, Annie'yle tanışmasına vesile olduğum için bana teşekkür ediyor."

Ruth keyifle güldü. Annie'nin erkekler konusunda pek çok seçeneği olacaktı. Avrupa'daki şu çocuğu ciddi bir rekabet bekliyordu.

Royce da gülümseyerek ona döndü. "Nehir kıyısında dolaşmaya ne dersin?"

Ruth onun elini kavradı, yüzü neşeyle aydınlanmıştı. "Royce, gerçekten mi?"

"Hatta belki anılara yolculuk yaparız."

"İnanılmaz geliyor."

"John Bolinger'i hatırlıyor musun?" diye sordu rıhtıma doğru yürürken.

"Elbette, iyi arkadaşındı."

"Hâlâ öyle. Mezuniyet balosuna o da katılacak."

"Ya Connie Keenan?" diye merak etti Ruth.

"Son duyduğuma göre kayıt yaptırmış."

Ruth rıhtımda döşeli kalasların üstünde dikkatle yürürken Royce'un koluna girdi. Royce, demirli bir hız motorunun önünde durdu. Ruth'a baktı, boştaki elini kaldırıp yanağına dokundu.

"Kendi adıma, o listedeki en önemli isim sendin. Seni tekrar gördüğüm için ne kadar mutlu olduğumu bilemezsin."

Duygu patlaması yaşayan Ruth bir süre konuşamadı. Royce gözlerinde biriken yaşları görmesin diye başını eğdi.

"Ben de öyle," diyebildi sonunda. "Ben de öyle."

26

Ruth ve Annie günü dışarıda geçirirken, Bethanne otel odasında tembellik yaparak geç saate kadar uyumuştu. Annie erkenden Craig'le çıkmış, Ruth ise Royce'la birlikte gitmişti. İkisi, önceki gece birbirlerini gördükleri andan itibaren ayrılmaz ikili olmuşlardı. Bethanne onların geçmişle ilgili sorunların üstesinden gelmelerini diliyordu. Durum ümit vericiydi, çünkü ikisi de aynı şeyi istiyordu.

Gençlik aşkı, ilk aşk. Grant, Bethanne'nin ilk aşkıydı ve Ruth haklıydı. Kalbini ilk kez vermek gerçekten özel bir şeydi. Bir zamanlar paylaştıklarını yeniden yakalamaları mümkün olmasa da, Grant'e olan sevgisi daima anılarında olacaktı.

Grant.

Max.

Ne istediği konusunda Bethanne'nin kafası çok karışıktı. Max'le her şey çok yeni ve tazeydi. Grant'le ise ihanetin yükünü taşıyordu ve daima taşıyacaktı. Duruma dışarıdan bakan biri, bu sancılı geçmiş yüzünden kararın kolay olduğuna hükmedebilirdi. Oysa değildi. Max'le ilk tartışmalarını bile yaşamamışlardı. Şu ana kadar her şey çok keyifli olsa da bunun daim olmayacağını bilecek kadar tecrübeliydi.

Bethanne bütün sabahı kendine ayırmıştı. Havuz başında sakince yapılan tost ve portakal suyundan oluşan kahvaltının ardından, kumsalda uzun bir yürüyüşe çıktı. Ceptelefonunu bilerek yanına almamıştı, yaklaşık bir saat boyunca her tür muhtemel sorumluluktan kaçmak istiyordu.

Neredeyse bomboş olan kumsalda yürürken köpüklü dalgalar sahili dövüyordu. Hafif esen rüzgâr, sıcağın ve nemin ortasında soluk aldırıyordu. Otelin hediyelik eşya dükkânından aldığı geniş kenarlı hasır şapkasını takmıştı, yalınayak yürürken ıslak kumda izler bırakıyordu.

Zihnini çoğunlukla Max meşgul ediyordu. Bir gün önce yaptıkları kısa konuşmanın dışında, bir daha görüşmemişlerdi. Ailesiyle vakit geçirmesi için onu rahat bıraktığının farkındaydı, tıpkı Grant'in Max'le vakit geçirmesi için yaptığı gibi. Kötü insanlarda bile nasıl vicdan varsa, rakipler arasında da saygı var mıydı? Bu kıyaslama pek işe *yaramasa* bile, kavram olarak Bethanne'yi gülümsetmeye yetti.

Max konusunda duyarlı ve gerçekçi olmaya çalışıyordu. Yine de Max'le bir daha hiç konuşamayacak, onu bir daha hiç göremeyecek olma düşüncesi üzüntüye kapılmasına yetiyordu. Bir erkeği bu kadar çabuk önemsemeye başlamak imkânsız gibi görünse de, durum buydu.

Hiç kimse Max'le olduğu gibi hissetmesini sağlayamamıştı; en azından boşandığından beri. Altı yıllık öfke ve kederin ardından, altı yıllık geçici ilişkilerin ardından, Bethanne kalbini –bir daha asla– kimseye kaptırmayacağına inanmaya başlamıştı. Grant'i bütün kalbiyle sevmişti, her şeyiyle. Evlilik yeminlerindeki her sözcüğü inanarak söylemişti. *Ölüm bizi ayırıncaya kadar... Daha iyi, daha hoş, daha genç ya da daha seksi biri ayırana kadar* değil. Sonsuza kadar.

Grant.

Önceki akşam Ruth ve Annie'yle arası çok iyiydi. Bethanne'yle de. Değişmek konusunda samimi görünüyordu. Ruth'un da defalarca belirttiği gibi, bir erkeğin hatalı olduğunu itiraf etmesi yürek isterdi. Grant onu geri istiyordu ama yine de kendine sorması gereken bir soru vardı: Onu hâlâ mutlu edebilecek miydi? Birlikte tekrar mutlu olabilecekler miydi? Onu becerebildiği kadar bağışlamış olmasına rağmen tekrar güvenebileceğinden emin değildi. Eve geç geldiğinde, başka bir kadın olmadığını nereden bilecekti? Tiffany'den önce başkası olup olmadığını hiç sormamıştı. İşin gerçeği, bilmek istemiyor ve Tiffany'nin onun tek düşüncesizliği olduğuna inanmayı tercih ediyordu.

Sahilde oturup dizlerini topladı. Parmaklarını kumda gezdirirken, kafası arı kovanı gibi uğulduyor, düşünceler bir yerden diğerine uçuşup duruyordu. Bugüne kadar vermesi gereken en zor karar buydu.

Grant'e barışma için umut vermek, Max'i tamamen unutmak anlamına geliyordu. Birleşmeye karar verirlerse, onu tamamen hayatından çıkarmak zorundaydı. Bu durumda Max *ve* kendisi için muhtemelen bir danışmana ihtiyaç olacaktı.

Bethanne, evliliğinin yıkılmasında kendisinin de rolü olduğunu idrak edemeyecek kadar saf değildi. Kendini çocuklarına ve onların hayatına adayan ilgisiz bir kadın olmuştu. Sosyal aktivitelerini düzenlemeyi Grant hep ona bırakmış ve Bethanne ikisinin baş başa kalabileceği zamanlar konusunda umursamaz davranmıştı. Evliliklerini yürütmek dışında bir şey yaptıkları yoktu. Bu konuda ikisinin de eşit derecede suçlu olduğunu biliyordu.

Kendi adına yaptığı bir diğer hata ise, Grant'in hayatında neler olup bittiğinin farkına varmamasıydı. Geriye dönüp baktığında, belirtileri görmemek için kör olması gerektiğini düşünüyordu. Her şey olabildiğince açıktı; neredeyse Grant'in anlamasını *istediğini* düşündürecek kadar. Belki de istemişti; böylece Bethanne ona engel olabilir, onu ne kadar sevdiğini gösterebilirdi. Ancak Bethanne bu konuda tamamen kayıtsızdı. Ofisten geç döndüğü sayısız geceleri ve aslında hiç var olmayan ciddi iş konularını görmezden gelmişti. Grant'in sabahları kendine çekidüzen vermek için daha çok zaman ayırmaya başlamasını önemsememişti. Her şeyi dış görünüşüyle kabullenmişti; özel bir sebep olmadan, ama aslında suçluluk duygusuyla eve getirilen küçük sürpriz hediyeler dahil. Bütün bu belirtileri görmezden gelerek, günlük hayatına devam etmekten memnundu.

O dönem bahar sezonunda Andrew lise beyzbol takımına seçilmiş, Grant sadece bir maçını izlemeye gitmişti. Bethanne bir kez bile mazeretinin ne olduğunu sormamıştı. Oğlu liseyi bitirmek üzereydi, Bethanne mezuniyet komitesindeki işleriyle meşguldü ve...

Geçmişi deşmenin ne faydası vardı ki? Bethanne gözlerini kapatarak pişmanlık duygularını def etmeye çalıştı; bunların ona tekrar üzüntü ve kafa karışıklığı yaşatmasına izin vermeyecekti. Hepsini aşmıştı, Grant'i aşmıştı.

"Bethanne?" Sesin geldiği yöne dönünce eski kocasının ona doğru yürüdüğünü gördü. Rahat ve formda –tamam, itiraf edebilirdi– yakışıklı görünüyordu. Beyaz, pamuklu bir pantolon ve bronzlaşmış kollarını gösteren çiçekli bir gömlek giymişti.

Bethanne saatine baktı, henüz bir olmasına imkân yoktu. Yanılmıştı. Saat neredeyse bir buçuğa geliyordu.

Grant yanına, kuma oturdu.

"Sana ulaşamayınca, ne düşüneceğimi bilemedim."

"Zamanın bu kadar çabuk geçtiğini fark etmemişim." İki saatten fazla bir süredir sahildeydi. Neyse ki güneş kremi sürmüştü, yoksa çok kötü haşlanabilirdi.

"Öğle yemeği yedin mi?"

Başını iki yana salladı.

"Sahilin sonunda bir balık patates restoranı var. Royce dün gece söz etmişti. Ne dersin?"

"Olur." Bethanne aç değilse de Grant olabilirdi.

Grant ayağa kalkmasına yardım etti ve sahilde aksi yöne yürümeye başladılar. Grant, Bethanne'nin elini tutup parmaklarını onunkilere geçirdi.

"İlk buluşmamızı hatırlıyor musun?" diye sordu.

Elbette hatırlıyordu. "Seattle sahilinde balık-patates yemiştik."

"İki kişilik sipariş verecek param olmadığı için bir taneyi paylaşmıştık," dedi sırıtarak.

"Senin kızarmış patateslerini bir martı çalmıştı." Grant'in, patateslerini geri almak için kuşun peşinden nasıl koştuğunu hatırlayınca gülümsedi.

Bethanne katılarak gülmüş ve bu adama gerçekten abayı yakabileceğini düşünmüştü. "Çok gençtik."

Grant gözlerinin içi gülerek baktı. Küçük restorana vardılar ve klimalı salonda oturmayı tercih ettiler. Masalar gelişigüzel seçilmişti ama salonu dolduran mis gibi koku Bethanne'yi tahmin ettiğinden daha fazla acıktığına ikna etmeye yetti.

Eski günlerin hatrına tek kişilik balık ve patatesi paylaştılar. Siparişleri geldiğinde, "Para sıkıntısı çektiğim tek zaman bu değildi," dedi Grant. "Andrew'un doğduğu geceyi hatırlıyor musun?"

Sanki unutabilirmiş gibi. "Tek hatırladığım, doğumun başladığını söylediğimde senin yaşadığın panik. Nefes nefese kalana kadar, *benim* yapmam gereken solunum egzersizlerini yapmaya başlamıştın." Bethanne kocası için bir ambulans çağırmak zorunda kalabileceklerinden endişe duymuştu.

"Bilmediğin şey, doktora bütün borcumuzu ödeyememiş

olduğumdu ve ödeme yapmadan bebeği doğurtmayacağından korkuyordum."

"Doktor McMahon bu konudan hiç söz etmedi."

"Şükürler olsun." Grant bir patates alıp ketçaba buladı ve ağzına attı.

"Bir oğlun olmasını çok istiyordun," diye hatırlattı Bethanne.

"Hiç de değil," diye itiraz etti Grant. "Ne olsa beni mutlu ederdi."

"Öyle diyorsun," diye mırıldanarak bir patates alıp ketçap havuzuna daldırdı. "Oğlan olduğunu duyunca duyduğum en yüksek perdeden haykırdın ve bütün hemşirelerle beşlik çaktın."

"Yapmadığımdan eminim."

"Ben oradaydım ve çok net hatırlıyorum, Grant Hamlin."

"Annie doğduğunda bir oğlan daha umuyordum." Grant gülümsedi, bakışları daldı. "O küçük kıza deliler gibi âşık oldum."

Bethanne aynı fikirdeydi. Annie daha ilk bakışta babasının kalbini çalmıştı. Aralarının bozulduğu tek dönem, boşanmanın hemen öncesi ve sonrasıydı. Bugünlerde ise ilişkileri eskisi gibiydi ve Bethanne çok mutluydu. Annie'nin, babasının sevgisine ve onayına belki Bethanne'den daha fazla ihtiyacı vardı.

"Andrew'un zatürree olduğunu hatırlıyor musun?"

Bethanne çatalını bırakıp parmaklarındaki yağı silmek

için bir peçete aldı. Oğulları sadece on sekiz aylıktı ve o hafta iki kez çocuk doktoruna götürülmüştü. Hemşire onun aşırı korumacı ve baş belası olduğunu ima etmişti. O gece Andrew yine rahatsızdı, Bethanne soluk almakta zorlanan oğlunu saatlerce kucağında sallamıştı. Sabah ilk iş, şirret hemşireyle yüz yüze gelmek pahasına doktorun yolunu tutmuş, doktorun tepkisi ise Andrew'u hastaneye yatırmadığı için hiddetle hemşireye patlamak olmuştu. Bethanne gözyaşlarına boğularak Grant'i aramış, derhal acil servise gelen kocası onu şefkatle kollarına almıştı. Oğlu oksijen çadırında soluk almaya çalışırken tek güç kaynağı oydu.

"Çocuklar büyürken epey zor anlar yaşadık, değil mi?" dedi Bethanne. Annie'nin, bir çocuğun başına gelebilecek en ağır suçiçeğini geçirdiğine yemin edebilirdi. Gırtlağını ve karnını kaplamıştı. Zavallı çocuk perişan olmuş, hiçbiri günlerce uyuyamamıştı.

"Güzel anılarımız da var."

Bethanne bunu kabul etmek zorundaydı. "Onuncu evlilik yıldönümümüz gibi."

"Roma."

"Liseden kalma İtalyancanın bizim için yeterli olduğuna çok emindin," dedi Bethanne, Grant'in bazı maceraları hatırlayıp hatırlamadığını merak ederek.

"Uçak biletini, o ucuz oteli ve yiyecek parasını karşılayabiliyorduk, ama daha fazlasını değil," diye ekledi Grant.

Bu konuda Bethanne'nin hatırlatmalara ihtiyacı yoktu. Bütçeleri o kadar kısıtlıydı ki, hiçbir tura katılamamışlardı.

Birden gülmeye başladı. Grant ona tuhaf tuhaf bakmaya başlayınca eliyle ağzını kapatıp mırıldandı: "Peynir. Peyniri hatırlıyor musun?"

Grant hâlâ boş gözlerle bakmaya devam ediyordu.

"Peyniri unutmuş *olamazsın*."

"Peynir mi aldık?" diye sordu gözlerini açarak.

Gülmeye devam eden Bethanne onu dürttü. "Dalga geçiyorsun, gerçekten unuttun mu? Derdini anlatabileceğinden o kadar emindin ki. Oteldeki İngiliz bir peynirci tarif etmişti fakat nasıl olduysa yolu bir türlü bulamamıştık."

Grant omuz silkti, bu hatıra hafızasından silinmiş gibiydi.

"Bir başka dükkâna girip peynirciyi sorduk, sen yol tarifi için gevezelik ederken dükkân sahibi başını iki yana sallayıp duruyordu."

"Muhteşem İtalyancamla kuşkusuz."

"Kuşkusuz," dedi Bethanne. "Sonra dükkân sahibi gülümsedi, arkadaki odaya gidip iki şamdanla geri döndü."

"Bunu hatırlamayı sana bırakıyorum," diye sırıttı Grant. "Sonunda peynirciyi bulduk, değil mi?"

"Sonunda, gülmemiz geçtikten sonra."

Derken Grant'in bakışları bulandı, ciddileşerek bir peçeteye uzandı ve dudaklarını temizledi. "Mutluyduk, Bethanne."

"Evet," dedi neşesi solarken. Grant bunu sürekli tekrarlıyor ve anılar onu doğruluyordu.

"Yine olabiliriz."

Göz göze geldiler. Bethanne ona inanmak istiyor, o anda hissettiği gibi bunun gerçekliğine dair bir garanti istiyordu. Geçirdiği son altı yıl, ona geleceğin hiçbir garantisi olmadığını öğretmişti.

"Buna inanmak isterim, Grant."

"Umarım bana seni mutlu etme fırsatını verirsin." Uzanıp elini tuttu. "Bütün istediğim geçmişin üstüne bir sünger çekip yeniden başlamak."

Bethanne başıyla onayladı ama ne diyeceğini bilmiyordu. Max'le birlikte olmak harikaydı, ama gizemini koruyordu. Konu oraya gelince, onun hakkında neredeyse hiçbir şey bilmiyordu. Max her şeyi içinde saklıyor, kendi hakkında onunla –ya da başkasıyla– bir şeyler paylaşmaktan adeta korkuyordu.

Grant ise tehlikesizdi, bildik biriydi. Evet, ihaneti aralarına girmiş, onlara zarar vermişti; buna rağmen, yirmi yılı birlikte geçiren herhangi bir çift kadar birbirlerini tanıyorlardı.

Bu doğru muydu? Grant'in ondaki değişiklikleri fark edip etmediğini düşündü.

"Neden kaşlarını çattın?" diye sordu Grant.

"Öyle mi yaptım?" Bethanne kararsızlığının bu kadar kolay yüzüne vurduğunu bilmiyordu. "Beni *gerçekten* tanıyor musun, Grant?" diye sordu. "Bugünkü kadınla, boşandığın kadın aynı kişi değil."

"Bunun farkındayım. Beni şaşırttığını itiraf ediyorum. İş konusunda inanılmaz bir yeteneğin varmış."

"İyi bir hocam vardı." Grant'in ondan ne kadar çok şey öğrendiğini fark ettiğini sanmıyordu.

"Sahi mi?" Gözlerindeki şaşkınlık çok açıktı.

"Evet," dedi Bethanne. "Sen. Bütün o davetleri verirken," diye açıkladı, "iş arkadaşlarınla tanışma fırsatım oldu. Onların ve senin öykülerini dinledim. İnsanlarla çok iyi anlaşıyorsun, Grant. Senden hoşlanıyor ve sana anında güveniyorlar. Bu, Tanrı vergisi bir şey."

"Ne kadar iyi bir ekip olduğumuzu anlayamamıştım... yalnız kalana kadar," dedi Grant. "Meğer sosyal etkinlik düzenlemekten çok daha fazlasını yapıyormuşsun. Benim duygusal desteğim, cesaretlendiricimmişsin. Başarımın büyük bir kısmını sana borçluyum ama bunu göremeyecek kadar bencilmişim."

Kariyerindeki önemini itiraf ettiğini duymak iyi hissetmesini sağlamıştı. İyiden de öte. Bu teşekkür onu ummadığı kadar sevindirmişti.

"Teşekkür ederim," diye fısıldadı, zorlukla konuşuyordu.

"Şimdi fark ediyorum ki, senin kıymetini yeterince bilememişim. Öyle aptalmışım ki dünyada beni gerçekten tamamlayan tek insanı terk etmişim."

Birbirlerine doğru uzandılar, dudakları hoş ve yumuşak bir öpücükte buluştu.

Bethanne hemen geri çekildi. Florida'da, Max'ten uzakta olmanın zihnini berraklaştıracağını düşünerek çok yanılmıştı. Çabucak ayağa kalkıp çantasını kaptı, gitmeye hazırdı.

Öpüşmeleri rahatlatıcıydı ve bu onu huzursuz etmişti.

Onu dikkatle izleyen Grant de kalktı. Hesabı ödedikten sonra gitmeye hazırlardı. Yan yana yürüyerek otele geri döndüler. Grant elini tutmaya teşebbüs etmediği için Bethanne müteşekkirdi. Ne hissettiğini bilemiyordu. Bu kadar da değildi. *Çok* fazla hissediyordu. Çok değişik duygularla yüklüydü. Çelişik duygular... Max'i arayıp ona olanları anlatmak ve bu konuyu onunla tartışmak istiyordu. Ancak birbirlerine herhangi bir söz vermemişler, taahhütte bulunmamışlardı. Aslında her şeyi çözümsüz bırakmışlardı.

Yürürlerken Grant dikkatle sahilin sonuna baktı. "Onlar Annie ve Craig değil mi?" diye sordu.

Bethanne onları görünce başıyla onayladı.

Annie de onları fark etmişti, el sallayarak yanında Craig'le birlikte hızla yanlarına geldi.

"Anne, baba," dedi Annie. Heyecanlı ve soluk soluğaydı. "Craig ve benim harika bir fikrimiz var."

"Neymiş?" diye sordu Bethanne.

Hâlâ güçlükle soluk alan Annie, elini göğsüne bastırdı. "Büyükannem ve Royce için mezuniyet gecesini tekrar yapacağız."

"Her şeyi," dedi Craig, aynı heyecanı paylaşarak. "Başından sonuna kadar."

"Ne demek istiyorsunuz? Nasıl her şey?"

"Yemek, fotoğraflar, bir limuzin, dans ve her şey," diye açıkladı Annie.

"Sizin oteldeki restoranın müdürüyle görüştüm bile, ayrıca kullanabileceğimiz özel bir oda bile var," dedi Craig.

Annie ile Royce'un torunu birbirine gülümsedi. "Craig' in bir limuzin şirketinde yarızamanlı çalışan bir arkadaşı var. Cumartesi akşamı boşta bir araçları varmış..."

"Gramps'in o geceyi memnuniyetle yaşatacağından eminim."

"Yapabilir miyiz?" Annie'nin gözleri her zamankinden iki kat daha büyüktü.

Grant ve Bethanne göz göze geldi. Parti düzenleme konusunda yeterli tecrübeye sahipti ve bunun sorun olacağını sanmıyordu.

"Yapacağız," dedi.

Grant de onayladı. "Bana ne yapmam gerektiğini söyleyin."

27

"Ne yapıyoruz?" diye sordu Ruth, şaşkın bir ses tonuyla. Gözleri, umarsızca omuz silken Bethanne'ye kilitlendi. Bu sırrı uzun süre saklayamazlardı, ama Annie son ana kadar oyunu sürdürmek istiyordu.

"Alışverişe gidiyoruz, büyükanne," dedi Annie, büyükannesini önce otel odasından dışarı, sonra da lobiye doğru sürükleyerek.

"Peki neden? İhtiyacım olan her şeyi getirdim. Lütfen bana ne halt ettiğinizi söyler misiniz? Sakın hiçbir şey yok demeyin, çünkü o kadar aptal değilim."

"İhtiyacın olan her şey *yok,* büyükanne," dedi Annie.

"Annie'yle tartışılmayacağını öğrenmiş olman gerek," dedi Bethanne, sonra kapıyı arkasından kapatıp adımlarını sıklaştırdı.

"Beni nereye götürüyorsunuz?" diye ısrar etti Ruth.

"Alışverişe."

"Sahilde sana göstermek istediğim mükemmel bir dükkân buldum," dedi Annie. "Yürüyerek gidebiliriz. Hadi, büyükanne."

"Ne iş çevirdiğinizi bilmiyorum," diye homurdandı Ruth. Kafası karışmıştı ama yine de merak ediyordu.

"Neden bir iş çevirdiğimizi düşünüyorsun ki?" diye masumca sordu Bethanne. Ruth'u şüphelendirmeden gerekli düzenlemeleri yapmak için elinden gelen çabayı göstermişti, ama bu hiç kolay değildi. Son yirmi dört saat içinde çiçekçiyle, fotoğrafçıyla ve müzisyenlerle görüşmüştü. Yorgunluktan tükenmiş, ama mucize yaratmıştı. Ya da öyle olmasını umuyordu. Grant, Royce'la konuşmuş, o da bu konuda üstüne düşen her şeyi yapmayı kabul etmişti.

Royce, aralarında Jane ve Diane'nin de olduğu pek çok lise arkadaşıyla irtibat kurmuştu. Bu arada Annie, Craig ve Grant otelin restoranının özel salonunu dekore ederek elli yıl önceki mezuniyet balosunda olduğu gibi *Tiffany'de Kahvaltı* temasını yaratmaya çalışmışlardı.

"Artık herkes ağzındaki baklayı çıkarsa iyi olacak," diyen Ruth, ayağını inatla kaldırıma vurup yürümeyi reddetti.

Annie içini çekti, "Sanırım yapabiliriz," dedi Bethanne'ye bakarak.

"Sanırım haklısın," diye kabul etti Bethanne gülmemeye çalışarak.

"Tamam," dedi Annie, büyükannesine. "Craig ve ben

konuşurken, mezuniyet balonuzda neler olduğunu bilip bilmediğini sordum."

"Biliyordu," diye ekledi Bethanne, "Çünkü nasıl bir felakete dönüştüğünün farkındaydı."

"Ben de düşündüm ki," diye devam etti Annie, "İkinizin böyle bir hayal kırıklığı yaşaması çok kötü. Sonra Craig dedi ki, keşke zamanı geri döndürüp her şeyi baştan yaşama şansımız olsa."

Annie sanki çok doyurucu bir açıklama yapmış gibi ellerini havaya kaldırdı.

"İşte o zaman Craig ve Annie, yanımıza geldiler," dedi Bethanne.

"Royce ve senin için mezuniyet balosu gecesini yeniden canlandırma fikriyle." Annie'nin yüzü gururla parlıyordu. "Ama bu kez, her şeyin yolunda gitmesi şartıyla."

"Mezuniyet gecesini canlandırmak mı?" diye tekrarladı Ruth.

"O yüzden, şimdi seni balo elbiseni almaya götürüyoruz."

"Almak mı? Tanrı aşkına, o eski elbisenin nereye gittiğini bile bilmiyorum... yağmur onu bozmuş olmalı. Her neyse, onu bir daha hiç görmedim. Ayrıca, nerede olduğunu *bilsem* bile, üstüme olmayacağını söylemeye gerek yok."

"Royce'da o gece annenin çektiği bir fotoğraf var. Anlaşılan ona vermişsin."

Royce'un bilmediği şey, Bethanne ile Grant'in fotoğrafı büyüttürdüğü ve çift balo salonuna girerken kendilerini on yedi ve on sekiz yaşlarında görecek olmalarıydı.

"Burada, Vero'da elbise satan bir yer buldum," dedi Annie. "Fotoğrafı onlara gösterdim ve resimdekine benzer bir elbiseleri olup olmadığını sordum."

"O elbisenin yanından geçen bir model bile bulamazlar," diye Ruth başını iki yana salladı. "Geçen bunca yılda moda öylesine değişti ki."

"Haklısın, bulamadılar." Bethanne boşlukları doldurmak için sabırsızlanıyordu. "Ama uygun fiyata çok kaliteli ikinci el giysi satan bir yer tarif ettiler. Orada belden büzgülü bir gece elbisesi bulup aynı dükkânda çalışan terziye verdim... tek söyleyeceğim, terzinin *çok* yetenekli olduğu."

Ruth iyice sersemlemişti.

"Gel, büyükanne," dedi Annie, Ruth'u kaldırımda çekiştirerek. "Bütün günü burada harcayamayız, anlarsın ya."

"Önce elbiseyi denemen gerek," dedi Bethanne.

"Önce mi?"

"Sonra kuaför ve manikür randevuların var."

"Kuaför ve manikür mü?" diye tekrarladı Ruth trans halinde. "Sanırım biri beni cimciklese iyi olur. Bunlar gerçekten oluyor mu?"

"Gerçekten oluyor," dedi Annie neşeyle.

"Royce'un haberi var mı?"

"Evet, kısmen, çünkü işbirliğine ihtiyacımız vardı. Her şey yerine oturana kadar ona söylemedik."

"Royce bunu *istiyor mu*?"

"İstiyor." Bethanne kolunu ona dolayıp Ruth'u elbise

satan dükkândan içeri soktu. "Biliyor ve onaylıyor."

"Onun hatası değildi."

"Bana senin ne kadar harika olduğunu söyledi. Gerçekten keyfini kaçıracak bir durum olduğu halde, öyle davranmamışsın," dedi Bethanne.

Dükkânın sahibi onları kapıda karşılayarak, "Bu çok hoş bir fikir," dedi içeri buyur ederken. Onları terzinin beklediği arka tarafa götürdü.

"Bu taraftan," dedi, soyunma odalarından birini işaret ederek.

Ruth içeri girdi, bir an öylece kalakaldı. Sonra omzunun üstünden Annie ile Bethanne'ye baktı. "Ama, mezuniyet balosundaki elbisemin neredeyse aynısı. Yakası bile aynı."

Belden büzgülü, yere kadar uzanan düz etekli, japone kollu eflatun elbise fotoğraftakine çok benziyordu. Terzi gerçekten mükemmel bir iş çıkarmıştı.

"Ruth, vay canına." Elbiseyi deneyen kayınvalidesini görünce Bethanne derin bir soluk aldı. "Muhteşem görünüyorsun."

Annie başıyla onayladı. "Büyükanne, bu asla unutamayacağın bir gece olacak."

"Bizim için bunu yaptığınıza inanamıyorum," dedi Ruth, gözleri yaşararak.

"Annemle babam bu konuda gerçekten çok çalıştı," dedi Annie.

Bethanne kızını bu kadar mutlu gördüğünü hatırlamıyordu. Bunun sebebini önceki akşam Annie ve Grant'i konuşurken duyduğunda anlamıştı. Annie'nin gözünde Grant ve Bethanne'nin bu kadar iyi anlaşması barışmalarının an meselesi olduğuna işaretti.

O ana kadar, Bethanne, Grant'e olan davranışlarında fazla bir değişiklik olmadığını sanıyordu. Farkına bile varmadan gardını düşürmüş ve kendini Grant'e karşı savunmasız bırakmıştı. Bu teşhis duraksamasına sebep oldu. Koca kasabada birlikte koşuşturup ekip çalışması yapmışlar ve sık sık "strateji" konuşmalarına dalmışlardı. Kahkahalarla gülmüşler, başları dönene kadar şarap içmişlerdi. Grant ona veda öpücüğü verdiğinde, boşanmanın hiç gerçekleşmediğine inanabilirdi.

Ruth için zamanı geri döndürmek mümkünse, kendisi ve Grant için de bunu yapabilir miydi? Bilemiyordu.

Saatine göz atıp el çırptı. "Gideceğimiz yerler, görüşeceğimiz kişiler var," dedi düşüncelerinden sıyrılarak. Dikkatinin dağılmasına izin vermemeliydi. Şimdi değil. Yapacak çok iş vardı.

Cumartesi günü saat yedide, gerçek toplantıya altı gün kala, mezuniyet balosu için bütün hazırlıklar tamamdı. Royce ve Grant evdeydi, araba her an gelebilirdi. Bethanne ise otelde Ruth'a eşlik ediyordu.

Bethanne, ikinci el dükkânından kendisi için de bir parti elbisesi almıştı. Brenda Lee ya da Connie Francis'in giyeceği tarzda, kısa çan etekli ve fırfırlı bir elbiseydi. Belindeki ipek kurdeleden yapılmış geniş kemer, askısız üstü vurguluyordu.

"Kendimi yine on yedi yaşında hissediyorum," dedi

Ruth, elini elbisesinin eteğinde gezdirerek.

"Güzel," dedi Bethanne. "Senin, mezuniyet balosunda genç ve âşık bir kız olmanı istiyoruz."

"Ah, Bethanne, öyleyim. Gerçekten öyleyim. Royce tıpkı onu hatırladığım gibi... hatta daha fazlası. Sanırım tekrar âşık oluyorum."

"Senin için tek istediğimiz mutlu olman."

"Biliyorum ve minnettarlığımı ifade edecek söz bulamıyorum."

Bethanne, Ruth'u daha önce bu kadar heyecanlı gördüğünü hatırlamıyordu.

Kapı çalındı, gidip açan Bethanne, Royce'un geldiğini gördü. Üstünde smokini ve elinde bileğe takılacak bir buket çiçek vardı.

"Ruth burada mı?" diye sordu.

Ruth öne çıkınca Royce'un ağzı bir karış açık kaldı. "Ruth, vay canına. Bu, mezuniyet balosuna giydiğin elbisenin aynısı."

"Aynı elbise değil. Yeniden yaratılmış... Annie ve Bethanne sayesinde."

Royce gözlerini ondan alamıyordu. "Araba dışarıda bizi bekliyor," diye mırıldandı.

"Araba mı?" diye sordu Ruth. Soran gözlerle Bethanne'ye baktı. "Bana balonun burada, otelde olduğunu söylemiştin."

"Öyle," dedi Bethanne fısıldayarak. "Şimdi onunla git."

"Peki," diye fısıldadı Ruth da .

Royce çiçeğini takmasına yardım etti, Ruth ise Bethanne'nin önceden sipariş verdiği yaka çiçeğini taktı. Lobiden geçip limuzinin başında genç bir şoförün beklediği kapının önüne çıktılar. Onları görür görmez, eliyle arabaya buyur ederek arka kapıyı açtı.

Royce, Ruth'un binmesine yardım edip arabanın arkasına dolaştı. Onlar uzaklaşınca Grant ortaya çıktı. "Nereye gidiyorlar?" diye sordu Bethanne.

"Ocean Drive'da bir geziye," dedi. "Her şey hazır değildi, o yüzden on beş dakika kadar oyalanmaları gerekiyor. Limuzin de bu deneyimin bir parçasıydı sonuçta."

Bethanne, Grant'in arkasından içeri girdiğinde pek çok meraklı bakış onlara çevrildi. Grant iki dirhem bir çekirdek giyinmişti, Bethanne'nin üstünde ise fırfırlı kısa elbisesi vardı. Bu halleriyle, 1960'larda bir Broadway oyununda sahne alan oyunculara benziyorlardı.

Bethanne salona girince Annie ona doğru koştu. "Ne düşünüyorsun, anne?" diye sordu hevesle.

Rengârenk balonlardan oluşan kemerli geçidin altında yürürken Bethanne soluğunu tuttu. Annie, Grant ve Craig mükemmel bir iş çıkarmışlardı. Orkestra –beş müzisyen ve bir solistten oluşuyordu– bir köşede, üstünde altın renkli harflerle "1961 Mezunları" yazan kırmızı kadife kaplı bir bariyerin arkasına yerleşmişti. Salonun içine, üstünde dekoratif lambalar bulunan masalar serpiştirilmişti.

Diğer çiftler de gelmeye başlayınca fotoğrafçı ön plana çıktı.

Annie gelen her çifti selamlayarak onlara basılı bir program ve bayanlara dans listesi sundu.

"Her şey çok gerçek görünüyor," dedi Bethanne, Grant'e. "Zamanda yolculuk yapar gibiyim." Duvarın birine, minik ışıklarla çerçevelenmiş Royce ve Ruth'un tam ölçekli fotoğrafı asılmıştı.

"Balonun kralı ve kraliçesi taç giyene kadar bekle."

"Yoo!" Bethanne bir eliyle ağzını kapadı. Bunu kendisi düşünememişti ama Grant düşünmüştü. Royce ve Ruth'u mutlu etmek adına, kendi farklılıklarını bir kenara bırakmışlar ve bir ekip olarak çalışmışlardı. Sadece birkaç ay önce bile, bunun gerçek olabileceğine, böyle bir akşamı gerçekleştirebileceklerine inanmazdı.

Yıldız çift geldiğinde orkestra müziğe başladı ve ne olduğunu bile anlayamadan, Bethanne kendini Grant'in kollarında, küçük ve portatif dans pistinin ortasında buldu.

"Bu, 'Moon River.' *Tiffany'de Kahvaltı*'nın ana teması. Büyükannemle Branson'da konsere gittiğim gece, Andy Williams söylemişti," dedi Annie, Royce'un torunuyla Bethanne ve Grant'in yanından geçerken.

"Anlaşılan Andy, kızımızda iz bırakmış," dedi Grant gülümseyerek.

"Öyle görünüyor."

"Sen de lise havasını hissediyor musun?" diye sordu Grant başını ona yaklaştırarak.

Bethanne başıyla onayladı. "İnanılmaz bir gece."

"Ve daha yeni başladı," diye mırıldandı Grant.

Bethanne onun başka ne planladığını bilmiyordu ama öğrenecekti.

Yaklaşık bir saat sonra orkestra sustu, Grant sahneye çıkıp mikrofonu aldı.

"Mezuniyet balosunun kral ve kraliçesini seçme zamanı geldi," dedi. Rolünü gayet profesyonelce oynuyordu. "Gerilimin en üst düzeyde olduğunu biliyorum."

Zarif gülüşmeler oldu, Jane ve Diane flörtleriyle –kocaları– birlikte Royce'la Ruth'un yanına geldi.

"Oylamalar sona erdi ve karar verildi." Royce'un ismini anons ettiğinde salondan alkışlar ve tezahürat sesleri yükseldi.

"Konuşma yap," diye bağırıyordu kalabalık.

Royce ileri çıktı, Grant onun tacını taktı ve mikrofonu verdi. "Bu akşam yanımda olmasını istediğim tek bir kadın var... Ruth," dedi.

"Öyle olsun." Craig sahneye doğru Ruth'a eşlik ederken Grant ikinci tacı hazırladı, gözyaşlarına engel olamayan Ruth'un başına taktı. Ardından, Royce herkesin gözü önünde onu dudaklarından doyasıya öptü.

Konuklar çok keyifliydi. Grant'le göz göze gelen Bethanne de öyle. Başarmışlardı. Kolay olmamıştı ama Ruth'un –ve Royce'un– yüzündeki mutluluk çabalarına değdiğini gösteriyordu.

Müzik tekrar başladı ve kral ile kraliçe piste çıktı. Çok geçmeden diğerleri onlara katıldı. Bethanne gayriihtiyari Grant'e doğru ilerledi.

Grant, sanki hiç ayrılmamışlar gibi kolunu ona doladı. Hâlâ karıkoca gibi. Hâlâ bir ekip gibi. İkisi dünyaya meydan okurcasına.

"Sana ne kadar teşekkür etsem azdır," diye fısıldadı Grant, onu kendine doğru çekerken.

"Sen de en az benim kadar çalıştın."

"Annemin mezuniyet balosunu düzenlemekten söz etmiyorum."

"Ya?" Bethanne onun ne demek istediğini anlayamamıştı.

"Bu kadar inanılmaz bir kadın olduğun, hayatıma bir anlam kattığın ve ikimiz için bir ümit olduğunu hissettirdiğin için."

Bethanne gülümsedi, gözlerini kapatıp kendini müziğin ritmine bıraktı. Soluk alırmış gibi doğal, uyum içinde dans ettiler. Daha önce de böyle dans ederlerdi ama o başka bir yaşamdaydı.

28

Max Scranton, motorunu bir zamanlar Kate ve kızlarıyla paylaştığı evin otoparkına doğru çekti. Buraya gelmeyeli üç yıldan fazla olmuştu. Harley'inin üstüne ilk çıkışından bu yana Monterey'e ilk kez geliyordu. Bu kadar uzun süre ayrı kalacağını düşünmemişti fakat geri dönmesi için bir sebep yoktu.

Şu ana kadar. Bethanne'yle tanışana kadar.

Motorunun üstünde oturup eve bakarken, zaman kavramı yok olmuştu. Keder ve pişmanlık seline kapılacağını düşünse de neredeyse hiçbir şey hissetmiyordu. Ne suçluluk, ne gönül yarası, ne de melankoli vardı. Kendisini yiyip bitiren üzüntü duygusu birden yok olmuştu. Burada sürmüş olduğu hayat artık yoktu. İşi ağabeyine devretmiş, arkadaşlarının çoğuyla bağlantıyı kaybetmişti.

Motoru susturup aşağı indi, kaskını çıkardı. Evin anahtarı, ön kapının yanındaki bir taşın altındaydı. Her ne kadar umurunda olmasa da ağabeyi ve Rooster düzenli olarak buraya uğruyor ve durum hakkında bilgi veriyorlardı. Evi satmayı düşünmüştü ama bunu yapmak için geri dönmesi ve evi boşaltıp temizlemesi gerekiyordu. Bu, gözünü korkutmuştu.

Arkasına yanaşan araba onu şaşırttı.

Rooster.

Arkadaşının döneceğini tahmin etmiş olmalıydı. Rooster, kumaş pantolonu ve yakası düğmeli gömleğiyle deri yelek ve kovboy çizmelerinin içindekinden çok farklı görünüyordu. Max, *Annie ve Ruth, Rooster'ı bu haliyle görse ne düşünürlerdi,* diye merak etti. Muhtemelen tanıyamazlardı; yılın büyük bölümünü başarılı bir reklam yöneticisi olarak geçiren bu adamın, motorcu olanla çok az benzerliği vardı.

Rooster arabadan inip kapıyı kapadı, kapı sesi ikindi vaktinin ıssızlığında yankılandı. Arkadaşı verandada ona katıldı.

"Burada ne işin var?" diye sordu Max.

Max birkaç saat önce kasabaya ulaştığında Rooster'ı aramıştı. Rooster'ın işi dolayısıyla, yollarını haftalar önce ayırmışlardı. Arkadaşının bir telefon görüşmesiyle yetinmeyeceğini tahmin etmeliydi. "Buradan geçiyordum."

Alenen söylenmiş bu yalana Max cevap verme gereği duymadı.

"Tamam, geçmiyordum. Bir arkadaşa ihtiyacın olabileceğini düşündüm."

"Ben iyiyim."

Rooster'ın şüpheli bakışı aynı fikirde olmadığını gösteriyordu. "İçeri girmemde sakınca var mı?" Max ne cevap vereceğini düşünürken kilitli kapıya baktı. Bununla tek başına yüzleşmeye hazır değildi. İtiraf etmekten kaçınsa da, Rooster yanında olduğu için minnettardı.

Sonunda anahtarı kilide sokup kapıyı açtı. Bir an öylece, hiç kıpırdamadan durdu. İleri doğru adım atmak öyle büyük bir güç gerektiriyordu ki, terlemeye başladı. İçeri girdi, birkaç adımdan sonra tekrar durdu.

Rooster'ın dikkatle onu incelediğini fark edince bir adım daha attı. Ev tıpkı bıraktığı ve de hatırladığı gibiydi. Zeminden tavana pencereler sayesinde Pasifik Okyanusu'nun büyüleyici manzarası önünde uzanıyordu. Beyaz deri mobilyalar ince bir zevki yansıtıyor, salonun bir köşesini siyah, kuyruklu bir piyano, diğer köşeyi ise doğal taşlardan yapılmış devasa bir şömine kaplıyordu. Özgün sanat eseri, Kate'in ödediğinin en az on katı ederdi. Kate yeteneği gördüğü an anlardı.

"Ne düşünüyorsun?" diye sordu Rooster. "Ne hissediyorsun?"

Max, arkadaşının sesindeki tereddütün farkındaydı. Ne düşünmesi ya da ne hissetmesi gerektiğini bilmiyordu. Gözlerini kapadı, Kate ve kızıyla burada yaşamanın nasıl bir şey olduğunu hatırlamaya çalıştı. Mutlu. Kate'i hep sevmişti ama artık yaşamıyordu. Oysa kendisi hayattaydı. Bethanne'yle karşılaşana kadar ne kadar hayat dolu olduğunu fark etmemiş, daha sonra ise tekrar hissedebileceğini, tekrar sevebileceğini keşfetmişti.

Rooster, "Burası güzel bir ev," diye fikrini söyledi.

"Kate severdi," dedi Max. Kendi de öyle. Evleri, ailelerin ve arkadaşların buluştuğu, güzel yemeklerin ve şarabın tadının çıkarıldığı, dostlukların paylaşıldığı bir yerdi. "Ben de severdim."

Önce mutfağa, ardından oturma odasına yöneldi. Duvarda Katherine'in farklı yaşlardaki fotoğrafları asılıydı; tekerlekli sandalyesi ve özel bilgisayarı ise odasında duruyordu.

"Şarap mahzenine göz kulak oldum," dedi Rooster.

Durumuna rağmen, Max sırıttı. "Bunu tahmin ediyordum."

"Bir şişe getirmemi ister misin?"

Bu iyi bir fikirdi. "Hiç durma."

Rooster gözden kayboldu, Max mutfaktaki raftan iki kadeh aldı. Bir gün, Bethanne'yle özel bir şişe şarabı paylaşmak isterdi.

Bethanne aklına geldiği anda sesini duymak için dayanılmaz bir istek duydu. Gülüşünü, kokusunu, onunla birlikte olmayı özlemişti. Bu düşüncelere daha fazla dalamadan, Rooster pahalı bir Fransız şarabıyla geri döndü.

"Bir şey mi kutluyoruz?" diye sordu Max. Şişenin üç sene önceki toptan satış fiyatı yüz elli dolardı. Şu an muhtemelen daha yüksekti.

"Evet. Eve dönüşünü kutluyoruz."

"Ev mi?" diye tekrarladı Max. Böyle bir karşılama beklemiyordu. Gerçekten de geri dönmüştü ve kendini çok iyi hissediyordu.

Rooster şarabı açıp havalanmasını beklerken odaları dolaşarak evi kontrol ettiler.

Max yatak odasının önünde durdu. Büyük gömme dolap Kate'e ait malzemelerle doluydu: giysiler, ayakkabılar, mücevherler... Onları görmek Max'i sarstı, otomatik olarak geri dönüp uzaklaştı. Bununla daha sonra yüzleşebilirdi, henüz erkendi.

Salona döndüklerinde Rooster şarapları koydu. Huzurlu bir sessizliğin içinde karşılıklı oturdular. Rooster gibi bir arkadaşla sözcüklere gerek yoktu. Şarabın tadını çıkardılar. Max'e göre her kuruşuna değiyordu.

"Bethanne'den haber aldın mı?" diye sordu Rooster bir süre sonra.

"Hayır, ya sen?"

Rooster kıkırdadı. "Bir süredir hayır."

"Eski kocasıyla."

Arkadaşının kaşları havaya kalktı. "Endişeli misin?"

Max onun merakını savuşturabilirdi ama Rooster bunu yemezdi. "Değilim desem yalan olur." Bethanne ve Grant'in birlikte olduğunu düşünmemeye çalışıyordu. Eski kocasının, Bethanne'yi ikna edebilmek için elinden geleni yapacağını kimsenin söylemesine gerek yoktu. O yüzden, belki de Bethanne onu dinleyecekti. Tekrar denemek için bir sürü sebebi vardı.

"Bir şey yapacak mısın?"

"Ne gibi?" Max kadehine uzandı, sapından tutup içindeki mora çalan sıvıyı inceledi. Bethanne'ye olan duyguları yerine, kadehin içindeki yoğun renge konsantre olması daha iyiydi.

"Onu istediğin zaman arayabilirsin. İrtibatı sürdürmenin kimseye zararı olmaz. Eski kocası her gün arıyordu, hatta bazen daha sık. Doğruya doğru."

Max böyle hatırlamıyordu ve bunu söyledi.

"Tamam, Grant kızıyla konuşuyordu ama Annie'nin her kelimeyi aktardığına bahse girerim."

Annie kesinlikle Grant'in müttefikiydi, olması gerektiği gibi. Max sahneden çekilmişken ve Grant barışmak için yalvarırken bir şansı olup olmadığını düşündü. "Onu kaybetme ihtimalim çok yüksek."

"Oturduğun yerden bunun olmasını mı izleyeceksin?"

"Başka şansım yok." Ayrılmalarından önce Max onu rahat bırakacağını söylemişti ve sözünü tutacaktı.

"Ne demek istiyorsun?" diye üsteledi Rooster. "En azından ona ne hissettiğini söyleyebilirsin. Anlayacağı dilden konuşman gerek."

Max arkadaşının öğüdüne kafa yordu. "Bunu göz önünde bulunduracağım."

"Öyle yap."

Rooster bir süre sonra ayrıldı. Max, elinde şarap kadehiyle koltuğunda oturmaya devam etti. Ceptelefonu belindeydi, ulaşmak zor değildi. Bethanne onu bir kez aradığı halde Max ayrıldıklarından beri onu hiç aramamıştı. Aradığında çok kısa konuşmuşlardı; sonra sessizlik gelmişti. Sebebini biliyordu. Grant ikna gücünü kullanıyordu. Eski kocasının avantajlı olduğuna şüphe yoktu.

Telefonu kılıfından çıkardı, numarayı tuşladı ve gözlerini kapatarak beklemeye başladı.

"Alo?"

Sesi meşgul, acelesi varmış gibi çıkıyordu.

Arkadan gelen sesler onu duymayı güçleştiriyordu. "Benim, Max."

"Max. Oh, Max..."

Umduğu sıcak tepki bu değildi. Omuzlarının arasındaki gerginlik çoğaldı.

"Konuşabilecek misin?" diye sordu.

"Bir dakika," dedi. "Avluya çıkayım. Restorandayım, seni duyamıyorum."

Fondaki gürültünün azalmasından Bethanne'nin dışarı çıktığı belli oluyordu. "Neredesin?" diye sordu.

"Monterey, Kaliforniya. Kate'le beraber yaşadığımız evde."

"İyi misin?"

Herkesin önce bu soruyu sorması ne kadar komikti.

"Şimdilik. Ya sen?"

"İyiyim. Her şey yolunda. Annie, Grant ve ben dün Ruth ve Royce için bir mezuniyet töreni düzenledik... şimdi arkadaşlarıyla beraberler. Önümüzdeki pazar, balodan sonra eve dönüyoruz."

"Mezuniyet töreni mi?" Kaşlarını çattı. "Eski kayınvaliden ve lisedeki sevgilisi için mezuniyet töreni mi düzenlediniz?"

"Uzun hikâye. Sonra anlatırım."

Demek ikisi için bir sonra vardı ya da en azından öyle söylemişti. "Bethanne, dinle, sana söylemem gereken şeyler var. Daha önce söylemiş olmam gereken şeyler."

"Lütfen bir şey söyleme... gerek yok."

Max birden ürperdi. "Bir karara vardığını ve Grant'le bir araya geleceğinizi mi söylemeye çalışıyorsun?" Tek mantıklı açıklama bu gibi görünüyordu.

"Evet... hayır. Bilmiyorum. Çok iyi davranıyor ve... şey, mümkün olacağını sanmadığım halde, son birkaç gündür bunu ciddi olarak düşünmeye başladım."

Büyük bir hayal kırıklığı yaşasa da Max onu suçlayamazdı. "İstediğinin bu olduğuna *emin misin*?"

"Yo... yo. Max, sesini duyduğum anda kalbim deli gibi çarpmaya başlıyor. Grant burada ve her şey rüya gibi, ama bunun devam edeceğinden endişeliyim." İçini çekti. "Ne kadar çabalasam da, seni aklımdan çıkaramıyorum."

Max biraz rahatladı. "Ben de seni aklımdan çıkaramıyorum." Onu bulur bulmaz kaybedemezdi. "Şu anda bir karar vermen gerekmez," dedi. "Zamanın var."

"Andrew ve Courtney'nin düğünü. Oğlumun düğününü atlatmak zorundayım." Sesi çılgın gibi çıkıyordu. "Mecburum..."

"Bethanne," diye ismini mırıldandı. "Yeter. Derin bir nefes al ve beni dinle."

"Tamam."

Max onun soluğunu duydu. "Her şey yolunda gidecek. Sana hiçbir şekilde baskı yapmayacağım. Sana kalmış, Grant'le barışmak istiyorsan, kararına saygı duyup hayatından çıkacağım."

"Bunu gerçekten yapar mısın? Tek söz etmeden gider misin?"

Yapardı. Bunu düşünmekten bile nefret ediyordu ama yapardı. "Evet. Tercihlerine saygım var."

"Ama..." Sesi incinmiş, kafası karışmış gibiydi.

"Bethanne," dedi. "Seven insanın yapması gereken budur. Benim için en önemli şey, senin mutluluğun."

"Beni seviyor musun, Max? Bu kadar kısa sürede âşık olmak mümkün mü?"

Bunlar Max'in cevap verebileceği sorular değildi. "Bilmiyorum." Tamamen dürüst olmaktan başka seçenek yoktu. "Bildiğim şey, senin yanındayken yaşadığımı hissetmem. Gözlerimi açmamı, geçmişi kabullenmemi ve gelecek endişesi duymamamı sağladın."

"Oh, Max."

"Eğer bu aşksa, bunu hissediyorum. Seni mutlu edecek kişinin Grant olduğunu düşünüyorsan, o zaman aradan çekilirim."

"Max, bir dakika bekle."

Telefonu indirdi ama Max onu hâlâ duyabiliyordu. "Herkese birazdan döneceğimi söyle." Biri konuştu, Max kim olduğunu çıkaramadı. "Kabalık etmiyorum. İşim bitince geleceğim."

Zamanlama kötüydü. Aramamalıydı.

"Buradayım. Kusura bakma," dedi Bethanne.

"Tamam... anlıyorum. Yemeğine geri dönmene izin vereceğim." Aradaki üç saatlik zaman farkını hatırlayacak kadar kafası çalışsaydı, şu anda akşam yemeği vakti olduğunu tahmin edebilirdi.

"Ben... seni görmek istiyorum," diye fısıldadı Bethanne, bunu sanki bir zaaf gibi söylüyordu. "Haksızlık ettiğimi ve seni oyalamamı hak etmediğini biliyorum. Seattle'a döndüğümde ve Andrew'la Courtney evlendiğinde daha sağlıklı düşünebileceğim. Daha net olamadığım için üzgünüm."

Bu aşamada Max onun sunacağı her şeyi kabullenmeye razıydı. "Düğünden sonra konuşuruz. Seattle'a gelirim, yüz yüze görüşürüz."

"Bu, düğün bitene kadar konuşmayacağız anlamına mı geliyor?" diye sordu.

"Bu kararı sana bırakıyorum."

"Ne demek istiyorsun?"

"Demek istediğim, senin araman daha uygun olur."

"Tamam," dedi. Emin değildi. "Aramamı *ister misin*?"

Bu, yetersiz bir ifadeydi. "Evet, çok."

"Tamam."

"Aramanı bekleyeceğim."

"Pekâlâ."

"Şimdi içeri gir ve yemeğin tadını çıkar."

"Hoşça kal." Max konuşmanın bitmesini, bağlantıyı koparmayı istemiyordu. O yüzden telefonu kulağında tutmaya devam etti. Klik sesini duyduğunda Bethanne'nin kapadığını anladı.

Onu kaybedecekti. Bunu hissediyordu ve umut etmekten başka yapabileceği hiçbir şey yoktu.

29

Annie bavulunu toplamış, annesi ve büyükannesi son dakika işleri için koşuştururken otelde kalmayı tercih etmişti. Seattle'a gidecek akşam uçağı için, babası onları öğleden sonra otelden alacaktı.

Restoranda oturup beklerken, Atlantik manzarasını seyredip e-postalarını kontrol etti. Vance neredeyse günde beş kez posta gönderiyordu. Her birinde özet olarak aynı şeyi söylüyordu.

Çok mutsuzdu.

Olması gerektiği gibi!

Seattle'a geri dönmek istiyordu.

Beni almadan giderken düşünecekti.

Ona katılmasını istiyordu.

Daha çok beklerdi.

Annie'nin ne unutmaya ne de bağışlamaya niyeti vardı. Tamam, belki derinlerde bir yerde geçmişi unutmaya razı olmak isteyebilirdi, ama bu, zaman içinde olacaktı. Annesinin de işaret ettiği gibi, Vance'in hata yaptığını itiraf etmesini istiyordu, ancak Vance bunu yapacak biri değildi. Durum böyle olunca, yalvarmalarına kulak tıkıyordu. Ona günde bir posta yollarsa kendini şanslı saymalıydı. Dar kafalı ve toy olabilirdi ama oturduğu yerde onun hasretini çekmediğini anlaması için elinden geleni yapmış, her fırsatta Jason ve Craig'in isimlerini geçirmekten geri kalmamıştı.

Dürüst olmak gerekirse, Avrupa'da onunla buluşma fikri cazip gelse de bunu ona asla belli etmemişti. Ayrıca diplomasını alabilmek için hâlâ bir yılı vardı ve bir ya da iki ay tatil yapmak için bunu erteleyecek değildi. Vance'in üstüne basa basa söylediği gibi, *sorumlulukları* vardı. Çok geçmeden *herkesin* sorumlulukları olduğunu idrak edecekti.

Annie, Vance'den o gün gelen postayı açtı, okudu ve üzerinde düşünmek için geri yaslandı. Vance ağustos sonunda eve dönüyordu. Biletini değiştirebilmesi için ebeveynleri hesabına para yatırmıştı. Eve geliyordu.

Annie'nin ilk tepkisi müstehzi oldu. *Aman ne güzel!* Öte yandan, Vance'in dönecek olması iyi hissetmesini sağlamıştı. Bununla beraber ilişkilerinin asla eskisi gibi olmasına izin vermeyecekti. O nedenle, Vance'le birlikte olmak istediğinden emin değildi.

Vance ona ketum, duyarsız ve pislik gibi davranmıştı. Üstelik bunlar, sahip olduğu kusurlar listesinin içinde sadece ilk üçüydü. Aalarının eskisi gibi olacağını sanıyorsa onu bir şok bekliyordu.

Annie, Vance'in e-postalarını cevaplamadan önce genellikle bir ya da iki gün bekliyordu. Cevabını dikkatle hazırladı ve gönder tuşuna basmadan önce sözcükleri defalarca gözden geçirdi.

Yazdıklarını göndermeye henüz karar vermemişti. Onun yerine Jason'a bir e-posta gönderdi. Royce'un torunu Craig'le de görüşmeye devam etmeyi düşünüyordu; bir hafta boyunca çok eğlenmişler, büyükanne ve büyükbabalarına mezuniyet töreni hazırlarken inanılmaz iyi vakit geçirmişlerdi. Büyükannesinin ve Craig'in büyükbabasının elli yıl sonra tekrar bir araya gelmesinin harika olduğunu düşünüyordu. İkisi de birbiri için deli oluyordu. Annie'ye, Max'in annesine nasıl baktığını hatırlatıyorlardı, annesinin de Max'e.

Max için neredeyse üzülüyordu, çünkü geçirdikleri hafta içinde anne-babasının barışacağı açıkça belli olmuştu. İşin gerçeği, Max'ten gerçekten hoşlanmıştı. Onunla ilgili sorunu çok basitti; annesiyle babasının arasına giriyordu ya da girmişti.

"Seni burada bulacağımı tahmin etmiştim."

Annie dönünce babasını gördü. Saatini kontrol etti. "Selam, baba."

"Selam," dedi babası ve Annie'nin karşısına oturdu.

Annie bilgisayarını kapadı. "Daha geç geleceğini sanıyordum."

"Doğru. Seni yalnız yakalayıp biraz konuşmak istiyordum."

Garson yaklaştı, Grant gülümseyerek bir el işareti yaptı ve onu uzaklaştırdı.

"Ne oldu?" diye sordu Annie. Buzlu çayına uzandı, pipetten bir yudum çekti.

Babası kollarını kavuşturarak masaya eğildi. "Annenle aramızın ne kadar iyi olduğunu fark ettin mi?"

Annie başıyla onayladı.

"Sanırım işleri biraz daha hızlandırabiliriz."

"Umarım." Bununla beraber Annie, annesinin Max'e olan duygularını göz ardı edemiyordu. "Yine de kendine fazla güvenme," diyerek babasını uyardı.

"Güvenmem. Bütün istediğim ikinci bir şans." Huzursuzca kıpırdandı. "Sana bunu sormamam gerektiğini biliyorum."

"Neyi?"

Grant başını iki yana salladı. "Boş ver."

"Baba. Soracaksan sor, tamam mı?"

Babası hemen konuşmadı. "Geçen akşam yemek yerken annene Max'ten telefon geldiğini biliyorum," dedi sonunda.

"Bunu herkes biliyor."

"Dışarı çıkıp onunla konuştun."

Annie'nin gurur duyduğu hareketlerinden biri değildi. "Öyle. Ona kabalık ettiğini söyledim, hiç hoşuna gitmedi."

"Şey..." diye tereddüt etti. "Max tekrar aradı mı?" Kaşlarını çattı. "Bunu sorduğumu unut. Seni ortada bırakmamalıyım. Özür."

"Baba!" Bilmek istemesini gayet iyi anlıyordu.

"Sormamalıydım."

"Haklısın."

Grant yavaşça soluğunu bıraktı. "Sorun şu ki, annen ve ben bazı şeyleri toparlamanın eşiğine geldik, ama yine de nerede durduğumdan hâlâ emin değilim."

"Max yüzünden."

"Sen ikisini beraber gördün, aralarında ne olduğu hakkında bir izlenim edinebildin mi?"

"Evet... ve baba, bunun moralini bozmasını istemem ama, Max çok ateşli."

"Ateşli derken... seksi mi?"

"Aynen. Güçlü ve sessiz tiplerden. Kadınların çoğunun aklını çelecek türden."

"Ya."

"Endişelenme... sen de öylesin. Yani, sayılır."

Grant güldü. "Teşekkürler. Bu çok yüreklendirici oldu."

"Hadi baba, endişelenme. Annem kendisi için en doğru olanı yapacaktır, bizim istediğimiz de bu değil mi?" Kuşkusuz, *Annie'ye* göre annesi için en iyi olan babasıydı.

"Doğru," dedi babası. "Yine de, keşke annenin aklından geçenleri bilseydim."

Annie de öyle. O sabah annesini kararsızlığın pençesinde ceptelefonuna bakarken görmüştü. Telefona o kadar uzun süre bakmıştı ki, Annie bir şeyler söylemek istedi. Tam ağzını açacakken Bethanne hızla telefonu kapadı ve çantasına attı.

Babası arkasına yaslanıp parmaklarını saçlarının arasından geçirdi. "Ne olursa olsun, onu her zaman seveceğim.

Tam bir budala gibi davrandım."

"Ara sıra hepimiz öyle davranıyoruz." Annie, babasına sarılmak için dayanılmaz bir istek duydu. Ona hayatın hatalarla dolu olduğunu ve önemli olanın bu hatalardan ders çıkarmak olduğunu söylemek istedi.

Bu düşünceyle biraz daha dik oturdu. Babasının yaptığı hataları geçmişte bırakmaya hazırdı ama Vance'inkileri değil. Belki de ona haksızlık ediyordu. Belki ona ikinci bir şans vermeliydi.

"Sorun şu," dedi babası, "annen işimizin bittiğine karar verirse, bir daha başkasını sevebileceğimden emin değilim."

"Ah, baba." Babasının söyledikleri karşısında ağlamamak için kendini zor tuttu. Bir gün karşısına çıkmasını istediği aşk işte böyle bir şeydi. Sonsuza kadar sürecek bir aşk.

"Ayrıca, annenin İç Savaş'tan kalma şu düğmeyi ne kadar beğendiğini bana söylediğin için teşekkür ederim. Eğer beğeneceği başka şeyler olursa, lütfen yine bana haber ver. Onu şımartmak için her fırsatı değerlendirmeye hazırım. Telafi etmem gereken altı yıl var."

"Baba, ne kadar düşüncelisin."

"Her zaman değil," diye mırıldandı. "Annenin onu ne kadar sevdiğimi fark etmesini istiyorum."

"Aklıma bir şeyler gelirse haber veririm."

"Harika. Çok sevinirim."

İyimser bir hali vardı ve bu, Annie'yi sevindirdi. Bilgisayarına baktı. "Seninle başka bir konuda konuşabilir miyiz?" diye sordu. "Tavsiyene ihtiyacım var."

"Elbette bebeğim, her ne olursa."

Annie kucağındaki peçeteyi düzeltti. "Vance'i hatırlıyorsun, değil mi?"

"Flört ettiğin şu çocuk."

Annie başıyla onayladı. "Bana evlenme teklif edeceğini sandığım çocuk."

"Of, doğru." Kaşlarını çatmasından Vance'e ağzının payını verme isteği belli oluyordu.

"Evlenme teklif edeceğine," diye devam etti, "bana Avrupa'ya gittiğini söyledi. Bir yıllığına."

"Tam bir hayal kırıklığı, değil mi tatlım?"

Sesindeki şefkat Annie'nin acısını biraz dindirmişti. "Perişan oldum," dedi.

"Seni hak etmiyor, Annie. Kızıma hiç kimse böyle davranamaz."

Babasının onu koruma tarzı Annie'nin hoşuna gitmişti. "Vance ağustos sonunda geri dönüyor."

"Yani Avrupa macerası düşündüğü gibi gitmedi, öyle mi?" Babasının gözleri keyifle parladı, davranışının bedelini ödediğini düşünür gibiydi.

"Anlaşılan Avrupa onun hayal ettiği gibi değilmiş." Bunu söylerken aldığı zevki belli etmemeye çalışıyordu. "Şimdi her şeyin gitmeden önceki gibi olacağını sanıyor."

"Şaka yapıyor olmalısın!" Sesi haklı bir öfkeyle çınlıyordu.

"Sorun şu, artık Vance'e olan duygularımdan emin değilim. Bu gezi süresince başka çocuklarla da çıktım, ama onunla olmak gibi değildi. O benim sadece sevgilim değildi, aynı zamanda en iyi arkadaşımdı." İçini çekti."

"Bir süre, onu bu kadar özleme sebebimin sürekli bir arada olmanın getirdiği alışkanlıktan kaynaklandığını düşündüm ve bunun geri dönmek için yeterli olmadığına karar verdim. Oysa şimdi..."

"Bunu atlatacaksın, tatlım. Vance'in sürüdeki tek kuş olmadığını idrak etmesi gerekiyor."

"Ona Jason'dan söz etmek için sabırsızlanıyordum. Vegas'ta tanıştığım çocuk. Jason hoş biri, Craig de öyle. Bu konuda annemle konuştum ve..."

Gerçekten yararlı bir sohbet olmuştu. "Bana yaptıkları yüzünden Vance'in pişman olması gerektiğini konuştuk. Annem dedi ki…" Annie duraksadı, "asıl sorun, Vance'in hata yaptığını anlamasını istemem. Eğer bana bu geziden söz etseydi her şey farklı olurdu, ama benden saklayıp sonra her şeyin normal devam edeceğini düşünmesi çok garip."

"Annene daha fazla hak veremezdim. Dediğim gibi, Vance seni hak etmiyor. Ona geri dönmeyeceksin, değil mi?"

"İşte bu. Ben... ben bilmiyorum."

"Yapma tatlım. Arkandan dolap çeviriyorsa bu davranışı asla değişmez."

"Ne demek istiyorsun? Özür dilese bile, ona ikinci bir şans vermeyeyim mi?" Annie, Vance'i savunmak zorunda kaldığı için şaşkındı fakat buna mecbur kalmıştı.

"Annie, akıllı ol."

Annie, babasına bakmaya devam ediyordu.

"Bir kez alıştıysa, hiçbir şey değişmez. Boşuna kendini üzmemiş olursun."

Annie bakmaya devam ediyordu.

"Neden bana öyle bakıyorsun?" diye sordu.

"Yani onu bağışlamayayım mı?"

"Asla."

Annie gözlerini kırpıştırdı, artık kafası daha da karışıktı. "Ama baba, annemin seni bağışlamasını istiyorsun."

Babasının gözleri hafifçe kısıldı. "Aynı şey değil."

"Değil mi?"

"Evet! Bak, canın istiyorsa Vance'i bağışlayabilirsin, peki ona tekrar güvenebilecek misin?"

Annie yutkundu. "Sence annemin de kendine sorduğu soru bu değil mi? *Sana* güvenebilir mi, baba?"

Soruya hazırlıksız yakalanmış gibi gözlerini kırpıştırdı. "Evet, güvenebilir. Ben dersimi aldım. Tanrı şahidim olsun ki annene daima sadık kalacağım. Asla, bir daha asla onu çantada keklik görmeyeceğim."

Annie bunun doğru olmasını umuyordu. Ona inanıyordu –inanmak zorundaydı– ve annesinin de inanması için dua etti.

30

Bethanne, Annie ve Grant havaalanına kiralık araçla giderken, Royce, Ruth'u kendi arabasıyla bırakmak istedi. Yaşlı çiftin, elli yıl önce bıraktıkları yerden devam ettiklerini Bethanne gibi diğerleri de anlamıştı. Tüm pişmanlıklar ve kızgınlıklar geçmişte bırakılmıştı. Mezuniyet töreninden beri neredeyse her dakikayı birlikte geçirmişlerdi ve ellinci yıl balosu, Ruth'un söylediğine göre yılın en güzel ikinci olayıydı.

Royce'un bir ay sonra Seattle'ı ziyareti konusunda planlar yapılmıştı bile. Andrew ve Courtney'nin düğününden daha iyi bir mazeret olamazdı. Yaz bitmeden evlenmeye karar verirlerse Bethanne şaşırmayacaktı. Bu durumda içlerinden birinin taşınması gerekecekti. Bethanne bunu nasıl halledeceklerini merak etti.

"Florida'da olmaktan keyif aldın mı?" diye sordu Grant, Orlando Havalimanı'na yaklaştıklarında. Seattle'a direkt uçuş, beş buçuk saat sonra onları tanıdıkları muhite geri götürecekti.

"Çok," dedi Bethanne. En önemli olay ise, Grant'e çok yakın hissettiği mezuniyet gecesi organizasyonuydu.

"Annem için yaptıklarınız çok hoş," dedi Grant. "Sen ve Annie. Anneme dünyaları verdiniz."

Grant'in de rolü büyüktü ama bütün övgüyü Bethanne'nin almasını istiyordu.

"Ben de çok iyi vakit geçirdim," dedi Annie arkadan öne doğru eğilerek. "Branson'da bile."

"Ah, evet. Sen ve Andy Williams," dedi Bethanne, dalga geçerek.

"Anne, bu konudan kimseye bahsetmeyeceğine söz ver, tamam mı?"

Bethanne gülmemeye çalıştı. "Endişelenme. Ağzıma kilit vurdum."

"Teşekkür ederim."

"Umarım sizi eve bırakmama izin verirsiniz," dedi Grant, Bee Line Expressway'den havaalanı yoluna saparken.

"Andrew karşılamaya geleceğini söyledi," diye karşılık verdi Bethanne. "Bunu daha yola çıkmadan planlamıştık." Oğlunu özlemişti, onunla konuşmak istediği birçok şey vardı. Düğüne sadece birkaç hafta kaldığına göre prova yemeği için sayısız ayrıntının üstünden geçilmesi gerekiyordu.

"Havaalanından onu arayabiliriz," dedi Grant. "Hazırda

bir araba varken, o kadar yolu gelmesine gerek yok."

Bethanne omuz silkti. Oğlunu bir an önce görmek istediği halde, bunu sorun haline getirmek istemiyordu. Yolculuk sırasında telefonla konuşmuşlardı ama yüz yüze görüşmenin yerini tutmazdı.

"Evet, ne diyorsun?" diye ısrar etti Grant.

"İstediğin buysa, fark etmez." Bu fikrin onu heyecanlandırmadığını belli etmemeye çalıştı.

Grant birkaç dakika konuşmadı. "Söylemeye çalıştığım, sizinle olduğum süreyi olabildiğince uzatmak. Eğer eve Andrew'la gitmeyi tercih edersen, bunu anlarım."

Bethanne hafifçe gülümsedi. "Ben de seninle vakit geçirmekten memnunum."

Grant gülümseyerek ona baktı. "Sahi mi, Bethanne?"

"Ne demek istiyorsun?" diye sordu Bethanne. Grant'in direksiyonu kavrayan ellerinin kasıldığının farkındaydı.

"Annie'yle kısa bir sohbetimiz olmuştu. Onu bağışlayıp bağışlamama konusunda Vance'le ilgili görüşümü almak istedi. Onu başından at, gibi bir şeyler söyledim. Kızıma öyle davranan biri, kızımla birlikte olmayı hak etmiyor demektir."

"Baba," diye itiraz etti Annie arka koltuktan.

"Sonra Annie bana, *senden beni* bağışlamanı istediğimi hatırlattı."

"Seni uzun zaman önce bağışladım," dedi Bethanne.

"Peki bana güveniyor musun?"

Bethanne tereddüt etti. "Sanırım."

"Kafanda en ufak bir şüphe kalmasını istemiyorum. Annie'ye söyledim, sana da söylüyorum; Tiffany'yle olduğu gibi bir şey asla olmayacak. Söz veriyorum."

Bethanne önüne baktı, Grant daha önce de söz vermişti. Kilisede, papazın önünde onu seveceğine, koruyacağına ve ona ölene kadar sadık kalacağına söz vermişti. Keşke şüphelerini görmezden gelip ona duymak istediği şeyi söyleyebilseydi. Grant'e güvendiğini iddia etmek çok kolay olurdu ya da tekrar aldatacağını hiç aklına bile getirmediğini iddia etmek. Sadece yalan söylemiş olurdu.

"Bana inanıyor musun?" diye sordu Grant.

"Samimiyetine güveniyorum," dedi Bethanne, kaçamak bir cevap vererek.

"Bana güvenebilirsin, Bethanne."

Bethanne gülümsedi, bu kadarının ona ihtiyaç duyduğu güveni vereceğini umdu.

İlişkilerine ikinci bir şans vermeye odaklanmaya çalışıyordu. Yine de Max'e olan duygularını göz ardı edemiyordu. Onunla beraber olmak istiyordu. Oysa Grant'le beraberdi, onu gerçekten seven Grant'le.

Grant elini onun dizine koydu, Bethanne kaçamak bir tebessümle karşılık verdi. Grant çok çabalıyor, ama şu anda ona istediği cevabı veremiyordu; belki hiç veremeyecekti. Sürekli söylediği gibi, artık Grant'in âşık olduğu kadın değildi, hayatı çarpıcı bir biçimde değişmişti. Kesin olan bir şey vardı; bu mücadeleyi son altı yıldır karşılaştığı diğer mücadelelerden ayrı tutmuyordu.

Uçağa bindiklerinde, Bethanne kayınvalidesinin uçağı kaçırmasından endişelendi. İçeri giren son kişi Ruth oldu, Royce'un yanında biraz daha fazla kalabilmek için son ana kadar beklemişti. Bethanne'nin yanındaki koltuğa oturduğunda yüzü mutlulukla ışıldıyordu.

"Royce, Seattle uçuşunun rezervasyonunu şimdiden yaptırıyor," dedi kemerini bağlarken.

"Öyleyse yakında tekrar görüşeceksiniz."

Ruth başıyla onayladı. "Bethanne," diye fısıldadı, "budala bir ihtiyar mıyım? Bu yaşta tekrar âşık olmak mümkün mü?"

"Ruth, saçmalama, yaşlı filan değilsin. Ayrıca bunun yaşla ilgisi yok. Royce seni mutlu ediyor mu?"

"Of, evet. Ancak bazı sorunlar var. Onun ailesi Florida'da, benimki ise Washington'da."

"Senin ailen artık yetişkin," dedi Bethanne. "Ziyarete gelebilirsin, ayrıca onlar da gelebilirler."

"Arkadaşlarım da Seattle'da."

"Aynı şey onlar için de geçerli. Üstelik yeni arkadaşlar edinip eskileriyle bağını sürdürebilirsin." Bethanne uzanıp onun kolunu sıktı. "Royce'u seviyor musun?"

"Tüm kalbimle. O da beni seviyor."

"O halde, bir yolu bulunur."

Ruth sessizleşti. "Keşke bu kadar basit olsa. Sanırım ayrı geçireceğimiz bu birkaç hafta ikimiz içinde iyi olacak. Kararlarımızı gözden geçirme fırsatı bulacağız."

"Doğru," diye kabullenen Bethanne, Ruth'un bir sonuca

varma konusunda kendinden daha başarılı olmasını diledi.

Grant koridorun karşı tarafında Annie'yle oturuyordu ve uçuş boyunca ikisi baş başa vermiş fısıldaşıyorlardı. Grant birkaç kez Annie'nin söylediklerine yüksek sesle gülmüş, Annie ise babasının onayını almanın gurunu yaşamıştı. On altı yaşındaki öfkeli, isyankâr Annie'den eser yoktu.

Bethanne biraz örgü örme fırsatı bulmuştu, Ruth ise film seyrediyordu. Seattle'a indiklerinde Andrew bagaj teslim bölümünde onları bekliyordu. Oğlunu görür görmez Bethanne'nin keyfi yerine geldi.

"Andrew," diye seslendi aceleyle ona doğru yürürken. Bir seksenlik oğlu onu kucaklayıp havaya kaldırdı.

"Eve hoş geldin," dedi.

"Geri dönmek güzel." Bethanne sanki on sekiz günden daha uzun bir süredir uzaktaymış gibi hissediyordu. Eve ulaşır ulaşmaz bavulunu açıp kirlileri ayıracak, sonra odadan odaya geçerek özel bir ritüel uygulamaya başlayacaktı. Bunu her yolculuk dönüşü yapardı. En sevdiği şeylere, ona ait olan ve onun ait olduğu, evini *yuva* yapan objelere, resimlere ve hatıralara sırayla dokunurdu.

"Sanırım baban arayıp beni eve kendisinin bırakacağını söylemiştir," dedi Bethanne, kolunu Andrew'un beline dolarken.

"Doğru, ona eğer bir araba kiraladıysa, Annie ve büyükannemle ilgilenmesini, seni eve benim götüreceğimi söyledim. Bundan söz etmedi mi?"

"Hayır." Aslında Orlando Havaalanı'na ulaştıktan sonra

pek konuşmamışlardı. Bagajlarını alıp güvenlikten geçtikten sonra, Bethanne kendine bir sudoku kitabı ve birkaç dergi almış, Grant uçakta Annie'nin yanında oturmuştu. Havalanır havalanmaz Bethanne örgüsünü çıkarmış ve sonunda bitirmeyi başarmıştı.

Grant de oğlunu kucakladı. Andrew ona karşılık verdi ama Bethanne oğlunun babasına karşı kasten mesafeli durduğunun farkındaydı. İlişkilerini düzeltmek istiyorsa Grant'in önünde uzun bir yol vardı.

Annie, babasının ayarladığı aracı bulmaya çalışırken, baba-oğul bavulları aldılar.

"Bethanne," dedi Ruth, kollarını kavrayarak. "Sana ne kadar teşekkür etsem azdır. Bu, hayatımın gezisi oldu."

"Ben de müteşekkirim," dedi Grant. Ayrılmadan önce ona sarıldı. Salı akşamı yemeğe ne dersin?"

Dışarıda yenen bunca yemekten sonra, bir süre evde kalmak istiyordu ama Grant'i hayal kırıklığına uğratmak istemedi. "İyi olur."

"Hâlâ konuşacağımız şeyler var."

Bethanne başıyla onayladı. "O halde salı günü görüşürüz."

"Harika. Gelmeden önce ararım."

Bethanne ve Andrew otoparka doğru ilerlerken, Annie onlara yetişti. "Anne, harika vakit geçirdim. Çok teşekkür ederim."

"Büyükannene teşekkür et."

"Elbette. Salı günü ofiste görüşüyoruz, değil mi? Hoşça

kal, Andrew, seni ararım."

Bethanne pazartesi günü de izin yapıp angarya işlerle uğraşmayı ve biraz dinlenmeyi düşünüyordu. Başıyla onayladı, çantasının askısını düzeltti. "Hoşça kal, tatlım."

Arabaya doğru giderken Andrew sessizdi. Park yerinden çıkana kadar sessizliğini korudu. "İyi misin, anne?"

"Elbette."

Andrew ona baktı. "O kadar iyi görünmüyorsun."

"Çok sağ ol," dedi dalga geçerek. Oğlu herhalde kör olmuştu. "Gayet iyiyim. Andrew, korkarım ben... gerçekten hoşlandığım biriyle tanıştım."

"Annie'nin Max'le ilgili her şeyi anlattığından emin olabilirsin. Babam bile endişelenmiş, beni aradı. Ben memnunum. Biraz rekabet iyidir."

"Aklımı kaybetmiş olmalıyım," dedi Bethanne. "Tam babanla aramız düzelmek üzereyken, Max'le karşılaştım." Oğlunun görüşlerine önem verirdi, Andrew onu herkesten daha iyi tanırdı.

"Aklını filan kaybetmedin, anne. Ayakların bunu yapamayacak kadar yere sağlam basıyor."

Bethanne birden rahatladı. "Herkesi rahatsız eden şey, onu çok az tanımam. İşin çılgın tarafı ise bu umurumda değil. Neyin önemli olduğunu biliyorum: Karısını çok sevmiş ve iyi bir insan, kocaman yüreği olan iyi bir insan."

"Benim için bu kadarı yeterli."

"Teşekkür ederim." Bethanne bunu yürekten söylemişti. Oğlunun nezaketine ve ona olan güvenine minnettardı.

"Peki, babam ve sen?" diye sordu Andrew.

Bethanne bunun cevabını bilseydi, şu anda duygusal bir enkaz halinde olmazdı. "Bir arada olduğumuz süre boyunca harika davrandı. Yaptığı hatanın farkında. Şimdi ise... her şeye yeniden başlamak istiyor."

"Bu mümkün mü, anne?"

Bethanne, barışmanın söz konusu bile olmadığına kendini inandırmıştı. Yine de son bir hafta içinde Grant bedeli ne olursa olsun elinden geleni yapmaya hazır olduğunu kanıtlamıştı.

"Mümkün mü?" diye tekrarladı Andrew.

Bethanne'nin dürüst davranmaktan başka çaresi yoktu. "Olabileceğini düşünmeye başladım."

Oğlu yavaşça soluğunu bıraktı. "Babamın sana yaptıklarını gerçekten bağışlayabilecek misin? Bize yaptıklarını?"

"Bize yaşattığı acıyı bütünüyle silmek asla mümkün olmayacak," diye itiraf etti. "Ama sanırım artık öfkeye dur demenin zamanı geldi."

"Peki ya Max için hissettiklerin?"

Çaresizce omuz silkti. "Keşke ne yapacağımı bilsem. Bazen keşke hiç karşılaşmasaydık diyorum."

"Ama karşılaştın."

"Biliyorum." Max onun hayatını gerçekten zora sokmuştu fakat bunları daha derinden düşünmeye başlamadan önce Andrew onun sokağına saptı.

Burası onun sevdiği evdi, Grant gittikten sonra bile elinde tutmaya kararlı olduğu ev. Güzel bir semtteki şık bir ev olmaktan çok öteydi. Grant'in yaptığı şeyi aşarken gösterdiği kararlılığın simgesiydi. Andrew park yerine doğru ilerlerken kavuşmanın coşkusunu yaşıyordu.

Ön kapının kilidini açıp içeri girerken oğlu bagajıyla ilgilendi. Tüm bavullar yukarı taşındıktan sonra Bethanne yerdeki mektupları avuçladı.

"Yapmamı istediğin başka bir şey var mı?" diye sordu Andrew, aşağı inip merdiven başında mektupları kontrol eden Bethanne'nin yanına gelirken.

"Hayır, ben iyiyim. Her şey için teşekkürler."

Andrew onun yanağını öpüp ön kapıya ilerledi.

"Courtney'yle beraber perşembe günü gelebilir misiniz?" diye seslendi arkasından. "Yemek provasını konuşmamız gerek."

"Elbette," dedi ona doğru dönerek. "Saat kaçta?"

"Altıya ne dersin? Yiyecek bir şeyler de hazırlarım."

"Courtney'nin nedimelerle ilgili bir durumu var, gecikebilir, ama altı bana uyar." Duraksadı.

"Anne, babamla ilgili bu duruma canının sıkıldığını biliyorum. Sana akıl vermek haddim değil. En doğru kararı vereceğine eminim."

"Ne düşündüğünü bilmeyi çok isterim." Mektupları kenara koyup oğluna baktı.

"Her şeyden önce, kararın ne olursa olsun, benim için de doğru karar olacaktır. Bunu bilmeni isterim. Kişisel fikrim, babam ikinci bir şansı hak etmiyor, ama bunun konuyla ilgisi yok. Asıl söylemek istediğim, içgüdülerine kulak vermen. Parties işine girerken de bunu yapmıştın ve yanılmadın. Şimdi de aynısı geçerli."

"Ama içgüdülerimin ne dediğini bilmiyorum," diye mırıldandı.

"Evet, biliyorsun. Sadece rahatla, arkana yaslan ve içinden gelen sese kulak ver."

Çok kolaymış gibi konuşuyordu. Onu kapıya kadar uğurlayıp bir kez daha kucakladı, ardından park yerinden ayrılışını izledi. Araba köşeyi dönüp gözden kaybolduğunda bavulları açmanın ve çamaşırın bekleyebileceğine karar verdi. Alt kattaki odaları teker teker gezdi, yatak odasına çıkmadan önce eve dönüş ritüelini tamamladı. Yarı yolda durup gözlerini kapadı. Andrew ona içinden gelen sese kulak vermesini söylemişti. Bütün gücüyle konsantre olmaya ve içgüdülerinin ona göndereceği mesajı almaya çalıştı. Kalp atışları kulaklarında uğulduyordu, ama ne yazık ki mesaj pek açık değildi.

Odasına girdikten sonra yatağın üstüne oturdu, kendiyle birkaç dakika mücadele ettikten sonra telefona uzandı. Eliyle ahizeyi sımsıkı kavrayıp hiç düşünmeden kafasına kazınmış olan numarayı tuşlamaya başladı.

31

Bethanne ahizeyi kulağına dayadı ve telefonun her çalışında nefesini tuttu. Sonunda Max cevap verdiğinde neredeyse boğulmak üzereydi.

"Benim, Bethanne," dedi konuşmaya gayret ederek. "Lütfen hiçbir şey söyleme. Yürümeyecek. Çok üzgünüm." Ağlamak üzereydi. "Grant barışmak için çok çaba gösteriyor ve... ona bu kadarını borçluyum. Yıllarca evli kaldık ve o maceraya kadar iyi bir eş, iyi bir babaydı. Çok üzgün ve ben kafamı seninle karıştırmak istemiyorum... o yüzden, bir daha seni aramayacağım." Söyleyeceklerini bir an önce söyleyip çabucak bitmesi için çabalamasına rağmen, hıçkırarak döktüğü gözyaşına engel olamadı.

Eliyle hemen ağzını kapayıp ağladığının duyulmasına engel oldu.

"Bitti mi?" diye sordu Max.

"Evet... söyleyecek başka bir şeyim yok. Üzgünüm Max, çok üzgünüm. Başka zaman olsa belki yürütebilirdik."

"Son kararın mı?"

Bu kısa suskunluğun ardından kesin cevabı vermek zorundaydı. "Evet."

"Andrew'un düğününe kadar beklemek istemiyor musun?"

Bu işi uzatmak durumu zorlaştırmaktan başka işe yaramayacaktı. "Hayır."

"Neden fikrini değiştirdin?"

Florida'da Grant'le birlikte geçirdiği süre boyunca onu aklından çıkaramadığını itiraf edecek olursa işleri daha da karıştırırdı. Grant'le barışmak istiyorsa, önce Max'i kafasından çıkarması gerektiğini ona söyleyemezdi.

"Bethanne?"

Boğazındaki yumru yüzünden cevap veremedi.

"Bethanne," dedi yumuşacık bir sesle. "Ağlıyor musun?"

"Hayır."

"Yalancı."

Bethanne güldü, gülüşü burun çekmeyle karışınca ortaya biri onu boğuyormuş gibi garip bir ses çıktı.

"Mümkün olsaydı, şu anda sana sarılmak isterdim."

Bethanne bunun mümkün olmasını çok isterdi. Onu sarmalayan kollarına, kucağında rahatlamaya ihtiyacı vardı.

"Yollarımız kesiştiği için üzgün müsün?"

"Hayır." Ondan uzaktayken tereddüt ediyordu. Ancak sesini duyduğu anda, hiçbir pişmanlık duymadığını biliyordu.

"Ben de değilim."

"Kapatmak zorundayım." Onunla konuşmak istemiyor, çünkü konuşmaya devam ederse fikrini değiştireceğini biliyordu.

"Pekâlâ, ama önce sana söylemem gereken bir şey var."

"Tamam." Onu dinlemek muhtemelen iyi bir fikir değildi, buna rağmen kendine engel olamıyordu.

"Son konuştuğumuzda, oğlunun düğünü sona erene kadar bana bu konuyu düşünmeyeceğini söylemiştin; ne Grant ne de benimle ilgili olarak. Ve ben kabul etmiştim. Ben hâlâ bu anlaşmaya uyuyorum. Kararın ne olursa olsun, 16 Haziran'a kadar beklemek zorunda. Tören o zamandı, değil mi?"

"Ama..."

"Seni aramayacağım, fakat hemen teslim olmayacağımı bilmeni isterim. Ben uzun süreliğine buradayım."

"Ama... Grant çok çabalıyor," dedi bir kez daha.

"Onun yerinde olsam ben de aynısını yapardım. İşin gerçeği, ben de çabalıyorum. Seni önemsiyorum, Bethanne. Bir daha sevebileceğimi düşünemezdim. Bana yanıldığımı kanıtladın."

Max'in söylediği her sözcükle direnci biraz daha kırılıyordu.

"Dediğim gibi, aramayacağım ama on altısından sonra seni görmek istiyorum. Eğer o zaman da aramızda bir ilişki olamayacağını hissediyorsan aradan çekileceğim. Ancak bunu yüzüme söylemek zorundasın. Telefonda olmaz."

"Hayır, Max, lütfen yapma."

"Ne yapmayayım?"

"Beni sevme. Zaten yeterince zor."

Yalvarmasının karşılığı sessizlikti. "Keşke daha uzlaşmacı bir adam olsaydım," dedi sonunda. "Ne yazık ki ikide bir âşık olan biri değilim. Duygularımı musluk gibi açıp kapamayı beceremiyorum. Hissettiklerim bunlar ve kararın ne olursa olsun değişmeyecek."

"Grant'e bir şans vermek zorundayım."

"O halde vermelisin."

Max hiç tartışmaya girmemişti. "Neden bu konuda bu kadar uysalsın?"

"Öyle miyim? Sana sert davrandığım için kendimi cezalandırmayı düşünüyordum."

"Grant'in beni ikna etmesine izin vermemi mi *istiyorsun*?"

"Evet, çünkü ancak o zaman karar verebilirsin. Andrew'un düğününden sonra görüşürüz," diye devam etti. "Karşılıklı oturacağız ve sen bana kararının ne olduğunu söyleyeceksin, ama şimdi değil. Uçaktan henüz inmiş, yorgun ve baskı altındayken değil."

"Evet," diye fısıldadı. Artık ona karşı haksızlık ettiğini biliyordu. "Haklısın... hiç aramamalıydım."

"Aradığına sevindim. Sesini duymak bile bana umut veriyor."

Bethanne tekrar ağlamaya başlamadan önce kendini bir şeyler söylemek zorunda hissetti. "Ağabeyinle her şey yolunda gitti mi?"

"Hem de çok. İşyerindeki eski görevime geri dönüyorum. E-posta adresin nedir? Sana link göndereyim, bakarsın."

Fikrini değiştirmeden çabucak adresini verdi.

"Birkaç hafta sonra konuşuruz."

"Hoşça kal, Max"

"Hoşça kal, aşkım."

Telefonu kapatıp kendini kalın yorganın üstüne bıraktı. Bir yastık alıp kabarttı, başını koyup gözlerini yumdu. Birkaç dakika dinlenmeyi umuyordu.

Uyuyakaldığını fark ettiğinde doğruldu ve gözlerinin karanlığa alışmasını bekledi. Bu kadar yorgun olduğunu tahmin etmemişti. Öyle ya, kaç gecedir doğru dürüst uyumamıştı.

Yo, hayır. Gerçekten Max'i aramış mıydı, yoksa gördüğü rüyalardan biri miydi? Midesi kasıldı. Rüya olamayacak kadar gerçekti.

Bethanne yataktan kalktı, sıcak bir duş alıp pijamalarını giydi ve yatak odasına geri dönüp tekrar yorganın altına girdi. Pazartesi sabahına kadar da uyanmadı.

Giyinip kahvesini hazırladıktan sonra makineyi çamaşırla doldurdu. Ardından e-postalarını kontrol etmek üzere evdeki bilgisayarın başına oturdu. Mesajlar en yeniden eskiye doğru sıralandı, Max'in adını görünce hızla soluk aldı.

Şirketin internet sitesinin linkini göndereceğini söylemişti, ama bu kadar çabuk olacağını söylememişti.

Mesajı okudu, gülümsedi ve telefonu aldı.

"Dün gece seni aradım, değil mi?" diye sordu.

"Evet. Şimdi daha iyi misin?"

"Evet. Ben... ben çok üzgünüm."

"Her şey söylediğim gibi, Bethanne."

"Güzel."

Arka planda Rooster'ın sesi duyuluyordu.

"Seni meşgul ediyorum," dedi.

"Pek sayılmaz. Rooster evi temizlememe yardımcı oluyor. Bugün öğleden sonra bir emlakçıyla randevum var."

Orası, Kate ve kızıyla birlikte yaşadığı evdi. Duygusal konularla başa çıkamamış olmalıydı. "Nereye taşınacaksın?" diye sordu.

"Duruma bağlı."

"Nedir o?"

Max tereddüt etmedi. "Sen."

"Of, Max." Omuzları düştü, zaten onu hiç terk etmemiş olan suçluluk duygusu tekrar hortladı.

"Hâlâ üzgün müsün?

"Hayır."

"Güzel," diye kıkırdadı Max. "Bir daha beni aramayacaksın sandım," diye dalga geçti.

"Aramamalıyım."

"Evet, aramalısın," dedi. "İstediğin zaman beni arayabilirsin, gece ya da gündüz, tamam mı?"

"Aramayacağım," dedi inatla. Düğün bitene kadar aramayacağım. Böyle anlaşmıştık."

Kapı zili çaldı. Hiç misafir çekecek havada değildi. Kapı tekrar çaldı, Bethanne homurdandı. Her kimse, gitmeye niyetli değildi. "Bekle, kapıda biri var," dedi, telefonu kenara koyarak.

Henüz antreye ulaşmadan ön kapı açıldı. Gelen Grant'ti.

"Grant?" dedi, öylece eve dalması onu şok etmişti. "Burada ne işin var?"

Omuz silkti. "Geçerken bir uğrayıp nasıl olduğuna bakmak istedim ve…"

"Burası artık benim evim! Davet edilmeden elini kolunu sallayarak içeri giremezsin."

Grant sözlerine gücenmiş gibi gözlerini kırpıştırdı. "Özür dilerim," dedi gergin bir halde. "Ön kapı kilitli değildi ve kapı zilini duyduğundan emin değildim."

Önceki gece öyle yorgundu ki, kilitlemeyi unutmuş olmalıydı.

"Gitmemi ister misin?" diye sordu, dersini yeterince almış görünüyordu. "Seni üzmek istemesem de gördüğüm kadarıyla öyle yaptım."

Bethanne soluğunu bıraktı. Endişe ve rahatsızlık arasında kalmıştı. Max'in telefonda olduğunu Grant'in bilmesini istemiyordu, aynı zamanda Max'in de Grant'in eve geldiğini bilmesini.

"Kahve yapmıştım, kendine alıver. Bir telefon görüşmesi yapıyordum, hemen gelirim."

"Teşekkürler."

Odasına dönüp kapıyı kapatmadan önce Grant'in mutfağa gittiğinden emin olmak istedi.

Masasına oturdu, dirseğini dayadı ve başını avucuna yasladı. "Kapatmam gerek," dedi Max'e.

"Unutma, hakkımda bilmek istediğin bir şey olursa tek yapacağın şey sormak."

Rahatsızlığına rağmen Bethanne gülümsedi. "Unutmam."

"İstediğin zaman ara."

"Aramayacağım," dedi. Aynı şeyi sürekli tekrar etmeye başlamıştı.

"Bu üzücü."

Sessizce homurdanan Bethanne telefonu kapadı, sonra mutfaktaki eski kocasına eşlik etmeye gitti. Grant kendine bir fincan kahve almıştı, evinde gibi rahat görünüyordu.

"Tekrar özür dilerim, Bethanne. Haddimi aştığımı biliyorum."

Tartışmaya niyeti yoktu. Kollarını kavuşturup tezgâha yaslandı. "Gördüğün gibi gayet iyiyim."

"İyi uyuyabildin mi?"

"Hem de nasıl." Ayrıntılara girmedi.

Grant kahvesine koyduğu şekeri karıştırdı. "Bu gece için bir planın var mı?"

Salı akşamı için zaten anlaşmışlardı; o yüzden Bethanne o akşam için ne düşündüğünü anlayamadı. "Pek sayılmaz. Bir şey mi yapmak istiyorsun?"

"Sana göstermek istediğim bir şey var." Keyifle gülümseyince Bethanne'nin merakı daha da arttı. Yine de sakin bir pazartesi akşamını tercih ederdi.

"Bugün mü?" diye sordu. "Hafta içi bir güne erteleyemez miyiz?"

"Şey, tabii." Hayal kırıklığına uğradığı çok açıktı.

"Ne olduğunu söyleyebilir misin?"

Grant kahve fincanıyla oynadı. "Bir süredir satışta olan güzel bir ev. Sahipleri pazarlığa hazır, ben de öyle."

32

Bethanne, Grant'i bu kadar heyecanlandıran evi görmeyi gerçekten istemiyordu. Evli oldukları yıllardan, bir gün Washington Gölü kıyısında bir ev almayı hayal ettiğini biliyordu. Sahildeki evlere rağbet çoktu ve bunlar, tek kelimeyle pahalıydı.

Çarşamba günü öğleden sonra buna rıza gösterdiği için çoktan pişman olmuştu. Uzun süredir işyerinden ayrı kaldığı için, e-postalarına cevap vermekten başka bir şeyle uğraşamamıştı, üstelik acilen ilgilenmesi gereken durumlar vardı. Julia Hayden inanılmaz bir iş çıkarmıştı ama yine de bazı konulara karar verebilecek tek kişi Bethanne'ydi. Bu emlak randevusu olmadan da yeterince yoğun bir gün geçirecekti.

Buluşma saatini doğrulamak için Grant öğlen telefon etti. Bethanne bu ev bakma işini başka bir akşama bırakmasını isteyecekti, ama Grant'in sesindeki heyecan yüzünden vazgeçti. Uzun süredir onu bu kadar coşkulu görmemişti.

Ofisten ayrılmadan yarım saat önce, Annie içeri girdi. "Senin günün de benimki kadar hareketli miydi?" diye sordu.

"Evet," dedi Bethanne, başını bilgisayar ekranından kaldırarak.

Annie masasının karşısındaki koltuğa oturdu. "Dün gece babamla buluştunuz mu?"

"Evet." Grant onu eskiden de çok sevdikleri bir yere götürmüştü. Zorba, aile işletmesi bir Yunan restoranıydı ve her doğum günü yemeklerini orada yerlerdi. Bethanne, Akdeniz mutfağını çok severdi, Grant de öyle. O zamanlar, bazı özel günlerde bu tarz bir savurganlıkla kendilerini şımartırlardı.

Grant'in işleri düzeldikçe, dışarıda daha sık yemek yemeye başlamışlar ve restoran repertuvarlarını da genişletmişlerdi. Bethanne boşandıklarından beri Zorba'ya gitmemişti. Salı akşamı yedikleri yemek gayet keyifliydi ve kaçınılmaz olarak, daha önce orada yedikleri yemeklerin anıları canlanmıştı. Zorba'nın sevgiyle hatırladıkları ilk sahipleri restoranın işletmesini çocuklarına bırakmışlardı. Tarifler aynı kaldığı halde öyle söylemişlerdi; yemekler aynı lezzette değildi.

"Babam seni sevdiğin bir yere götüreceğini söylemişti."

"Sevdiğimiz birçok restoran vardı."

"O kadar yılı fırlatıp atamazsın anne! Yapamazsın."

Bethanne bir şey söylemedi. Konuyu değiştirmeyi tercih etti. "Baban, bugün öğleden sonra bir ev bakmaya gideceğimizi de söyledi mi?"

"Evet. Ne kadar harika, değil mi?"

Kızının tepkileri Bethanne'yi biraz şaşırtmıştı. "Evi satmıyorum, Annie. Bu konuyu açtığında babana da aynısını söylediysem de bakmakta ısrar etti."

"Bir göz atmanın kimseye zararı olmaz, değil mi?"

Bethanne, Andrew'un aile evi konusundaki duygularını anlayabileceğini biliyordu ve Annie'nin de biraz olsun duygusallık göstereceğini ummuştu. Oraya taşındıklarında Annie dört yaşındaydı ve Bethanne daha önce yaşadıkları apartman dairesiyle ilgili anıları olduğundan bile emin değildi.

"Babam Washington Gölü'ndeki bu evin resimlerini gönderdi, gerçekten harika."

Zorba'daki yemekte Grant ona Yunan adalarına giden yolcu gemilerinin broşürlerini göstermişti. Yirmi beşinci evlilik yıldönümleri için hep bu yolculuğun hayalini kurmuşlardı, ama ne yıldönümü olmuştu ne de yolculuk. Bethanne, uzosundan küçük bir yudum alarak el ilanlarına bir göz attı. İma edilen şey, eğer tekrar evlenirlerse bu yolculuklardan birine çıkılacak olmasıydı; yani ikinci balayına.

Her şey çok çabuk gelişiyor gibiydi. En azından Bethanne için. Grant sürekli neden barışmaları gerektiği konusunda gerekçeler sunuyordu. Her zaman ikna kabiliyeti yüksek, iyi bir müzakereci olmuştu ve onun aklını çelmek için bütün bu becerilerini kullanıyordu.

"Baban *çok* çabalıyor," demek zorunda hissetti kendini. "Maddi şeylerde gözüm yok. Başka bir sürü şey var."

Annie'nin gözleri açıldı. "Anne, babam korkuyor." Bir

an tereddüt etti. "Geçen sabah babam uğradığında Max'le mi konuşuyordun?"

"Bunu neden soruyorsun?" Grant'in Max'le konuştuğunu anlamaması için elinden geleni yapmıştı. Belki konuştuklarını duymuştu, ama bundan şüpheliydi.

"Babam öyle olabileceğini söyledi."

Bethanne cevap vermedi.

"Florida'daki bir haftadan sonra bu onu gerçekten şaşırttı."

"Ya?" Demek bu ev meselesi Grant'in kendini sağlama alma çabasından başka bir şey değildi. Ancak Andrew'un düğünü bitene kadar kararını açıklamayacaktı. Oğlunun mutluluğunu görmek ilk sırada geliyordu, bu tatsız konularla daha sonra ilgilenebilirdi.

"Gemi yolculuğu, göl kıyısında ev... biraz fazla kaçıyor," dedi.

Annie gülümsedi. "Babamın iyi niyet göstergesi."

Bethanne başıyla onayladı. "Biliyorum." Zorba'da yedikleri yemeği düşündü. Tarifler yıllar öncekilerin aynı olsa da deneyim aynı değildi. Gerçi bunu ikisi de dile getirmemişti ama Grant geçmişi yakalamak istediği halde başarılı olamamıştı. Kötü bir kıyaslama olabilirdi, ancak Bethanne aynı şeyin ilişkilerinde de başına gelebileceğinden korkuyordu. Çok şey yaşanmıştı. Zevkleri değişmişti, hatta belki değer yargıları. Bethanne artık evde örgü örüp kitap okuyabildiği sakin akşamları seviyordu. Oysa Grant, gecelerinin çoğunu iş bağlantıları sebebiyle dışarıda geçirdiğini söylemişti. İşle ilgili olarak

Bethanne de bazen dışarı çıkmak zorunda kalıyordu, ama evde ailesi ve arkadaşlarıyla geçireceği akşamları giderek daha çok tercih ediyordu.

Grant, Zorba'yı önerdiğinde, istemeden de olsa aklına başka bir şey gelmişti. Tiffany'yi de oraya götürmüş müydü? Sormamıştı. Bir an incecik bir sızı hissetmiş, ama yemeğin keyfini kaçırmamak için bu düşünceyi hemen zihninden uzaklaştırmıştı.

Sohbetleri boyunca Grant'in eski Bethanne'yi istediğini fark etmişti; yani onu destekleyen ve yüreklendiren kadını. Aynı role tekrar bürünemezdi, bunu istemezdi de zaten. Artık kendi işi vardı. Grant hırslı biriydi ama Bethanne de öyleydi. Açıkçası, bir evliliğin bu kadar hırsı kaldırabileceğinden emin değildi.

"Ne düşünüyorsun?" diye sordu Annie.

Bethanne içini çekti. "Babanla bu işi yürütmek istesem de yapabileceğimden emin değilim. Beş ya da altı yıl önce olsa, sorduğunda havalara uçardım, ama artık değil. Bu evi görmek zaman kaybından başka bir şey değil. Bunu biliyorum, sen de biliyorsun."

Kızı, uzun süre bir şey söylemedi. "Haklısın, biliyorum."

Yine de Bethanne'nin bir parçası Grant'in gönlünü almak istiyordu, evi görmeyi kabul etmesinin sebebi sadece onun bu kadar heyecanlı olmasıydı.

"Babamı arayıp çok meşgul olduğunu söylememi ister misin?"

"Hayır." Bethanne seçeneklerini gözden geçirdi. Saatine

baktı, muhtemelen Grant ofisinde onu beklemeye başlamıştı. "Gideceğim. Sen de gelmek ister misin?"

Annie'nin yüzü birden aydınlandı. "Çok isterim. Sorun olmayacağından emin misin?"

"Hem de çok eminim." Aslında yanında birinin olması Bethanne'nin hoşuna gitmişti. Annie'yle birlikte giderse, Grant'le çıkacak gereksiz tartışmaları savuşturabilirdi.

Grant'in ofisine kendi arabalarıyla gittiler. Grant, Annie'yi selamladı ve onlara evi gösterecek olan komisyoncu Jonathan Randolph ile tanıştırdı. Annie, Jonathan'la birlikte yola çıkarken, Bethanne, Grant'in arabasına bindi.

"Günün nasıldı?" diye sordu Grant yalnız kalır kalmaz.

"Hummalı," dedi. "Ya seninki?"

"Benimki de yoğun." Ona bakıp gülümsedi.

"Bu evi seveceksin," dedi, çift kanatlı kapılara doğru uzayan park yerine girdiklerinde.

Dışarıdan görünüşü bile Bethanne'nin ne kadar büyüleyici bir ev olduğunu itiraf etmesi için yeterliydi. "Burası senin... ya da içimizden birinin bütçesinin çok ötesinde olmalı."

Bethanne eski kocasının ne yapmaya çalıştığını anlıyordu. Onunla evli kaldığı bunca yıl içinde kafasının hangi doğrultuda çalıştığını öğrenmişti. Bethanne'nin evi görmesini sağlarsa fikrini değiştirebileceğini biliyor ve buna bel bağlıyordu.

Oysa yirmi yıllık evliliklerinin ardından Grant'in onu *biraz daha iyi* tanımamış olması Bethanne'yi şaşırtmıştı. Maddi şeylerde gözü yoktu, onu yalnızca duygular ve temsil ettikleri deneyimler ilgilendiriyordu. Çocuklarla masa oyunları oynanan geceler, Andrew ve Annie'yi de yanlarına aldıkları tatiller onun için pırlanta bilezik ya da çok pahalı bir akşam yemeğinden daha değerliydi.

"Eski evi sevdiğini biliyorum," dedi Grant, yanına gelerek. "Taşınmaya gönlün olmadığının da farkındayım. Bütün istediğim, eve bir bakman."

Annie çoktan Jonathan'ın arabasından inmiş, içeri girmek için sabırsızlanıyordu. Bethanne onun ve Grant'in coşkusunu biraz bile olsa paylaşabilmeyi dilerdi.

Sözüne sadık kalarak evi gezdi. Grant'in söylediği her şey doğruydu, hatta fazlası vardı. Göl manzarası ve çevre nefes kesiciydi. Hayalindeki evi tasarlaması gerekirse herhalde tıpkı bunun gibi bir yer olurdu. Dev bir giysi odası, ikinci katta çamaşır ve kurutma makinesi, ebeveyn yatak odasının açıldığı bir veranda...

Jonathan onlara odaları gezdirirken Grant pek bir şey söylemeyerek ayrıntıları inceledi. Konuşmak içi arabanın yanına dönmeyi bekledi.

"Pekâlâ, ne düşünüyorsun?"

Bethanne kafasını toparlamak için bir süre bekledi. "Haklısın. Mükemmel..."

"Gördüğün zaman böyle düşüneceğini biliyordum," dedi, neredeyse sevinçten havalara uçacak gibiydi.

"Ama..." diye devam etti Bethane.

Grant onu duymamış gibiydi. "Jonathan odaları gösterdikçe gözlerinde parlayan ışığı gördüm; özellikle mutfakta.

O devasa fırını sevmedin mi? O fırında pişireceğin Şükran Günü hindisi gözümün önünde canlanıyor, Bethanne. Üstelik ev kelepir…"

"Kelepir mi?"

"Evet, sahibi başka yere taşınmış ve bir an önce elden çıkarmak istiyor. Ev satışa çıkalı altı ay olmuş ve artık kurtulmak istiyor. İki eve birden para ödemek zorunda kalıyor; o yüzden her türlü mantıklı teklifi kabul etmeye hazır."

Ev sahibinin zor durumda olması Bethanne'yi üzdü.

"Fiyatı yüzde on daha kırabileceğimizi düşünüyorum," dedi Grant. "Jonathan diyor ki, ben de katılıyorum, düşük fiyat verip pazarlık etmeliyiz. Bankalar yüzde yirmi beş tercih ediyorlar, ama bununla başa çıkabilirim. Hisse senetlerimden bir kısmını satmam gerekse de burası düşündüğümden de iyi bir yatırım olacak."

"O halde söz konusu teklifi yapmalısın."

"Niyetim bu ama sen yanımda olmadan burada tek başıma yaşamanın bir anlamı yok."

"Grant, lütfen..."

"Sana baskı yapmaya çalışmıyorum, eğer öyle hissettiysen özür dilerim."

"Bunu şimdi tartışmak istemiyorum, tamam mı?"

Grant kırgın görünüyordu. "Tamam. Yeniden başlamayı umuyorum, Bethanne ve geçmişle bütün bağımızı koparmanın en iyisi olacağını düşünüyorum."

"İkinci bir şans istemediğimi söylemeye çalışmıyorum," dedi Bethanne. "Ama bu kararı vermek için erken. Max'e söyledim, sana da söylüyorum. Andrew'un düğünü bitene kadar bekleyeceğim."

"Eski ev anılarla dolu," diye itiraz etti Grant. "Bazıları acı veriyor, özellikle sana. Bu evi görmeni istedim çünkü seninle yeni bir hayata başlayabilmek için her türlü riske gireceğimi bilmen gerekiyordu."

"Anlamak istemediğin şey," dedi Bethanne, dinlemesi ve idrak edebilmesi için yavaş konuşuyordu. "Sen gittikten sonra ben o evi elimde tutabilmek için her türlü riske girdim. Aileyi bir arada tutan bendim. Evin taksitlerini ödemeye devam edebilmek için iş kurdum. Her ayın başında, evin kredi borcunu geciktirmemek için kaç parti düzenlemem gerektiğinin hesabını yaptım."

"İlk birkaç yılın senin için sallantılı olduğunu biliyorum."

"*Sallantılı* mı?" Bu adamın dünyadan haberi yoktu.

"Tamam, arı kovanına çomak soktuğumu görebiliyorum. Sana üzgün olduğumu kaç kere daha söylemem gerek?" diye mırıldandı. Bethanne onun ne kadar zorlandığını görebiliyordu fakat kendisi için de zordu.

"Yani taşınıp yeni bir başlangıç yapmak istemiyorsun?" dedi. "Güzel. Yapmayız."

Bethanne, yapmayız derken taşınmayacaklarını mı yoksa yeni bir başlangıç yapmayacaklarını mı kastettiğini anlamamıştı, ama sormadı da. Sessizce ofise geri döndüler. Arabanın içindeki gerilim o kadar yüksekti ki, camların bile bu yükü taşıyamayıp parçalanacağını düşündü. Belki de Grant haklıydı.

Belki de ihanetin acısını henüz atlatamamıştı. Başardığını sanıyordu; öyle umuyordu. Belli ki yapamamıştı.

Grant kendine ayrılmış park yerine girdi, arabada sessizce oturdular. İkisi de hareket edemiyordu. Bethanne kavga ettikleri gerçeğinden nefret ediyordu. Evliyken aralarında ne zaman anlaşmazlık çıksa, uzlaşma arayan taraf kendisi olurdu. Anlaşmazlık onu her zaman üzerdi.

"Bethanne," dedi Grant, tatsız birkaç dakikanın ardından. "Patavatsızlık ettim. Özür dilerim."

Bethanne titrek bir soluk aldı ve rahatlamaya çalıştı. "Ben de öyle. Neden birbirimizi bu şekilde azarladığımızı bilmiyorum."

Grant uzanıp parmaklarını ellerinin arasına aldı. "Seni mutlu edecek her şeyi yapmaya hazırım. Düşündüm ki… her neyse, ne düşündüğümün önemi yok. Önemli olan senin mutluluğun. Hâlâ benimle ilgili soru işaretlerin varsa, bunu anlayabilirim. Hak ediyorum."

"Öyle değil..." Belki öyleydi ama bir yere kadar. "Evimden vazgeçmek istemiyorum."

"Öyleyse vazgeçmeyiz," dedi Grant yumuşak bir sesle. Bethanne'yi uzanıp yanağından öptü.

33

Bethanne'nin Grant'le birlikte göl kıyısındaki evi görmeye gidişinin ertesi günü, perşembe ikindi vakti Andrew eve geldi. Courtney daha sonra onlara katılacaktı. Aralarında Annie'nin de olduğu nedimeleriyle yemekli toplantısı vardı.

Bethanne, oğlunun en sevdiği yemeklerden olan karışık sebzeli börülce çorbasını tencereye koymuş, mısır ekmeğini de fırına atmıştı. Andrew'un liseye giderken, aile ve tüketici bilimleri eğitimi dersinde diktiği önlüğü de bilerek üstüne geçirmişti. Bethanne'nin zamanında bu dersin adı ev ekonomisiydi ve yalnızca kız öğrenciler bu dersi alırdı. Zaman gerçekten her şeyi değiştiriyordu. Andrew gerçekten iyi bir iş çıkarmıştı, Bethanne önlüğünü gururla taşıyordu.

Andrew uçarak içeri girdi, annesine sarıldı ve tencerenin kapağını kaldırdı. "Bunu yapacağını umuyordum."

"Tarifini Courtney'ye verdim bile."

"Ya muzlu çıtır?"

"O da tamam," dedi Bethanne gülümseyerek. Aslında her mevsim için bir aile tarifleri kitabı hazırlayabilirdi

Börülce, Andrew'un bütün zamanlardaki favorisiydi ve üniversitenin her tatile girişinde Bethanne börülceyi neredeyse çuvalla alırdı. Bu çorba tek başına oğlunu eve getirebilme sebeplerinden biriydi.

Andrew mutfak tezgâhının önündeki taburelerden birine oturup annesini izlemeye başladı. "Pazartesi günü sürpriz bir telefon aldım."

"Ya? Kimmiş?" diye sordu çorbayı karıştırmaya devam ederken.

"Arkadaşın Max."

Bethanne'nin elinden düşen kaşık gürültüyle seramik tencerenin kenarına çarptı. "*Max* seni mi aradı?" Andrew'un telefonunu nereden bulduğunu merak etti, sonra bunun çok zor olmadığını düşündü.

"Düğün için bir kasa şampanya göndermek istiyor."

Bethanne'nin ağzı kurudu. Bir şeyler söylemek istediyse de dili ona itaat etmiyordu.

"Önce, bu konuyu seninle konuşacağımı söyledim fakat sonra düşündüm ve bir karar verdim. Umarım sakıncası yoktur."

"Elbette yok. Kararları sadece sen ve Courtney verebilirsiniz." Bethanne konuşmaya çalışıyor, ama çıkan ses kendi kulağına bile tuhaf geliyordu.

"Gerçekten çok cömert bir teklif. Tanışmadık ama ondan hoşlandım, anne. Hoş birine benziyor."

Bethanne sadece başıyla onaylayabildi.

"Bu akşam prova yemeğini konuşmak için seninle buluşacağımızı duyunca buraya da iki kutu şarap göndermek istedi."

Bethanne karıştırdığı çorbaya abartılı bir ilgi gösteriyordu. "Baban bu teklifleri kabul etmenden hoşlanmayabilir."

Andrew bir süre düşündü, sonra omuz silkti. "Eğer Max düğün hediyesi olarak bize şarap göndermek istiyorsa, bunu kabul etmeliyiz. Courtney de aynı fikirde. Kimsenin hediyesini geri çevirmiyorum, onun hediyesini neden çevireyim?"

Haklıydı.

"Bu *seni* rahatsız eder mi, anne?"

"Yo... bence çok hoş bir jest."

"Bence de." Andrew taburesinden indi, iki kâse alıp mutfak masasının üstündeki işlemeli servislerin üstüne koydu.

"Şey... Max beni sordu mu?"

Andrew bu soruyu çok eğlenceli bulmuş gibiydi. "Sordu."

Anlaşılan oğlu her bilgi kırıntısı için yalvartacaktı, çünkü bütün dikkatini çekmeceden çatal kaşıkları almaya vermiş gibiydi.

"Yalvartacak mısın?" diye üsteledi Bethanne.

Andrew sırıttı. "Bu kadar acımasız olmamalıyım, değil mi?"

"Hayır, olmamalısın," dedi ellerini beline koyarak. Sohbetin geri kalanını anlatması için sabırsızlıkla bekliyordu.

"İkinizin nasıl tanıştığından bahsetti."

Bu hatıra Bethanne'yi gülümsetti.

"Motosiklete bindiğini söylememiştin."

"Hem de defalarca," diye itiraf etti gururla.

"İşte bu, görmek isteyeceğim bir şey."

Başlangıçta, yoldaki her viraj ya da kasis ödünü patlatıyordu, ama zamanla gevşemeyi ve özgürlüğün tadını çıkarmayı öğrenmişti. Max'le aralarındaki ilişki yürümüş olsaydı, aslında bu hâlâ büyük bir soru işaretiydi, süreç içinde kendisi de kullanmayı öğrenmek isteyebilirdi.

"Babamla aranızın nasıl olduğunu sormadı; merak ettiğin buysa," dedi Andrew. "Her şeyden habersiz olmak onun için kolay değildir sanırım, ama sana bu süreyi tanıdığını söyledi ve sözünün eri bir adama benziyor."

"Baban da aynı fırsatı verdi," diye hatırlattı Andrew'a.

"Şey, elbette, ama Annie her on dakikada bir babama rapor veriyordu, Max'in böyle bir şansı yok."

Bu doğruydu ve belki böylesi daha iyiydi.

"Sadece birkaç dakika konuştuk. Ona, şarap ve şampanya konusunu Courtney'yle konuşup kararımı sabah bildireceğimi söyledim ama aslında kabul ettik."

Bethanne, oğlunun bu kadar ince eleyip sık dokumasından dolayı onay bekliyormuş gibi hissetti, ama daha önce de söylediği gibi, karar ona ve Courtney'ye aitti.

"Bu konuda söyleyecek bir şeyin olmadığından emin misin?" diye ısrar etti.

Tam o sırada kapı zili çaldı, Bethanne gelenin Grant olduğunu görünce şaşırdı. Grant, Bethanne'nin arkasından mutfağa girince Andrew gerildi. Grant uzanıp tezgâha yaslanırken, Bethanne dolanıp arkasına geçti.

Baba oğul bakıştılar. Bethanne, Grant'in üzüntüsünü hissetti. Oğlunu özlüyor, durumun farklı olmasını istiyordu.

"Umarım böyle pat diye gelmemin sakıncası yoktur," dedi Grant, sıradan bir şey gibi. "Annie bu akşam toplanıp yemek provasını konuşacağınızı söyledi; benim de burada olmam gerektiğini düşündüm. Ben de bu düğünün bir parçası olmak istiyorum." Riski göze alıp Andrew'a baktı. "Sorun değilse tabii."

Andrew yorum yapmadı. "Biz de tam şaraptan söz ediyorduk."

Bethanne gözlerini ona dikti fakat Andrew bu uyarı bakışını görmezden geldi.

"Şarap çeşitlerinden iyi anlayan birkaç arkadaşım var. Onlarla görüşmemi ister misin?" diye sordu Grant.

"Sanırım içki işini hallettik, Grant," diye araya girdi Bethanne. "Sorduğun için sağ ol."

"Ya." Grant şaşırmış gibiydi. "İkinizin mönü hakkında konuşacağınızı sanıyordum. Beyaz mı kırmızı mı olacağını nereden biliyorsunuz? Aslında ikisinden de birer kasa sipariş etmek iyi bir fikir olabilir."

"Annemin de söylediği gibi," dedi Andrew, "O işi hallettik."

"Senin katkını göz ardı ettiğimiz için değil," diye eklemek zorunda kaldı Bethanne. Tartışma çıkmasını istemiyordu.

"Kararınız nedir? Beyaz Sauvignon? Kırmızı Merlot? Benim önerim bu."

Bethanne yardım istercesine oğluna baktı.

"Henüz emin olmasam da mevcut en iyi şarap olacağından eminim," dedi Andrew. "Şarabın yanı sıra, aynı kişi resepsiyon için üç kasa şampanya temin edecek."

"Biri size şarap ve şampanya mı *veriyor?*"

Bethanne başıyla onayladı.

"Gerçekten mi?" Grant'in kaşları hafifçe kalktı. "Bu küçük bir şey değil. Kim bu kadar cömert olabilir ki?" Ellerini arkasındaki tezgâha yasladı. "Müşterilerimden biri olabilir mi?"

Konuyu bir türlü kapatmayacağı anlaşılmıştı; o yüzden Bethanne açıklama yapmayı oğluna bıraktı.

"Max Scranton," dedi Andrew, kısa bir tereddütten sonra.

"Kim?" diye sordu Grant, derken kim olduğunu kavradığı bakışlarına yansıdı. "Max mi? Şu motorcu mu? Şaka yapıyor olmalısınız!"

"Max'in şarap dağıtım şirketi var," diye açıkladı Andrew.

"Ağabeyiyle ortak," diye düzeltti Bethanne.

"Doğru," diye omuz silkti Andrew. "Ama büyük hissedar Max."

Bu, Bethanne için yeni bir haberdi. Belli ki oğlunun

Max'le sohbeti söylediğinden daha uzun sürmüştü.

"Kabul etmeyi düşünmüyorsun, değil mi?" diye soran Grant önce Andrew'a, sonra Bethanne'ye kaşlarını çatarak baktı. "Sizce bu nasıl görünecek?" diye sordu. "İkimiz barışmaya çalışıyoruz ve başka bir adam oğlumuzun düğünü için gerekli tüm şarabı tedarik ediyor. Bu utanç verici. İnsanlara ne söyleyeceksiniz?" Bethanne'nin itirazını desteklemesini bekliyordu.

"Kimseye söylemeyi düşünmüyordum," dedi Bethanne. "Kimseyi ilgilendirmez."

"Evlat," dedi Grant, Andrew'a bakarak. "Bunu *gerçekten* kabul edecek misin?"

Bethanne, Grant'in en son ne zaman Andrew'a "evlat" diye hitap ettiğini hatırlamıyordu.

"Pekâlâ, baba, annemle konuştuk ve bu kararı Courtney ve benim verebileceğimi söyledi."

Grant, Bethanne'ye baktı.

"Şarap ve şampanya onlara veriliyor, bana değil," dedi.

Grant gözlerini kırpıştırdı. "O halde... şarabı kabul ediyorsun."

"Ve şampanyayı." Andrew omuz silkti. "Bu bir hediye. Annemin, büyükannemin ve Annie'nin bir arkadaşı, Courtney ve bana güzel bir hediye teklifinde bulundu; o yüzden kabul ettik. Bunun seninle bir ilgisi yok."

"Pekâlâ," dedi Grant kırılan gururunu gizlemeye çalışarak. Masanın üstünde duran iki kâseyi görünce ellerini ceplerine soktu. "Gördüğüm kadarıyla burada her şey kontrol altında. Bana ihtiyacınız olursa ararsınız."

"Elbette," diye mırıldandı Andrew.

Acı ve düş kırıklığı yüzüne yansıyan Grant dönüp uzaklaştı.

Bethanne, oğluyla yüzleşmek için ön kapının kapanmasını bekledi. "Andrew, şarabın Max'ten geldiğini söylemen şart mıydı?"

"Evet, aslında şarttı. Babam er geç gerçeği öğrenecekti ve samimi olmak gerekirse, düğün günü keşfedeceğine şimdi kendim söylemeyi tercih ettim."

Baba ile oğul arasındaki husumete kederlenerek içini çekti, fırındaki mısır ekmeğini alıp soğuması için ocağın üstüne kcydu.

"Annie'nin söylediğine göre dün babamla birlikte Washington Gölü kıyısında bir ev bakmışsınız," dedi Andrew.

"Görmemi istedi."

"O halde babamla aranız iyiye mi gidiyor?"

Bethanne cevap vermedi. Onun yerine kâseleri aldı, çorba doldurup masaya geri getirdi. Andrew buzdolabındaki ekşi kremayı alıp küçük bir kaşıkla servis tabağına koymaya başladı.

"Baban her türlü çabayı gösteriyor." Göz göze gelmemeye çalışarak mısır ekmeğini dilimledi.

"Eminim öyledir. Babam seni geri istiyor, çünkü onun egosunu okşuyordun. Buna ihtiyacı var. *Sana* ihtiyacı var. Onun için yaptıklarının yanına bile yaklaşabilecek birini bulamayacağını anlaması biraz uzun sürdü."

"Andrew... babanla aranda çözülmesi gereken sorunlar olduğunu biliyorum ama Grant o kadar çıkarcı değil."

Oğlu açık açık güldü. "Anne, buna inanıyor olamazsın. Babam hep aynı babam. Max'i savunmuyorum. Onunla sadece bir kez konuştum, onu tanımıyorum bile. Sadece ismini duyduğunda nasıl tepki verdiğini biliyorum. Elin ayağın birbirine dolaşıyor."

"Kesinlikle doğru değil."

"İşte," dedi parmağını ona doğru uzatarak, "şu an aynısını yapıyorsun."

Utanan Bethanne elleriyle yüzünü kapadı.

"Boşanalı altı yıl oldu ve hiçbir erkeğe Max gibi tepki verdiğini görmedim. Onun için deli oluyorsun ve bunun harika olduğunu söylemek zorundayım. Babamın araya girip senin adına bunu mahvetmesini istemiyorum."

"Ama ben ne istediğimi *bilmiyorum*," dedi Bethanne. Oturup peçetesine uzandı. Yermiş gibi yapıyor, ama lokmaları yutamıyordu.

"Evet, biliyorsun," dedi Andrew yumuşacık bir sesle. "Biliyorsun."

"Babanla bu konuyu konuştuk ve belki haklı... sizinle ilgilenmeye ve gönüllü işlere kendimi öylesine kaptırmıştım ki..."

"Anne," dedi Andrew sözünü keserek. "Sen iyi bir annesin. Hep öyleydin."

"İyi bir eş miydim peki?"

"Kesinlikle," dedi ve ekledi: "Sakın başkasının aksini

söylemesine izin verme. Babam için her şeyi yaptın. Evleri satışa hazırladın, ayak işlerine koştun, partiler düzenledin."

"Şey, evet, elimden geldiğince yardımcı olmaya çalıştım."

"Emin ol, sen iyi bir eştin."

"Boşanmada da rolüm oldu. Hemen fark edemedim ama bütünüyle masum değilim. Evliliğimizin tükenmesine izin verdim. Bir kadın kariyer yapmak için en kestirme yolun Grant olduğunu keşfederek kolayca babanın aklını çeldi. Evet, baban bunu yapmasına izin verdi, gelgelelim, bedelini ağır ödedi. Keşke ona bu kadar sert davranmaktan vazgeçebilsem."

Andrew, sanki ilk kez görüyormuş gibi uzun uzun annesine baktı. "Onu savunduğuna inanamıyorum."

"Bir düşün, Andrew. Baban yalnız. Gerçekten yalnız. Tamam, Annie'yle görüşüyor, ama yakın zamana kadar ikimiz konuşmuyorduk bile. Senin de pek irtibatın yok. Kız kardeşinden pek hoşlanmıyor ve..."

"Ve annesini yeterince sık ziyaret etmiyor."

"Tamam, kabul. Bu arada, büyükannenin yakında Florida'ya taşınabileceğini düşünüyorum."

"Evet, onunla konuştuğumda bunu ben de hissettim. Eski erkek arkadaşı aklını başından aldı, değil mi?"

"Evet," diye gülümsedi Bethanne. "Ancak, babana geri dönmek..."

"Tamam anne, ne demek istediğini anlıyorum. Babam ortada kalakaldı ama bunu o istedi. Biz ona kapıyı gösterip arkasından kilitlemedik. Gitmek onun tercihiydi."

"Hata yaptığını itiraf etmek her babayiğidin harcı değildir," dedi, Ruth'un söylediklerinden alıntı yaparak. "Baban açtığı yarayı iyileştirmek için her şeyi yapmaya hazır. Bunu takdir ediyorum. Bir de onun açısından bak."

Andrew başını yavaşça iki yana salladı. "Keşke bunu yapabilsem. Sen ve Annie onu bağışlayıp unutmaya meraklı olabilirsiniz, ama ben yapamam. Babam merhametsiz ve çıkarcı. Bizi anında fırlatıp attı. Onunla konuşmaya, onu ikna etmeye çalıştım. Ona yeniden düşünmesi için yalvardım. Sonra ne oldu dersin?" Oğlunun sesi duygusallaşmıştı. "Telefonu yüzüme kapadı. Devamını bilmek ister misin? Bunu yaptığını hatırlamıyor bile. Onunla bağlantı kurmaya çalışmamın bir anlamı yoktu. Hem de *hiç*. Şimdi bana geldiğinde aynısını yapacağım, hiçe sayılmak hoşuna gidecek mi bakalım."

"Of, Andrew..." Bethanne, oğlunun Grant'i ikna etmeye çalıştığını bilmiyordu. Masanın üstünden uzanıp dişlerini sıkan oğlunun bileğini kavradı. "Ne diyeceğimi bilemiyorum."

Andrew daha da gerildi. "Sakın onu bağışlamamı isteme çünkü yapabileceğimi sanmıyorum."

34

"Babam nerede?" diye endişeyle soran Annie bir cevap alma umuduyla annesine döndü. Annie ve diğer nedimeler kilisenin arkasında sıralanmıştı. Düğün provası için herkes oradaydı, Grant hariç. Courtney'nin elindeki kâğıt tabakta, büyükannesi Vera Pulanski'nin hazırladığı hediye partilerinden kalma kurdeleler vardı. Babası, ağabeyi, onun karısı ve iki çocuğu kilisedeki sıralardan birinde oturuyordu. Kız kardeşi Juliana baş nedime olduğu için Annie'yle birlikte bekliyordu.

"Babam gelmiş olmalıydı," dedi Annie. "Büyükannem ve Royce nerede olduğunu soruyor."

"Eminim yoldadır," diye fısıldadı Bethanne kendinden emin bir şekilde. Prova başlamak üzereydi ve Grant hâlâ ortada yoktu. Herhangi bir şeye geç kaldığı pek görülmeyen

Grant için bu, alışılmadık bir durumdu. Son konuştuklarında, saat beşte kilisede olacağını söylemişti, oysa saat beşi çeyrek geçiyordu. Tekrar saatine bakarak endişesini bastırmaya çalıştı.

"Bayan Hamlin," dedi Bethanne'ye gülümseyen Papaz Hudson. "Sizi buraya alabilir miyim?"

"Tamam." Papazın gösterdiği yere oturdu.

"Eşiniz burada, değil mi?" diye sordu papaz.

"Anlaşılan eski eşim gecikecek," diyen Bethanne tekrar saatine baktı.

"Eski eşiniz mi?" diye tekrarladı Papaz Hudson. "O halde, farklı bir düzenleme yapmamız gerekecek."

Bethanne, Grant'in birlikte oturmak istediğini söyleyecekti, ama sonra kararsız kaldı. Ayrı sıralarda otururlarsa Grant hayal kırıklığına uğrayacaktı; diğer yandan, birlikte otururlarsa da aileler ve arkadaşları farklı şeyler düşüneceklerdi.

Papaza bir şey söylemedi, Grant'e daha sonra izah ederdi.

Grant geldiğinde tören neredeyse bitmek üzereydi; nefes nefeseydi ve suçluluk duyduğu belliydi. "Trafiğe takıldım. Bir kaza olmuş ve hiç kimse kıpırdayamıyordu," dedi hızla kilise kapısından içeri girerken. "Telefon etmeye çalıştım ama herkes cebini kapatmış."

"Sorun yok, baba," diye onu rahatlatmaya çalıştı Annie.

"Üzgünüm," dedi bir kez daha ve onu görmezden gelen Andrew'a baktı. "Zamanında yetişmek için elimden geleni yaptım."

"Anlıyoruz, Grant," diye mırıldandı Bethanne.

Grant müteşekkir görünse de sakinleşinceye kadar dakikalar geçti. Papaz prosedürü bir kez daha anlattı. Grant'e Bethanne'nin yanında oturamayacağını belirtince, Grant'in gözleri onunkilere kilitlendi. Üzüntüsü Bethanne'yi kahredecekti, ama ardından hızla toparlanması etkileyiciydi. Başıyla onaylayıp yerine geçti. Bethanne kendini kötü hissetse de kilisede evli bir çift gibi oturmaya söz vermemişti.

"Ne oldu?" diye sordu Ruth prova biter bitmez. "Herkes endişelendi."

"Trafik," diye açıkladı Bethanne, Grant'in yanına gelip.

"Benim hatam," dedi Grant. "Ofisten geç çıktım."

Royce onlara katılıp kolunu Ruth'a doladı. Birlikte çok sevimli görünüyorlardı; herkese aşkın yaşı olmadığını hatırlatan bir çift olmuşlardı.

"Prova yemeğine gidiyoruz," dedi Annie gruba yaklaşarak. "Büyükanne, Royce, benimle gelir misiniz?"

"Elbette."

"Onları ben alırım," dedi Grant. "Annemle olabildiğince fazla vakit geçirmek istiyorum.

"Neden, büyükanne?" diye sordu Annie. "Bir yere mi gidiyorsun?" derken Bethanne'ye gülümsüyordu.

"Florida'ya," diye cevap verdi Royce. "Ne kadar çabuk olursa o kadar iyi."

"Royce," diye itiraz etti Ruth yalandan. "Andrew'un düğünü bitene kadar söylemeyecektik."

"Nişanlandınız mı?" diye sordu Bethanne.

Ruth kızarırken, Royce onun elini dudaklarına götürdü. "Evet," dedi. "Henüz yüzüğümüz yok fakat bu işi resmiyete dökmeden tek bir gün daha geçirmek istemiyorum."

"Tebrikler, anne," diyen Grant ona sarıldı, sonra Royce'la tokalaştı. "O halde Florida'ya taşınıyorsun."

"Öyle," dedi Ruth, Royce'un gözlerinin içine bakarken. "Beni özlemezsin, Grant."

"O kadar emin olma, ama gördüğüm kadarıyla emin ellerdesin."

"İstediğin zaman ziyarete gelebilirsin," dedi Royce.

"Mantık çerçevesinde," dedi Ruth. "Yeni evli olacağız ve bir süre misafir isteyeceğimizi sanmıyorum."

Grant güldü. "Beni kesinlikle Vero'da göreceksiniz," dedi. Bethanne'yle göz göze geldiler, gülümsedi.

Bethanne, yaşlı kadının yanağını öptü. "Senin adına çok mutluyum, Ruth."

"Teşekkürler, tatlım."

Kilise boşalmaya başladı; düğün tayfası ve diğer bazı aile üyeleri prova yemeğinin yeneceği Blue Moon'a doğru yola çıktılar.

Grant, annesiyle Royce'un dışarı çıkmasına yardım etti. "Endişelenme," diye dalga geçti, "Yemeğe geç kalmam." Anahtarlarını çıkardı ve arabanın kilidini açmak için uzaktan kumandaya bastı.

Bethanne el sallayıp kendi arabasına doğru yürüdü.

Blue Moon, geçen yıllar içinde Bethanne'nin sık sık birlikte çalıştığı bir restorandı. Yöneticisiyle iyi bir ilişkileri vardı ve bu organizasyonda yardımcı olmak için elinden geleni yapmıştı.

Oraya ulaştığında, tam ziyafet salonuna girmek üzereyken Grant ona yetişti. "İçeri girmeden önce sormak istediğim bir şey var."

"Evet?" dedi Bethanne. Aslında Grant'le yapacağı her tür konuşmayı yemekten sonraya ertelemeyi tercih ederdi. Hâlâ yapması gereken bir sürü son dakika işi vardı.

"Andrew... Max'in gönderdiği şarabı servis etmeye kararlı mı?"

"Evet." Kaçamak cevap vermenin ya da gerçeği saklamanın anlamı yoktu.

Grant bu cevap karşısında gerildi.

"Andrew ve Courtney'nin vereceği bir karar bu."

"Biri şarap hakkında soru sorarsa, ne diyeceksiniz?"

"Bir aile dostundan geldiğini, ama neden sorsunlar ki?"

Grant bir süre bakışlarını ondan ayırmadı, sonra gözlerini yere indirdi. "Haklısın," diye mırıldandı, "Kimse sormaz."

Bethanne uzanıp hafifçe onun elini sıktı. "Bu gece ve yarın bize ait değil. Oğlumuza ve Courtney'ye ait. Anlaştık mı?"

Grant başıyla onayladı. "Ağzımı açmamalıydım. Çenemi kapalı tutmayı beceremiyorum, değil mi?"

Bethanne onun omzunu okşadı. "Grant, her şey yolunda." Grant'in akşamı trafik kazasıyla birlikte kötü başlamış, provaya geç kalmıştı. Bethanne, yemek boyunca onun ne kadar gergin olduğunu hissediyor, insanlarla konuşmadığını görüyordu. Bu, Grant'in tarzı değildi. Annesine ve Royce'a yakın duruyor, sık sık Bethanne'yle göz göze gelmeye çalışıyordu. Ancak Bethanne yemek organizasyonu ve kutlamalar arasında çok yoğundu.

Bethanne nihayet gitmeye karar verdiğinde Grant ortada yoktu.

Düğün, cumartesi günü öğleden sonra saat üçte yapılacaktı. Bethanne, Courtney'nin aynı zamanda baş nedimesi olan kız kardeşi Julia'yla birlikte giyinmesine yardımcı oldu. Eline arkadaşı Anne Marie Roche'un ördüğü çantasını almış ve Bethanne'nin ördüğü eldivenleri giymişti. Dar kesim gelinliği içinde çok zarif görünüyordu. Çok güzeldi. Güzelliği görüntüsünden çok, yüzüne vuran sevgi ve mutluluktan kaynaklanıyordu; Bethanne ağlamamak için kendini zor tuttu.

Toplu fotoğraf çektirmek için bir araya geldiler. Bethanne, Grant'in olabildiğince arka planda kalmaya çalıştığını fark etti. Sadece Bethanne'nin babası ve sabah apar topar Seattle'a gelip kiliseye yetişen bayan arkadaşı Suzette ile biraz sohbet etmişti.

Tören başlamadan on beş dakika önce Bethanne, Courtney, üç nedime ve baş nedime kilisenin fuayesindeki küçük odada toplandılar. Bethanne konukların gelmeye başladığını duyabiliyordu.

Bugünü sağ salim atlatırsa mucize olacaktı. Bunca yıldır düzenlediği yüzlerce etkinlik arasında hiçbiri sinirlerini oğlunun düğününden daha fazla yıpratmamıştı.

"Bilmen gereken bir şey var," dedi Courtney, Bethanne duvağını düzeltirken.

Müstakbel gelini o kadar ciddi görünüyordu ki Bethanne durdu, yaptığı işi bırakıp ellerini indirdi. "Ya?"

"Andrew, Max'e düğün davetiyesi gönderdi. Şaraplardan sonra, en azından bu kadarını yapmamız gerektiğini düşündü."

"Ve *bana* söyleme zahmetinde bulunmadı mı?"

"Söyleyecekti ama, şey, vereceğin tepkiden emin değildi. Grant'in hoşuna gitmeyeceği kesin ama Andrew umurunda olmadığını söyledi."

Bethanne derin bir soluk aldı. Az önce gergin olduğunu düşünürken yanılmıştı, bu haber onun tüylerini diken diken etmişti. Max şu anda kilisede olabilirdi!

"Anne," diyerek ona yaklaştı Annie. "İyi misin?"

Kendini başıyla evet demeye zorladı. "Andrew, Max'i düğüne davet etmiş."

"Öyle mi yapmış?"

Bethanne ellerini kenetledi.

"Mutlu musun?"

Bethanne elinde olmadan içtenlikle gülümsedi. "Evet... çok. Seni hayal kırıklığına uğrattığımı biliyorum Annie, ama..."

"Hayır," dedi kızı, onu susturarak. "Uğratmadın. Babamla işlerin o kadar iyi gitmediğini görebiliyorum. İkiniz de istediniz, özellikle babam, ama artık çok geç."

Kızı bile bu gerçeği Bethanne'den önce fark etmişti. "Düğünden sonra babanla konuşacağım."

"Bütün istediğim senin mutlu olmandı, anne."

"Biliyorum."

"Babamı düşünme. O kendini toparlar."

Bethanne bundan emindi.

Gün içinde herhangi bir saat Max'in ortaya çıkma ihtimali bile içini neşe, umut ve heyecanla doldurmuştu; ancak sinirlerini yatıştırma konusunda hiç yardımı olmamıştı.

Neyse ki tören mükemmel geçmişti. Andrew ve Courtney sonsuza kadar birbirlerini seveceklerine ve sadık kalacaklarına yemin ederken Bethanne gözlerini kuruladı. Aynı yemini ettiğini hatırlamış gibi görünen Grant ona baktı. Gözlerindeki acıyı ve bu yemini bozduğu için duyduğu pişmanlığı görebiliyordu. Ona bağışlandığını söyleyen bir tebessümle gülümsedi. Üstelik bu kez bütün içtenliğiyle, hiçbir kuşku ve gücenme olmaksızın.

Annie, Century Club'da yapılan resepsiyona Bethanne ile beraber gitti. Victoria dönemine ait bu bina şehrin tam göbeğinde, beş dönümlük bakımlı bir bahçe içinde yer alıyordu. Yıllar önce Bethanne bu kulübün bir üyesi ve destekçisiydi, bağlantıları sayesinde salonu ayarlayabilmişti. Gözleri onu arasa da, Max'in törene katılmadığını söyleyebilirdi.

"Anne, büyükannemin ve Royce'un ne kadar mutlu olduğunu görüyor musun?" diye sordu Annie.

"Bunu kim görmezden gelebilir ki? Büyükannen adına çok seviniyorum." Bununla beraber, Robin annesinin evliliğe yakın olduğu haberini içtenlikle karşılamamıştı. Doğasında kuşku olan Robin, geçmiş araştırması yapmaya yeltenmiş, ancak bu fikir Ruth tarafından kesinlikle reddedilmişti.

Bethanne gözleriyle Max'i aramaya devam etse de yemek boyunca gülümsemeyi ve tebrikleri kabul etmeyi ihmal etmedi. Masadan masaya dolaşıyor, konuklarla ilgileniyordu. Grant'i gözden kaybetmişti ama daha sonra onun da konuklarla ilgilendiğini fark etti. Bir fırsatını bulduğunda, Max'in davet edilmesiyle ilgili onunla konuşacaktı.

Sağdıç kadehini kaldırdı ve orkestra müziğe başladı. Andrew gelinini piste davet etttiğinde, Bethanne salonun gerisinde duran birini fark etti.

Max.

Gözlerini kırpıştırdı, heyecan ve mutluluk birbirine karışmıştı.

Gördüğü adam, deri ceketi ve çizmeleri içindeki Max değildi. Basit bir hayatı ve basit zevkleriyle yollarda yaşayan Max değildi. Bu, takım elbiseli ve kravatlı Max'ti. Sofistike, ince ve güçlü. Yine de hâlâ Max'ti. Âşık olduğu Max.

Görünmez iplerle çekiliyormuşçasına ona doğru yürüdü.

Max de aynısını yaptı.

Artık iyice kalabalık olan ve dans eden çiftlerle dolan salonun ortasında buluştular. Bir süre hareketsiz, göz göze öylece durdular.

"Geldin," diye fısıldadı Bethanne, orada olduğuna inanamayarak.

"İstersen gidebilirim, sonra konuşuruz?"

"Hayır, kal. Lütfen kal." Bethanne uzanıp iki eliyle onun elini kavradı.

35

Grant, Bethanne'nin diğer adama yaklaştığını görmüş ve onun Max Scranton olduğunu hissetmişti. Öfke dalga dalga bedenini sardı, tam oraya yürümeye hazırlanırken oğlu elini omzuna koydu.

"Ne yapıyorsun, baba?"

"Bu, Max! Ne cüretle buraya gelir?" Öfkesi giderek daha da alevleniyor ve onu yakıyordu.

"Onu ben davet ettim."

Grant, kendi oğlunun onu sırtından bıçakladığını hissetti. Andrew'a bakakaldı, bu ihanet onda şok etkisi yapmıştı.

"Neden?" diye sorabildi. Andrew ondan bu kadar mı nefret ediyordu?

"Baba," dedi Andrew bakışlarını ona kilitleyerek. "Onlara bir bak. Onlara iyice bir bak."

Grant söyleneni yaptı ve o anda, artık her şey için çok geç olduğunu mutlak bir kesinlikle fark etti. Bethanne'yi kaybetmişti. Ailesini terk ettiği gün kendi kaderini belirlemişti.

Tek bir söz etmeden döndü ve dışarı çıktı. Başka nereye gideceğini bilemediğinden kendini erkekler tuvaletine attı. Acı bütün vücudunu sarmıştı; bayılmaktan korkarak, başı aşağıda iki elini duvara yasladı. Gözlerini kapattı, normal soluk almaya çalıştı.

Bütün çabalarına rağmen aptallığı ona her şeye mal olmuştu. Bethanne'yi geri kazanmayı umut ediyordu. Tanrı biliyor ya, onu seviyordu; çok geç kalana kadar onu bu kadar sevdiğini anlamamıştı.

"Baba." Andrew içeri girip arkasında durdu.

Grant cevap vermedi.

"Her şey yoluna girecek."

Hayır, girmeyecekti. Artık hiçbir şey eskisi gibi olmayacaktı. Umudunu yitirmişti. "Anneni kaybettim."

"Evet, bence de."

"Max'le gidecek."

"Ona âşık oluyor," dedi Andrew.

Grant doğruldu, ellerini iki yanında yumruk yaptı. Duruşunu korumaya çalışıyor, ama gözlerine yaşlar dolmasına engel olamıyordu.

"Her şey yoluna girecek," dedi Andrew bir kez daha.

Grant acıyla kıs kıs güldü. "Sanki umurundaymış gibi."

"Aslında umurumda," diye fısıldadı Andrew. "Olduğunu sanmıyordum ve olmamasını tercih ederdim, ama yine de benim babamsın."

Grant oğlunun yüzüne baktı. Gözyaşları yüzünden görüşü bulanmıştı. Oğlunu tamamen kaybettiğini sanıyordu. İç burkan bir hıçkırıkla ona uzandı, sanki o an hayatı buna bağlıymış gibi kollarıyla sarmalayıp onu kendine çekti. Belki de öyleydi.

"Çok üzgünüm," diye ağladı. "Çok üzgünüm... oğluma ihtiyacım var, lütfen, oğluma ihtiyacım var."

Birkaç saniye sonra Andrew de ona sarıldı. Uzun bir süre sarmaş dolaş kaldılar.

"Benim de sana ihtiyacım var," diye itiraf etti Andrew. "İstemesem de, var."

Ayrıldılar ve birkaç dakika sonra Grant çatlak bir sesle, "Tamam, hazırım," diyerek ellerinin tersiyle yanaklarındaki yaşları sildi.

Andrew merakla ona bakıyordu.

"Max'le tanışıp annene mutluluklar dileyeceğim." Hiç kolay olmayacaktı ama Bethanne'ye onun mutluluğunun kendi mutluluğundan daha önemli olduğunu söylemişti. Bunu söylerken ciddiydi.

Andrew başıyla onayladı. "Seninle geleceğim."

Grant birkaç saniye dikkatle ona baktı. Bethanne'yi kaybetmiş, ama oğlunu kazanmıştı. Elini Andrew'un omzuna koydu, gurur duyduğu bu genç avukata, "Teşekkür ederim," dedi.

"Bir saniye daha bekleyemezdim," diye fısıldadı Max.

Gırtlağında düğümlenen kocaman bir yumruyla, Bethanne ona bakmaktan başka bir şey yapamıyordu. Düğüne gelme ihtimalini duyana kadar, onu nasıl özlediğini fark etmemişti.

"Umarım benim seni gördüğüme sevindiğim kadar, sen de beni gördüğüne sevinmişsindir," diye mırıldandı Max.

Hâlâ şokta olan Bethanne ona bakmaya devam ediyordu. Bu, *Max'ti*. Şimdi. Burada. Şu anda.

Çocuk gibi sırıtan Max devam etti: "Sana dokunmama izin vermediğin sürece, bana bir cevap vermen gerekmiyor."

Çevresine bakan Bethanne, pistte dans eden çiftlerin tam ortasında durduklarını fark etti. Orkestra tutkulu ve ağır bir aşk baladı çalıyordu.

"Belki de sadece dans etmeliyiz," dedi Bethanne.

Max'in tebessümü yüzüne yayıldı. "Seni kollarıma alabileceğim her mazereti kabul etmeye hazırım."

Birer adım daha yaklaştılar, Max kolunu Bethanne'nin beline sardı, kendine iyice çekip ayaklarını yerden kesti. Bethanne iki kolunu onun boynuna dolayıp yüzünü omzuna gömdü.

"Seni çok özledim."

Max bu sözlerin önemini azaltmak istercesine burnundan soludu. "Benim neler hissettiğim hakkında hiçbir fikrin yok."

"Muhtemelen yok," diye kabullendi Bethanne. Bu ayrılık onun için de zor olmuştu, ama gerekliydi. Görüşmedikleri haftalar boyunca kendini dinleme fırsatı bulmuş ve ne istediğinin farkına varabilmişti. Oğlunun da dediği gibi, bir kez dinleyince, ne olduğunu anlamıştı.

Ne istediğini. Kime ihtiyacı olduğunu.

Grant'le olan yirmi yıllık evliliği ve çocukları yüzünden, barışmayı ciddi olarak düşünmüştü, ama işe yaramamıştı. Aslında, Grant'in bütün çabalarına karşın asla tam olarak işe yarayamazdı.

Max kollarını gevşetti, ayakları yere değene kadar yavaşça aşağı kaydı. Her ne kadar dans ediyor gibi görünseler de, bütün yaptıkları ayaklarını sürüyüp birbirlerine bakmaktı. Bethanne mutluluktan adeta sarhoş olmuştu.

Max yüzünü onun yanağına yasladı, Bethanne gözlerini kapadı. *Cennet böyle bir yer olmalı*, diye düşündü.

"Anne, anne..." Annie'nin sesi onu trans halinden çıkardı. İstemeyerek de olsa Max'ten uzaklaştı, parlak dans zemininde kendine doğru yaklaşan kızına baktı.

"Anne," diye tekrarladı Annie, sonra Max'i fark edince birden durdu. Ağzı bir karış açılmıştı. "Vay canına, sen... harika görünüyorsun."

"Teşekkür ederim." Max, Bethanne'ye gülümsedi.

"Sana Rooster'ın burada olduğunu söylemeye gelmiştim."

Bethanne, "Rooster'ı da mı getirdin?" diye sordu.

Max göz kırptı. "O beni getirdi desek daha doğru olur."

"Ona borçluyum," diye fısıldadı Bethanne.

"İkimiz de."

"Rooster, büyükannem ve Royce'la konuşuyor," dedi Annie. "Babam ise…"

"Hadi ya." Bethanne artık bittiğini bilse de, Grant'in tepkisinin ne olacağını bilmiyordu.

Annie başını iki yana salladı. "Endişelenme. Babamla konuştum. O ve Andrew... neyse, görürsünüz."

"Babanla kendim konuşacağım." Bethanne bunu başkasına bırakamazdı. Ondan duymak zorundaydı; Andrew ve Grant ona doğru gelirken aklından bunlar geçiyordu.

Grant bir adım öne çıktı, iki adam dikkatle birbirini süzdü. Andrew babasının omzunu sıktı ve bir anlık tereddütten sonra Grant elini uzattı. "Ben, Grant."

"Max."

Bakışları Bethanne'ye kaydı, onu kucakladı ve tekrar Max'e baktı. "Onu çok sev."

"Niyetim kesinlikle bu," dedi Max. "Teşekkür ederim."

Grant başıyla onayladı, tokalaştılar. Grant, Bethanne'ye döndü.

Göz göze geldiler. Bethanne o gözlerdeki acıyı okuyabiliyordu. Bir süre sonra Grant fısıldadı: "Mutlu ol."

Bethanne güçlükle yutkundu. "Olacağım." Ardından bakışları Andrew'la karşılaştı ve babayla oğul arasındaki duvarın artık yıkıldığını hissetti.

Grant uzaklaşıp önemli bir şey olmamış gibi eski bir arkadaşını selamladı.

Andrew öne çıktı. "Sen Max olmalısın." Sorun değildi,

zaten biliyordu.

"Sanırım davet için sana teşekkür etmem gerekiyor," dedi Max tokalaşırken.

Courtney onlara katıldı, Andrew kolunu beline doladı. "Eşim, Courtney. Sanırım ileride sık sık karşılaşacağız."

Max, Bethanne'ye döndü, gözleri sıcacık bakıyordu. "Niyetim öyle. Bu arada, tebrikler."

"Teşekkürler," dedi Courtney. "Andrew ve ben şarap için teşekkür etmek istiyoruz."

"Ve şampanya," diye ekledi Andrew. "Size de bir kadeh sunmak isterdim ama kutlama başlar başlamaz anında yok oldu."

Minnettarlıkları Max'i duygulandırmıştı. "Sizin için bir şeyler yapmak istedim. Umarım konuklarınız hoşnut kalmıştır."

"Hepimiz kaldık," diyen Andrew, Bethanne'ye döndü. "Umarım annemi çok mutlu etmeyi düşünüyorsundur."

Max, Bethanne'nin elini tuttu. "Bunu ilk fırsatta yapmak istiyorum."

"Peki ne zaman?" diye sordu Bethanne.

"Hemen şimdi, ne dersin?"

"Kutlayalım anne," diye fısıldadı oğlu. "Bu tam bir şölen."

"Çok mutluyum." Olmaması mümkün müydü? Max onu tekrar kollarına aldı, kaldıkları yerden danslarına devam ettiler. Dans pistinde babasının ve Suzette'in yanından geçerken babası onlara edepsizce göz kırptı.

Annie çok geçmeden ayrıldı, Andrew ve Courtney konuklarla ilgilenmeye devam etti. Bethanne, Max'in gelişinin ortalığı karıştırdığının farkındaydı. Bu adamın kim olduğu ve Bethanne'nin bu yakışıklıyı nereden tanıdığı konusundaki dedikoduları duyar gibiydi.

"İşte *buradasın*." Ruth, Royce'la birlikte yanlarına geldi. Bir elini beline dayayıp konuşmaya başladı. "İlk karşılaştığımızda böyle giyinmiş olsaydın, beni pek çok endişeden kurtarırdın."

"Bunun için üzgünüm."

"Olmalısın."

Max kahkaha attı. "Ve sen, şu meşhur Royce olmalısın."

Royce elini uzattı. "Tanıştığımıza sevindim," dedi.

"Ben de öyle."

"Az önce Rooster'la konuşuyorduk," dedi Ruth. "*Takım elbise* giyip kravat takmış."

Bethanne başıyla onayladı. "Üstelik iyi para kazanıyormuş, değil mi?

"İkiniz beni kesinlikle enayi yerine koydunuz."

"Yapma, Ruth, böyle bir şey yapar mıyız?" diye takıldı Max.

"Bana öyle geliyor. Şimdi beni iyi dinle, genç adam. Hangi sebepten bilmiyorum ama bu kız seni seviyor. Kendi adıma anlamıyorum. Oğumla evliydi ve şunu söylemek zorundayım ki…"

"Ruth," diye araya girdi Bethanne, Ruth bir kadehten fazla şampanya içmiş olmalıydı.

"Onu sevecek ve hak edecek bir erkeğe ihtiyacı var,"

diye devam etti. "Eğer bu kişi sen değilsen, ben yaygarayı koparıp düğün günlerinde torunumu ve gelinini utandırmadan buradan çekip git."

"O adam benim," dedi Max. "Kalan hayatımda Bethanne'yi seveceğim."

"Beni hayal kırıklığına uğratırsan o hayatı kısaltıveririm."

"Burada neler oluyor?" Konuyu tamamen ters anlayan Grant'in kız kardeşi Robin yanlarına geldi. "Yetkilileri çağırayım mı?"

"Gerekmez," dedi Ruth. "Seninle bir ilgisi yok." Ellerini kızının sırtına dayayıp onu uzaklaştırdı. "Bu arada," dedi omzunun üstünden, "Max, bu, Robin. Robin, Max."

Max, Robin'e el salladı.

"Seni daha sakin bir yere götürüp ne kadar özlediğimi göstermeden önce tanışacağım başka kimse var mı?"

"Emin değilim." Bethanne çevresine baktı, herkes Max'i ve onu seyrediyordu.

"Ben eminim." Bir kol hareketiyle onu tamamen yerden kesti.

Bethanne şaşkınlıkla feryat etti, ardından kollarını Max'in boynuna doladı. Sağ koluyla belini kavrayan Max, sol koluyla bacaklarını kaldırmıştı. Çıkışa doğru ilerlemeye başladı.

Öylesine coşkulu ve romantik bir andı ki, Bethanne'nin nutku tutulmuştu. "Beni yere bırak," diye soludu.

"Asla."

"En azından nereye gittiğimizi söyle!"

"Doğruca," diye fısıldadı Max, gözleri sevgiyle parlayarak, "kalan hayatımızı yaşamaya."

–SON–